KB056545

미친 주부의 일기

수 코프먼 지음
구원 옮김

Diary

of

a Mad

Housewife

Sue Kaufman

미친 주부의 일기

수 코프먼 지음
구원 옮김

여름에도 이렇게 더운 적이 있었나 싶을 정도로 너무 더운 9월 아침, 지금은 9시 15분이다. 모조리 열어놓은 창문을 통해 매연 가루가 낙진처럼 들어와 집안 곳곳에 내려앉는다. 지금 이 방의 문은 잠가놓았고, 문밖의 집은 텅 빈 채로 불쾌한 정적에 잠겨 있다. 금요일인 오늘은 리오리엔테이션 데이라고 불리는 날이어서 아이들은 학교에 갔다. 아이들을 학교 버스에 태우고 센트럴파크 웨스트에서 폴리를 산책시키고 돌아온 참이다. 산책은 지긋지긋하게 오래 걸렸다. 폴리는 도랑을 질색하는데, 나는 또 공원에 들어가기를 무서워하기 때문이다. 오늘은 용기를 내서 공원에 가겠다고 굳게 다짐하고 입구까지 갔지만, 산책로 한복판에서 웬 남자가 실성한 것처럼 나무를 보고 싱글거리고 있었다. 머리가 허옇게 센 노인이었다. 십중팔구 누군가의 은퇴한 아버지가 무료함을 못 이겨 마실 나왔거나, 노망난 조류 관찰자가 보랏빛 핀치를 보고 싶은 마음에 기웃거리고 있던 거겠지. 그렇지만 혹시 또 모르는 일이므로 나는 위험을 무릅쓰지 않기로 했다. 요즘 같은 세상에는 그럴 수 없다. 나는 그럴 수 없다.

그래서 결국 우리는 찢어진 《데일리뉴스》가 도랑에 쌓여 있는 더러운 보도에서 산책했다. 나는 이 방에 들어오자마자 문을 잠그고—집 안에 깔려 있는 정적을 견딜 수 없었다—옷 수납장의 중간 서랍을 연 다음에 나일론 슬립 더미 아래서 공책을 꺼냈다. 총 132쪽인 멋지고 두툼한 공책이다. 더없이 하얗고 더없이 깨끗한 첫 페이지 위로 내 손이 움직임에 따라 종이가 축축해지며 흐늘흐늘하게 주름이 잡혀서 글씨를 쓸 때마다 잉크가 번진다. 공책은 어제 5&10 할인 잡화점에서 샀다. 블루밍데일스 백화점에서 새 겨울 속옷과 잠옷을 쇼핑할 때 아이들이 얌전히 협조한 것에 대한 상을 주려고 데려갔었다. 아이들에게 냉동 커스터드와 5달러어치 학용품을 사줬는데, 학용품은 순전히 재미로 산 것이다. 아이들이 다니는 바틀렛 스쿨은 수업에 필요한 모든 용품을 제공하는데, 원하는 걸 아무거나 사주겠다고 약속하자 아이들은 학용품을 사고 싶어 했다. 아이들은 바구니를 하나씩 팔에 꿰고 스프링노트, 연필 세트, 분홍색 지우개, 페이퍼 클립, 플라스틱 자, 펜촉, 매직 마커, 풀 따위 문구로 채웠다. 나는 오른쪽 눈의 경련이 제발 좀 멈추기를, 목에 무언가 걸린 듯한 이물감이 더 심해지지 않기를 바라며 이것저것 고르는 아이들을 보고 있었다. 그때 선반에 쌓여 있는 공책 더미가 시선을 끌었고, 아이디어가 번뜩였다. 그냥 그렇게 시작되었다. 공책을 본 순간 이것이야말로 내게 필요한 거라고, 내가 찾고 있던 거라고 느꼈다. 좀더 명확히 말하자면, 그런 필요와 바람을 인식하지 못하면서 무의식적으로 찾고 있었다. 또한 공책을 사기로 한 결정이 옳다고 직감했다. 공책들을 보자마자 눈의 경련이 멈추고 목 안의 이물감이 사라졌다. 그야말로 하늘의 계시가 아닌가. 그래서 나는 공책을 여러 권 집어 겨드랑이에 꼈다. "어머니, 그거 우리 주려고요?" 계산대에서 아이들의 물건과 같이 공책을 내려놓자 리즈가 물었다. "아니, 이건 엄마 거야." 나는 리즈에게서 비닐 방수 모자를 뺏어 계산대 옆 선반에 다시 내려놓으며 말했다. "어머니 거요?" 실비가 물었다. "어머니가 왜 공책이 필요해요? 쓸데없이 공책을 잔뜩 사서 뭐 하려고요?" 나는 아이를 세게 한 대 때리고 싶은 충동을 참으려고 지갑을 꺼냈다. "기록하려고." 나는 지폐를 세며 차분히 말했다. "기록을 남길 거야."

기록, 실로 멋진 단어다. 경기의 수치 따위 말고 진술의 개념인 기록 말이다. 삶에서 일어나는 일에 대한 기록. 일기나 수기라는 단어보다 훨씬 낫다. 일기라는 단어를 보면 캠프장의 여자아이들이 떠오르는데, 꼭 뚱뚱하고 땀 많은 아이들이 투실투실한 목에 열쇠와 자물쇠가 달린 녹색 가짜 모로코가죽 일기장을 걸고 있는 모습이다. 한편 수기라는 단어는 대학에서 문학 시간에 공부한 앙드레 지드나 버지니아 울프, 고리키 혹은 보들레르를 떠올리게 한다. 보들레어의 "광기의 날개가 일으킨 바람이 나를 스쳐 갔다"라는 말이 가슴에 와닿긴 하지만.

어쨌든 기록은 좋다. 기록은 옳다. 그래, 기록하면 좋을 것 같다. 예컨대, 이것은 오늘 아침 7시 22분에 우리 집에서 일어난 일에 대한 기록이다.

조너선은 단추 두 개가 사라진 깨끗한 셔츠를 침대 위로 짜증스레 던지고 다른 셔츠를 찾으러 옷장에 가면서 말했다. "티나, 티나, 나는 당신이 진심으로 걱정돼."

나를 등지고 있었기 때문에 다행히도 조너선은 그 말을 듣고 내 얼굴에 떠오른 표정을 보지 못했다. "정말?" 나는 마침내 바지 지퍼를 다 올리고 말했다. "이상하네. 왜 당신이 나를 걱정할까?"

"전혀 이상하지 않아." 조너선이 셔츠에 팔을 꿰며 돌아섰다. 단추가 다 달린 셔츠라고 짐작되었다. "생각해보면, 이건 제법 심각한 문제야. 당신이 달라진 것 같아서 걱정돼. 사실, 그런 지 몇 주나 됐어."

들킨 걸까 뜨끔했지만 나는 차분한 목소리를 끌어냈다. "당신이 무슨 말하는지 모르겠어, 조너선." 그리고 거울 앞으로 가서 머리를 빗었다.

조너선은 한숨을 쉬고 옷장 문 안쪽에 달린 넥타이 걸이로 가서, 거기에 걸려 있는 넥타이 117개를 들척이기 시작했다. "문제가 한두 가지가 아니야. 일단 당신이 지금 어떤 모습인지 봐. 전혀 건강해 보이지 않아. 솔직히 말하면, 보기에 정말 안 좋아. 낯빛은 창백하고 피로에 찌들어 보여. 몸무게도 준 것 같은데, 더 심각한 문제는 당신이 외모에 신경을 쓰지 않는다는 거야. 게다가 엄청 예민하지. 잘 놀라고 별것도 아닌 일에 짜증을 부리고 주의가 산만해. 예를 들면, 식료품 보관실에 있는 여행가방을 생각해봐. 우리가 휴가에서 돌아온 지 거의 2주나 됐는데 망할 여행가방을 치우기는커녕 짐도 안 뺐잖아. 이야기하자면 끝이 없어, 틴. 하지만 이 정도면 당신이 이상하다고 할 때 무슨 뜻인지 대충 알아듣겠지."

대충 알아들었다. 조너선은 옷을 다 입고 아침을 먹을 준비가 된 상태로 내가 변명을 늘어놓기를 기다렸다. "레일웨이 익스프레스가 저 여행가방들을 금요일 아침에 배달했어. 그러니까 2주일이 아니라 1주일 된 거야. 여행가방 하나는 거의 당신의 여름옷으로 차 있어. 당신은 그 옷들을 빨기만 하는 게 아니라 다림질까지 하기를 원했잖아. 그런데 로티한테 맡기거나 드라이클리너에 가져가는 건 또 싫다고 해서 내가 특별히 사람을 불러야 하는데, 아직까지 그럴 시간이 없었어. 왜 시간이 없었냐면 오늘에야 애들 학교가 개학했는데, 이제껏 애들이 할 일이 없어서 심심해했단 말이야. 그래서 애들이 활동적으로 시간을 보낼 수 있게 내가 도와줘야 했어. 지난 2주간 나는 이 무더위에 애들을 끌고 뉴욕을 사방팔방 돌아다니면서 쇼핑을 시켜주고, 병원이랑 치과에 데려가서 정기 검진을 받게 하고, 친구들이랑 놀러 가는 곳에 데려다줬어. 내가 창백하고 피곤해 보이고 행색이 좀 어수선하고, 또 잘 놀라고 주의가 산만한 것 같으면, 그건 바로 내가 이 더위에 그 모든 일을 떠맡아서 하느라 지쳤고 나 혼자 보낼 수 있는 시간이 1분도 없었기 때문이야."

치밀한 정황증거를 대자 조녀선은 다소 맥이 빠진 표정으로(직업이 변호사니까 지나치게 장황한 설명을 수상하게 여겼어야 합당하지만) 힘없이 고개를 저었다. "알았어, 틴. 알았다고. 구구절절 맞는 말이란 건 인정해. 그래도 난 당신이 걱정돼. 당신이 맥스 사이먼을 찾아가서 자세히 검진을 받았으면 해. 당신도 모르게 빈혈 같은 게 있을 수도 있잖아. 그다음에는 닥터 폽킨을 찾아가서 상담을 받아보는 게 좋겠어."

"폽킨? 내가 대체 왜 폽킨을 찾아가야 해?"

다시 한번 조녀선은 진력이 난다는 뜻의 한숨을 내쉬었다. "왜? 왜냐하면 당신이 2년 전에 그 꼴이 났을 때 큰 도움을 받았으니까."

"당신이 잊은 거 같아서 하는 말인데." 나는 목청을 돋워가며 말했다. "그때 내가 '그 꼴'이 난 이유는 아빠가 사경을 헤매고 있었기 때문이야. 지금은 어떤 꼴도 나지 않았어!"

"알았어, 알았어. 진정해. 세상에, 바로 이게 내가 말한 거야. 당신은 너무 예민해." 그리고 조너선은 새로 산 65달러짜리 필앤코 정장 구두를 또각거리며 복도로 나갔다.

기록 끝. 소감. 아슬아슬했다. 딱 걸릴 뻔했다. 딱한 조너선, 그는 내가 예민하고 산만하다고 생각하지. 잘 놀라고 쉽게 발끈한다고. 사실 나는 어쩌냐면, 지난여름 중반부터 나는 마비가 된 상태다. 백치만큼이나 무감각하다. 가끔은 너무 우울해서 말도 하기 힘들다. 기분이 너무 저조해서 화장실에 들어가 문을 잠그고 울음소리가 들리지 않게 물을 죄다 튼다. 어떤 때는 신경이 바짝 곤두서서 가만히 서 있을 수 없고 온몸이 떨린다. 그래서 약을 먹거나 보드카를 몰래 한 잔 마셔야 하는데, 둘 중에서 좀더 쉽게 손에 넣을 수 있는 걸 택한다. 갑작스레 세상 모든 것이 무서워지곤 한다. 몇 가지를 예로 들어보겠다. 나를 무섭게 하는 것들.

엘리베이터

전철

다리

터널

높은 곳

낮은 곳

좁고 북적거리는 곳

보트

자동차

비행기

기차

군중

인적 없는 공원

치과의사

벌

거미

털 많은 나방

바퀴벌레

십대 불량배

도둑

강간범

상어

불

파도

모든 종류의 불치병

목록은 끝이 없지만 더는 못 쓰겠다. 이렇게 글자로 적은 건 처음 인데, 이걸 보니 흔히들 쓰는 표현대로 가슴이 철렁 내려앉는다. 문제는, 이 모든 것이 지난 8월 초에 시골로 휴가를 갔을 때 시작되긴 했지만 노동절 주말에 뉴욕으로 돌아오기 전까지는 이렇게까지 심각하지 않았다는 것이다. 이런 상태를 주변 사람들로부터 여태 어떻게 숨겼는지는 나도 모르지만, 오늘 아침에 조너선이 일장연설을 늘어놓기 전에도 내가 도움을 받지 않고 계속 이렇게 살 수 없으리라는 걸 알았다. 하지만 폽킨에게 도움을 구할 생각은 아니었다. 조너선이 폽킨을 들먹이기 한참 전에 나는 그를 찾아가지 않기로 했는데, 주된 이유는 그걸 또다시 할 엄두가 나지 않기 때문이다. 한 번도 힘들었다. 난 오래전에 철저히 심리치료를 받았었고, 성공적이었다고 생각한다. 지난 11년 동안 훌륭히 작동해왔으니까. 고장의 원인은 오직 나만이 해결할 수 있으며, 일시적인 문제에 지나지 않는다는 생각을 떨칠 수 없다. 정신과의사가 관여할 문제가 아니다. 폽킨에게 가기 싫은 이유가 하나 더 있다. 조너선에게는 말하지 않았지만, 2년 전에 폽킨을 다시 찾아갔을 때 나는 그의 태도가 몹시 못마땅했고 여전히 그것에 화가 나 있다. 조너선이 콕 집어 말한 대로 당시에 내가 '그 꼴'이 났던 것은 사실이지만—수도꼭지가 새듯이 눈물이 쉼 없이 흘렀다—그럴 만한 이유가 있었다. 아빠가 관상동맥폐색증에 걸려서 병원의 산소 텐트 속에 누운 채로 사투를 벌이고 있지 않았나. 밤낮으로 울다 지친 끝에 나는 폽킨에게 전화하고 상담을 받으러 갔다. 일종의 재탕 같은 것을 하리라 예상했다. 예를 들어 엘렉트라 이야기의 개정판을 내는데, '왕은 죽어야 한다' 따위 쌈박한 문구가 실린 표지를 새로 입혀서 좀더 흥미롭게 만드는 것처럼. 하. 처음 두 상담 동안 폽킨은 입을 꾹 다물고 내가 흐느끼며 주절거리는 이야기를 듣기만 했다. 세 번째에 그가 마침내 입을 열었다. 내가 아빠가 걱정되어서 우는 게 아니라 나 자신의 문제 때문에 우는 거라고 했다. 폽킨 왈. "베티나 씨를 예전에 치료했을 때는 죽음이라는 개념을 이해하게 만들 수가 없었습니다. 하지만 그럼에도 큰 발전을 보여서 그냥 지나가기로 했죠. 심리치료 시에는 그럴 필요가 있습니다. 어떤 부분은 그냥 넘어가야 해요. 안 그러면 어떤 환자들은 평생 여기를 떠나지 못할 테니까요. 하지만 마침내 올 것이 왔군요. 베티나 씨는 본인이 죽으리라는 사실을 깨달아서 우는 거예요. 아버지에게 임박한 죽음이 필연적인 당신의 죽음을 상기했고, 당신을 포함해 그 누구도 죽음을 피할 수 없다는 사실을 깨달았기 때문에 우는 겁니다." 세 번째 상담을 시작했을 때 나는 조금 훌쩍이고 있었지만 폽킨이 말을 마쳤을 즈음에는 눈물이 말라 있었다. 아마도 그때는 아빠가 고비를 넘겨 산소 텐트에서 나왔고 사업을 정리하고 플로리다로 은퇴할 계획을 세울 정도로 회복했기 때문이었겠지. 물론 나는 닥터 폽킨에게 감사를 표했고, 닥터 폽킨은 내게 진료비 청구서는 집으로 보낼 것이며(120달러) 필요한 일이 있으면 언제든지 전화하라고 했다. 나는 소파 머리 받침대에 새로 키친타월을 까는 그를 뒤로하고 떠났다.

그 장면을 폽킨과의 마지막 만남으로 남겨두련다. 최근의 상태는 일시적인 문제이며 내가 스스로 회복할 수 있을 거라고 믿는다. 환경적일 수도 있다. 특이한 질병일지도. 폐경 전조 불안증처럼 앞으로 생길 일에 대한 예고편 같은 거. 아니면 내가 8월 초에 서른여섯 살이 되었기 때문인지도 모른다. 타이밍은 확실히 그럴싸하다. 서른여섯 병. 마릴린 먼로가 죽은 그 여름에 웰플릿에서 보낸 3주 휴가를 잊을 수 없다. 어느 날 오후에 해변에서 어떤 증권분석가의 아내가 서른여섯 살이 되는 것이 얼마나 끔찍한지에 대해 토로했다. 서른여섯 살이 여자에게는 중요하면서도 위험한 나이라고 했다. 남자가 쉰 살이 되는 것과 마찬가지라고. 마릴린 먼로가 막 서른여섯 살이 되었다는 게 그녀의 자살과 큰 관계가 있다고 자기는 확신한다고 했다. 그때 나는 리즈의 모래 삽으로 그 멍청한 여자의 머리통을 한 대 치고 싶다는 생각뿐이었지만 어쩌면 그 말에 일리가 있었는지도. 서른여섯 병. 내가 그것에 걸린 걸까?

그건 아닌 듯싶다. 하여튼 문제가 무엇이든지 간에 여기에 기록을 남기면 큰 도움이 될 것 같다. 이 공책을 사야겠다는 직감이 옳았다는, 벌써 치유의 효과를 톡톡히 보고 있다는 증거. 지금 내 손이 건조하고 따뜻하다. 두 번째 페이지로 넘어 온 후로는 종이가 땀에 젖어 일어나지 않았다. 또한 몇 주만에 식욕이 돈다. 그래, 여기에 기록하면 감정을 쏟아낼 수 있을 뿐 아니라 상황을 명확히 보는 데 도움이 될성싶다. 일어나는 일들을 가능한 한 객관적으로 기록해놓고, 언젠가 이걸 다시 읽으면 반복되는 행동의 규칙을 발견하고 지금 내 상태의 원인을 설명할 만한 힌트를 찾을지도 모른다. 앞으로 꾸준히 기록한다고 치면, 제일 어려운 문제는 이 공책을 어디에 숨기냐는 것이다. 속옷 서랍이나 옷장 선반의 핸드백 보관 상자보다는 안전한 곳이어야 한다. 로티가 세탁한 옷을 넣다가 볼지 모르고, 딸아이들이 가끔 내 옷장을 뒤지니까. 어쨌든 이건 나중에 생각하자. 오늘은 여기까지. 벌써 11시 45분이다. 생각보다 오래 썼구나. 로티가 출근한 지 45분 되었는데, 지금 옆방에서 아이들 침대를 정리하는 소리가 들리니 곧 안방을 청소하러 올 것이다. 늦기 전에 그만 멈추고 공책을 스타킹 서랍에 숨긴 다음에 부엌에 가서 점심을 먹어야겠다. 그다음에 닥터 사이먼("맥스라고 편히 불러요")에게 전화해서 진료 예약을 잡아야지. 조너선을 진정시키고 약도 받을 겸. 휴가지의 돌팔이한테 받은 약이 거의 떨어져서 불안하다. 그다음에 세탁부를 알아보고 여행가방을 정리하고, 양탄자를 다시 깔기 전에 바닥에 왁스를 칠할 사람을 불러야 한다. 창문 닦는 사람도 불러야지… 또 전화해야 할 사람이 누가 있을까. 할 일은 쌓였는데 좀처럼 할 마음이 들지 않는다. 그러니까 나는 원피스로 갈아입고 폴리를 렉싱턴 애비뉴에 있는 푸들 미용실에 데려가서 발톱이나 잘라줄 거다. 내 외모에 신경 쓰느니 폴리나 가꿔줘야지.

"아, 어머니." 딸들이 말한다. "아, 어머니, 정말."

따귀를 세게 후려치고 이렇게 으르렁대고 싶은 걸 간신히 참는다. "아, 어머니,라고 한 번만 더 해봐!"

"아, 어머니." 학교에서 점심으로 무엇을 먹었냐고 물어보면 실비가 이렇게 답한다. "아, 어머니, 정말." 마지막으로 화장실을 언제 갔냐고 묻자 리즈가 이렇게 말한다. "아, 어머니." 오늘 아침 7시 56분에 현관 앞에서 실비가 말했다. "올해는 아침마다 버스 타는 데까지 나올 거예요? 아이참, 우린 이제 아기가 아니잖아요. 리즈는 일곱 살이고 저는 아홉 살이에요. 센트럴파크 웨스트에서 아침 8시에 무슨 일이 있을 거라고 걱정하는 거예요?"

침을 흘리는 변태 노인이나 리하르트 폰 크라프트 어빙의 『광기와 성』에 나올 법한 생각을 품고 있는 앳된 얼굴의 소년들이 자기들 같은 어린 여자아이들을 꾀어 옥상이나 지하실로 데려가는 것에 대한 두려움을 차마 말할 수는 없었으므로 나는 묵묵히 허리를 구부리고 폴리에 목줄을 채웠다.

"어머니." 리즈가 뒤에서 다가오며 말했다. "그 바지 입고 밖에 나갈 거예요?"

원래 이른 아침에는 기분이 좋지 않은지라 나도 모르게 쏘아붙였다. "이 바지가 어때서?"

"하부가 너무 딱 붙잖아요. 어머니 나이 여자들은 그런 청바지 안 입어요."

화가 치밀었지만 그래도 입을 다문 채로—물어본 내가 잘못이지—나는 현관문 밖으로 나가서 엘리베이터 버튼을 세게 눌렀고, 아이들은 뒤따라 나왔다. 술꾼 스웨덴인 스벤이 운전하는 엘리베이터가 올라왔다. 적대적인 침묵 속에서 스벤의 아침 식사였던 것이 분명한 진 냄새에 허덕이며 우리는 아래층으로 내려갔다. 로비를 가로지르는 길에 거울을 힐끔 보았는데, 확실히 오늘따라 점잖지 못해 보였다. 전형적인 스미스 칼리지 여대생 모습. 로퍼 구두에 청바지와 브룩스 브라더스 셔츠, 앞머리를 낸 긴 생머리는 대학 시절 그대로지만 앞머리 아래 창백하고 초췌한 얼굴은 딴판이다. 하지만 나는 이 모습이 마음에 들었다. 지난 몇 달간 꾸며내야 했던 모습과 반대라는 이유 하나만으로 적잖이 위로가 되었다. 원조 신데렐라보다는 명랑소녀 엘라 신더스에 가깝다고 할까.

침침한 로비 밖은 눈을 뜨기 어려울 정도로 환했다. 보도는 벌써부터 열기를 뿜고 있었다. 또다시 폭염이 온 걸까. 그러나 실비와 리즈는 끄떡없이 침착하게 가방을 들고 연석에 줄을 섰다. 맹랑함과 거만함으로 똘똘 뭉쳐 있는, 믿기 어려울 정도로 반질거리는 짙은 금발을 늘어뜨리고 화려하게 차려입은 소녀들. 급히 나오느라 선글라스를 깜박한 나는 눈부신 햇살을 피하려고 차양의 그늘로 물러났다. 거기에 서서 아이들을 모르는 사람처럼 지켜보았다. 실비는 꿈꾸는 듯한 미소를 띠고 흥얼거리면서 가방을 들지 않은 손으로 자신의 부드러운 머리칼을 부드럽게 쓰다듬었다. 무엇이든지 언니를 따라 하는 리즈가 1분 후에 정확히 똑같은 포즈를 취했다. 아이들의 그런 모습을 보고 있자니 머릿속에 어떤 기억이 아른거렸는데, 정확히 무엇인지 종잡을 수가 없었고, 그래서 미칠 듯이 짜증이 났다. 진정하라고 스스로를 타이르고 있는데 파란색으로 반짝거리는 작은 학교 버스가 도착했다. 버스 문이 열리고 운전사가 인사하자 아이들은 나를 뒤돌아보고 가볍게 손을 흔들고는 버스에 탔다. 그때 좀전에 아이들을 보고 무엇을 상기했는지 깨달았다. 어렸을 때 텔레비전에서 본, 왕족의 요트에 오르며 국민들에게 손을 흔드는 엘리자베스 공주와 마거릿 공주.

학교 버스의 차창 너머에서 나를 무자비하게 뜯어보고 있는 아홉 쌍의 눈을 느끼며 나는 버스가 출발할 때까지 기다렸다가 담배에 불을 붙였다. 아이들이 창피해하는 청바지를 입은 것에 대한 사과하는 의미로 기다려준 것이다. 몇 분간 그렇게 서서 담배를 피웠다. 손바닥에 땀이 찼고, 지긋지긋한 떨림이 무릎 뒤쪽 어딘가에서 시작되었다. 길 건너편에는 정글이나 다름없는 먼지투성이 공원이 있었다. 그곳으로 가야만 한다는 걸 알았다. 내가 정말로 미치지 않았으며 혼자 힘으로 회복할 수 있음을 증명하려면, 무엇보다 먼저 비합리적인 공포를 마주하여 그것의 텅 빈 실체를 확인해야 했는데, 저 빌어먹을 도로를 건너 공원에서 폴리를 산책시키는 것보다 좋은 시작은 없었다. 몇 분간 나는 땀을 뻘뻘 흘리며 미적거렸다. 그러다 마침내 담배를 던지고, 햇빛에 눈을 찡그리며 길을 건넜다. 바로 건너편에서 젊은 노숙자가 공원을 둘러싼 담벼락 앞의 벤치에 누워 있었다. 벌어진 입에 침이 맺혀 있었고, 얼굴빛은 독이 쌓인 듯이 푸르뎅뎅했다. 여섯 달 전이었으면 못 본 척 쌩하니 지나쳤을 것이다. 그러나 이날 아침에 나는 걸음을 멈추고 그를 바라보았다. 죽었을지도 모른다고, 뇌졸중을 일으켰을지도 모른다고 생각했다. 내가 무엇이라도 해야 하지 않을까. 신문 기사에 흔히 등장하는 냉정한 뉴요커가 아니라는 사실을 증명해야 하지 않을까? 남 일에 휘말리느니 차라리 누가 죽건 말건 내버려두는 그런 뉴요커가 아니라는 걸? 폴리가 조바심치며 목줄로 손목을 당겨도 차마 자리를 뜨지 못하고 부들부들 떨며 고민할 필요가 없는 것들을 고민하고 있는데 노숙자가 돌연 돌아누웠다. 술병이 떨어져 깨졌고, 싸구려 갤로 포도주 냄새가 코를 찔렀다. 나는 다시 걷기 시작해서 공원에 들어갔다.

공원의 산책로는 텅 비어 있고 벤치에도 아무도 없었다. 사위가 고요한 가운데 내 머리 위로 정지한 듯이 매달려 있는 나뭇잎 사이에서 다람쥐가 도토리를 갉아 먹는 소리만 들렸다. 코로 들이쉬는 공기 자체가 부자연스럽게 느껴졌다. 공기를 묵직하게 메우고 있는 무언가 때문에 목이 칼칼하고 눈이 간지러워서 시야가 흐려졌다. 공기가 나빠서 그래, 바보야. 러시아 짓이 아니야. 나 자신에게 말했다. 산책이나 해. 그래서 산책을 했다. 10미터 정도 씩씩하게 걸었는데 12미터 정도 앞에서 길이 구부러지는 것을 보자 갑자기 용기가 사그라들었다. 나는 걸음을 멈추고, 메마른 풀 위로 파리 떼가 윙윙거리는 똥투성이 잔디밭으로 폴리의 주의를 끌려고 했다. 그러나 공원에 와서 신이 난 폴리에게는 자기 나름의 계획이 있었다. 목줄에 목이 졸리도록 힘을 쓰며 폴리는 나를 저만치 앞으로 이끌었다. 하릴없이 5미터가량 따라가자 마침내 폴리가 풀밭으로 들어갔다. 폴리는 나뭇잎 주변을 새침하게 킁킁거리다가 마침내 우스꽝스러운 자세로 엉거주춤 앉았다. 내가 땀이 흥건한 손바닥을 청바지에 문지르고 멍하니 시선을 내린 순간 난데없이 쥐가 나타났다. 여기서 잠깐, 이건 짚고 넘어가야 한다. 나는 쥐를 무서워하지 않는다. 조녀선은 쥐를 보면 기겁하지만 나는 그렇지 않다. 이 쥐를 보았을 때도 무섭지는 않았는데, 그렇게 징그러운 쥐는 난생처음이었다. 덩치가 어마어마했고 불그스름한 갈색 털은 이상하게 축축해 보였다. 잿빛 수염이 난 얼굴은 늑대를 닮았고, 털 없이 기다란 꼬리는 외설적인 느낌을 풍기는 연분홍색이었다. 쥐는 산책로에서 내가 서 있던 쪽의 덤불에서 갑작스레 뛰쳐나와 풀밭을 가로질러 달리다 말고 문득 고개를 돌려 나를 빤히 보았다. 그렇다, 나를 빤히 쳐다보았다. 이런 말이야말로 미친 소리처럼 들린다는 건 알지만 정말로 그 쥐는 나를 빤히 보았고, 나도 쥐를 마주 바라보면서 우리는 칼날이 부딪치는 소리가 들릴 듯한 순수하고 강렬한 증오의 눈빛을 교환했다. 최근에 나를 사로잡은 광기의 특징 중 하나가 때와 장소를 가리지 않고 모든 것에서 상징이나 징표를 찾아내려는 집착이라는 건 인정한다. 하지만 다시 말하건대, 나의 강박은 그렇다 치더라도 그 징그러운 쥐는 자신의 존재보다 중요한 무언가를 상징하는 것 같았다. 무엇이냐고 묻지 말기를. 괜스레 이런저런 짐작으로 스스로 무덤을 팔 생각은 없으니까. 이건 말할 수 있다. 평소에 나는 말 그대로 개미도 밟지 않으려고 피해 다니는데, 그 순간에는 커다란 막대를 휘두르거나 돌을 던져서 똥투성이 풀밭에 그 쥐의 으깨진 내장과 피를 뿌리고 싶은 충동이 끓어올랐다. 우두커니 서서 쥐를 보며 그런 충동을 느끼고 있는데 쥐가 제 죽음을 직감했는지 불쑥 방향을 틀고 풀밭을 쏜살같이 달려 덤불의 뿌리 사이 구멍으로 내뺐다.

한동안 충격에 빠질 정도 제정신은 남아 있었다. 내가 정말로 미친 게 아닐까 두려웠다. 내가 그 불쌍한 쥐를 왜 그렇게 혐오했는지 알 수 없었다. 쥐를 싫어하는 건 내가 아니라 조너선이라고 나 자신에게 일렀다. 그렇게 생각하자마자 내 속에서 무언가의 엔진이 꺼진 것처럼 갑자기 잠잠해지고 기분이 나아졌다. 마치 상상 속의 살생을 통해 응어리를 내보낸 것 같았다. 기분이 나아진 정도가 아니라 날아갈 듯이 좋았다. 그래서 볼일을 마친 폴리가 다른 곳을 탐험하겠다고 나를 이끌자 아무 생각 없이 따라갔다. 얼마 안 가 나는 평소보다 훨씬 깊은 곳까지 와버렸다. 그렇지만 무섭지 않았다. 산책로 바로 앞의 급코너에서 돌을 밟는 발소리가 들렸을 때도 무섭지 않았다. 잠시 후 코너를 돌아 모습을 드러낸 사람은 다행히도 열다섯 살 정도의 호리호리한 소년이었다. 노란 머리칼은 숱이 풍성했고, 얼굴은 젊은 시절의 밴 존슨을 닮았다. 학교를 땡땡이치는 것이 너무도 즐거운지 휘파람까지 불고 있었다. 옆을 지나칠 때 내가 미소를 지어주었지만 소년은 동그란 파란 눈을 내게 돌리지도 않고 주머니에 손을 찔러 넣은 채로 〈존 필〉처럼 들리는 노래를 휘파람으로 명랑하게 불며 걸어갔다. 나는 폴리가 풀밭에 다시 들어갈 수 있게 잠시 멈췄다. 폴리는 아까와 마찬가지로 나뭇잎을 쿵쿵대며 자리를 골랐고, 나는 나뭇잎 사이로 보이는 공원 저편 5번 애비뉴의 고층건물에 시선을 고정한 채 즐거운 몽상에 빠져들었다. 대기오염 탓인지 모르지만 어쨌든 공기가 뿌연 덕분에 하늘에 복숭아색이 감도는 금빛이 깔려 있었는데, 인상주의 화가의 그림처럼 무척 아름다웠다. 그때 나는 내가 하늘의 아름다움 같은 것을 알아차렸다는 사실을 알아차렸다. 불길하지 않은 것에 주목한 게 몇 주 만인지 몰랐다. 이것이야말로 내가 비합리적인 공포를 직시하면 전부 괜찮아지리라는 증거로 생각되었다. 나는 행복한 기분으로 자축했다. 결국 이걸 이겨내리라. 시선을 내려 폴리가 볼일을 마치고 흙을 차고 있다는 걸 확인한 나는 집에 가려고 몸을 돌렸다.

소년은 6미터 조금 못 되는 거리의 산책로 한복판에 서 있었다. 손은 여전히 주머니에 넣고 있었지만 그새 덩치가 커진 듯했고, 어깨를 뒤로 쫙 펴고 둥그런 분홍빛 얼굴에 사악한 미소를 띠고 있었다. 나는 얼어붙었다. 대체 얼마나 거기 서 있었을까? 그리고 대체—오, 대체—뭘 원하는 거지? 2초가 똑딱똑딱 지나갔다. 충격 속에서 나는 소년의 마른 어깨가 얼마나 널찍한지, 햇빛 속에서 그의 눈이 얼마나 광기로 빛나고 있는지 보았다. 잠시 후 나는 그가 무얼 원하는지는 몰라도, 그게 나와 관계가 있다는 걸 깨달았다. 그래, 이거구나. 나는 생각했다. 그리고 비명을 질러도 되는지 궁금해했다. 지금 와서 돌이켜보면 그런 걸 궁금해했다는 사실이 우습지만, 내 경험에 의하면 자신이 갑작스레 '피해자'의 상황에 처했음을 깨닫는 상황의 최악은 처음 몇 초간 마치 마비된 듯이 아무것도 할 수 없다는 거다. 지금 이것이 실제로 벌어지고 있는 상황이라고 도저히 믿을 수 없거나 확신이 서지 않는다. 왠지 창피해서 입을 열고 비명을 지를 수 없다. 그렇게 3초가 흘렀다. 소년은 계속 서 있었다. 나 역시 그대로 서서 그가 하려는 짓이 강도질인지 강간인지, 아니면 그저 신문에서 '폭행'이라고 부르는 것을 즐기려는지 멍하니 궁금해하고 있었다. 끝내 도망치겠다고, 냅다 뛰어서 그를 지나치겠다고 마음먹고 있는데, 소년에게는 보이지 않는 것이 내 눈에 들어왔다. 한 남자가 커다란 바이마라너 두 마리를 끌고 공원 입구로 들어오고 있었다.

소년이 움직였다. 몸을 살짝 떠는가 싶더니 주머니에서 주먹을 꺼냈다. 그때 바이마라너 한 마리가 다람쥐를 보고 짖었다. 소년은 천천히 고개를 돌렸다. 다음 순간 그는 몸을 돌리는 것과 동시에 다른 손을 주머니에서 빼고, 잰걸음으로 공원 입구를 향해 걷기 시작했다. 개를 데리고 온 남자와 마주치는 지점에서 소년은 멀찍이 거리를 두었고, 남자가 인상을 찌푸리고 무어라 말했지만 내게는 들리지 않았다. 소년은 멈춤 없이 걸음을 옮겨놓다가 개들을 지나치자 후다닥 뛰기 시작했다. 소년이 공원 출입구 밖으로 사라진 다음에야 나는 마침내 천천히 몸을 움직여 나를 구해준 남자 쪽으로 비틀비틀 걸어갔다. 가까이 가자 남자의 얼굴이 눈에 익었는데, 우리 아파트 펜트하우스에 사는 무대 디자이너였다. 같은 아파트에 어떤 유명인이 살고 있나 따위를 알아두는 조녀선이 로비에서 그를 가리키며 말해준 적이 있었다. 이름은 에드먼드 페어였다. 에드먼드 페어는 키가 크고 허약한 인상에 검은 곱슬머리를 지녔다. 이날 아침에는 파란색 핀스트라이프 양복을 입고 단춧구멍에 빨간 카네이션을 꽂았으며 베이비벤 시계만큼이나 커다란 뿔테 안경을 썼다. 그는 내가 지금껏 본 중 가장 아름다운 광경이었다. 우리 사이에 1.5미터 정도 거리가 넉넉히 남았을 때 그는 걸음을 멈추었고, 허약해 보이는 것은 겉모습뿐이었는지 은빛 개들을 세게 끌어당기며 내게 멈추라고 손짓했다. "이 녀석들이 푸들을 질색해서요." 에드먼드 페어가 설명했다. 그러고는 한쪽으로 고개를 갸웃하며 물었다. "세상에… 혹시 아까 저 젊은이가 부인을 어떤 식으로든 괴롭혔습니까?"

더는 감당할 수 없었다. 나는 고개를 흔들며 웃어댔다. "네." 간신히 대답했다. "네, 맞아요."

페어 씨가 아연실색하여 나를 빤히 보았다. "정말 무섭군요." 내가 겪은 일과 내 웃음을 싸잡은 말이었다. "경찰은 코빼기도 보이지 않으니, 늘 그 모양이죠." 페어 씨가 민망해하며 말을 멈췄다. "아, 그놈이 부인께 무슨 짓을 했습니까?"

폴리는 바이마라너들의 눈에 띄지 않으려고 내 다리 뒤에 숨어서 낑낑대기 시작했다. "아무것도 안 했어요." 내가 말했다. "그러니까, 뭔지는 몰라도 그걸 막 하려는데 당신이 와준 거예요."

"아, 정말 다행이군요." 페어 씨는 한숨을 내쉬고는 폴리를 보고 목구멍 깊은 곳에서 으르렁거리기 시작한 개들을 따끔히 야단쳤다. 그리고 자기 시계를 내려다봤다. "부인을 도와드리고 싶어요. 집에 모셔다드리거나 그 악당을 신고할 수 있게 경찰을 찾아드리고 싶군요. 하지만 제가 다운타운에서 9시 30분에 약속이 있는데, 벌써 좀 늦어서요."

"괜찮아요." 내가 진심으로 말했다. "정말 고마워요."

페어 씨는 내 말을 못 들은 척 계속해서 말했다. "놈이 지금까지 숨어 있지는 않을 겁니다. 감히 그러진 못할 거예요. 경찰에 신고할 때 어떤 일에든 제 도움이 필요하면, 제 이름은 에드먼드 페어입니다. 전화번호부에 등록되어 있지는 않은데, 제 생각이 맞는다면 저와 같은 아파트에 사시는 것 같아요. 엘리베이터로 언제든지 쪽지를 보내주세요."

나는 다시 한번 감사를 표했다. "가보세요. 전 정말 괜찮아요."

"Ciao!" 페어 씨는 미소를 지으며 손을 흔들었고, 곧바로 개들에게 끌려 내게서 멀어졌다.

나는 조금 불안해하며 센트럴파크 웨스트로 다시 나왔다. 그 소년도 경찰도 보이지 않았다. 서둘러 아파트로 뛰어갔고, 집에 도착하자마자 화장실에 들어가 토했다. 토사물이 곧바로 한 번에 쏟아져 나왔다. 입을 씻고 찬물을 얼굴에 끼얹고는 부엌으로 가서 로티가 설거지할 접시를 내놓았다. 쓰레기통에 커피 찌꺼기를 버리고 있는데 부엌 벽의 전화기가 울렸다.

"아, 정말, 티나." 조너선이 소리쳤다. "지난 30분간 계속 전화했잖아. 대체 어디 갔었어?"

나는 차분히 대답했다. "폴리를 산책시키러 공원에 갔었어. 거기서 큰일을 당할 뻔했고—그게 무슨 뜻이든지 간에."

침묵이 깔렸다. 조너선은 숨도 쉬지 않고 있는 듯했다. 끝내 조너선이 말했다. "티나, 농담하는 거 아니지?"

"난 농담 못 하잖아."

조너선은 한숨을 내쉬었다. 그리고 매일매일 내게 더 익숙해지고 있는, '인내와 관용'을 머금은 목소리로 말했다. "무슨 일이 있었는지 말해봐."

"이따 밤에 얘기할게."

"안 돼. 바로 그래서 내가 계속 전화한 거야. 회사에 출근하자마자 위치토로 가야 한다는 말을 들었어. 오늘 아침 늦게 우리가 담당하는 전력 회사 하나에서 터빈이 폭발했대. 내가 거기 가서 지역 변호인들 심리를 도와줘야 해. 며칠 걸릴 테니까 출장에 가져갈 물건 좀 챙겨줘. 당신이 짐을 싸놓으면 30분 정도 후에 미스 브레커가 가지러 갈 거야. 연필 있어? 내가 필요한 거 불러줄게."

25

"응, 연필 있어."

"좋아. 그래, 일단 내 황토색 쇠가죽 여행가방 두 개를 꺼내줘. 마크 크로스 거 말고 T. 앤서니에서 새로 산 거. 내 옷장 선반에 있어. 양복이 두 벌 필요할 거야. 브룩스 브라더스 회색 글렌 플레이드 데이크론 우스티드 혼방이랑 프레스의 옥스퍼드 그레이색 배스킷 웨이브 폴리에스터 우스티드 혼방으로 부탁해. 회색 라일사 양말 여섯 켤레, 무늬 있는 거로. 그리고 셔츠 여섯 장이 필요한데, 흰 옥스퍼드 보일 세 장이랑 줄무늬 들어간 해도면 세 장, 회색 두 장, 황토색 한 장 넣어줘. 넥타이는 당신이 알아서 여섯 개 골라. 양복을 염두에 두고 말이야… 조그만 무늬가 들어간 빨간색이랑 금색 같은 게 좋겠지. 어쩌면 녹색도 하나. 그리고 세면용품이 필요해. 맨 아래 서랍에 있어. 치약이랑 면도 크림, 면도기, 데오드란트, 알잖아. 그런 거 사느라 거기서 시간 낭비하고 싶지 않아. 잠옷 한 벌은 바티스트 천으로 부탁해. 망할 호텔에 에어컨이 없을 수도 있으니까. 내 마드라스 무명 실내 가운이랑 슬리퍼도 있어야 해. 아 맞다. 신발. 신발장 맨 위 선반에 있는 검은 윙팁 구두로 챙겨줘. 넥타이 선반 위에 걸려 있는 옷솔도 넣어주고. 이 정도면 되겠지. 거기 엄청 더울 게 뻔하잖아. 갈아입을 수 있게 많이 가져가는 거야. 아마 나흘이면 될 거야… 다 적었어?"

다 적었다. 하지만 할 말은 따로 있었다. "조너선, 앞으로는 당신이 아침에 출근하기 전에 폴리를 산책시킬 수 있을까?"

"맙소사, 티나!" 조너선이 외쳤다. "내 말 하나라도 들었어?"

"들었어. 다 받아 적었고." 나는 침착하게 말했다. "미스 브레커가 언제 온다고 했지?"

"30분 정도 걸릴 거야. 택시가 얼마나 빨리 잡히느냐에 달렸지. 저기, 티나, 당신 괜찮아? 목소리가 이상하네. 정말로 큰일을 당할 뻔했으면 경찰에 신고하는 게 좋겠어. 내 짐 싸기 전에 위스키라도 한잔해서 신경을 진정시켜. 무슨 일이었는지 들어줄 시간이 없어서 미안해. 하지만 내가 떠나기 전에 호디슨 사장님이 몇 가지 같이 검토하고 싶어 하는데, 비행기가 케네디 공항에서 정오에 출발하거든. 애들한테 나 대신 뽀뽀 좀 해줘. 내일 전화하도록 해볼게. 내일 못 하면 가능한 한 빨리 하고. 늦어도 토요일에는 돌아올 거야. 어쨌든 연락할게."

술을 마셔도 된다는 그럭저럭 공식적인 허가를 받았음에도, 또한 정오에 치과 예약이 있었음에도 나는 술을 마시지 않았다. 통화를 끝내고 나니 아무렇지도 않았다. 첫 충격이 가라앉고 나자 그 사건이 내 몸에 일종의 활력을 불어 넣어준 듯싶었다. 나는 명랑하고 효율적으로 조너선의 짐을 싸기 시작했다. 작년에 그가 가르쳐준 방식으로 옷을 개고, 심지어 그가 잊은 것들까지 챙겨주었다. 속옷, 손수건, 벨트, 그리고 애프터셰이브. 아래층에서 택시가 기다린다며 조바심치는 딱한 미스 브레커에게 가방을 건네준 뒤에 나는 샤워하고 옷을 갈아입고 가족 전담 치과의사인 닥터 골리에게 갔다. 경찰에 신고는 하지 않았다.

치과에 예약한 이유는, 지난 몇 달간 시달린 치통이 점점 더 심해지리라는 걸 심지어 나도 알 수 있었기 때문이었다. 유쾌하게 차분했던 기분은 치과의 흰 플라스틱 의자에 앉자마자 가뭇없이 사라졌다. 비닐 가운 아래 손은 축축이 젖어들고 몸이 사시나무처럼 떨리기 시작해서 닥터 골리가 무어라 한마디 할 줄 알았지만 그는 아무엇도 눈치채지 못한 듯했다. 마요네즈와 펩신 소화효소 껌 냄새를 풍기며 그는 즐겁게 헤집고 찌르고 긁어내고 입 전체 엑스레이를 찍었다. 진료를 마친 뒤에 엑스레이 사진을 검토하고, 자기만족에 빠져서 싱글거리고 있었다. "아이고, 이런 소식을 전하게 되어 유감입니다, 티나." 닥터 골리가 환히 웃으며 말했다. "인레이 밑에서 많은 일이 벌어졌네요. 저한테 오시기 전에 한 것 말입니다. 오른쪽 뒤에서 두 번째 아래 어금니에 꽤 큰 충치가 생겼고 왼쪽 상악측절치가 부식되어서 크라운이 필요할지도 모르겠어요. 인레이는 꼭 해야 하는데, 꽤 비싼 건 사실입니다. 하지만 필요한 거니까 조녀선도 이해할 거예요. 치료할 게 많은 것 같지만 대여섯 번만 오시면 다 끝낼 수 있을 겁니다. 하루가 급하니 오늘 가시기 전에 미스 샐릿과 이야기해서 예약을 몇 개 잡아놓으세요. 요새 스케줄이 꽉 찼답니다. 바빠지기 시작하는 때라서요." 나는 의자에서 내려가며 고맙다고 인사하고, 대기실로 나가자마자 미스 샐릿을 서둘러 지나치며 말했다. "집에 가서 확인하고 전화할게요. 스케줄이 꽉 찼답니다. 바빠지기 시작하는 때라서요."

나는 팔다리에 힘이 쭉 빠진 채로 돌아왔다. 로티가 방 청소를 끝마쳤으므로 나는 안심하고 지난 금요일부터 스타킹 서랍장에 숨겨놓은 공책을 꺼냈다. 침대에 앉아서 오늘 벌어진 일들을 모조리 기록했다. 이제 2시 반이다. 다운타운의 금속가공 가게에 가서 이 공책을 넣어둘 일종의 금고를 사야 한다. 한동안 계속 쓸 것이 분명하니 반드시 안전한 곳에 숨겨놓아야지.

공책을 덮기 전에 '오늘의 생각' 비슷한 걸 적어놓고 싶다. 간밤에 책에서 읽은 구절이다. 잠이 통 안 와서 책을 두 시간이나 읽었다. 이 구절을 실례로 옷장 문에 붙여놓는 대신 여기에 적어둔다.

"나는 영국인들만큼이나 까탈스러워요. 흔히들 쓰는 표현대로 자기 관리에 철저하고 늘 격식에 맞게 옷을 입고 머리를 손질하죠. 내가 집을 나갈 때, 하다못해 정원에 나갈 때만큼은 실내 가운만 걸치거나 머리를 풀어 헤치고 있냐고요? 절대! 어떤 여자들처럼 겉모습에 부주의해지지 않는 것이야말로 내가 외모를 지켜온 비법이에요…"

마담 아르카디나, 체호프의 〈갈매기〉

어제 금속가공 가게에서 금고라는 걸 구매했다. 안쪽에 석면이 들어간 철제 상자인데, 가로와 세로 길이는 문서 용지보다 조금 더 크고 '안전장치 제거 시 비작동' 기능이 있는 다이얼 잠금장치가 달려 있다. 직원은 내가 제정신이 아니라고 생각했지만(관찰력이 좋은 사람이다) 나는 직접 들고 택시를 타고 가겠다고 고집을 부렸다. 평소 내 운을 고려하면 우체국에서 커다란 금고를 배달했을 때 딸아이들이나 조너선이 집에 있을 가능성이 큰데, 그러면 그걸 무엇에 쓰려고 샀는지 설명해야 할 것 아닌가. 실은 내 운이 바뀌고 있는 모양이었다. 금고를 들고 집에 왔을 때 아이들은 아파트 아래층에 사는 조슬린네 집 딸들과 놀러 가고 없었고, 로티는 부엌에서 다리미질하고 있었다. 나는 금고를 들고 침실로 들어가 문을 잠그고, 상자에서 꺼낸 다음에 옷장 속의 기다란 친츠 옷 가방 뒤에 내려놓았다. 방문을 열고, 빈 상자를 쓰레기장에 내놓은 다음에 로티랑 이야기를 나누고 다시 방으로 돌아와서 자물쇠 비밀번호를 적어놓은 종이를 옷장 맨 위 선반의 브로케이드 가방에 넣어두었다. 비밀번호를 외울 때까지 거기에 보관했다가 나중에 태워버려야지.

조너선이 위치토로 출장을 가고 없던 어젯밤에 나는 딸들과 놀랍도록 즐거운 시간을 보냈다. 집에 혼자 있으면 무서울 줄 알았는데 오히려 정반대였다. 아이들은 이상할 정도로 상냥했고, 양고기 스튜에 대해서 불평 한마디 없이 조용히 저녁을 먹은 뒤에 숙제와 목욕을 마치고 평소와 달리 얌전히 잠자리에 들었다. 현관문의 자물쇠와 화재 대피용 비상계단이 연결된 창문이 잘 잠겨 있나 두 번씩 확인한 건 사실이지만, 나는 전혀 불안하지 않은 마음으로 목욕하고 침대에 누워 『부덴브로크가의 사람들』을 마저 읽었다. 책을 읽으니 약을 먹지 않았는데도 잠이 솔솔 쏟아져서 11시에 불을 껐다. 몇 주만에 처음으로 푹 잤는데, 잠들기 전에 내가 딱히 무어라 칭해야 할지 몰라 '이것'이라고 부르는 것에 대해 생각했다. 이왕 하는 거 제대로 해야겠다고 생각했다. 『부덴브로크가의 사람들』을 읽으면서 토마스 만의 영향을 받았는지도 모르겠다. 다큐멘터리 같은 사실성과 질서에 대한 독일인 특유의 열정이 스며들었는지, '이것'에 일종의 시작점이 있어야 한다는 생각이 들었고, 훗날에 가서 지금의 나 자신과 사건들을 좀더 객관적으로 분석하고자 다시 읽을지도 모르니 몇 가지 사실을 명확히 해두고 시작하는 게 최선일 듯싶었다. "일단 사실을 짚어보자." 조너선 변호사님이 문제를 해결할 때 하는 말이다.

그러니까 해보자. 어젯밤에 내가 옳은 결정을 내린 것 같다. 몇 가지 사실을 짚고 제대로 시작하자. 목요일인 오늘이야말로 이것을 하기에 안성맞춤인 날이다. 로티가 쉬는 날이기 때문에 내가 방에 몇 시간이고 틀어박혀 무엇을 하는지 의심받을 염려가 없다.

자, 그럼 해보자. 뛰어드는 거다.

내 이름은 베티나 먼비스 볼저. 서른여섯 살. 키가 크고 말랐으며 머리칼은 짙은 금빛이나 옅은 갈빛이라고 할 수 있다. 볼 때마다 느낌이 다른 그런 얼굴이다. 차가워 보일 때도, 상냥해 보일 때도 있다. 때로는 평범해 보이고 때로는 예쁘다고까지 할 수 있는데, 또 다른 때는—내가 긴장하거나 아프거나 사진을 찍으려고 포즈를 취할 때—어찌나 못생겨 보이는지 뽀빠이 만화 속의 괴물 앨리스 같다. 블랑쉬 먼비스와 쥴스 먼비스 사이의 외동딸이고, 뉴욕주 화이트 플레인에서 태어나고 자랐다. 내가 열두 살 때까지 우리 가족은 세상에서 가장 흉한 벽돌집에서 살았다. 그 집에는 정원이라고 부를 만한 것은커녕 나무 한 그루 없었다. 제2차 세계대전 중에 우리 집은 3에이커나 되는 뜰과 나무들이 있는 흰 식민지 시대 양식 주택으로 이사했는데, 거기서 나는 훨씬 더 행복했다. 나는 나무를 좋아한다. 새집으로 이사한 걸 두고 사람들은 우리 아버지가 암시장 거래를 한다는 사실무근인 소문을 내며 음해했다. 2년 전에 관상동맥질환을 앓기 전까지 아버지는 남성용과 여성용 셔츠를 제작했는데, 전시에 운 좋게 셔츠 대신 군복을 제조해서 납품하기로 정부와 엄연히 합법적인 계약을 맺은 것이었다. 그리고 비록 벽돌집은 보기에 몹시 흉했지만 우리는 늘 경제적으로 여유가 있는 편이었다. 아버지는 컨트리클럽에서 골프를 쳤고 집에는 늘 가사도우미가 있어서, 엄마는 살림과 나를 가사도우미에게 맡기고 친구들과 카드를 치러 다녔다. 그야말로 브리지에 환장한 엄마는 소위 '정상적인 여성의 충동'이라고 하는 것을 모조리 카드 게임에 쏟아부었다. 사랑스러운 엄마. 어린 내가 위막성 후두염 때문에 얼굴이 파래질 정도로 숨을 못 쉬어 가사도우미가 택시를 불러 나를 병원에 데려간 오후에도 엄마는 브리지를 하고 있었다. 내가 당일치기 캠프에서 유리 조각을 밟아 발을 여섯 바늘 꿰매고, 위막성 후두염 때와 다른 가사도우미가 내 손을 잡고 눈물을 훔쳐줄 때도 엄마는 브리지를 하고 있었다.(뻔한 사실이지만 우리 집에서는 가사도우미가 자주 바뀌었다) 학교 토론 클럽에서 우승한 날에도, 고등학교 연극에서 주인공 역할을 맡은 날에도 엄마는 브리지를 하고 있었다. 학교에서 개최하는 학부모의 날마다 브리지를 하고 있었고, 또… 아, 됐다. 여기까지. 사랑스러운 엄마. 엄마는 그런 사람이었다. 평생 엄마를 미워하며 살아온 나는 심리치료를 받으면서 엄마를 '이해'하고 마음을 너그럽게 먹는 법을 배웠는데, 그건 단지 피가 끓는 분노를 느끼지 않고 엄마를 떠올릴 수 있게 되었다는 뜻이다. 지금 이걸 쓰면서 엄마를 떠올려본다. 숱 없는 모랫빛 머리카락, 품위 있는 옷차림, 흠잡을 데 없이 세심하게 외모를 관리한 여인이 카드 테이블에 앉아 있다. 아랫입술에서 대롱대는 담배의 연기에 눈을 가늘게 뜨고 "나는 그냥 넘어갈게."라고 말한다. 엄마는 딱 그렇게 살았다. 브리지만 빼고 모든 걸 그냥 넘겼다. 그래도 우리 집엔 가사도우미가 있었고 감사하게도 내겐 친구들이 있었다. 아빠에겐 일과 골프와 애인들이 있었다. 엄마와 아빠는 끝내 이혼하지 않았는데, 도대체 어떻게 그럴 수 있었는지 모두에게 수수께끼다.

그런 엄마 아래서 자랐는데도 나는 유순하고 겉보기에는 정상적이고 상냥하며 스미스 칼리지에 진학할 정도로 똑똑한 여자로 자랐다. 나는 대학에서 전성기를 맞았다. 친구를 많이 사귀었고 성적이 우수했다. 처음 2년은 문학에 집중하다가 3학년 때 예술로 전공을 바꾸었다. 교과목으로는 미술 역사를 공부하고 실기로 회화와 조형을 시작했다. 4학년 중간 학기쯤에 나는 화가가 되어 예술에 인생을 바치리라 결심했다. 이걸 쓰다보니 다소 우울해진다. 온순한 중산층 출신 여자아이가 대학을 다니며 반항적인 예술가로 변하는 것이 특이하고 독창적이며 심지어 용감하다고 여겨진 시절이 있었다니. 어쨌든 그런 시절이 있었는데, 그리 먼 과거도 아니다. 그리하여 몹시 대담한 기분으로 졸업하고 반항 정신에 심취한 나는 다른 진로를 찾아보라는 아빠의 애원과 위협을 무시하고(집에 들어와서 살면 차 한 대 사주마, 혹은 굶어 죽든 말든 땡전 한푼 안 줄 테니까 마음대로 해봐) 설리번 스트리트의 방 한 칸짜리 아파트를 빌려 펜실베이니아 아드모어 출신 티비 라슨이라는 아이와 룸메이트를 했는데, 이 아이 또한 자기 나름대로 반항 중이었다. 나는 아침과 저녁에는 동네 책방에서 일하고 오후에는 아트 스튜던트 리그에서 수업을 들었다. 한편 티비는 헌스 백화점에서 종일 스타킹을 팔고 밤에는 『나이트우드』와 비슷한 글을 썼다. 그렇게 여섯 달쯤 지났을 때 아빠에게서 연락이 왔다. 첫 충격에서 헤어나온 아빠는 내가 화이트 플레인의 엄마와 아빠 집에서 살며 맨해튼 57가의 우아한 갤러리에서 고객 응대 직원으로 일하지 않으리라는 사실을(주말에는 아빠가 다니는 컨트리클럽에서 번듯한 청년들을 만나고) 받아들였다. 우리는 13가에 있는 슈라프 식당에서 저녁을 먹었는데, 꽤 좋은 시간을 보냈던지라 얼마 안 가 매달 첫 수요일마다 같이 저녁을 먹기 시작했다. 식사하는 중에 아빠는 내가 그림을 잘 그리고 있는지 또 티비는 어떤 아이인지 은근한 질문을 던졌고, 식사가 끝나면 종이 접시 깔개 사이로 수표를 슬쩍 건네주었다. 지금에 와서 돌이켜보니 속상하지만 나는 어김없이 수표를 받았다.

이런 삶(?)이 2년간 이어졌다. 자립한 첫해에 티비의 사촌에게 처녀성을 잃었는데, 펜실베이니아 세위클리 출신인 그는 프린스턴 대학을 졸업하고 애버크롬비&피치에서 기압계를 팔았다. 또한 나는 학교에서 만난 화가 두 명, 양성애자 패션 사진사, 57가의 근사한 갤러리 소유주와 잤다. 두 번째 해에는 매우 부유한 여자와 결혼해 아이 여섯을 두었으며 조금 광기가 있는 듯한 쉰다섯 살 조각가의 애인이 되었다.(그러니까 내가 그를 일주일에 세 번씩 아침마다 주기적으로 만났다는 뜻이다) 이러는 중에도 물론 계속해서 그림을 그리고 있었다. 교사들은 내가 중대한 도약점에 다다르기 직전이라고 했는데, 나는 그렇게 되기까지 티비 말고는 아무에게도 내 그림을 보여주지 않겠다고 다짐했었다. 그러다 그해 중반에 갑작스레 티비가 코네티컷 북쪽의 클리어워터 농장이라는 곳에 갇혀버린 탓에 나는 아파트에 홀로 남겨졌다. 여름이 왔을 즈음엔 무릎과 주먹 관절과 목에 간지러운 딱지가 앉았고 두개골이 깨질 듯한 두통에 시달렸으며 식욕을 아예 잃었다. 의학적인 용어로 설명하자면 습진, 편두통, 거식증을 앓았다는 말이다. 말할 필요도 없겠지만 보기에 좋지 않았다. 또한 자기 아내와 아이들이 몬테카티니로 떠나면 광란의 7월을 함께 보내자고 몇 달이나 말해왔던 조각가는 로마로 날아가며 두 단어가 적힌 쪽지만 남겼다. 안녕. 유감이야.

무더운 7월 첫 수요일에 언제나처럼 슈라프의 구석 테이블에 앉아 있는데 아빠가 포크를 내려놓고 목멘 소리로 말했다. "티나, 아빠가 더는 못 참겠다. 정말이지 너 때문에 내가 죽겠구나. 무슨 강제노동수용소에서 나온 듯한 꼴이잖니. 뭐가 문제인지 말해주지 않을래? 아빠가 도와줄 수 있게 해주지 않으련? 아빠가 심장마비 걸리는 거 보고 싶어서 그러니?" 나는 치즈 토스트에 올린 닭고기 샐러드 위로 펑펑 울기 시작해서 며칠이나 울음을 그치지 못했는데, 화이트 플레인의 흰 식민지 시대 양식 집으로 돌아간 뒤에도 그랬다. 사랑스러운 어머니는 내가 임신한 게 아니라는 사실을 조심스레 확인한 다음에(티나, 우리가 이런 것에 대해 이야기해보지 않았지만…) 평생 알아온 가족 주치의와 아빠에게 나를 맡기고 브리지 게임으로 돌아갔다. 그때 내 체중은 거의 44킬로그램까지 떨어져 있었다. 아빠는 주치의와 은밀히 여러 번 이야기를 나눈 끝에 나를 차에 태워서 맨해튼 96가와 5번 애비뉴 사거리에 있는 닥터 레너드 폽킨의 진료실로 데려갔다.

그렇게 시작된 치료는 3년이나 계속되었다. 화이트 플레인에 돌아와 살기 시작한 첫 반년 동안 매일같이 나는 뉴욕에 가서 새 차 냄새가 나는 녹색 비닐 소파에 50분간 누워 있었다. 여섯 달이 지났을 때 닥터 폽킨은 내가 삶에 필수적이고 중대한 변화를 꾀할 수 있을 정도로 강해졌다고 판단했다. 바로 화이트 플레인의 엄마 아빠 집에서 나와 뉴욕에서 나만의 집을 구하고, 일자리를 찾아 자립하는 것이었다. 그래서 나는 튜더 시티에 소형 원룸이라고 불리는 아파트를 얻고 치과에 접수 직원으로 취직했다. 내가 그걸 해내자마자 닥터 폽킨은 내 그림을 보고 싶다고 요청했다. 당장. 하지만 나는 화이트 플레인의 집으로 돌아갔을 때, 아니, 그곳으로 옮겨졌을 때 내 그림을 여섯 장만 빼고 전부 파괴했다. 파괴하지 않은 그림들은 두툼한 갈색 종이에 싸인 채로 나와 함께 화이트 플레인으로 왔고, 다락방의 아무도 쓰지 않는 삼나무 옷장에 보관되었다. 그 그림들은 내게 타임캡슐이나 다름없었다. 그다음 주 일요일에 나는 화이트 플레인으로 갔고, 어마어마한 편두통과 그림 세 장을 동반해 뉴욕으로 돌아왔다. 다음 진료 때 가져가자 닥터 폼킨은 그림을 자세히 보겠다고 벽과 의자에 기대 세웠다. 끝나지 않을 것처럼 느껴진 5분 동안 나는 소파에 드러누워 있었고 폼킨은 뒤에서 자기 의자에 앉아 침묵했다. 정적 속에서 폼킨의 배가 꼬르륵거리는 소리만 희미하게 들렸다. 그가 그림에 대해 별말 하지 않으려나보다 생각하고 내가 아침에 꾼 꿈에 대해서 말하려던 참에 폼킨이 한숨을 내쉬었다. 또 한숨을 내쉬었다. 그리고 말했다. "저 선, 저 범벅, 저기 변 같은 얼룩. 저것들은 다 환자가 그토록 오래 억누른 갈등과 공격성과 적의가 시각적으로 표현된 것에 불과해요. 저건 예술이 아니에요. 예술을 빙자한 핑계도 아니에요. 그냥 핑계입니다. 단지 그거예요. 환자가 자신의 진정한 감정과 자아를 직시하고 이해하지 않으려는 핑계일 뿐이라고요. 자, 일단 저 태아 형태에 대해 말해봅시다. 그림마다 라이트모티프처럼 나타나 있군요." 그 순간 나는 충격적인 행동을 했다. 나는 몸을 일으켜 앉고 폼킨을 돌아보았다. "태아 형태라고요! 변 같은 얼룩이라고!" 목이 졸린 듯한 소리가 터져 나왔다. "무엇이든지 죄다 배변 활동이나 섹스로 해석되는 게 지겨워 죽겠어요!" 어스름 속에서 대머리를 은은히 빛내며 폼킨은 헛기침했다. "베티나, 환자의 그림은 이미 도식으로 분노를 표출하고 있어요. 그 분노의 근원을 찾아서 해결하는 게 우리의 과제예요. 그렇게 함으로써 자기 자신을 정교하게 위장할 필요를 제거하는 거죠."

"하지만 난 필요를 제거하고 싶지 않아요." 마지막으로 격렬히 반항하며, 혹은 심리치료에서 '저항'이라고 부르는 행위의 하나로 나는 오열하며 외쳤다. "나는 화가가 되고 싶었어요!" 폼킨은 진지한 표정으로 한참 동안 나를 바라보았다. "하지만 그것이 바로 환자가 될 수 없는 거예요. 자기 자신의 모습대로 살아야 하지 않겠어요?"

옳으신 말씀. 그래서 나는 다시 누웠는데, 상징적인 의미에서 중요한 첫걸음을 내디딘 것이라고 할 수 있다. 순응의 길로, 즉 내가 진짜 어떤 사람인지 직면하고 수용하는 길로 가는 첫걸음. 험난한 여정이었다. 시간으로 따지면 이 여행은 1년 반이 더 걸렸는데, 어쨌든 결국에 나는 내가 제법 똑똑하지만 무척이나 평범한 여자라는 사실을 받아들였다. 다소 소심하고 내성적이지만 강렬한 '여성의 충동'을 지녔는데, 이 말은 단순히 내가 남편과 아이들과 행복한 가정을 염원한다는 뜻이었다. 좀전에 말했듯이 이걸 받아들이기까지 쉽지 않았다. 예전의 포부를 떠올렸을 때 절대 달갑지 않은 발견이었으며 자존심에 크게 상처를 입었다. 그러나 나는 끝내 받아들였고, 그다음에는 남자를 찾아 나섰다. 지금 이렇게 써놓으니 마치 그렇게 될 운명이었던 것처럼 일이 일사천리로 진행된 것 같은데, 사실을 말하자면 심리치료를 통해 날벼락 같은 깨달음을 얻은 사람은 두 손 놓고 앉아서 그걸 곱씹기보다는 깨달음을 바탕으로 무엇이든 행동을 취하기 마련이다.

하여튼 간에 내가 자아를 찾는 동안 삶이 멈춰 있지는 않았다. 심리치료 비용을 스스로 감당할 수 없으므로 아버지의 도움이 필요하다는 건 모두 아는 사실이었지만 나는 조금이라도 보태기로 했다. 그 말인즉 제법 넉넉한 봉급을 주는 일자리가 필요하다는 뜻이었다. 1년 정도 더 지속된 '저항' 끝에―그러니까 처음에는 출판사의 원고 검토자 직책을 시도했고 그다음에는 보도 잡지사에서 조사하는 일에 뛰어들었는데(폽킨에게는 내가 대학에서 쌓은 문학 지식을 활용하려는 것이라고 말했다) 무보수나 다름없이 일하다 마침내 포기하고 폼킨의 조언을 받아들였다.(폼킨 왈, 요새 대학 학위는 아무 의미가 없어요. 재능이라든지, 당신이라는 사람 말고도 더 제공할 게 있어야 합니다) 나는 야간 비서 속성 과정을 들었고, 과정을 마친 뒤에 메모리얼 병원의 부서장 아래 비서로 고용됐다. 따라서 내가 진짜 어떤 사람이고 삶에서 무엇을 원하는지 받아들였을 무렵에 나는 제법 괜찮은 봉급을 벌고 있었을 뿐 아니라 훌륭한 신랑감이 차고 넘친다고들 하는 직종에 몸을 담고 있었다. 차고 넘친다니, 모르는 소리. 병원 업무는 마음에 들었지만 폼킨이 넌지시 암시한 근사한 젊은 의사는 구경도 못 했다. 주변에는 유부남 의사나, 총각이긴 하지만 원하는 건 오직 하나며 그것도 당장 원하는 의사들뿐이었다. 그런데 내가 새로이 얻은 깨달음에 의하면, 그들이 원하는 건 당장에건 나중에건 절대로 주면 안 되는 것이었다. 여성성 = 조심성 = 잠자리에 뛰어들지 말기. 여성성은 두 팔 벌려 수용했지만 그 덕분에 사회생활이 꽤 따분해졌다. 당시에 내가 만난 소수의 남자들, 그러니까 진도를 빨리 빼려고 안달하지 않은 남자들은 따분하고 대개 어딘가 징그러운 구석이 있었다. 소수의 여성 친구들은 잡지사나 출판사에서 만난 참하고 똑똑한 여자들로, YMHA에서 개최하는 시 낭송 이벤트나 롱샴 식당에서 하는 외식에 흥분했다.

다른 말로 하면 내 삶은 우울하기 그지없었다. 공백기, 혹은 교착 상태라고나 할까. 내게 적합한 삶을 추진할 의욕이 넘치고 준비도 되었는데 필수 요소가 눈에 띄지 않았다. 그 무렵에 폼킨이 또 다른 문제를 두고 나를 야단치기 시작했다. 나처럼 폭넓은 관심사를 지닌 젊은 지식인 여성이 정치에 무관심하고 참여하지 않는다니, 개탄할 일이라나. 왜 세상사에 좀더 관심을 기울이고 더 많이 읽고 더 적극적으로 참여하지 않는가? 지역 민주당 클럽에 가입하는 것처럼 간단하고 생산적인 일을 여태 왜 하지 않고 있느냐? 게다가 누가 압니까, 불굴의 의사가 덧붙였다. 뜻밖의 즐거운 일이 기다리고 있을지도요. 그곳에서 흥미로운 젊은이와 인연이 닿을지도 모르잖아요. 심리치료를 받는 중인 나는 늘 그래왔듯이 폽킨의 조언을 따랐다. 지역 민주당 클럽에 가입했다. 뜻밖의 즐거운 일은 아주 오랫동안 일어나지 않았다. 그러던 어느 더운 9월 밤, 나는 나와 같은 마음으로 애들레이 스티븐슨을 열렬히 지지하는 사람들의 모임에 나갔는데, 모랫빛 머리칼의 키 큰 청년이 연설을 시작했다. 그는 사람들 앞에 서서 넥타이를 느슨히 풀고, 게리 쿠퍼 비슷하게 겸연쩍은 기색으로 어깨를 으쓱하더니 양해를 구하고 시어서커 재킷을 벗었다. 쨍한 빨강 멜빵이 눈에 꽂혔다.

그래, 얼굴이 달아오른다. 그때를 돌이켜보면 솔직히 손발이 오그라든다. 하지만 그 빨강 멜빵이 딱딱한 접이식 의자에 구부정하게 앉아서 시들어가고 있던 딱한 베티나 먼비스를 사로잡았다는 건 부정할 수 없는 사실이다. 갑작스레 그녀는 허리를 곧추세우고 치마와 머리를 정돈한 다음에 앞자리 여자를 피해 더 잘 보려고 고개를 뽑고 최면에 걸린 듯이 눈을 반짝 뜨고 귀를 쫑긋 세웠다. 마른 체격이지만 건장해 보이는 청년은 줄담배를 피우며 불안한 손길로 계속해서 머리를 쓸어 넘겼고, 붉은빛이 감도는 금빛 두툼한 눈썹을 진지하게 찡그리고는 보스턴 악센트가 희미하게 배어 있는 말투로 리처드 닉슨과 드와이트 아이젠하워에 대해 이야기했다. 재치 있고 매력적인 그는 애들레이 스티븐슨이 자기 지인이라도 되는 것처럼 말했는데,(실제로 아는 사이였다) 그동안 베티나 먼비스는 의자에 엉덩이가 붙은 것처럼 앉아서 듣고 있었다. 저 사람은 누구지? 어떤 사람일까? 왜 이제껏 모임에서 못 봤지? 그날 나는 그 젊은이가 매사추세츠 브루클라인 출신의 조너선 에드워드 볼저라는 것을 알게 되었다. 하버드를 졸업하고 예일 대학 로스쿨을 다니다가 한국 전쟁 때문에 학업을 중단했다. 그리고 지난 반년간 지방 검찰청에서 수습 과정을 밟아왔다. '전도유망한' 젊은 변호사인 그는 자기 나름의 정치적 야심이 있었고, 존 F. 케네디의 소위 뉴프런티어 정책 신봉자들이 하나의 부류로 자리매김하기도 전에 그 움직임의 앞줄에 있었다고 할 수 있다.

아, 세상에. 여기서 막혔다. 감상. 조너선이 스웨덴식 플랫브레드에 발라 먹는 빌어먹을 아일랜드산 꿀만큼이나 끈적하고 속이 울렁거리도록 달콤한 감상이 스며들어 모든 것을 뒤덮는다. 이걸 쓰고 있는 지금도 바보같이 눈물이 차올라 시야가 뿌옇고 머릿속에서는 빌리 홀리데이와 유사한 목소리가 울부짖는다. 그러나 나는 진심으로 그를 사랑했고 그 역시 진심으로 나를 사랑했으며 우리 사랑은 진실했다. 정말이다. 감미롭고 진실했다. 처음에는 그랬다. 조너선에게 나는 그가 하버드 재학 시절에 공부하랴 학비 벌랴 바빠서 만날 시간이 없던 스미스 여대생이었다. 나를 만난 걸 믿을 수 없는 행운으로 여겼다. 명랑하고 똑똑하고 예쁜 데다가(아, 세상에) 술을 과하게 즐기거나 침대로 곧장 뛰어들지 않는, 또 뉴욕에서 제일가는 카피에디터나 패션 잡지 편집장이 되겠다는 야심 따위 없는 여자. 한편 내게 조너선은 스미스 재학 시절에 스와스모어, 윌리엄스, 브라운, 웨스트포인트 등에 다니는 학우들의 지루한 오빠들 말고는 다른 연줄이 없어 만나보지 못한 하버드 학생이었다. 조너선은 프루스트, 조이스, 조이스에 대한 레빈의 비평, 카프카, 플로베르, 제라드 맨리 홉킨스, 예이츠, 하트 크레인을 읽었고 콰트로첸토를 대표하는 화가들을 줄줄이 꿰고 있었으며 피카소를 시대별로 설명할수 있는 데다가 마티즈의 데생과 클리의 석판화를 소유하고 있었다. 게다가 〈로 리뷰〉의 편집장이었고 남북전쟁에 대한 전문가였으며 지방 검사 아래서 수습을 받으며 '전도유망'하며 '비범하다'고 검찰계의 호평을 받고 있었다. 다정하고 상냥하면서도 강하고 자신감이 넘치고 섹시하기까지 했다. 어떤 여자가 이런 남자를 거부하겠는가? 나는 거부하지 않았다. 그때는 제정신이었으니까.

시작은 좀 느렸지만 한번 발동이 걸린 뒤로는 진도가 쭉쭉 나갔다. 처음에는 저녁 식사를 하고 영화를 보거나 극장에 갔고, 잠자리는 하지 않았다. 드디어 잠자리를 같이했다. 그 뒤로는 외식하고 침대로 갔다. 그다음에는 대개 저녁 식사를 제치고 침대로 직행했다. 약혼 이야기가 나오기 시작했다. 그리고 약혼했다. 우리는 사회 규범을 따라야 한다는 생각에 질리도록 얽매여 있었다. 어느 주말에 나는 브루클라인으로 날아가 조녀선의 아버지를 만났다. 공인회계사인 그는 몹시 무능했지만 다정하고 예의범절이 완벽했다. 어머니는 조녀선이 한국 전쟁에 나가 있는 동안 돌아가셨다. 그리고 얼마뒤 주말에는 차를 빌려 화이트 플레인으로 가서 우리 부모님을 만났는데, 내게는 기적으로 느껴졌지만 조녀선은 그들을 좋게 본 듯했다. 사실, 전반적으로 모든 것이 기적적으로 순조롭게 진행되었다. 모두가 모두에게 호감을 느낀 듯했다. 아니, 모두가 모두를 사랑하는 듯했다. 심지어 조녀선을 만난 적도 없는 닥터 폽킨마저 우리관계에 조금 지나치게 흥분했다. 그는 내가 완벽히 정상이고 강인하며 유능한, 매우 희귀한 남자를 찾은 것 같다며, 심리치료의 진척 상태를 고려했을 때 내가 '원하면' 돌아오는 봄에는 치료를 마무리해도 될 것 같다고 했다. 나는 그러기를 '원했다'. 그래서 4월에 폼킨과 작별했고, 5월 말에는 화이트 플레인의 집 뒷마당에서 조너선과 결혼식을 올렸다. 나와 조너선은 간소하고 기품 있는 식을 원했지만 내가 치유되었다는 사실에 희열한 아빠는 이 결혼이 자신이 들인 노력에 대한 보상이라고 확신하고 자기 나름의 결혼식을 준비했다. 그래서 우리는 뒷마당에 거대한 텐트를 쳐놓고 삼바와 폭스트롯을 번갈아 연주하는 두 팀의 밴드를 두고 결혼했다. 하객들은 와일드라이스와 어린 새 고기를 먹고 돔 페리뇽으로 입을 헹궜다. 식이 끝난 뒤에 조너선과 나는 신혼여행으로 버크셔에 있는 여인숙에서 이틀을 보냈는데, 그것이 우리 주머니 사정이 허락하는 최고의 사치였다.

당연히 우리는 돈이 없었고 당연히 그것에 추호도 신경 쓰지 않았다. 나는 이스트 33가의 아파트에서 나와 웨스트 9가에 있는 조너선의 방 두 칸짜리 아파트로 들어갔다. 나는 병원 중역의 비서로 계속 일했고, 조너선은 지방 검찰청에서 2년째 수습을 시작했다. 결혼하고 한 달 동안 나는 믿을 수 없을 정도로 행복하다고 혼잣말하곤 했는데, 사람 팔자 시간 문제라고 말할 수 있기도 전에 그 경구를 뼈저리게 체감하게 되었다. 결혼한 지 고작 두 달만인 7월에 내가 임신했다는 사실을 깨달은 것이다. 계획한 임신이 아니었다. 우리는 아이를 원했고, 그것도 여럿을 가지고 싶었지만 가족을 꾸리기 전에 적어도 1~2년은 기다릴 생각이었다. 하지만 애가 들어선 걸 어쩌겠는가. 그런데 우리가 임신 사실을 받아들이고 얼마 되지도 않아 9월에 또다시 뜻밖의 일이 터졌다. 조너선이 지방 의회 후보로 선발되지 않았다. 조너선이 간절히 바랐으며 우리 모두 그걸 위해 노력하고 있었는데. 비록 조너선은 괜찮다고, 2년 안에 꼭 선발될 거라며 의젓하게 처신했지만 나는 그가 얼마나 실망했는지 알았다. 그러나 모르는 척해야만 했고, 우리는 또 다른 낙선자인 애들레이를 위한 캠페인에 전력을 기울였다. 그러는 중에도 나는 매시매초 배가 불러오고 있었다. 매일 4층 계단을 오르락내리락하다가 (임신 7개월 차까지 근무했다) 우리가 이사해야 한다는 사실이 마침내 극명해졌다. 검찰청 사무실의 동료를 통해 우리는 피터 쿠퍼 빌리지의 대기자 명단 우선순위에 이름을 올렸지만, 아파트를 실제로 얻기까지 몇 달이나 걸렸고 그사이에 실비가 태어났다. 또한 조너선은 지방검사 사무실을 그만두고 호디슨&마크스라는 대기업 로펌에 입사했다.

한마디로 모든 것이 변하고 있었다. 누군가 말했듯이 변화는 성장이고 성장은 곧 삶이라는, 상당히 깔끔한 등식이 완성된다. 조너선이 기업변호사가 되었다는 사실을 받아들이는 데 시간이 걸리긴 했지만—그가 이쪽으로 진출하리라고는 상상도 못 했다—조너선은 너무도 매끄럽게 기업변호사로 전환했고, 새로운 직업에 시작부터 열정적으로 임했다. 물론 나 역시 결국에는 익숙해졌고, 허드슨강 전망에 햇볕이 잘 드는 방 네 개짜리 아파트에 보금자리를 틀었을 즈음에는 다시 한번 행복한 시기가 찾아왔다. 조너선은 일에 전념했고, 나는 여성의 역할, 내게 최적이라고 닥터 폽킨이 말한 역할에 전념했다. 피터 쿠퍼 빌리지의 놀이터와 A&P 마켓과 빨래방을 오가며 하루를 보내고 밤에는 집 청소나 신문 읽기 등 낮에 시간이 없어서 하지 못한 일들을 하거나 베이비시터를 구해놓고 외출했다. 가끔은 저녁을 먹고 신문을 읽다 까무룩 잠이 들었는데, 나는 그것에 개의치 않았고 조녀선은 더더욱 개의치 않았다. 그럴 때 집에 같이 있었으면 조녀선은 나를 안아서 침대로 조심스레 데려갔다. 당시에 나는 넴뷰탈 같은 건 들어보지도 못했다.

실비의 돌이 가까워진 어느 날에 조녀선은 우리가 둘째를 가질 때가 된 것 같다고 불쑥 말했다. 우리의 바람대로 아이 셋을 가지려면 지금쯤 둘째를 만들어야 한다고 했다. 도저히 잊을 수 없는 조녀선의 말을 인용하자면, "당신은 하루의 90퍼센트를 아이 한 명 돌보는 데 쓰잖아. 그 시간에 두 명을 돌보면 더 효율적이지 않을까?" 심지어 그때도 조금 계산적으로 들리긴 했지만, 조녀선의 제안이 대부분 그렇듯이 합리적으로 생각되었으므로 나는 동의했다. 그렇게 우리는 리즈 만들기에 착수했다. 처음처럼 쉽게 되지 않아서 몇 달이나 걸렸다. 실비 때와 또 다른 점이 있었으니, 이번에는 임신 초기에 몸이 힘들어서 내가 바깥출입을 거의 하지 못했고, 따라서 당시에 조녀선이 다시 한번 의회 후보로 선발되기 위한 캠페인을 벌였으나 나는 집집이 홍보물을 돌리는 등의 도움을 줄 수 없었다. 또다시 조녀선은 낙선했는데, 이번에는 괜찮은 척도 하지 못할 정도로 매우 크게 낙담했다. 그러나 당시에 나는 그가 얼마나 상심했는지 알지 못했다. 한참 후에야 깨달았지만 바로 그때 조녀선의 눈에서 뉴프런티어의 열정이 사라진 듯하다. 조녀선은 눈에 띄게 야위었고, 겉모습과 옷차림에 갑작스레 유별난 관심을 보이기 시작했다. 나는 몸이 야윈 것이야 로펌에서 무리하기 때문이고 겉모습에 신경 쓰는 것 역시 일 때문이라고만 생각했다. 대기업의 주주들 및 부유한 고객들을 상대하는 일이니만큼 빈틈없이 말쑥해 보여야 했다.

언제나처럼 조너선의 말이 옳다고 밝혀졌다. 리즈가 태어났지만 우리의 삶은 크게 달라지지 않았다. 나는 할 일이 조금 더 생기긴 했지만 큰 차이는 아니었다. 하루의 90퍼센트는 결국 90퍼센트였다. 확연히 달라진 것이 있다면, 집에서 조너선을 보기가 점점 더 어려워졌다. 조너선은 미친 듯이 일에 매달리고 있었다. 그가 정계에 진출하지 못한 실망감을 자기 나름의 방식으로 털어내는 거라고 어렴풋이 짐작은 했지만, 나 역시 육아에 너무 바빴던지라 이것에 대해 깊이 생각할 겨를은 없었다.

흔히들 쓰는 표현대로 세월이 '쏜살같이' 지나갔다. 지금 돌이켜보면 전부 흐릿하지만 행복한 시절이었다는 것은 확실하다. 실비가 다섯 살이고 리즈가 세 살 반이었을 때 우리는 허드슨강을 내다보는 채광 좋은 방 네 칸짜리 아파트를 떠나 매디슨 애비뉴와 77가 네거리의 마당을 내다보는 어둑어둑한 방 다섯 칸짜리 아파트로 이사했다. 호디슨&마크스가 사무실을 다운타운에서 어퍼이스트의 매디슨 애비뉴와 55가로 옮겼기 때문이었다. 직장 가까이 살고 싶어 했던 조너선은 아파트도 직접 구했다. 조너선은 매우 들떠 있었다. 마침내 품위 있는 동네에 살게 되어 얼마나 좋냐고, 우리의 삶에 큰 변화가 찾아왔다고 말했다. 이제 자기는 스쿼시나 테니스 같은 경기형 운동을 하거나 피트니스에 다닐 시간이 없으므로, 별 좋은 날에 회사까지 20블록을 걸어가기만 해도 훌륭한 운동이 될 거라고 했다. 그렇게 걸어다니며 갤러리에서 전시 중인 회화나 조형물, 상점 진열창의 골동품, 그리고 근사한 옷차림의 흥미로운 사람들을 구경하는 건 보너스라고 했다. 이때 이상한 조짐을 눈치챘어야 했지만 당시의 나로서는 알 길이 없었다. 조너선은 이사해서 행복하다는 말을 입이 닳도록 했는데, 그가 정말로 행복하다는 걸 나는 알았다. 그는 너무도 끔찍한 그 집에 붙어 있지 않았으니까. 집이 어찌나 어두운지 낮에도 전등을 켜놓아야 했고, 옷장이 부족한 탓에 거실을 포함한 모든 방에 덜컹거리는 이동식 크래프트 보드 수납장을 놓아야 했다. 건물 전체에 바퀴벌레와 거대한 워터버그가 들끓었다. 배관은 늘 고장 났고, 건물에서 일하는 사람들은 관리자까지 포함해 전부 대책 없는 술꾼들이었다. 나는 꽤 자주 불평했는데, 그럴 때마다 조너선은 너그러운 미소를 띠고 똑같은 설교를 읊었다. "이렇게 훌륭한 동네의 임대료 제한 아파트에서 살려면 아쉬운 점 몇 가지는 감수해야지, 틴. 그러지 말고 우리가 얻는 혜택을 생각해봐. 센트럴파크를 생각해. 메트로폴리탄 미술관을 생각해. 택시비랑 아이들 학비를 얼마나 아낄 수 있는지, 우리 아이들이 P.S. 6에 다니는 걸 생각해보라고!" 그래서 대략 8개월 동안 나는 우리가 얻은 혜택을 생각했다. 센트럴파크를 생각하자, 눈 내리는 아침에 위막성 후두염 증세를 보이는 리즈와 집에 틀어박힌 채로 나 자신에게 말했다. 메트로폴리탄 미술관을 생각하자, 조너선이 출근하고 없는 비 내리는 토요일에 아이들에게 이집트 미라를 보러 미술관에 가자고 헛되이 설득하며 나 자신에게 일렀다. 학군을 생각해, 나는 P.S. 6 유치원에서 토한 실비를 데리러 가는 길에 중얼거렸다. 8개월이 지났을 때는 주문도 효력을 잃었고, 나는 어떻게 해서든지 조너선과 담판을 짓기로 마음먹기에 이르렀다. 그런데 그때 마침 조너선이 심한 독감에 걸리는 바람에 집에 머물러야 했다. 사흘간 조너선은 우울한 침실에서 병치레했는데, 그 침실은 라디에이터가 돌처럼 차갑고(3월 초였다) 바퀴벌레들이 그가 남긴 점심을 검사하러 기어 나오는 곳이었다. 나흘째 되던 날에 면도할 온수가 나오지 않자 조너선은 파리한 얼굴로 잠옷 위에 코트를 꿰입고 비척비척 지하실로 내려갔다가 보일러실에서 아파트 관리자와 수리공이라는 사람이 술 취해 뻗어 있는 광경을 목격했고, 쥐 한 마리가 빨래실에서 달려 나와 그의 다리 사이로 지나갔다. 조너선은 쥐를 끔찍이 무서워했다. 그리하여 우리는 새 아파트를 찾기 시작했다.

처음에 우리는 반영구적인 이사를 하자고, 10~15년은 살 수 있을 만큼 공간이 넉넉하고 편안한 집을 찾는 것이 우리 상황에서 유일하게 합리적인 일이라고 동의했다. 가족계획을 의논하지 않은 지 꽤 되었지만 애초에 우리는 아이 셋을 갖기로 했으므로(어쨌든 나는 그렇게 믿고 있었다) 곧 방이 하나 더 필요할 터였다. 조너선은 그 언제보다 일에 몰두하고 있었으므로 내가 아파트 찾는 일을 담당했는데, 이에 관해 조너선은 한 가지 확고한 조건을 걸었다. 아파트가 반드시 이스트사이드에 있어야 한다는 것이었다. 몇 주나 나는 리즈와 실비를 각각 유아원과 P.S. 6에서 데리고 올 사람을 구한 뒤에 신문에 과대 광고된 아파트와 부동산중개인이 신문 광고보다 더 과대 포장한 아파트를 보러 다녔다. 조너선의 봉급이 계속해서 오르고는 있었지만 그래도 우리 사정에 맨해튼 이스트사이드에서 방 여덟 개짜리 아파트는커녕 여섯 개짜리도 구할 수 없다는 것이 명명백백해졌다. 다시 한번 내가 조너선과 담판을 짓겠다고 작정하고 있는데—조너선은 이스트사이드에 대한 환상을 버려야 했다—그 무렵에 예전에 잡지사에서 같이 일한 여자와 조우했다. 마지막으로 본 이래 그녀는 결혼하고 아이 둘을 낳았다. 한때 부끄럼을 많이 타던 그녀는 말이 엄청 많아졌고, 텔레비전 방송 프로듀서인 남편이 서부로 발령 났다고 주절대며 센트럴파크 웨스트에 방 여덟 개짜리 아파트를 원할 만한 사람을 혹시 아느냐고 물었다.

그런 사람을 아느냐고? 나는 그녀와 함께 택시에 탔고, 다음 30분간 꿈꾸는 기분으로 빛이 잘 들고 천장이 높은 방 여덟 개를 돌아다녔다. 그날 오후에 당장 이사하고 싶었다. 그녀는 내게 술을 한 잔 주고, 자기들 부부와 친한 건물 대리인과 어떤 '합의'에 도달하면 우리가 아파트를 빌릴 수 있을 거라고 장담했다. 나는 다음 날 전화를 주겠다고 말하고 집에 갔다.

그날 밤에는 조너선이 오랜만에 집에 왔다. 나는 아이들이 잠자리에 들고 조너선이 하나뿐인 편안한 안락의자에 앉기를 기다렸다가 조심스레 운을 뗐다. 조너선은 마지못해 신문을 내려놓고 아파트에 관한 이야기를 들었다. "미안해, 틴." 내가 이야기를 마치자 조너선이 말했다. "나는 웨스트사이드에 살 생각 없어." 그리고 다시 신문을 펼쳤다.

"미안하지 않잖아." 내가 말했다. "그러니까 거짓말하지 마. 대체왜 웨스트사이드에 안 살겠다는 건지 내가 납득할 만한 이유를 하나라도 말해줘."

조너선은 신문을 무릎에 떨어뜨렸다. 그리고 눈을 들어 나를 빤히 보았다. "이유가 꼭 있어야 해?"

"그래, 물론이야. 당연히 이유가 있어야지. 난 발이 아파. 지난 한두 달간 택시비랑 베이비시터에 쓴 돈만 얼만지 생각해봐. 애들과 보낼 시간도 거의 없었어. 웨스트사이드에 살 수 없는, 납득할 만한 이유를 말해줘."

"회사에서 너무 멀잖아."

"그걸로는 충분하지 않아."

조너선은 놀라기도 했지만, 화도 나고 있었다. 자기가 화났다는 걸 보여주려고 그는 콧구멍을 벌렁거리고 입술을 얇게 꾹 다물었다. "어퍼웨스트사이드는 위험한 지역이야. 흑인 동네랑 푸에르토리코인 동네랑 맞닿아 있잖아. 훤한 대낮에도 위험해서 공원에 산책하러 갈 수도 없어."

민주당 진보주의자인 조너선 에드워드 볼저께서 하신 말씀이다. 내가 물끄러미 바라보자 조너선은 얼굴을 붉히고 일어나서 우리가 선반 하나에 홈바를 만들어놓은 책장 앞으로 갔다. 몇 분간 조너선은 얼음을 요란하게 휘저으며 칵테일을 만들었다. "그건 편견이 아니야." 조너선이 안락의자로 돌아오며 마침내 입을 열었다. "합리적인 이유야. 상식이라고. 그 동네는 안전하지 않아. 뉴요커라면 누구나 아는 사실이야." 조너선은 칵테일을 벌컥 들이켰다.

"이유를 하나만 더 말해줘. 내가 이해할 만한 거로."

조너선은 화가 나서 하얗게 질린 얼굴로 나를 노려보았다. "그 동네가 싫어!" 그가 고함쳤다. "이 말이 듣고 싶었어? 이거면 충분해?"

충분하지 않았지만 적어도 이제 대화의 장이 열렸다. 나는 조용히 말했다. "그 동네에 살아본 적도 없으면서, 친구들을 방문할 때가 아니면 가본 적도 거의 없으면서 왜 그렇게 싫어해?"

"내가 가본 적이 있는지 없는지 당신이 어떻게 알아?"

"바로 그거야. 나는 몰라." 나는 맨해튼 반대쪽의 방 여덟 개를 떠올리며 매우 차분하게 말했다. 그리고 덧붙였다. "하지만 가본 적이 있으면 내게 전부 말해주는 게 좋겠어, 조너선."

조너선이 나를 뚫어지게 보았다. 이 여자가 정말로 상냥하고 고분고분하고 이성적인 나의 턴이야? 아니, 그녀가 아니다. 그것을 마침내 알아차린 조너선은 일화를 하나 들려주었다. 조너선이 아홉 살이고 브루클라인에 살던 시절, 아버지 전립샘에 '혹'이 하나 생겼는데 보스턴의 의사가 그걸 제거해야 한다고 조언했다. 수술에 동의하기 전에 조너선의 아버지는 뉴욕에 사는 여동생 테시의 남편에게 전화했다. 매부가 내과 의사였기 때문에 가족들 건강에 관련된 일이라면 무조건 그의 의견부터 물어보았다. 많은 전화를 주고받은 끝에(어린 조너선이 엿듣고는 했다) 문제가 과연 꽤 심각하므로 조너선의 아버지는 뉴욕의 유명한 비뇨기과 의사에게 진료를 받기로 결정했다. 보스턴의 의사가 증상의 심각성을 오롯이 소통하지 않았다는 의심이 거론되었다. 행여나 '혹'이 악성이면 딱한 볼저 씨는 고환을 제거해야 할지도 몰랐다. 그래서 그들은 어린 조너선을 데리고 뉴욕에 갔다. 호텔에 묵을 사정이 안 되었으므로 가족은 센트럴 파크 웨스트에 있는 테시 고모의 아파트에 머물렀다. 그러니까 조너선과 어머니가 그 집에 묵었다는 말인데, 어머니는 대부분 시간을 병원에서 보냈으므로 조너선은 매일같이 테시 고모와 남겨졌다. 조너선은 잔에 남은 술을 비우고 말했다. "고모네 부부는, 어윈과 테시는, 자식이 없었고 애들을 좋아하지 않았어. 특히 나는 더더욱 안 좋아했지. 아침에 일어나면 엄마랑 고모부는 이미 나가고 없었어. 내가 아침을 먹으려고 부엌에 들어가면 테시 고모가 스토브 앞에 서 있었는데, 아침 9시부터 벌써 요리를 하고 있었지. 추레한 실내 가운을 걸치고 냄새 고약한 무언가를 요리하고 있었어. 구야시, 속 채운 양배추, 버섯 보리 수프. 치킨 프리카세 같은 것을 아침 9시에 말이야. 난 오렌지 주스도 간신히 삼켰어. 엄마가 부탁했기 때문에 고모는 내 아침을 푸짐하게 차렸어. 그런데 꼭 그 흉한 크리스털 샹들리에를 켜놓고 식사실에서 먹게 만드는 거야. 내가 꾸역꾸역 밥을 먹고 있으면 고모는 빗자루를 들고 와서 마치 내가 음식 부스러기를 잔뜩 흘리고 있는 것처럼 발 주변으로 양탄자 위를 샅샅이 쓸었어. 고모부가 돈을 못 번 것도 아닌데 왜 가사도우미를 두지 않았는지 몰라. 하지만 고모는 자기가 한다고 고집을 부린 거야. 대단한 희생을 하는 척한 거지. 아침 식사가 끝나면 고모는 설거지하고 식사실 테이블에 존슨 글로 코트 광택제를 2백만 번 덧칠한 다음에 집 전체에 진공청소기를 돌렸어. 나는 고모부의 의학서를 한 권 들고 화장실에 숨었고. 하루 이틀 지난 뒤에 고모는 내가 화장실에서 자위하느라 안 나온다고 생각했는지 갑자기 문을 두드리면서 나오라고 소리를 질러대기 시작했어. 어찌나 충격을 받았는지 진공청소기 돌리는 것까지 잊고 원피스로 부랴부랴 갈아입고는 집에서 몇 블록 떨어진 자연사 박물관에 데려갔어. 나는 거기를 진심으로 좋아했는데 거리도 가까워서 남은 기간에는 나 혼자 매일 갈 수 있게 허락받았어. 덕분에 살아남았지. 나는 커다란 고래 박제랑 수백 년 전에 산사태에 갇힌 어떤 잉카인의 화석을 제일 좋아했어. 거기 우두커니 서서 그 남자의 쑥 들어간 얼굴을 바라보면서 그 동굴에 갇히는 게 어땠을지, 바위와 고통과 비명을 상상하면서 고모네 집에 돌아가는 걸 최대한 미뤘어."

조너선이 몸서리쳤다. "아, 웨스트사이드. 나한테 센트럴파크 웨스트가 무엇을 의미하는지 알아?" 난 고개를 저었다. "나한테 그곳은 종일 전등을 켜놓은 방과 벨벳 가구와 태슬과 가짜 동양풍 양탄자야. 구야시와 버섯 보리 수프의 냄새, 가파른 벽에 에워싸여 있어서 해가 들지 않고 참새나 비둘기 한 마리 얼씬거리지 않는 것이 꼭 싱싱 교도소를 연상케 하는 마당을 내다보는 침실 창가라고…"

조녀선은 말끝을 흐리며 빈 잔을 침울하게 들여다보았다. 나는 깔깔 웃고 싶은 충동과 가슴 저릿한 애틋함을 동시에 느꼈는데, 다행히도 애틋함이 이겼다. "불쌍해라." 내가 말했다. "인간 화석과 버섯 보리 수프라니. 정말 끔찍했을 것 같아. 그분들… 테시 고모랑 어윈 고모부는 살아 계셔?"

조녀선은 고개를 가로저었다.

"아버님은 어떻게 되셨어?"

"혹을 제거했어. 다행히 악성이 아니었어."

"만약 그랬다면… 정말로 고환을 제거했을까?"

"그걸 내가 어떻게 알아! 섬뜩하게 왜 그런 끔찍한 사항에 관심을 보이는 거야?"

"섬뜩한 관심이 아냐. 큰 연관이 있다고 생각되어서 그래."

"뭐랑 연관이 있다는 거지?"

"당신이 웨스트사이드를 싫어하는 이유." 그쯤에는 아차 싶었지만 이미 엎질러진 물이었으므로 나는 계속해서 말했다. "그러니까 테시 고모네 집이 물론 우울하긴 했겠지만 그토록 큰 영향을 끼치진 않았을 거야. 내 생각엔 당신 마음속에서 웨스트사이드는 거세 공포를 뜻하게 된 거 같아."

자업자득이었다. 잠시 조녀선은 역겹다는 표정으로 나를 보다 지친 목소리로 말했다. "정말 비열하고 형편없군. 심리치료를 받은 당신이 전에 이런 말을 한 적 없다는 게 기적일지도. 베티나, 경고하는데, 다시는 내 앞에서 프로이트 흉내 내지 마."

나는 미안하다고 말하고 흐느끼기 시작했다. 그러자 조너선이 사과했고, 이내 나는 울음을 그쳤다. 그리고 우리 둘 다 일어나서 술을 마셨다. 나는 용기를 내어 이참에 이사 문제를 결판내기로 마음먹었다. 내가 말했다. "알았어. 웨스트사이드는 안 되는 거로. 하지만 어퍼이스트사이드도 불가능하니까, 그리니치 빌리지나 시골 밖에 안 남았네."

"난 그리니치 빌리지 질색이야. 시골은—어디를 말하는 거야?"

"아, 벽촌은 아니지. 완전 시골 말고, 그리니치나 라이나 펠험이나 티넥이나 스탠퍼드나 심지어 리버데일도…. 당신이 기차 타고 출퇴근할 수 있는 곳."

"난 기차 타고 출퇴근하니 죽고 말겠어." 조너선이 말했다.

천천히, 아주 천천히, 나는 잔을 비웠다.

방 건너편에서 조너선이 목을 다듬었다. "그 아파트 천장이 높고 햇빛이 잘 든다고…?"

그렇게 우리는 웨스트사이드로 이사했다.

삶에서 커다란 변화 하나로 인해 수많은 변화가 걷잡을 수 없이 파생되는 걸 생각하면 참 신기하다. 일종의 연쇄작용이 일어나는 것이다. 우리가 웨스트사이드로 이사한 지 이틀도 되지 않았을 때—상자, 여행가방, 이삿짐을 풀기도 전에—조너선의 아버지가 뇌졸중을 일으키고 매사추세츠 종합병원에서 사망했다. 여기 상황이 너무 혼잡해서 나는 발이 묶여 있었던지라 조너선은 혼자 보스턴에 가서 장례를 치르고 아버지 일을 정리해야 했다. 조너선은 얼이 빠져 떠났고(내색은 안 했지만 아버지에 대한 애착이 컸던 것이 분명했다) 엿새 뒤에 돌아왔을 때도 충격에서 헤어나지 못한 상태였다. 그러나 나는 조녀선이 돌아왔을 때는 다른 충격에 빠져 있었음을 곧 알게 되었다. 그러니까 공인회계사 헨리 볼저는, 상냥하고 무능력해 보였던 그 남자는 지난 30년간 봉급에서 얼마큼을 떼어 블루칩 주식을 사놓았고, 이제 가치가 9만 달러에 다다른 그것을 유일한 상속자인 조녀선에게 남겨놓았다.

한동안 멍해 있던 조녀선은 차츰 희열하며 흥분하기 시작했는데, 이 행복에는 지독하게 쓴맛이 섞여 있었다. 대학과 로스쿨 시절의 온갖 고생과 희생을 떠올리며, 아버지가 주식을 사는 대신 자신을 도와줄 수 있지 않았냐고 씁쓸히 원망했다. 물론 원망은 오래가지 않았다. 주식은 이제 그의 소유였고, 배당금만으로도 아이들 사립학교 학비와 아파트 월세를 대부분 낼 수 있었으니까. 조녀선은 부자가 되었다. 어찌 됐건 씁쓸한 기분은 계속될 수 없었다. 바야흐로 연쇄작용이 시작되었으니, 아버지가 죽고 한 달쯤 뒤에 호디슨&마크스에서 조녀선을 파트너로 승격시켜준 것이다.

이 승진이야말로 진정한 전환점이었으며, 그랬기에 나는 또렷이 기억한다. 그 모든 빌어먹을 사항을 낱낱이 기억하고 있다.

무더운 8월 말 저녁, 8시가 조금 지난 시간이다. 딸들을 막 재우고 나와 조녀선은 새집 거실에 앉아 있다. 예전에 쓰던 가구 몇 점을 군데군데 놓긴 했지만 큰 거실은 썰렁하고 목소리가 울려 동굴 같다. 그렇지만 우리는 아랑곳하지 않는다. 전등을 켜지 않은 채로, 우리는 커튼이 없는 창문을 통해 어스름이 내리고 있는 공원을 내다보며 조녀선이 퇴근길에 사 온 샴페인을 홀짝인다. 조녀선의 승진을 축하하고 있다. 저녁을 먹기 전인데, 저녁 식사로는 조너선이 역시 퇴근길에 사 온 캐비어 샌드위치를 먹을 것이다. 이 또한 하나의 조짐이었으나 그때는 알 길이 없었다. 둘 다 침묵을 지키고 있지만 우리는—어쨌든 나는 그런 줄만 알았다—행복하고 평온한 기분으로 고요를 즐기고 있다. 자리에서 일어나 눈부신 전등을 켜고 나서야 나는 조너선의 얼굴에 감도는 흥분을 감지하고, 어둠의 장막 속에서 어떤 변화가 일어났음을 알아차린다. 조너선이 달라졌다. 조심스레 나는 자리로 돌아와 낡은 소파에서 그의 옆자리에 앉는다. 조너선이 잔뜩 들뜬 표정으로 활짝 웃으며 나를 돌아본다. 조너선이 술을 마저 마시고, 내가 몇 년이나 윤을 낸, 받침 없이는 어떤 잔도 내려놓은 적이 없는 호두나무 탁자에 젖은 잔을 과장된 몸짓으로 내려놓는 것을 나는 가슴 철렁한 기분으로 지켜본다. 그 행위에 담긴 뜻을 제꺽 알아듣는다. 앞으로는 우리 집에 탁자가 쌔고 쌜 거야, 여보! 조너선은 일부러 눈을 맞추지 않고 담배를 꺼내 하나를 내 입에 물려주고 다른 하나를 자기 입에 넣고 떨리는 손으로 불을 붙인다. "자, 틴." 마침내 입을 연 조너선은 느긋하게 담배 연기를 뿜고 자리에 기대앉는다. "시작하자."

"시작하자고?"

"말해보자."

"말해보자고?" 샴페인에 취한 바보가 되풀이한다.

"그래, 의논하자고. 계획할 게 한두 가지가 아니야. 원대한 계획. 시작해야 하고, 그것도 곧바로 시작해야 해. 대화를 통해서만 시작할 수 있어."

그가 말하고, 나는 듣는다. 말을 시작하기 전에 조너선은 샴페인을 새로 한 병 딴다. 적어도 내게는 좋은 결정이 아닌데, 당시에 나는 너무 바빠서 점심을 자주 걸렀다. 그래서 조너선의 말을 들으면서도 제대로 이해할 수 없다. 어쨌든 눈이 풀리지는 않았는지, 조너선의 얼굴에서 그때껏 본 적 없는 흥분을 감지한다. 터질 것처럼 여문 분홍빛 얼굴은 훗날에 내게 무척이나 익숙해지리라. 그가 늘어놓고 있는 말들과 계획이라는 걸 온전히 이해하지는 못하지만 이것들이 얼마나 오래 그의 가슴속에 도사리고 있었는지 어렴풋이 궁금증이 든다. 지금이야말로 나의 계획을, 아이를 하나 더 갖자는 말을 하기에 최적의 기회라는 생각 역시 흐릿하게 떠오르지만 어쩌다보니 기회를 놓친다. 샴페인을 다 마시고 캐비어 샌드위치를 먹는다. 그다음에 조너선이 원한 대로 사랑을 나누는 대신, 나는 심하게 토하고 침대에 쓰러진다.

지금에 와서 돌이켜보니 그날 밤 이후로도 내가 꽤 오랫동안 얼떨떨한 상태에 빠져 있었던 듯한데, 꼭 샴페인 때문만은 아니다. 조너선이 곧바로 자신의 계획을 실천으로 옮기는 동안 나는 멍하니 모든 것에 수긍하며 따랐다. 조너선이 세운 계획의 첫 단계는 영향력 있는 사람들과의 인맥을 이용해 실비를 가을 학기부터 바틀럿 스쿨에 입학시키는 것이었다. 도저히 불가능해 보이는 과제였는데, 이것이야말로 조너선이 불가능을 해내기 시작한 시발점이었다. 아이들을 사립학교에 보낼 경제적 여유가 생겨서 기쁘기는 했지만 사실 나는 바틀럿 스쿨보다는 좀더 느슨하고 진보적인 학교를 염두에 두고 있었다. 그렇지만 나는 조너선의 '지배적인 남성' 역할에 상응하는 '수동적인 여성' 역할을 하기 위해, 조너선의 바람에 수긍했다.(조너선은 바틀럿 스쿨에 꽂혀 있었다) 당시에 조너선은 그야말로 열정적인 기세로 '지배적이고 강력한 남성' 역할을 떠안았다. 물론 그전에도 늘 강하고 유능했지만, 이제는 과도하게 강경한 것이 부담스러울 정도였고 조너선의 뇌 속에는 너무 거창하게 느껴지는 계획이 들끓고 있는 듯했다. 우리가 어떤 기준에서는 부유해졌다는 건 나도 알았지만, 세금과 생활비를 고려하면 조너선이 착각하고 있는 것만큼 돈이 많다고 생각되지는 않았다. 이것만 보아도 그때 벌어지고 있는 일들에 내가 얼마나 무지했는지 알 수 있다. 아, 나는 조너선의 바람을 실천에 옮겼다. 조너선이 요청한 대로 풀타임은 아니었지만 가사도우미로 로티를 고용했다. 하나둘씩 천천히 새 가구를 들였는데, 아주 저렴한 것들로 골랐다. 한동안 이런 식으로 일이 진행되다가 마침내 흥분이 가라앉은 조너선이 내가 그때껏 해온 일들을 검토하고 잘못을 바로잡았다.

조너선은 그 더운 8월 말 저녁에 자신이 원하는 바를 내게 제대로 전달하지 못한 것이 분명하다고,(아마 제대로 전달했겠지만 그걸 내가 어찌 알겠는가?) 내가 담당하기로 한 변화 중 하나를 자신이 꽤 구체적으로 설명했다고 믿었는데 착각한 모양이라고 말했다. 집을 꾸미는 일에 대한 것이었다. 자기는 아파트를 세련되게, 정말 제대로 꾸며보자고 말했다고 했다. 전문 인테리어 디자이너는 쓰지 말자고 했었는데, 디자이너들은 으레 부자연스럽고 지나치게 꾸민 느낌을 주기 마련이고, 또한 내게 아직까지 발휘할 기회가 없던 훌륭한 디자인 감각이 있기 때문이라고 했다. 조너선은 말했다. "속에 억눌린 화가가 있기 때문인지도 모르지만 당신은 색깔과 형태에 대한 감각이 탁월해, 틴. 게다가 당신은 원래 스타일이 훌륭하니까 기술적인 면만 조금 보강하면 돼. 그건 여러 시대의 양식과 골동품에 관한 책을 한두 권 읽으면 해결되는데, 이번 주에 내가 브렌타노 책방에서 사줄게." 이처럼 예상치 못한 찬사를 내가 한 아름 안고 앉아 있는 동안에 조너선은 더 자세히 설명하기 시작했다. "나는 다양한 것이 섞여 있는 집을 원해. 가짜 말고 진짜 골동품이랑 바르셀로나 의자처럼 현대 디자이너들의 작품이 섞여 있으면 좋겠어. 그렇다고 바르셀로나 의자는 사지 말고. 그건 개나 소나 다 가지고 있잖아. 그리고 나는 최고급 예술 작품들을 가득 놓고 싶어. 웅장하고 화려하면서도 독특한 느낌이 있는 집을 원해. 바커네 집처럼 말이야. 무슨 뜻인지 알지?" 무슨 뜻인지 알았다. 충격에서 빠져나온 나는 매우 작은 목소리로 그가 상상하고 있는 집이 근사하게 들리긴 하지만 현실적이지 않다고 말했다. 아이들 학비에 가사도우미 봉급, 새 아파트의 월세, 그리고 새 수입에 대한 세금 등을 따져보았을 때 그가 원하는 대로 집을 꾸미려면 주식을 팔아야 할 텐데, 물론 주식을 파는 건 말도 안 되는 일이었다.

그러자 조너선은 시시각각 내게 너무도 익숙해지고 있는 그 터질 듯이 여문 분홍빛 얼굴로, 주식을 파는 게 말도 안 되는 일이 아니며 사실은 일부를 벌써 팔았다고 차분히 말했다. 제너럴 모터스의 주식 일부를 팔아 그 돈으로 보스위고라는 캐나다 석유 회사 주식을 주당 1달러에 20만 달러어치를 샀다. 그쪽에 빠삭한 사람에게 듣기로 이 회사의 주식이 몇 달 안에 네 배로 뛸 거라며. 나는 왈칵 울음을 터뜨렸다. 변호사라는 사람이 대체 무슨 생각으로 그런 투기를 하냐고, 남의 말만 듣고 우리 가족의 안정된 미래를 도박으로 날리냐고 따졌다. 점차 불그스름해지고 부풀어 오르는 얼굴로 잠자코 앉아 있던 조녀선은 내가 말을 마치자 미소를 띠고 고개를 가로저었다. 그러고는 자신에게 귀띔해준 사람은 이 분야의 전문가고 사실 보스위고는 벌써 1 1/8배 상장했으며 이번 달이 끝나기 전에 세 배로 뛸 거라고 말했다. 세 배로 뛰었을 때 팔면 세금을 제하더라도 이 망할 아파트 전체를 끝내주게 꾸밀 돈이 생길 거라고.

열기에 휩싸인(단순히 탐욕이었을지도) 조녀선은 몇 달 뒤에 그 주식이 네 배로 뛸 때까지 팔지 않았다. 그 시점에 우리의 경주가 진정 시작되었다. 아니, 적어도 조녀선은 고삐가 풀린 듯이 막무가내로 달리기 시작했는데, 그때야말로 내가 떨어져나간 시점이라고 할 수 있다… 경마의 비유를 끝까지 이어가자면 말이다. 나는 조녀선이 어떤 일을 벌였는지 궁금해하거나 물어보기를 그만두었고, 그가 자진해서 말해주는 경우는 극히 드물었으므로 나는 암흑 속에 있었다. 아니, 몇 가지는 알았다. 예를 들면 조녀선이 보스위고 주식을 팔자마자 또 다른 전문가의 조언을 듣고 컬러텔레비전의 튜브를 제조하는 일로 변종한 웹 엔지니어링 회사의 주식을 샀다는 것. 또한 그로부터 반년만에 조녀선이 로펌에서 하는 일에 버금가는 열정으로 월스트리트에 깊이 빠졌다는 것도. 조녀선은 집에 와서 자는 날에도 절반은 '일'을 한답시고 서재에 틀어박혀 주식 중개인이나 그 분야에 '빠삭한' 사람과 통화했다. 그러면서도 생업을 소홀히 하지는 않았다. 아니, 그 반대였다. 로펌의 파트너로서 맡은 업무를 그는 놀랍도록 순조롭게 해냈다. 흔히들 말하는 대로 자신의 가능성을 실현할수록 가능성이 점점 더 커지는 걸까. 아니면 또 흔히들 말하는 대로 바쁠수록 더 많은 일을 해내는 걸까. 조녀선의 경우에는 이 말들이 확실히 사실이었다. 직장에서의 막중한 책임과 업무를 처리하면서도 주식 시장을 헤아리고 문화계에 발을 들일 시간까지 찾았으니 말이다.

자, 나 자신을 변호하자면, 이 시절에 나 역시 꽤 잘 해내고 있었다. 조너선이 상세히 설명한 대로 아파트를 꾸미는 임무를 완수하기 위해 뉴욕 곳곳의 경매에 참석하고 2번 애비뉴와 3번 애비뉴의 가구점을 돌아다녔다. 내 핸드백은 천과 페인트 샘플로 터질 것 같았고 머리는 프랑스와 영국 가구, 카페트 털실과 목재 스테인에 대한 정보로 터질 것 같았다. 내가 식사실에 놓을 레전시 의자 열두 개에 멍하니 입찰하는 동안(결국 내가 손에 넣었다) 조너선은 회화며 조형이며 책이며 집에 설치한 스테레오에 넣을 레코드 따위를 사들이고 있었다. 이 시기에 조너선은 또 다른 예술에 관심을 보이기 시작했는데 그것은 바로 연극으로, 머잖아 그의 도박 본능을 해소하는 수단이 될 것이다. 조너선이 연극에 투자하기 시작했다는 소리다. 주식 때와 마찬가지로 나는 한발 늦게 이것에 대해 알게 되었다. 아, 물론 실마리는 있었지. 우리가 연극을 퍽 자주 보는 것 같았고 뜬금없이 조너선이 조지 켈리부터 아누이까지 온갖 극본을 섭렵하긴 했지만, 그 밤에 조너선이(어김없이 그 분홍빛 부푼 얼굴로) 자신이 '대박' 날 것이 확실한 연극에 투자했으니 내가 그 연극의 개막일에 '대박' 칠 만한 옷을 사서 입으라고 했을 때는 기가 막히지 않을 수 없었다.

그래, 정말로 그의 입에서 나온 말이다. 물론 연극은 대박이 났다. 미다스의 손이라고나 할까. 그래서 우리 삶은 다시 한번 바뀌었다. 불과 몇 주만에 우리는 몇 년이나 알고 지낸 사람들과 거리를 두고, 내가 달리 무어라 칭해야 할지 알 수 없어 '새로운 사람들'이라고 부르는 무리와 어울리기 시작했다. 너무도 배경이 다양한 이들 무리에 하나의 이름을 붙이기는 어렵다. 연극에 종사하는 이들,(제작자, 배우, 극작가) 예술계에 종사하는 이들,(화가, 조각가, 미술상), 패션계와 잡지계가 섞인 세계 출신들도 있었다.(편집자, 사진가, 아주 유명한 모델들) 또 다른 종류의 사람들이 있었는데, 일종의 첨가제라고 할 수 있는 이들은 정확한 명칭이 없는 세계에서 왔고, 사회에 속한다고 할 수 없는 사회 계층이었으며 한때는 카페 소사이어티, 그다음에는 제트 세트 등으로 불렸는데, 지금은 대체 어떤 별명이 붙었는지 상상도 불가하다. '아름다운 사람들'? 무어라 불러야 할지 모르겠지만 어쨌든 그 계급에서 일급은 아니고 바로 아래에서 자기들끼리 모종의 그룹을 이루는 이들이었다. 몇몇 외톨이들을 제외하면 이들은 우리와 마찬가지로 젊은 커플들이었지만 우리보다 스무 배쯤 부유했으며 삶의 유일한 목적은 자기가 속하는 계급의 바로 위로 올라가는 것이었고, 그 목적을 달성하기 위해 가능한 한 많은 유명인들과 문화생활을 삶에 욱여넣었다.

새로운 사람들. 내가 이들을 혐오하는 것처럼 들릴지 모르지만 꼭 그렇지는 않았다. 딱히 좋아하지는 않았지만 내가 느끼는 감정은 애브너 딘의 만화를 볼 때처럼 "뭐 하는 사람들이지?"의 당혹스러움에 "내가 이 사람들이랑 뭘 하는 거지?"를 추가한 것에 가깝다. 그들이 두렵다거나 그들 앞에서 주눅이 들지는 않는다. 내가 자발적으로 이들과 만났으면 전혀 다른 만남을 가졌을 것이다. 늘 나는 똑똑하고 재능 있고 흥미로운 사람들을 좋아했고 그들과 당당하게 어울릴 수 있었다. '새로운 사람들'에 대해 전혀 아름답지 않은 사실을 말하자면 이들 중 다수가 조너선을 깔보고 이용하려 들었는데, 정작 본인은 그걸 알아차리지 못하는 마당에 내가 알려주기도 곤란했으므로 나는 몹시 난감한 처지였다. 우리가 매일같이 참석하는 만찬과 파티와 개막식에서 거의 항상 나는 "볼저 부인이잖아, 이름이 뭐였더라?" 같은 존재였고, 너무도 자주 나 홀로 구석에 서서 조너선이 자기는 모르는 중에 무시당하는 걸 지켜봐야 했다. 그런 상황에서 어떻게 내가 뻣뻣하고 어색하고 화나지 않을 수 있겠으며 어떻게 긴장을 풀고 조너선의 말마따나 즐기고 대화에 적극적으로 뛰어들 수 있겠는가. 물론 우리 부부는 몇몇 예전 친구들과는, 특히 호디슨&마크스의 동료들과는 계속해서 어울리지만 대부분 시간에 새로운 사람들과 교류한다. 이따금 조너선이 우리가 이토록 흥미진진하고 매력적인 사람들과 친분을 맺게 되어 참으로 멋지지 않냐고 물어보면 나는 맞아, 정말 멋져,라고 얼른 답한다… 달리 무슨 말을 할 수 있을까?

사실, 내가 할 말이 무엇이 더 있을까? 지금 이 순간에 말이다. 시간 순서대로 적으려고 했는데 어쩌다보니 갑자기 현재의 이야기를 쓰고 있다. 또 흐름이 막혔는데 이번엔 감상에 젖어서가 아니라 신경이 곤두서서 그렇다.(종이에 잉크가 다시 번지고 있다) 일종의 교착 상태에 빠졌다. 그렇지만 좀전에 말했듯이 무슨 말을 더 할 수 있을까? 뻔한 것을 이야기할까? 지난 몇 주간 내가 매일매일 나 자신에게 말하는 것? 나처럼 '운 좋은 여자'는 또 없으며 요즘 같은 상태가 된 것은 정신이 나가서임이 분명하다고, '여자가 원할 수 있는 것'을 모두 가지고 있지 않냐고? 내게는 영리하고 건강하고 예쁜 아이가 둘 있고(결국 둘에서 끝났는데, 조너선이 우리가 너무 오래 기다렸다며 그만 낳자고 했기 때문이다) '특출나게 유능하며' 성공한 남편이 있고, 내가 바랄 수 있는 모든 물질적 재산을 지녔다. 아름다운 집까지 포함해서. 지금 내가 이걸 쓰고 있는 침실 밖에는(창문 두 개로 센트럴파크를 내다보는 8평짜리 방) 넓고 공기가 잘 통하며 천장이 높아 채광이 훌륭한 방 일곱 개가 있는데, 그 방들에는 사람의 눈을 현혹하는 수많은 물건과 질감과 색채가 가득하다. 인간 화석과 구야시는 조녀선의 기억에서 오래전에 사라졌다. 거실 벽에는 우리 시대 최고 화가들의 작품이 걸려 있고 벽난로 선반과 탁자와 장미목 테이블과 루이 16세풍 할리퀸 테이블과 창문들 사이의 붙박이 선반에는 아기자기한 조형물이 올려져 있다. 금줄로 엮은 아주 조그만 말 조각상, 푸르스름한 구리 조각상, 고드름처럼 생긴 것들과 황동 모래성 따위다. 커튼레일 덮개와 중국 치펀데일식 수납장 속, 그리고 문 위의 삼각형 페디멘트에는 하이파이 스피커가 숨겨져 있다.(조반니 팔레스트리나부터 존 케이지까지 두루 갖춘 레코드판 컬렉션과 레코드플레이어는 서재 책장에 보관되어 있다) 조녀선이 구체적으로 요청한 대로 가구는 프랑스풍과 영국풍과 현대풍의 다양한 스타일이 섞여 있다. 현대풍인 것은 유리와 쇠로 이루어진 탁자뿐이지만. 조녀선은 이 탁자에 유난히 애착이 강해서 자기가 손수 선별한 '잡동사니'를 진열해놓고 때로 배열을 바꾸는데, 지금은 도금한 은제 물고기 조각상, 프리 컬럼비안풍의 터키석 눈이 달린 금제 새 조각상, 거대한 스튜벤 재떨이, 두꺼운 예술 책 여러 권, 그리고 〈뉴 리퍼블릭〉, 〈리얼리테〉, 〈펀치〉, 〈파이낸셜 월드〉, 〈파르티잔 리뷰〉 등 잡지가 있다. 잡동사니마저 '다양성'을 뽐낸다.

아름다운 집에 대해서는 여기까지. 이제 다른 물질적인 것으로 넘어가자. 옷 같은 거. 내 옷에 대해 이야기할 생각은 없으므로 조녀선의 옷장을 살펴보기로 하자. 양복 스물세 벌, 스포츠 재킷 일곱 벌, 바지 아홉 벌, 레인코트 두 벌, 코트 다섯 벌, 감사하게도 거의 입지 않는 자두 빛깔 벨벳 스모킹 재킷. 셔츠가 서른다섯 장에 잠옷이 열한 벌,(그중 두 벌은 실크다) 실내 가운 세 개, 신발 열다섯 켤레, 장갑 열두 켤레, 양말과 손수건과 속옷은 셀 수 없이 많다. 스웨터 아홉 장, 만찬용 재킷과 바지 세 벌, 한 번도 입은 적 없는 턱시도, 친구들에게 단출한 저녁을 대접하며 샐러드를 만들 때 '재미'로 입는 티킹 스트라이프 지배인 앞치마. 조너선은 모자를 안 쓰지만 네 개나 소유하고 있고, 작년에는 꿩깃 코케이드 장식이 달린 녹색 알프스풍 털모자를 샀다. 이 모자는 웬일로 쓰기는 하는데 토요일 오후에만 쓴다. 토요일 오후에 조너선은 아주 드물게 딸들을 데리고 외출하거나 아니면 자신이 최고로 즐기는 혼자만의 산책에 나선다. 여유롭게 공원을 가로질러 매디슨 애비뉴로 산책하러 나가 '자신의' 갤러리에 들르거나 파크-버넷에 가서 경매를 구경하거나 셰리레먼에 가서 할인하는 몽라셰를 한 병 사거나, 아니면 미식가의 안식처라고 할 수 있는 상점 몇 군데에 들러 댐슨 자두 잼이나 얼그레이 차 한 통을…

계속해서 써나갈 수 있었지만 갑자기 속이 지독하게 메슥거렸다. 옷이 사람을 결정하지 않는다는 건 안다. 하지만 그 옷들의 주인이 누구인지 내가 더는 모른다는 걸 돌연 깨달았다. 그러니까, 청쾌한 가을의 토요일 오후에 프레이거 모리스 고급 식료품점에 가서 스코틀랜드산 훈제연어나 브리 치즈 한 통을 사는 걸 삶의 즐거움으로 삼은 저 남자는 대체 누구지? 의자로 펼칠 수 있는 사냥용 지팡이만 안 들었다 뿐이지 사냥을 가는 차림새로? 저기 우스티드 양복 속의 우수한 양반, 마드라스 양복 속의 마성의 사내, 서지 양복 속의 서정적 남자가 대체 누구란 말인가? 조너선, 당신 거기 있어? 조너선, 거기 있으면 이제 그만 나와. 제발 부탁이야. 어디에 있든지 간에 이제 나와줘.

아, 이제는 돌이킬 수 없다. 손이 얼마나 땀에 젖었는지 종이가 일어나서 달걀판같이 쭈글쭈글해졌다. 게다가 목구멍에 귀여운 복숭아씨가 걸린 것처럼 답답한데, 그게 너무 빠르게 커지고 있어서 술꾼 스웨덴인 스벤이 벨트에서 만능열쇠를 꺼내 내게 기관 절제술을 해줘야 할지도 모르겠다. 그렇게 되기 전에 오늘은 여기서 멈추련다. 2시 15분이니까 어차피 멈출 때가 되었다. 몇 시간이나 쓰면서 시간이 그렇게 지난 줄도 몰랐다. 배가 고프거나 팔이 저리지도 않는데, 이런 사실이 뜻하는 바가 있지 않을까? 하지만 그게 무엇인지는 나중에 생각해봐야지. 아이들이 4시쯤 집에 올 텐데 그 전에 침대를 정리하고 설거지하고 폴리에게 밥을 주고 산책을 데리고 나가야 하니까. 불쌍한 것, 폴리는 촉촉한 눈으로 저기 안락의자에 침울히 앉아 있다. 내가 잊은 것이 폴리뿐만이 아니다. 니우 암스테르담 마켓에 전화해서 주문을 넣는 것도 잊었다. 전화하기에는 이제 너무 늦었는데 저녁을 차릴 재료가 없으니까 화이트제이드 중식당에서 차우멘이나 시켜야겠다. 소소한 축복이라는 구절이 절로 생각난다. 조너선이 출장 가고 없어서 얼마나 다행인지, 대체 무얼 하며 하루를 보냈길래 집밥도 차려놓지 않았냐는 호통을 듣지 않아도 되어서.

"꽉 찬 주전자는
소리를 내지 않는다."

"슬픔은 지나친 기쁨의 자식."

"친구여, 민머리 수도승에게
빗을 빌리려 하지 말 것."

"지나친 웃음을 조심하라.
정신을 죽이고 망각을 불러일으키니."

"허물이 새나가는 걸 막고 싶으면
입을 다물라."

어제저녁에 화이트제이드 중식당의 차우멘에 딸려 온 포춘쿠키의 메시지들. 이 식당은 주방에 노자를 가둬두고 있는 것이 분명하다.

어젯밤 10시 43분에 조너선이 위치토에서 전화했다. 불을 끄고 자려던 참이었다. 정해놓은 시간 3분이 되기 전에 통화를 끝냈지만 그다음에 묘하게 신경이 곤두서서 다시 잠이 오기까지 한 시간 동안 플로베르를 읽어야 했다. 넴뷰탈은 먹지 않았는데, 일고여덟 알 밖에 남지 않아서 오늘 오후에 닥터 사이먼한테 처방전을 받을 때까지 참는 편이 좋겠다고 생각했기 때문이다.

어젯밤에 나는 내 침대 옆 탁자가 현재 정신 상태를 훤히 드러낸다는 것 또한 깨달았다. 이처럼 극명한 증거를 늘어놓는 건 멍청했지만 조너선은 내가 잠자기 전에 매일 한 시간씩 독서하는 거로만 생각하는 듯하다. 지금 램프 옆에 쌓여 있는 책들.

『체호프 극본 모음집』

『부덴부르크가의 사람들』,

『제인 오스틴 총서』

『앤드루 마블 시집』

『하워즈 엔드』

『불안의 시대』

『채털리 부인의 연인』

그 아래 선반에는 미국과 프랑스의 패션 잡지, 〈아트 뉴스〉 지난호, ≪뉴욕타임스≫ 데일리 에디션의 에디터 페이지들이 있다. 이 선반은 이를테면 나의 필독 선반으로, 조너선이 나더러 읽으라고 보채는 것들인데 나는 너무 많이 쌓였을 때 ≪뉴욕타임스≫를 한 무더기씩 빼낼 뿐 거들떠보지도 않는다.

조너선이 집에 있으면서 서재에서 일하거나 통화하거나 섹스할 기분이 아닐 때도 내가 무엇을 읽는지 알아차리지 못한 이유 중 하나는 어쩌면 그 역시 자기 나름의 필독서가 있기 때문인지도 모른다. 조너선은 침대 머리맡에 베개 세 개를 쌓아두고, 작년에 담배를 끊으며 대신 피우기 시작한 냄새 고약한 조그만 시가를 입에 물고 앉는다. 고매하신 변호사님께서 무엇을 읽으시냐고? 앨런 네빈스? 셸비 푸트? 벤저민 토머스? 혹은 〈포린 어페어스〉? 〈리포터〉? 〈예일 로저널〉? 〈폴리티컬 사이언스 쿼털리〉? 아니, 조너선은 주식 종가가 명시된 석간신문 두 개를 읽는다. 〈파이낸셜 월드〉와 〈일러스트레이티드 런던 뉴스〉를 읽는다. 〈버라이어티〉와 〈아트 뉴스〉와 〈고메 매거진〉을 읽고, 세 신문사의 총합 일곱 개의 가십 칼럼을 읽으면서 혼자 킥킥거린다.

조너선의 이러한 독서 목록에 대한 반발로 내가 나의 독서 목록을 선별했을지도 모른다. 하지만 그보다는 단순히 술이나 약의 도움 없이 신경을 안정시키려는 거다. 한 시간 책을 읽을 여유가 허락된 밤에는 넴뷰탈 없이도 잘 잔다. '허락'이라는 단어를 사용한 이유는, 조너선은 걸핏하면 내가 책을 읽을 때 방해하기 때문이다. 내가 책에 푹 빠져 있을 때면 어김없이 옆 침대에서 지루해하는 하품 소리와 신문이 바스락거리는 소리와 잡지가 바닥에 떨어지는 소리가 들리고, 잠시 후 조너선이 묻는다. "여보, 오랜만에 건초에서 굴러볼까?"

공정하게 말하자면 조너선은 섹스를 직접적으로 표현할 때 단 한 번도 상스러운 단어를 쓴 적이 없다. 행위 중에도, 그 전이나 후에도. 조너선은 늘 "사랑을 나눌까?" 혹은 "침대로 갈까?" 등 완곡한 표현을 쓰는데, 나는 그보다는 야한 표현을 선호하지만 별로 문제 되지는 않는다. 그런 성격도 빨강 멜빵과 다른 것들과 더불어 조너선이라는 사람을 이루는 것 중 하나니까. 하지만, 세상에, 저 표현을 들으면 속에서 내가 죽는 것 같았고, 푹 삶은 달걀처럼 부들부들하고 매끄러운 얼굴과 브룩스 브라더스 셔츠의 단추 같은 눈을 보면 더더욱 끔찍했다. 참으로 이상한 것은, 조너선이 갑자기 버디 엡슨이라도 된 것처럼 푸근한 표현을 쓰기 시작하면서 예전보다 훨씬 더 자주 하고 싶어 하는데, 나와는 무관한 변화처럼 느껴진다. 나는 사뭇 다른 방식으로 반응하곤 하지만 사실 너무도 버겁다. 물론 내 진심을 보일 수는 없으므로 "나 너무 피곤해." 나 "오늘은 안 돼… 정말 힘든 하루였어." 따위 흔하디흔한 핑계를 쓰는데, 그마저 여의치 않을 때는 하릴없이 침대에서 일어나 까탈스러운 배관공처럼 화장실로 가서 꼼꼼이 씻고 준비한다. 섹스에 대해서는 별로 쓰고 싶지 않다. 다만 12년 전에 닥터 폽킨이 한번 '정기적 섹스 이론'이라는 것에 대해 말했을 때 내가 박장대소했다는 것만 알아두기를. 그 이야기가 왜 나왔는지 지금은 기억나지 않지만—내가 잠자리 상대에 대해 이야기했을까—건강을 지키려면 일주일에 특정한 횟수의 섹스를 해서 자신을 '해소'해야 한다고 믿는 남자들이 있다는 것이 너무너무 우스웠던 것은 기억난다. 그때는 배를 잡고 웃었지만 이제는 웃을 수 없다. 내가 이상주의자인 것도 아니다. 10년은 긴 세월이다. 그렇지만 결혼한 지 오래되었다고 해서 반드시 틀에 박힌 관계가 된다는 법은 없으며 사실 우리도 몇 달 전까지만 해도 그렇지 않았고 심지어 지금도 싸우고 화해할 때나 둘 다 술이 많이 취했을 때는 열정이 살아 있다.

　하여튼 간에 침대 옆 탁자의 책들로 돌아가자. 나는 시골에서 돌아온 둘째 날에 서재에서 무작위로 책을 골랐다. 순수하고 단순히, 현실도피의 수단으로, 마음의 평화를 찾기 위해서였다. 서릿발 내린 영국 공원, 침울한 러시아 정원, 답답한 독일 응접실. 책의 날개를 타고 얼마나 멀리 갈 수 있을까? 작년 이맘때에는 라흐만 상점

의 베스트셀러와 이안 플레밍, 렉스 스타우트, 마저리 앨링엄의 값
싼 종이책을 읽었다. 하지만 작년 이맘때 나는 아마도 제정신이었
다는 것을 잊지 말길. 그때만 해도 내게 주어진 임무를 전부 해내고
있었다.(가정을 효율적으로 꾸리고 계속해서 가구를 사들이고 파티
에 참석하고 아이들에게 '이상적인 엄마'가 되어주고 등등) 무언가
마음에 들지 않더라도, 예컨대 '새로운 사람들'의 대화를 도저히 못
들어주겠거나 조녀선이 200달러짜리 연회복에 리본이 달린 에나멜
가죽 구두를 신고 있는 꼴을 똑바로 못 보겠으면 시선을 돌리거나
거부감을 억눌렀다. 내가 촌스럽게 굴고 있다고, 아니면 역으로 속
물적으로 구는 거라고 자책하고 계속 받아들였다. 한마디로 스스로
를 잘 다스려왔는데, 올해 7월에 일주일 내내 실비와 리즈와 베이비
시터와 이스트햄프턴의 낡은 집에 갇혀 있다시피 했다. 작년과 재
작년 여름 휴가 때는 로웨이턴에 별장을 빌렸다. 올해는 '새로운 사
람들'과 어울린답시고 이스트햄프턴으로 갔는데, '미치도록 즐거운
곳'이라며 조녀선을 꾄 그들은 막상 우리가 도착하자 모른 척 무시
했다. 아, 주말에는 몇몇 파티에 초대를 받았지만 조녀선이 가고 싶
어 했던 파티는 아니었고, 2주 휴가 동안 조녀선은 테니스를 많이
치고 수영을 자주 하긴 했지만 그가 원하던 사람들의 테니스코트나
수영장이 아니었다. 평일에 나 혼자 있을 때는 아무런 문제가 없었
다. 나는 종일 아이들과 베이비시터를 해변에 데려다주었고, 때로
는 '새로운 사람들'의 아이들과 놀 기회를 마련해주었다. 밤에는 애
거서 크리스티나 조르주 심농이나 나이오 마시를 읽었고, 텔레비전
에서 상영하는 고전 영화를 보았다. 이따금 견디기 힘들 정도로 외
로움이 사무쳤지만 내가 치기를 부리는 거라고 스스로를 꾸중하며

그 기분이 사라지길 기다렸다.

그러다 7월 말쯤 시작되었다. 장을 보다 몸이 떨리고 해변으로 운전하는 길에 핸들을 잡은 손에 땀이 났다. 가끔씩 불면의 밤이 찾아왔다. 그리고 공포감이 시작되었다. 물가에서 멀리 나가면 상어에 물릴지도 모른다는 두려움, 썩어가는 포치 난간을 휘감은 덩굴장미 주변으로 날아다니는 벌에 대한 두려움,(내가 벌에 쏘여 알레르기 반응을 일으키는데 약이 없어서 땡땡 부은 채로 죽을 거라는) 밤에는 도둑과 훔쳐보는 변태에 대한 두려움. 그러다 8월에 가장 끔찍한 공포가 시작되었다. 밤에 우리가 자는 중에 엠파이어스테이트빌딩만큼 커다란 쓰나미가 먼바다에서 밀려와 우리 집과 롱아일랜드 절반을 쓸어버릴 거라는… 글쎄, 나는 예견했다. 쓰나미는 아니지만 나의 문제를, 그리고 마침내 새그 하버의 의사를 찾아갔다. 의사는 도시에서 온 여름 휴가객들에게 익숙한 모양인지 서슴없이 신경안정제와 수면제를 처방해주었다. 상태가 급속도로 나빠진 건 뉴욕으로 돌아온 후였다. 이런, 전화가 오네.

전화를 받고 왔다. 아, 신이여, 내게 힘을 주소서. 전화한 사람은 오프브로드웨이 프로듀서 카터 리빙스턴이라는 사람인데, 다음 주에 우리 부부를 파티에 초대했다. 나는 초대해주어서 기쁘며 꼭 가겠다고 말했다. 기쁘다니. 조녀선은 기쁜 정도가 아니라 풋볼팀 주장에게서 졸업 파티에 같이 가자는 데이트 신청을 받은 신입생처럼 꺅꺅거릴 것이다. 성적인 농담은 아니었는데 다시 생각해보니 좀 웃기긴 하다. 어쨌든 전화를 끊자마자 로티가 방문을 두드렸다. 문을 잠근 것을 깜박 잊고 들어오라고 말했다. 문손잡이가 끝까지 돌아갔다가 멈추었다. 아차. 문손잡이가 제자리로 돌아갔고, 로티는 매우 민망해하는 목소리로 세탁기에 넣을 패브Fab 세제를 못 찾겠다고 말했다. 로티가 벌써 이상하게 생각하고 있을 텐데 문을 잠가놓은 걸 굳이 들먹이고 싶지 않아서 나는 패브 브랜드를 주문하는 걸 잊었으니 치어Cheer 브랜드를 쓰라고만 외쳤다. 로티가 복도로 돌아가는 발소리가 울리는 동안 나는 문을 잠근 것을 들킨 멍청한 나 자신을 욕하고 내가 방에서 문을 잠근 채로 대체 무얼 하고 있다고 로티가 짐작하려나 걱정했다.

그렇지만 로티의 성격을 고려하면, 십중팔구 로티는 아무 생각도 안 할 것이다. 로티 매스터스를 이루는 특성 가운데 하나는 자신이 일하는 곳에서 일어나는 일에 어떠한 관심이나 호기심도 갖지 않는 것이다. 그런 성격을 깨닫기 전에는 로티의 태도를 두고 불안해하곤 했었다. 로티가 처음 일하기 시작했을 때 나는 그녀가 이슬람교도일지 모른다고 생각했는데, 부담스럽게 친한 척하는 나의 접근을 칼같이 잘라냈기 때문이었다. 그래, 그런 생각까지 했다. 3년이 지난 지금 나는 마침내 로티를 이해했고 그녀를 존경한다. 자기 자신과 상대의 사생활을 철저히 지키는 부지런한 흑인 여자. 처음에 로티는 일주일에 세 번 반나절씩 청소만 했다. 그러다 조너선이 풀타임 가사도우미를 구하자고 고집했다. 로티의 근무시간을 늘리자는 게 아니라 딴 꿍꿍이가 있는 게 빤히 보였다. 아마도 조너선은 메리 페티의 그림 속 여자들처럼 요정 같은 외모에 전설적인 셰프 디오네 루카스의 요리 실력에 〈투너빌 트롤리〉 만화의 카트린카(이름이 헬가였나?)처럼 괴력을 지닌 가사도우미를 원한 것 같지만 나도 이 문제는 양보하지 않았다. 나는 로티가 매우 마음에 들었다. 또한 로티의 사정이 어렵다는 걸 알았으므로, 사전 통보 없이 그녀를 해고하고 조녀선의 터무니없는 상상 속 가사도우미를 찾아 나설 생각은 없었다. 그래서 나는 로티와 의논하여 해결책을 마련했다. 로티는 업타운의 교구목사관에서 일하는 남편에게 헌신했는데, 남편이 몸이 좋지 않았기 때문에 로티가 저녁 시간에 맞추어 집에 가서 밥을 차리고 우리가 외출하는 날에만 하룻밤 머물었다.(말할 필요도 없겠지만 작년에 우리 부부의 사교 생활이 엄청나게 활발해졌을 때 이 스케줄로 인해 여러 문제가 발생했다) 이제 로티는 일주일에 닷새는 아침 11시에 와서 저녁 6시에 퇴근하고, 목요일과 일요일은 쉰다. 로티는 집을 청소하고 간단한 빨래라고 부르는 것을 하고 저녁 식사를 차린 다음에 스토브에 따뜻하게 보관한다. 로티는 요리 솜씨가 훌륭하고 빨래도 잘하는데, 조녀선은 나와 동감하지 않는다. 로티가 자기 셔츠를 몇 번 빨래한 뒤로 조녀선은 앞으로는 로티에게 맡기지 말라고, 셔츠 한 장에 70센트, 무려 70센트를 요구하는 대단한 프랑스인 손세탁 집에 가져가라고 했다. 그리고 조녀선은 우리가 집에서 손님을 접대할 때 출장 요리사를—프랑스, 핀란드, 아이티 출신인—부르기를 원하는데, 손님이 네 명 이상일 때는 괜찮지만 고작 두 명일 때는 상당히… 난처하다. 로티와 나 사이에 갈등이 일어날 때가 있다면 오직 로티의 지나치게 투철한 직업정신 때문이다. 로티는 '자기 업무'라고 여기는 것을 내가 하면, 그러니까 자기가 일하는 날에 내가 침대를 정돈하거나 그릇 하나라도 씻으면 화를 낸다. 내가 가족에게 특식을 차려주고픈 충동을 느끼는 날에는 조금 너그럽다. 최근에는 여러모로 정신이 없어 예전만큼 자주 못 하지만 나는 요리를 좋아하고 이 집으로 이사하기 전까지는 제법 괜찮게 실력을 키우고 있었는데, 조녀선은 나더러 아파트를 꾸미는 것에나 신경 쓰고 나 대신 요리할 사람을 찾으라고 권했다. 자연스레 그 후로는 요리할 맛이 떨어졌다…

또 전화벨이 울리네. 또 다른 파티에 초대받았다. 이 파티는 10월 28일에 열릴 예정이다. 파티가 열리기 한 달 반 전부터 초대하는 건 좀 극성스럽다고 생각되었지만 어쨌든 전화를 끊고 지난주에 조녀선이 구찌에서 산 일정 관리 공책에 표기하러 갔다가 오늘이 9월 29일이라는 것을 깨달았다. 그렇다면 10월 1일이 일요일이므로, 왜 오늘 두 번이나 파티에 초대를 받았는지 이해가 된다. 10월 1일은 소위 가을 시즌의 시작을 알리는 날로, '새로운 사람들'에게는 개미 부대처럼 땅속에서 기어 나와 가을의 난봉을 시작하라는 신호나 다름없다. 특히 이번 초대는 조녀선을 환희에, 문자 그대로 환희에 빠뜨릴 것이다. 초대한 사람은 내가 질색하는, 샬럿 레이디라는 여자다. 훤칠한 키에 금발인 샬럿은 쉰 살에 가깝고, 1940년대 초반에 제법 유명세를 누린 배우다. 섹시한 금발 악녀 역할로, 존 가필드나 조엘 맥크리어 같은 남자가 홀딱 반해서 쫓아다니다 나중에 정신을 차리고 참한 여자에게 돌아가는 그런 이야기다. 전쟁이 끝날 무렵에 샬럿은 레이디 가문의 막대한 재산과 결혼했고, 〈마이페어레이디〉의 히긴스 교수 같은 사람에게서 옥구슬 같은 목소리로 말하고 점잖게 행동하는 법을 배운 뒤에 사교계에 입성했다. 샬럿의 피부는 아이스박스에 보관할 수 있는 시기를 하루 넘긴 가드니아 꽃잎 같고, 이제는 쓸모를 잃은 굉장한 몸매를 지녔다. 남편이 죽은 뒤로 남자를 만나지 않고 있는데, 여자를 좋아하는 것도 아니다. 샬럿은 마약과 술과 연예인을 즐긴다. 샬럿은 살롱을, 어쨌든 한때 살롱이라고 불린—요즘엔 무엇이라고 부르는지, 신조어를 통 모르겠다—예술

75

인들과 유명인들과 상류층을 모아놓은 일종의 만담회를 연다. 방금 통화할 때 샬럿의 건방진 말. "이스트햄프턴에 있었다면서요. 연락할 생각이었는데, 유럽에서 온 소방수들을 접대하느라 정신이 없어서 아무한테도 연락을 못 했어요." 우엑.

후더운 9월 말 아침에 방에 앉아 있으면서 다시 몸이 떨리는 걸 느낀다. 문득 궁금해진다. 셜리와 해럴드 글릭은 어떻게 되었지? 셜리와 해럴드는 내가 처음 만난 조너선의 친구들이다. 해럴드는 조너선과 하버드 동기로, 인류학자가 되었다. 래드클리프 졸업생인 셜리는 아동복지기관에서 일했다. 내가 그들이 별로 마음에 들지 않는다고 했을 때 조너선은 내가 거만하다고 비판했다. 그때 나는 인정하지 않고 다만 내가 가식적인 사람들을 잘 알아본다고만 생각했다. 물론 언제나처럼 내가 틀렸고 조너선이 옳았다는 것을 인제 깨달았다. 조너선은 한때 셜리와 해럴드를 정말 좋아했다. 이들이야말로 '진국'이라고, 세상의 소금 같은 사람들이라고 말했다.(오래전에 조너선은 구식 표현을 즐겨 썼다) 이제야 나는 그들이 정말 좋은 사람들이라는 걸 깨달았다. 그래서 그들은 어떻게 살고 있는지 알고 싶다. 세상의 소금 같은 존재들, 아, 해럴드, 셜리, 어디서 무얼 하고 있나요? 셜리, 당신은 여전히 레깅스 고리를 발뒤꿈치에 건 채로 모카신을 신고, 해럴드가 안식년에 사라진 인디언 부족을 연구하면서 유카탄에서 사다 준 피카부 레이스 블라우스를 입고 치렁치렁한 귀고리를 차고 있나요? 그리고 해럴드, 요즘도 당신은 집에 오면 즉시 학자다운 트위드 양복을 벗고 셜리가 연푸른색으로 탈색한 작업복을 입은 다음에 코듀로이 바지에 그에 어울리는 올리브색 스웨이드 부츠를 신나요? 아, 해럴드와 셜리, 당신들이 여는 파티에서는 여전히 사람들이 바닥에 정답게 앉아서 타코와 칠리를 먹으며 바흐의 골드베르크 변주곡의 선율 위로 지적이고 도발적인 말을 던지나요? 그래요, 해럴드와 셜리, 당신들이 그리워 애가 타네요. 너무나도 인간적이고 진국인 세상의 소금 같은 사람들. 당신들이 어떻게 살고 있는지 꼭 알아야겠어. 그러니까 조녀선이 위치토에서 돌아오면 이야기해서 저녁 식사에 초대할래요. 우리의 흥미로운 새 친구들을 소개해주고 추억 보따리를 풀기로 해요…

정오 사이렌이 막 울렸다. 로티가 아이들 화장실에 있는 양동이를 조심스레 흔들고 있다. 이제 내 방을 치워야 한다고 알리는 것이다. 맥스 사이먼과 1시 30분에 정기 검진 예약이 있으니 여기서 마치기로 하자. 질문. 맥스가 과연 처방전을 줄 것인가?

저번 기록의 끝에 한 질문에 대답하자면, 처방전은 받지 못했다.

토요일 5시 40분에 조너던이 위치토에서 돌아왔다. 그전까지 나
는 아이들과 매우 즐거운 하루를 보냈다. 밖에서 점심을 사주고 장
루이 미용실에서 머리를 자르고,(바틀렛 스쿨에 다니는 아이들은
죄다 자기 어머니 미용사에게 간다) 겨울옷 쇼핑을 끝마쳤다. 5시
20분에 집에 와보니 로티가 모자를 쓰고 정면 현관문 앞에 앉아 있
었다. 남편이 몸이 안 좋아서 목사관에서 일찍 돌아왔다는 전화를
받았는데, 내 허락 없이는 가고 싶지 않아 기다리고 있었다고 했다.
허락이라니. 그 단어의 충격에서 헤어난 뒤에 나는 얼른 가보라고
말하고 훗날에 이런 상황이 발생하면 내게 물어보지 않아도 된다
고 덧붙였다. 아이들이 서재에서 텔레비전을 보는 동안 나는 로티
가 약한 불에 올려둔, 우설 요리를 위한 호스래디시 소스를 만들기
시작했다. 냄비를 요란하게 휘저으며 만들고 있는데 조너선이 조용
히 들어와서 문가에 여행가방을 놓고 곧바로 식료품 보관실로 가
서 위스키를 따랐다. 조너선이 여행가방을 발로 한 번 걷어차기 전
까지는 그가 온지도 몰랐지만 그 소리는 대번에 알아들었다. 어쨌
든 형식상 물었다. "조너선… 당신이야?" 목이 졸리고 있는 듯한 소

78

리를 다시 한번 내며 조녀선은 얼음 없이 버번을 반쯤 채운 올드패션드 잔을 들고 부엌에 들어와서 내 뺨에 입을 맞추었다. 행색이 몹시 추레하고 퀴퀴한 냄새를 풍겼다. 얼굴은 시체처럼 창백하고 눈은 퀭한 것이 마치 죽도록 무서운 일을 겪은 사람 같았다. 사실이 그랬다. 뉴욕으로 들어오기 직전에 비행기의 착륙 기어에 문제가 생겨서 케네디 공항 위를 한 시간 정도 선회하다가 기장이 '한번 시도해보기로'(기장이 실제로 이렇게 말한 것을 스튜어디스가 전달했단다) 마음먹고 마침내 착륙했는데, 무사히 착륙하고 나니 응급팀 전체가 기다리고 있었다. "거품 소방차까지 와 있었어." 조녀선이 남은 술을 벌컥 들이켜고 말했다.

"딱해라." 내가 말했다. "악몽이 따로 없네." 내가 제일 좋아하는 종류의 악몽이라는 말은 꾹 참았다. 파리한 얼굴로 힘없이 서 있는 조녀선을 보면서 나는 현관문에서 복도, 식료품 보관실에서 우리가 서 있는 부엌까지 그의 경로를 머릿속으로 그려보았다. "애들한테 인사했어?"

"아니, 이런 모습을 보여주고 싶지 않았어. 이제 좀 나아진 것 같아." 조녀선은 과장된 몸짓으로 빈 잔을 내려놓고 아이들을 보러 서재로 향했다. 조녀선이 아이들에게 인사하고 위치토에서 가져온 선물을 주었을 즈음 나는 호스래디시 소스를 완성하고 싱크대에서 샐러드를 씻고 있었다. 부엌으로 돌아온 조녀선은 곧장 스토브로 가 냄비 뚜껑을 열고 킁킁댔다. "꼭 이걸 먹어야 해?"

"뭐?"

"역겨운 우설 말야. 내가 싫어하는 거 알잖아. 게다가 오늘은 외식하고 싶어."

나는 싸우지 않기로 굳게 다짐하고 있었다. 나흘이나 출장을 갔다가 집에 온 지 15분밖에 되지 않았으니까. "조녀선." 나는 부드럽게 말했다. "아까 전화로 당신이 만약 오늘 돌아와도 저녁 먹을 시간은 없을 테니까 당신 음식은 차리지 말라고 했잖아. 애들이랑 나는 우설 좋아해. 하지만 내가 우설을 준비했다고 당신이 밖에 나가 먹을 필요는 없어. 참치 샐러드나 오믈렛 해줄게. 외식하는 것보다 훨씬 나을 거야. 당신 정말 지쳐 보여. 더구나 지난 나흘 동안 식당 음식만 먹었잖아. 질렸을 것 같은데."

"위치토 식당이랑 뉴욕 식당은 차원이 다르지. 참치 샐러드나 오믈렛은 먹기 싫고 지금 난 보이는 것만큼 피곤하지 않아. 정신적으로 지친 것뿐야. 게다가 오늘은 토요일 밤이잖아. 친구들이랑 근사한 곳에서 외식하고 영화를 보면 비행기 사건을 전부 잊을 수 있을 거 같아."

나는 호스래디시 소스와 우설 아래 불을 껐다. "당신이 원하면 그렇게 하자. 하지만 벌써 6시야. 다들 약속이 있을 텐데. 베이비시터를 찾기도 어려울 거고."

"베이비시터가 왜 필요해? 로티는 어딨어?"

"집에 갔어. 남편이 아파."

"참 나, 그 여자는 언제 여기 있어? 흠, 됐어. 베이시비터 구할 걱정하기 전에 일단 만날 사람이 있나 보자고. 랭 부부한테 전화해봐."

"그 사람들 리지필드 갔잖아. 눈 내리기 전까지 주말마다 가."

"그럼 프랭클린네 연락해보지."

"런던에 있어. 노동절에 간 거 기억 안 나?"

"아, 이제 기억나." 조녀선은 충혈된 눈을 비볐다. 말은 그렇게 했지만 피곤해서 당장이라도 쓰러질 것처럼 보였다. "제길… 지인 중에 지금 뉴욕에 있는 사람 없나? 당신은 생각나는 사람 없어?"

"그럼," 내가 천천히 말했다. "글릭 부부한테 연락해볼까?"

"글릭? 해럴드랑 셜리 말야? 갑자기 왜 그들이 생각났어?"

"몰라. 그냥 며칠 전에 생각났어."

"안 본 지 7~8년은 됐어."

"그렇다고 연락하면 안 된다는 법은 없어. 당신이 연락하면 기뻐할걸. 당신을 정말 좋아했잖아. 당신도 그 사람들 좋아했었고."

"7~8년 전에는 그랬지. 이젠 생각이 바뀌었어. 셜리가 너무 겉모습에 무심하다고 전에도 생각하긴 했지. 겨드랑이 제모 안 하는 것이며, 스웨터 아래 뾰족한 브래지어를 입는 거 하며. 게다가 당신한테는 말하지 않았지만 2년 전에 길에서 해럴드와 마주쳤는데, 얼마나 우울했던지 그 기분이 며칠이나 갔어. 처음엔 알아보지도 못했어. 머리가 벗어졌고 9킬로그램쯤 살이 쪘더군. 인류학을 포기하고 자기 아버지네 주식 회사에 들어갔어. 셜리는 막 쌍둥이를 낳았다고 했었지." 조너선은 몸서리를 치고 내게 미심쩍은 눈길을 던졌다. "하지만 당신은 그 사람들 별로라고 했었잖아. 왜 당신이 그들을 만나고 싶어?"

"몰라." 나는 애매하게 답했다. "말했듯이 며칠 전에 문득 생각이 나서 뭐 하고 사나 궁금했어."

"글쎄, 이제 알았으니까 잊어버려." 조너선은 넥타이 매듭을 풀고 셔츠의 맨 위 단추 두 개를 풀었다. "틴, 나 샤워할 거야. 비행기가 케네디 공항 위로 도는 동안 땀을 비처럼 쏟았어. 내가 씻는 동안 당신이 윌러드네 전화해볼래? 바쁘다고 하면 바르네 집에 전화해봐.

그쪽도 선약이 있다고 하면 우리끼리라도 외식하자. 그러니까 베이비시터는 무조건 구해."

그 말을 남기고 부엌에서 나간 조너선은 식료품 보관실에서 술을 한 잔 더 따르고 다시 아이들을 보러 갔다. 나 역시 그의 모범을 따라 술을 한 잔 따른 뒤에 전화번호 수첩을 들고 부엌의 전화기로 가서 먼저 윌러드네 집에 전화했다. 샐리 윌러드가 말했다. "아, 티나. 정말 아쉽네요. 같이 저녁 먹고 싶은데 생리통이 심해서요. 엠피린 한 알 먹고 집에서 〈카사블랑카〉나 보려던 참이었어요." 그다음에 바르네 집에 전화했다. 피터 바르가 말했다. "아, 티나, 조니는 목욕하고 있어요. 윌러드 부부랑 만나기로 해서 준비하는 중이에요. 저녁 먹고 영화나 한 편 보려고요. 조너선이랑 당신도 같이 나오지 그래요?" 나는 방해하고 싶지 않다고 대충 변명하고, 전혀 방해가 아니니까 나오라는 그의 미지근한 권유를 거절한 뒤에 전화를 끊었다. 그다음에 가끔 아이들을 봐주는 바너드 칼리지 학생에게 전화했지만 독감에 걸려 앓아누웠다고 했고, 또 가끔 고용하는 다른 여자 세 명도 올 수 없다고 대답해서 나는 같은 아파트에 사는 프린즈 부인에게 연락했다. 나는 외로운 과부인 프린즈 부인을 안쓰러워하지만 조너선과 애들은 그녀를 질색한다. 프린즈 부인은 물론 시간이 있다고 해서 나는 한 시간 뒤에 올라와달라고 부탁하고 아이들에게 소식을 전했다. 아이들은 내가 예상한 것보다 더 심하게 반발했다.

"프린즈 부인이 왜 싫어?"

"젖은 개 냄새가 나요." 리즈가 말했다.

"매번 자기 딸이 좋아한다는 키플링 책을 읽어준단 말이에요." 실비가 말했다.

"심지어 토요일에도 8시 땡 치면 불을 끄라고 해요. 냉동실에 있는 아이스크림 혼자 다 먹고 영화 보려고."

"프린즈 부인밖에 와줄 사람이 없어." 나는 침울하게 답했다. "착하게 들어가서 씻으면 엄마가 나갈 준비 하기 전에 밥 차려줄게."

7시 30분에 초인종이 울렸을 때 나는 목욕을 마치고 나온 참이었다. 조너선은 오랫동안 호디슨과 통화하며 위치토 출장에 대해 낱낱이 보고하고 있었다. 그래서 난 실내 가운을 걸치고 문을 열어주러 갔다. 프린즈 부인은 특정한 나이의 과부라는 뉴욕시 고유의 명물로, 〈갈매기〉의 마담 아르카디나처럼 에티켓에 목숨을 건다. 꼼꼼한 화장과 염색, 값비싼 옷으로 무장하고 잔인한 세상의 공격에 격렬히 저항한다. 아파트 위층에 사는 여자아이 두 명을 봐주러 오면서 까만 크레페 드레스를 차려입고 진주목걸이와 진주 귀고리 세트로 치장했으며, 펠끄 플뢰흐를 향수병째로 몸에 부은 듯했다. 어쨌든 덕분에 젖은 개 냄새는 나지 않겠다고 생각하며 나는 부인을 아이들이 〈오즈의 마법사〉를 보고 있는 서재로 안내했다. 조너선이 마침내 통화를 끝내고 거울 앞에서 넥타이를 고쳐 매고 있었다. 척 봐도 그는 같이 저녁을 먹으러 나올 사람이 없어서 매우 우울해하고 있었다. 그래서 조너선이 아직도 실내 가운 차림인 나를 돌아보고 "준비하는 데 얼마나 걸려? 왜 그렇게 오래 걸려? 여태 뭘 했어?"라고 다그쳤을 때 나는 받아치지 않았다.

"아이들 저녁 차려줬어." 나는 서랍에서 물건을 꺼내며 조용히 말했다. "목욕도 했고. 서두를 이유가 없잖아? 우리가 가기로 정해놓은 데 있어?"

"그래, 당신이 안에 있는 동안 엠마에 8시 예약 잡아놨어. 8시까지 충분히 갈 수 있을 줄 알았지."

"갈 수 있어." 나는 화장실로 서둘러 가며 말했다. "10분이면 돼."

나는 8분 만에 준비를 마쳤다. 내가 침실에서 복도로 나오자 조너선과 프린즈 부인이 서재 문밖에 있었다. 서재 문틈으로 주디 갈랜드가 〈오버 더 레인보우〉를 목이 터져라 부르는 소리가 흘러나왔다. 프린즈 부인은 까만 크레페 드레스의 치맛자락을 들치고 반창고를 붙인 무릎과 푸르스름한 혈관으로 얼룩덜룩한 허벅지를 보여주고 있었다. 조너선은 다시금 아파 보였다. 프린즈 부인은 로르샤흐 검사의 그림처럼 보이는 보랏빛 혈관 파열 자국을 가리키며 브로드웨이의 라흐만 상점 앞에서 도보가 파손된 틈에 발이 걸려 넘어졌다고 주디 갈랜드보다 더 높은 목소리로 설명하고 있었다. 이 대화의 궁극적 목적은 물론—고소할 수 있을까요?

나는 조너선을 이 대화에서 구출하고 프린즈 부인에게 〈오즈의 마법사〉가 몇 시에 끝나든지 간에 애들이 끝까지 보게 해주라고, 그리고 책은 읽어주지 말라고 명확히 지시했다. 그다음에 우리는 집을 나섰다.

"아, 정말 끔찍한 여자야!" 택시에 타자마자 조너선이 말했다. "뻔뻔하기도 하지, 흉측한 다리를 보여주고 공짜로 법적 조언을 얻으려 하다니. 저 여자 혼자 애들 보는 게 마음에 걸려."

나도 같은 생각이었으므로 아무 말도 하지 않았다. 사실, 조너선이 한마디만 더 했으면 아마 나는 집으로 돌아갔을 것이다. 그러나 조너선은 짜증스레 "아, 정말." 하고 마지막으로 투덜댄 뒤에 좌석에 기대앉아 식당에 도착할 때까지 위치토에 대해 이야기했다.

조너선에게 티는 내지 않았지만 나는 엠마에 가기 싫었다. 원래 이탈리아 음식이라면 사족을 못 쓰고 엠마는 내가 먹어본 중 가장 훌륭한 이탈리아 음식을 팔지만, 그곳은 기가 막히게 비싸고 헛웃음이 나올 정도로 호화스럽다. 그렇지만 시시각각 기분이 나빠지고 있는 조너선을 자극하고 싶지 않아서 다른 곳에 가자고 제안하지 못했다. 식당에 도착했을 즈음에는 조너선이 너무 걱정되어서, 그가 최근에 새롭게 맛을 들인 별난 행동을 했을 때도 크게 창피하지 않았다. 별난 행동이라 하면 바로 식당에서 안내해준 테이블을 거절하고 웨이터 장에게 '더 좋은' 테이블을 요구하는 것이다. 결국에 '더 좋은' 테이블을 받아 음료를 시키고 기다리는 동안 나는 조너선의 침울한 얼굴을 보지 않고 소소한 대화를 애써 이어가다 그의 기분을 단박에 풀어줄 것이 분명한 화제를 기억했다.

"샬럿 레이디가? 샬럿 레이디가 우리를 초대했다고? 뜻밖인걸." 조너선의 낯빛이 변했다. 내가 예상한 대로 환희에 빠진 표정이었다. "또 무슨 말 했어?"

"또라니?"

"그런 거 있잖아… 좀 친근한 말?"

"우리를 만나기를 고대하고 있대." 나는 거짓말했다.

조너선은 콧방귀를 뀌었다. "아이고, 그건 예의상 하는 말이잖아. 다들 입에 달고 사는 말이야." 웨이터가 음료를 가져오자 조너선은 생각에 잠긴 채로 몇 모금 마시고 말했다. "우리를 왜 이번에 초대한 거 같아? 안면을 튼 지 1년 반이나 지났잖아. 갑자기 왜 우리가… 자격이 있다고 생각하게 되었나 모르겠네."

나 역시 그것이 궁금했지만 내 머릿속에서는 그런 표현을 쓰지 않았다. 자격이 있다니.

"왜 그런 거 같아?" 조녀선이 끈질기게 물었다.

"모르겠어."

"나도 모르겠군. 어쩌면 자기가 파티나 오프닝에 갈 때마다 우리가 있는 걸 알아차렸는지도 몰라. 우리가 적절한 장소에 적절한 때에 있다는 사실이 마침내 그 여자 머리에 각인된 걸지도. 성공이 성공을 부른다는 그 오래된 진실이 여기에도 적용되는 거야. 당신도 그렇게 생각해?"

나는 목구멍에 불쑥 나타난 귀여운 복숭아씨를 삼키려고 노력했지만 허사였다. 절박한 기분으로 잔을 들고 급히 술을 들이켰다.

"당신도 그렇게 생각하냐고?"

"그래." 간신히 목소리를 쥐어짜냈다. "나도 그런 거 같아."

잠시 후 우리가 주요리를 먹고 있는데 조녀선이 말했다. "흠, 한 가지는 확실해. 우리가 성대한 파티를 열어야겠어."

나는 송아지고기를 내려다보았다. "왜 그게 확실해?"

"많은 파티를 빚졌으니까. 파티에 참석하는 것만으로 충분하지 않아. 우리도 파티를 열어야 해. 작년에 사람들을 초대한 하찮은 저녁 식사는 의미가 없어. 지금 생각해보니까 그것들은 오히려 실수였던 거 같아. 이제야 집을 제대로 꾸몄으니까 거창하게 집들이를 할 수 있겠지."

"얼마나 거창한 파티를 열려고?"

"아, 손님 백 명 정도."

"저녁 식사에 백 명을 초대해?"

조녀선은 어깨를 으쓱했다. "단순한 저녁 식사는 아니야. 그것보다는 일종의 칵테일 뷔페 같은 거야. 이제는 사람들이 단순히 칵테일만 대접하지 않아. 그건 좀 아니야."

나는 잔을 조너선에게 밀었다. "포도주 더 따라줄래?"

조너선은 재빨리 나를 한 번 힐끔 본 뒤에 포도주병을 고리버들걸이에서 들고 술을 따라주었다. "파티 준비하는 게 걱정이라면, 마음 놓아. 당신은 아무것도 안 해도 돼. 전문가를 부를 거야. 그 사람—보몽이라고 했나? 윌러드네랑 바르네가 고용하는 사람."

"하지만 그 사람은 몸값이 엄청나잖아. 그리고… 좀 허세스러워."

"허세스럽다니, 그게 무슨 뜻이야?"

"정확히 사전적 의미로 한 말이야."

잠시 우리는 서로를 노려보았다. 조너선이 위치토에서 돌아오고 나서 처음으로 나를 제대로 보았다는 사실이 명백해졌다. 지난 두 시간 동안 정신 없이 여러가지를 준비하느라 나는 좋게 말해도 꼴이 말이 아니었다. "저기 있잖아," 조너선이 천천히 말했다. "완전히 잊고 있었네. 내가 출장 간 날 벌어진 일—공원에서 누가 당신을 공격했다고, 그거 어떻게 된 거야?"

나는 고개를 떨구고 기다랗고 질긴 모차렐라 치즈에서 포크를 빼려고 노력했다. "아, 별일 아니었어."

"별일 아니라니. 완전히 흥분해 있었잖아."

"그때는 그렇게 들렸을지 몰라도 이제는 거의 잊었어." 조너선의 집요한 시선을 의식하며 나는 말을 이었다. "지금 와서 돌이켜보니까 그건 아주 흔한 일이야. 온갖 괴짜들과 정신이상자들이 돌아다니는 뉴욕 같은 대도시에서는 예상할 법한 일이라고."

"괴짜들, 정신이상자들." 이쯤에 조너선은 좋아해 마지않는 비텔로 토나토에서 손을 떼었다. 내가 '걱정된다'라고 했을 때 표정을 띠고 있었다. "티나," 조너선이 부드럽고 너그러운 말투로 말했다. "대체 무슨 소리를 하는 거야?"

나 역시 송아지고기 파르미지아나를 포기하고 땀에 젖고 떨리는 손을 다리 밑으로 숨겼다. "이 도시, 아니 여느 큰 도시에서 최근에 일어나는 일들을 말하는 거야. 우리가 어떤 시대에 살고 있는지, 사람들이 얼마나 무시무시한 부담을 느끼고 있는지 암시하지. 공원이나 전철에서 성기를 드러내는 사람들, 엘리베이터의 강간범, 골목의 강도들, 아니, 전화해서 지저분한 말을 하는 변태들도 있잖아. 그런 것들이 전부 이 시대를 암시한다고."

"그게 정확히 무엇을 뜻하는데?" 사실 여부에 목숨을 거는 조너선 변호사님이 물었다.

"어떤 사람들은 삶에 만연한 부담을 감당하지 못해. 러시아 문제나 중국, 베트남 전쟁, 흑인 혁명, 그리고 물론 폭탄의 위험도 있지. 어떤 사람들은 견디다 못해 정신줄을 놓아버린다고."

정신줄을 놓아버린다. 내 입에서 흘러나온 멍청한 소리가 귀에 파고들었다.

"당신, 정말로 그런 생각을 하는 건 아니지?" 조너선이 여전히 너그러운 말투로, 희망을 버리지 않고 부드럽게 물었다.

나는 온 힘을 다해 정신을 다잡았다. 이러다가는 조너선이 폽킨을 또 들먹일 것 같았다. 나는 냉정한 분노에 휩싸여 말했다. "나를 어린애 취급하지 마, 조너선. 반대신문 따위에 답하지 않겠어. 당신도 알다시피 당신은 재판 변호사도 아니야."

조너선은 생선 눈같이 싸늘한 시선을 내게 고정하고 말했다. "내가 당신을 어린애 취급하는 줄 몰랐는데. 내 생각에는 우리가 이 대화를 통해 많은 것을 배우고 있어. 나는 이어가고 싶은걸."

"난 할 말 없어."

실제로 더는 할 말이 없었다. 우리는 에스프레소가 나올 때까지 침묵 속에서 밥을 먹었다. 그때 이것만큼은 확실히 해두어야겠다고 결정했다. "큰 파티를 열겠다는 말은 진심이야?"

"당연히 진심이지."

"그 파티를 언제 열 생각인데?"

"그건 상황을 보고 판단해야지. 크리스마스 전에는 보몽을 고용하기 어려울 거야. 몇 달이나 앞서 예약되어 있으니까." 조녀선은 웨이터에게 손짓하고 덤덤히 덧붙였다. "크리스마스 전에 여행가방들을 식료품 보관실에서 치울 수 있을 거 같아?"

웨이터가 계산서를 가져왔다. 조녀선은 돈을 냈고, 나는 무릎에 올려놓은 핸드백을 비틀고 있었다.

웨이터가 물러나자 조녀선이 말했다. "아, 그래. 미안. 단지… 아, 정말, 티나! 사람들이 쳐다보잖아."

우리는 식당 근처 영화관에서 이탈리아 영화를 봤다. 시작부터 끝까지 이탈리아로 통일한 밤이었다. 10시 15분, 집에 가긴 너무 일렀다. 단둘이 있어야 하는 집이라니. 마스트로야니가 주연했는데도 영화는 형편없었고, 영화가 끝날 때쯤 나는 머리가 깨질 듯이 아팠다. 집에 도착하니 프린즈 부인이 치마가 말려 올라간 채로 소파에 널브러져 자고 있었고, 서재 반대쪽의 텔레비전에서 〈카사블랑카〉를 재방송하고 있었다. 버그먼이 보가트에게 말했다. "키스해줘요, 다시는 못 볼 것처럼 키스해줘요!" 세기의 포옹이 일어나는데 프린즈 부인이 돌아눕더니 우렁찬 코골이 소리로 〈시간이 흐른 뒤에〉의 선율을 묻었다.

"아, 정말 꼴사납군!" 조너선이 문가에 서 있던 내 뒤로 와서 내뱉었다. "여기서 내보내고 다시는 부르지 마!"

나는 마지못해 서재로 들어가 텔레비전을 껐다. 평생 〈카사블랑카〉를 여섯 번 보았지만 일곱 번째로 볼 준비가 되어 있었다. 나는 살며시 프린즈 부인을 흔들었다. 프린즈 부인은 "고그. 넙. 아크."라고 중얼거리며 잠에서 깨어나 돌연 울음을 터뜨렸다. "딸을 못 보고 살아요." 프린즈 부인이 흐느꼈다. "그애가 얼마나 잔인한지 생각하면 밤에 잠이 안 와요. 아들이 그러는 건 받아들이기로 했지만 딸은…"

프린즈 부인에게 돈을 주고, 아니, 돈을 필요 이상으로 쥐여주고 나서—나는 기분이 언짢을 때면 봉급이나 팁을 늘 과하게 준다—아이들을 보러 갔더니 방이 너무 더웠다. 조너선은 벌써 옷을 벗고 침대에 누워서 그 빌어먹을 조그만 시가를 물고는 출장 간 사이에 배달 온 〈아트 뉴스〉 가을호를 읽고 있었다. "애들 방 창문이 닫혀 있었어." 조너선이 시선을 들지 않고 말했다. "잠이 든 게 기적이지. 아니 질식사하지 않은 게 기적이야."

지칠 대로 지친 나는 옷을 마구잡이로 벗었다. "다신 안 부를게." 나는 말하고 벌거벗은 채로 옷장 앞으로 가서 잠옷을 입었다. 화장실에서 씻고 나왔을 때도 조너선은 잡지를 집중해서 읽고 있었다. 나는 잘 자라고 인사하고 내 쪽 램프를 껐다. 너무 지쳐서 온몸의 뼈마디가 쑤시는 것 같았다. 내가 눈을 감자마자 옆 침대에서 잡지가 부스럭거리고 조너선이 하품했다. 그리고 1초 뒤. "틴, 우리 건초에서 구를까?"

"싫어." 나는 굳이 돌아보는 수고도 들이지 않고 말했다. "오늘은 싫어. 너무 피곤해."

〈아트 뉴스〉가 펼쳐진 채로 거칠게 내동댕이쳐졌다. "그러면서 당신은," 조녀선이 내뱉었다. "왜 내가 당신한테 상담을 권하냐고 항의하지! 세상에, 우리가 지난 3주간 잠자리를 한 번밖에 안 한 거 알아? 당신은 정말 어떤 식으로도 노력할 생각이 없나?"

나는 돌아누워 조녀선을 똑바로 보았다. 조녀선도 나를 보았다. 나는 침대에서 일어나 화장실로 가서 매무새를 정돈했다. 아직 완전히 미치진 않았으니까.

어제 오후에는 바틀럿 스쿨에서 신입생들 엄마를 불러 다과회를 열었다. 나는 이전 신입생의 엄마로서 초대받았다. 그 모임을 견디기 위해 에콰닐 항불안제를 한 알 먹고—이제 여섯 알밖에 안 남았다—보드카를 한 잔 마셨다. 그 조합이 역효과를 냈다. 신경을 진정시키는 대신 들뜨게 만들어서 나를 PTA의 이상적인 후보자로 보이게 만든 것이다. 싱글벙글 생기발랄하고 명랑한 엄마. 아이들이 나를 자랑스러워했다. 나는 '실비와 리즈의 매력적인 엄마, 볼저 부인'이었던 것이다. 한 벌 남은 깨끗한 리넨 드레스에(폭염이 아직 가시지 않았다) 내 이름이 적힌 플라스틱 배지를 단 채로 얼굴이 얼얼하도록 미소를 짓고, 항불안제를 먹지 않았으면 내 손이 그랬을 것처럼 차갑고 축축한 손들과 악수하고 크랜베리 오렌지 펀치를 끝없이 따랐다. 심지어 하키팀의 주장이었을 것 같은 실비의 금발 담당 교사와 다소 혼란스러운 대화를 오래 나누었는데, 선생은 실비가 얼마나 감성이 '예민'하고 '재능'이 많은지 입이 닳도록 말했다. 한마디로 나는 그 모임에서 히트를 쳤다. 집에 돌아왔을 때는 그 즐거운 흥분감을 잃고 싶지 않아서 아이들과 셋이서 저녁을 먹기 전에 술을 한잔했다. 조녀선은 야근 중이었다. 술은 다시 같은 효과를 냈다. 8시까지 잔뜩 들떠 있었는데, 술과 약물이 뒤늦게 전혀 다른 반응을 일으켰다. 조녀선이 집에 없는 것을 하늘에 감사하며 나는 침대에 눕자마자 잠들었다.

곯아떨어져서 조녀선이 들어오는 소리도 듣지 못했다. 새벽 3시쯤에 나는 심한 경련을 일으키며 깨어났다. 주먹을 꽉 쥐고 있었고 부비강이 욱신거릴 정도로 이를 악물고 있었으며 심장이 미친 듯이 뛰었다. 식은땀에 흠뻑 젖은 몸에 잠옷이 달라붙어 있었는데, 방이 덥고 갑갑해서 흘린 땀이 아니었다. 그때 깨달았다. 또다시 그것이 찾아왔음을. 최근에 나를 덮친 광기의 가장 괴로운 단계, 즉 조기 각성이 다시 시작되었다.

불면증이라는 것을 나는 올해 여름에 처음 경험했다. 심지어 일반적인 불면증도 아닌 이것은 밤이 끝날 무렵이나 동이 틀 무렵에 시작되곤 했는데, 그야말로 지옥 같고 늘 똑같다. 수면제의 복용 여부를 떠나서 꼭 내가 쉽게 잠든 날에 벌어진다. 2시 30분, 3시, 혹은 4시까지 푹 자다가 갑자기 식은땀을 흘리고 심장이 미친 듯이 뛰는 등 증상을 느끼며 화들짝 깨어난다. 누워서 숨을 가쁘게 몰아쉬며 주먹을 펴고, 내가 대체 왜 깨어났는지 짐작해본다. 그렇게 누워 있노라면 죄책감과 수치심이 벽돌처럼 나를 내리치는데, 납득할 만한 근거가 없는 감정이고, 물론 그래서 최악이다. 대체 무슨 짓을 했길래 스스로가 이토록 어리석고 무가치하고 끔찍한 사람처럼 생각되는 거니? 자문한다. 절도나 사기나 살해, 외도를 저지른 적 없고, 심지어 타인에게 못되게 굴지도 않았다. 그럼 대체 뭐지? 이 질문에 대한 답을 찾으며 천천히 나의 삶을 평가하기 시작한다.

처음에는 유년 시절의 창피한 순간과 잘못 들을 곱씹는다. 초등학교 1학년 때 오줌 싼 일, 5&10 잡화점에서 매니큐어 세트를 훔치다 걸려 매니저에게 목덜미를 잡힌 일, 추수감사절 축제 공연 때 대사를 까먹고 흐느끼면서 무대에서 내려갔던 일, 베르길리우스에 엉망인 번역을 끼워 넣었다가 들킨 일. 이런 식으로 기억이 동날 때까지 뒤적이다가 새로운 재료를 찾으러 현재로 옮겨간다. 빵집에서 잔돈을 5달러 더 주었는데 시치미 떼고 꿀꺽한 일, 택시 운전사에게 1달러 팁을 준다는 걸 실수로 20달러를 주었는데 그가 꿀꺽한 일, 랭스에서 외식하는 중에 남들은 다 옆으로 치운 손 씻는 물 접시를 나혼자 참방거린 일, 이스트햄프턴의 해변에서 수영복 위쪽이 벗겨진채로 물에서 나온 일 등등. 엎치락뒤치락하며 수치의 목록을 이어가다보면 끝내 물건들이 눈앞으로 줄줄이 행진을 시작한다. 녹슨접시와 구정물 자국이 남은 창문, 전구가 나간 전등과 흠집이 난 컵과 받침과 그릇, 왁스를 칠하지 않은 바닥. 단추가 떨어진 셔츠와 잠옷, 굽이 닳은 신발, 신발 끈이 없는 신발, 발가락에 구멍이 난 양말, 해질 대로 해진 이불, 끝까지 쥐어짠 치약, 몽땅해진 비누 조각, 감전위험이 있을 정도로 열을 받은 토스터, 플러그가 고장난 다리미…

어쨌든 적어도 최근에는 이러한 물건들의 회오리를 상상하며 죄책감을 느낄 만하다. 집안일에 소홀하기 그지없었다. 몇 주 전에 나는 이 회오리바람을 가라앉히고 다시 잠들 수 있는 간단한 비법을 발견했다. 눈을 감고, 완벽한 주부로서의 나, 효율성의 여왕인 나를 상상하는 것이다. 내 가슴을 진정시켜 나를 꿈나라로 돌려보내주는 상상 속 내 모습은 조금 우습다. 윤기가 촬촬 흐르는 머리를 한 올도 빠져나오지 않게 단정히 묶었고, 캘리코나 디미티 따위 구식 원단으로 지은 원피스를 바닥에 닿을 정도로 치렁치렁하게 입고 그 위로 눈부시게 깔끔한 풀 먹인 앞치마를 두르고 있다. 때로는 심지어 허리에 열쇠 다발도 차고 있다. 빅토리아 시대의 안주인을 연상케 하는 모습의 그녀는『피터 래빗 이야기』의 엄마 고양이 타비타 트윗칫과 소설『레베카』의 하녀장 댄버스 부인을 합쳐놓은 듯한데, 댄버스 부인의 음흉한 성질은 모조리 제거하고 달콤함으로 채운 뒤에 명랑하게 만든 듯하다. 대낮에 돌이켜보면 우습지만, 완벽한 주부로서의 내 모습은 고통스러운 불면의 시간에 마음을 진정시켜준다. 눈꺼풀을 지그시 감고, 나의 실제 집과는 상당히 다른, 사방에서 햇빛이 쏟아져 들어오는 그곳에서 치맛자락을 끌고 다니며 모든 것이 제대로 돌아가고 있는지 꼼꼼히 확인하는 이 여자를 보고 있노라면 마음이 평온해진다. 그녀가 이불 장롱을 열면 맨 위 선반에 파스텔 색조의 수건과 이불이 차곡차곡 쌓여 있고 맨 아래 선반에는 휴지와 티슈가 들어차 있으며 라놀린이 함유된 비누는 수건과 완벽히 조화를 이루는 색깔인데, 1월 화이트 세일 때 백화점에서 저렴하고 알뜰하게 산 것들이다. 모든 것이 완벽한 상태임을 확인한 타비타 트윗칫 댄버스 부인은 장롱을 닫고 찬장으로 간다. 찬장 문을 열면 반짝거리는 잔과 흠집 하나 없는 접시들이 쌓여 있고, 손잡이가 튼튼한 수많은 컵이 고리에 걸려 있다. 여기도 완벽한 것을 확인한 그녀는 부엌에 가서 벽장과 수납장을 일일이 확인한다. 청소 도구를 보관하는 커다란 워크인 벽장에 들어가면 빗자루는 털이 한 가닥도 빠지지 않았고 주머니 하나에는 부드러운 리넨 행주가 가득하다.(화이트 세일 때 새 이불을 사며 대체한 헌 이불을 자르고 꿰매 만든 행주다) 새 진공청소기가 있고 선반마다 온갖 종류의 광택제와 왁스와 비누가 쌓여 있다. 또한 25와트부터 150와트까지 모든 종류의 전구가 구비되어 있고, 연장 코드는 깔끔하게 돌돌 말아져 있으며 퓨즈 박스, 톱부터 토글 볼트까지 빠짐 없이 갖춘 공구 상자가 있다. 청소 도구 벽장을 확인한 다음에는 식료품 보관실로 가는데, 천만다행으로 대개 그쯤에는 잠든다.

물론 이건 '양 세기'라는 오래된 수법을 살짝 바꾼 것에 불과하다. 복슬복슬한 양의 엉덩이 대신 비누나 완두콩 통조림을 세는 거니까. 어쨌든 말했듯이 효과가 끝내준다. 하지만 이날 아침에는 도움이 되지 않았다. 타비타 트윗칫 댄버스 부인을 식료품 보관실로 데려가서 온갖 종류의 파스타 면을 세었다. 스파게티면, 넓은 면, 녹색 면, 링기니, 라자냐, 스피에디니, 리가토니, 카넬로니. 끝내 안 통하리라는 걸 깨닫고 자리에서 일어나 화장실로 갔고, 잠이 홀딱 달아난 채로 침대로 돌아왔다. 언제나처럼 조너선은 빛 한 줄기 스미지 않게 블라인드의 살을 철저히 닫고 창문 끝까지 내려놓았다.(안 그러면 햇빛 때문에 잠이 너무 일찍 깬다고 했다) 덕분에 방은 숨막히게 갑갑하고 더웠다. 또한 몹시 소란스러웠다. 조너선은 이불을 죄다 걷어차고 자면서 입을 쩝쩝거렸다. 바깥의 산들바람은 방에 들어오지 못하는 대신 블라인드를 탁탁 소리 나게 흔들었다. 엎친 데 덮친 격으로 폴리는 침대 발치에서 일종의 개 악몽을 꾸고 있는지 새된 소리로 낑낑거려 이불을 긁어댔다.

결국에 나는 잠을 포기하고 담배에 불붙였다. 가물거리는 성냥불로 4시 15분이라는 걸 확인했다. 담배 맛이 이상했다. 해변에서 피우는 담배처럼 갓 볶은 땅콩 맛이 났는데, 이 냄새를 맡자 최근 나를 사로잡은 공포의 대상 중 하나인 화재가 떠올랐다.(내가 깜박 잠든 사이에 매트리스에 불이 붙어 숯 더미가 되어버린다) 그래서 나는 네댓 모금만 뻐끔거리고 담배를 껐다. 그때부터 제대로 시작되었다. 이번에는 죄책감이 아니었다. 외로움이었다. 어마어마하고 통렬한 외로움이 나를 덮쳤다. 갑자기 나는 홀로 남겨진 개들이 왜 고개를 젖히고 울어대는지 이해가 되었다. 그렇게 하고 싶었다. 그러나 조녀선이 일어나서 눈을 껌벅거리며 나를 지켜보는 표정이 상상되었고, 나는 우는 건 포기하고 그 대신에 나폴레옹처럼 한 손을 가슴에 얹고 있는 조녀선의 손을 잡았다. 조녀선의 손은 멋지다. 크고 강하고 손가락이 길고, 늘 건조하고 따뜻하다. 그의 손을 잡자마자 기분이 나아졌다. 불안감이 사라지고 외로움이 가셨다. 잠시 후 다른 충동이 들었다. 뜻밖의 충동이었지만 더없이 안심되었다. 매우 정상적인 충동이었으니까. 그래서 나는 조녀선의 특이한 고정관념을 무시하고(그는 반드시 남자가 먼저 유혹해야 한다고 믿는다) 그의 침대에 올라갔다. 그때 조녀선이 잠결에 "양배추." 혹은 "양아치."라고 중얼거리며 돌아눕더니 내가 잡고 있던 손으로 피부를 긁적였다. 나는 할 생각이 싹 달아났다. 그렇지만 잠시나마 그렇게 누워서, 연애 초기에 우리가 얼마나 뜨거웠는지 기억하며 성적인 상상을 즐겼다. 어찌나 급하고 열정적이었는지 우리는 장소를 안 가렸다. 공중목욕탕의 바닥에서 하고, 타코닉 파크웨이에 렌터카를 세워놓고 뒷좌석에서 하고, 주말에 놀러 간 친구 집의 지하실 당구대 위에서 하고, 한 번은 심지어 파티가 열리고 있는 집의 위층 옷장에서 했다. 이상하게도 이런 생각을 하다보니 마음이 진정되어 잠이 오기 시작했다.

이상한 게 아닐지도. 우리가 결혼한 것 자체가 올바른 선택이었는지 의심이 들기 시작했었는데, 그걸 없애주었다. 우리 둘이 잠자리뿐 아니라 모든 면에서 잘 맞았다는 것이 기억났다. 또한 지금과는 다르게 내가 현명하고 올바른 판단을 내릴 수 있었다는 사실이 기억나며, 나를 향한 조너선의 사랑이 식었다고 자꾸만 생각하는 최근의 버릇이야말로 언제부턴가 내가 사실을 직시하지 못하게 되었다는 뜻임을 깨달았다. 요컨대 세월이 흐르며 조너선은 변화하고 성장했는데(이 단어들이 또 나왔다) 나는 같은 속도로 성장하고 변화하지 못했으며 그와 발맞추려는 노력도 하지 않았고, 심리 치료에서 정해준 규칙을 지키지도 않았다. '여성의 수동적인 역할'에 대해 주절거리고 그걸 받아들였다고 자축하는 것도 좋지만, 그 여성의 역할에는 두 번째 단계, 즉 첫 단계에서 마땅히 넘어가 이루어내야 하는 변화가 있는데 나는 그것을 하지 못했다. 그러니까 나 같은 여자들은 몇 년간 가정적인 일에서 성취를 이루었으면 그 다음에는 둥지를 떠나 '큰 세상'으로 돌아가 곧바로 새로운 성취를 이루어야 한다. 가정에 집중하려고 그만둔 일자리에 복귀한다. 애초에 일한 적이 없으면 일자리를 구한다. 이런저런 위원회에 가입해 사회에 봉사하거나, 학교로 돌아가 박사 학위를 따거나, 미술 갤러리나 골동품 가게, 책방 혹은 고급스러운 부티크를 개점하거나, 아니면 심지어 사교계의 높은 위치에 올라 자선회를 주최하고 끝없이 파티를 연다. 행동을 취하기만 한다면 무엇이든 상관없다. 지금의 나처럼 마비되어 있는 것과 반대니까. 이것을 훌훌 털어버리고 벌떡 일어나 무언가를 시작하면 하나씩 일이 풀리고 전부 다 괜찮아질 것이다⋯

이렇게 긍정적으로 생각한 덕분에 새벽 4시 40분에 마침내 잠이 들었다. 2시간 반 뒤에 깨어나자 조너선의 침대가 비어 있었다. 비닐 샤워 커튼에 물 튀기는 소리가 들려왔는데, 샤워 커튼 한복판이 크게 찢어져서 물이 바닥으로 새고 있었다. 샤워 커튼을 새로 사라는 소리를 아마도 열 번은 더 들었을 것이다. 잠에서 깨어나자마자 한 생각. 수건 바꾸는 걸 또 까먹었네.(세탁한 수건은 원래 월요일에 내놓는데, 이날은 수요일이었다) 두 번째로 한 생각. 애들이 좋아하는 그 이상한 시리얼 주문하는 것도 잊었어. 앓는 소리를 내며 나는 슬리퍼를 신고 가운을 걸친 다음에 애들을 깨우고 화장실로 와서 씻었다. 화장실 안은 숨쉬기가 힘들 정도로 수증기가 자욱했다. 나는 세면대 앞에 서서 네 발짝 정도 떨어진 욕조 속의 조너선에게 인사했다. 조너선은 가슴과 배에 하얀 거품을 잔뜩 묻히고 있었고 머리는 양쪽으로 갈라진 채로 이마에 딱 달라붙어 있었는데, 배가 조금 나온 것을 보고 나는 깜짝 놀랐다. "좋은 아침!" 조너선이 생기발랄하게 외쳤다. "당신 정말 푹 자더라. 내가 10시에 들어왔을 때 완전히 뻗어 있었어." 미소를 띠고 고개를 주억거리며 나는 세수하려고 허리를 숙였다. "여보." 조너선이 수면 위로 솟아오르는 물개처럼 입으로 물을 뿜으며 말을 이었다. "내 남색 핀스트라이프 페더웨이트 데이크론 우스티드 합성 양복 세탁소에서 찾아왔어?" 그 양복은 여전히 로티의 옷장 속에 걸려 있었다. "아직." 나는 습한 목욕탕 냄새가 나는 수건에 얼굴을 파묻었다. "이런." 거의 명랑하기까지 한 조너선의 탄식 소리가 부엌으로 가는 나의 등 뒤에서 울렸다. 부엌에 가니 바퀴벌레 한 마리가 싱크대 속에 죽어 있었다.

식사 준비를 마쳤을 즈음에 아이들이 깨끗하고 빛나는 얼굴로 부엌에 왔다. 리즈는 ≪뉴욕타임스≫를 가져와 조너선의 자리에 공손히 내려놓았다.

"어머니." 실비가 식료품 보관실에서 나를 불렀다. "어제 메이플 크리스피 샀어요?"

"가게에 없었어." 나는 거짓말하며 완벽 주부 타비타 트윗칫 댄버스를 생각했다. "달걀 볶아줄까?"

실비는 와일드 라이스 팬케이크 믹스를 가져왔다. 조너선이 지난 봄의 어느 토요일에 블루밍데일스의 고급 음식 판매대에서 사 온 것이다. "이거 먹으면 안 돼요?" 실비가 눈을 찡그리고 조리법을 읽으며 물었다. "맛있을 거 같아요. 아빠가 버몬트에서 사 온 진짜 메이플 시럽이랑 먹으면 되겠네요."

"얘, 그건 보통 팬케이크랑 달라. 덩어리가 져서 울퉁불퉁하거든. 너는 안 좋아할 거야. 엄마가 알아."

"무슨 소리, 애들이 물론 좋아할 거야." 조너선이 여전히 명랑함을 주체하지 못하는 기색으로 사뿐사뿐 들어왔다.

애들은 물론 먹지 않았다. 한 입 먹어보고는 콘플레이크 시리얼과 토스트를 달라고 했다. 내가 아직 실내 가운 차림인데 학교 버스가 올 시간이 다 되어서 아이들끼리 기다리라고 내려보내야 했다. 딸들이 나간 다음에 나는 부엌에서 신문의 에디터 페이지를 읽고 있는 조너선을 두고 화장실로 갔고, 물을 전부 튼 다음에 한바탕 짧게 울었다. 찬물로 얼굴을 씻으며 조너선이 출근하기를 기다리고 있는데 갑자기 그의 목소리가 들렸다. "티나, 괜찮아?"

"물론이야. 잘 가, 좋은 하루 보내!"

"아직 안 가. 10시 미팅 전까지는 안 가도 돼. 금방 나올 거야? 당신이랑 이야기 좀 하고 싶어."

그가 출근할 때까지 피하려던 작전이 실패한 마당에 화장실에 언제까지고 숨어 있을 수는 없었으므로 나는 발길질에 대비하는 사람처럼 배에 힘을 주고 밖으로 나갔다. 조너선은 안락의자에 앉아서 시가를 피우고 있었다. 어수선한 침대에 앉으라고 손짓하는 조너선 앞으로 무거운 공기 속에서 연기가 발레리나처럼 빙글빙글 회전하며 피어올랐다. 조금 번들거리는 조너선의 분홍빛 얼굴에 다정하고 걱정스러운 주름이 잡혀 있었다.

나는 침대에 앉았다. "무슨 이야기를 하고 싶어?"

조너선은 묵직한 한숨을 내쉬고 시가 끝에서 빛나는 조그만 불빛을 응시했다. "티나, 당신이 이미 힘들어 보이는데 더 힘들게 하고 싶지 않아. 하지만 난 당신이 닥터 폽킨한테 전화해서 상담을 예약했으면 좋겠어."

심장이 쿵쿵 뛰기 시작했지만 나는 지루하고 지겹다는 듯한 말투로 말했다. "아, 정말. 또 그 소리야. 열흘 전에 상담 받으러 가보라고 했잖아. 깜박 잊고 말 안 했는데, 금요일에 다녀왔어. 맥스 사이먼 말로는 나한테 아무 문제 없대. 정확히 '더할 나위 없이 건강하네요.'라고 했어." 내 건강에 문제가 없다며 신경안정제와 수면제를 처방해주기를 거절하면서 그가 한 말은 옳지 않았다.(다정한 맥스 왈. 베티나, 나는 구식 의사예요. 그래서 이렇게 많은 환자들이 찾아오는 거죠. 나는 그런 약들을 신뢰하지 않아요. 당신한테 필요한 건 운동이에요. 집에만 있지 말고 나가서 하루에 20~30블록을 걸어요. 동네 YMCA에 가입해서 일주일에 두 번 수영장 열다섯 바퀴만 돌아요. 승마를 하거나 테니스를 시작해도 좋겠죠. 집에 있을 거면 허리 숙여 바닥을 좀 닦거나. 소위 '신경증'이라는 게 얼마나 빨리 없어지는지 놀랄 겁니다!)

"내가 착각했어." 조녀선이 재를 털며 조용히 말했다. "신체적인 문제가 아니란 걸 이제 알겠어."

"문제." 나는 이를 악물고 말했다. "문제라니, 왜 나한테 문제가 있다고 생각해?"

내게 고정된 조녀선의 눈에 경고의 빛이 가물거렸다. "티나, 싸우고 싶지 않아. 그 이야기를 다시 하고 싶지도 않고. 열흘 전에 말했듯이 난 당신이 걱정돼. 그걸 모르겠어?"

"왜?" 어떻게든 시간을 끌어보려는 갖잖은 수작.

"왜? 그건 내가 해야 할 질문이야. 조금 전에도 화장실에서 울었잖아. 왜 울었냐고 내가 물어보면 무어라 하겠어? 당신 침대 옆 탁자에 있는 책들을 생각해봐. 그런 책들을 왜 읽는지 내가 물었다고 가정해보자고. 뭐 하는 거야, 명작 단기 코스라도 수강하는 거야?"

"예전에 읽은 책들을 다시 읽고 있어. 지적 훈련을 하는 거야. 당신도 내가 책을 더 읽어야 한다고 말했잖아."

"시사에 대한 정보를 읽으라고 했지."

"시사에 대해 충분히 알아."

"신문은 거들떠보지도 않으면서 어떻게?"

"신문 읽으면 우울해져."

조녀선이 입술을 핥았다. "사람들이 당신처럼 우울해진다고 신문을 안 읽으면 이 나라가, 아니, 이 세상이 어떻게 될지 상상해봐."

"나는 이 나라를 이끌 생각 없어. 이 세상도."

그 말에 조녀선은 움찔했다. 그러고는 사람들이 미치광이를 상대할 때 자주 그러하듯이 이해하기를 포기하고 마음을 차갑게 굳혔는데, 그러면서도 자기 마음이 변한 걸 숨기려고 부드럽고 진정성 있

102

는 목소리로 말하며 이성적인 사고와 인내심을 최대한 많이 보여주려고 애썼다. "티나, 여보. 딴 길로 새지 말자. 지금 보편적인 것에 대해 이야기하는 게 아니잖아. 우리의 상황, 지금 당장 눈앞에 있는 것에 집중하자고… 그러니까 이런 것들을 예로 들 수 있겠지. 시작으로, 우리 집을 한번 둘러봐. 오늘이 10월 4일인 거 알아? 여행가방이 3주째 식료품 보관실에 있는 거 알아? 집이 얼마나 지저분한지, 창문에 먼지가 하도 껴서 밖을 내다보기도 힘든 것 아니고? 얼음통이랑 그릇에 전부 녹이 슬었고, 부엌 바닥은 6월 말 이후로 왁스 칠을 한 적이 없어. 지금 이대로 내버려두면 내년 봄까지 커튼이나 양탄자도 없이 살 거 같아!"

조녀선은 나를 이성적으로 '다루겠다'라는 결심을 그대로 지나쳐 분노로 돌아갔다. 물론 그가 하는 말마다 옳았다. 그가 화내는 게 지당하며 내가 잘못했다는 걸 알았기에 나는 겁이 나서 거짓말을 쏟아내기 시작했다. 속사포로. "사실을 말하자면, 다음 주에 전문 세탁부가 와서 여행가방에 있는 옷들을 세탁하기로 되어 있어. 예약이 꽉 차서 여태 못 온 거야. 창문이랑 바닥도 마찬가지야. 집마다 가을 맞이 대청소를 시작해서 구인소에 예약이 밀려 있어. 그러니까 당신이 생각하는 것처럼 내가 능장을 부린 게 아냐."

거짓말쟁이들이 그렇듯이 나 역시 하나도 빠짐없이 설명해야 한다는 강박에 시달렸다. 은식기에 대해서는 미처 변명하지 못했다. 나는 조녀선이 왜 로티가 은식기에 아직 윤을 내지 않았냐고 묻기를 초조히 기다렸다.(내가 보름 넘게 광택제 사는 걸 잊은 탓에 로티는 할 수 없었다) 그러나 조녀선은 좀더 중요한 일을 고려하고 있었다. 조녀선은 손을 흔들어 내 거짓말들을 밀어내고 말했다. "알

왔어, 알았다고. 드디어 당신이 집안일은 할 정도로 정신을 차렸다고 가정하자. 당신 자신은 관리하고 있어? 당신이 어떤 모습인지 알아? 한때는 집안일에 자부심을 품었던 것처럼 외모 관리도 철저했잖아. 당신은 언제나 깔끔하고 매력적이고 단정했어. 그리고 내 도움을 받은 뒤로는 드디어 옷도 근사하게 입기 시작했지. 그런데 갑자기 전부 내려놓고 무신경해졌어. 솔직히 말하면, 가끔은 정말 못 봐주겠다고."

이번에도 그의 말이 옳았지만—그동안 내가 궁상맞은 모습에 심취해 있었다고나 할까—나는 상처를 받았다. "그래, 내가 외모 관리에 조금 소홀했다고 치자. 그렇다고 정신과 상담을 받으라는 거야?"

"소홀했다고? 설마, 농담이겠지."

나는 조너선의 매서운 눈초리를 받아쳤다.

"내가 아무한테나 상담을 받으라는 게 아니잖아. 당신에게 큰 도움을 주었던 사람을 다시 만나보라는 거야. 또 도와줄 수 있을 테니까. 제발 좀 갈래?"

"아니, 싫어."

이때 나는 '살기등등한 눈빛'이라는 것이 무엇인지 깨달았다. 합리적이고 친절하게 구는 데 질린 조너선은 새빨개진 얼굴로 의자에서 일어나 양복 재킷을 깔끔히 개켜놓은 침대로 갔다. 점점 빨개지는 얼굴로 조너선은 재킷을 입고 서류가방을 둘러메고 나가려다 문득 뒤돌아 쥐어짜낸 소리로 말했다. "물론 난 강요할 수 없어. 강요할 수 있다고 해도 의미가 없겠지. 하지만 당신이 내가 하라는 대로 해야 하는 것들을 말해줄게. 남편으로서, 이 집의 부양자로서 나는 이것들을 아내에게 기대하고 요구할 권리가 있고, 당신은 아내로서 따라야 할 의무가 있어. 나는 이 집이 말끔히 관리되길 바라고 당신 외모도 마찬가지야. 이번 주 금요일에 카터 리빙스턴네 파티에 가기로 했지. 그전에 지저분한 머리 좀 어떻게 해봐. 금요일에는 당신이 다시 인간답게 보이길 원한다고."

"이제 농담하는 건 당신 같은데?"

"천만에." 조너선은 홱 몸을 돌리고 쿵쾅거리며 현관으로 나갔다.

한동안 나는 침대에 앉아 덜덜 떨며 눈물이 그렁그렁한 눈으로 창밖의 먼지투성이 나무와 저수지를 내다보았다. 나와 조너선 중에 누가 미친 걸까 생각해보았다. 물론 나는 답을 알았으므로 침대에서 일어나 항불안제를 한 알 먹고(이제 다섯 알 남았다) 조너선의 침대에 앉아 몇 군데 전화를 돌렸다. 알고보니 내가 한 거짓말이 전부 거짓말이 아니었다. 정말로 다들 지금 가을맞이 대청소에 들어가서 다음 주까지 세탁부나 창문 청소부를 구할 수 없었다. 구인소가 계속 통화 중이어서 바닥에 왁스를 칠하고 벽을 씻을 사람도 구할 수 없었다. 지난 6월부터 조너선의 양복을 담당하고 있는 세탁소도 상황이 마찬가지였다. 청소해줄 사람들을 간신히 구하고 장루이 미용실에 예약을 잡았을 즈음엔 밖에서 비가 억수로 내리고 있었다. 나는 폴리가 볼일을 볼 수 있게 화장실에 신문지를 깔고, 내가 방에서 '일'하고 있으니 방해하지 말아달라고, 안방은 알아서 치울 테니 다른 일을 해달라는 쪽지를 로티에게 남겼다. 그리고 여기 들어와서 공책을 꺼냈고, 글을 쓰면서 제정신을 되찾았다. 전부 항불안제 덕분은 아니다. 지금은 1시 15분. 비는 그쳤지만 공기는 젖은 도로에서 피어오르는 일종의 수증기를 무겁게 머금고 있다.

뭐, 어째. 이 방을 정리하고 화장실에 있는 폴리의 용변 신문지를 치우고 외출해야지. 먼저 조너선의 남색 핀스트라이프 페더웨이트 데이크론 우스티드 합성 양복을 브로드웨이에 있는 고속 클리너에 맡겨야 한다. 단추가 다 뜯겨서 돌아올지도 모르지만 어쨌든 오늘 밤에 조너선은 양복을 돌려받을 거다. 그다음에는 마켓에 가서 은 광택제랑 메이플 크리스피 시리얼이랑 패브 세제를 사야지.

"다르게 해달라고? 뭔 소리야? 왜? 지금 머리가 얼마나 시크한데. 스타일 있어." 장루이가 『피터 래빗 이야기』의 맥그리거 씨처럼 갈퀴질 하듯이 내 젖은 두피를 빗으로 쓸어내렸다.

"남편이 새로운 스타일을 해보래요. 지금 머리에 질렸나봐."

"아, 그럼 이야기가 달라지지." 장루이가 가위로 손을 뻗었다. "그런 말을 했다는 자체가 벌써 심각한걸. 당장 해결해야겠어."

한 시간 뒤에 장루이가 머리를 빗으며 정돈해줄 때 나는 간신히 용기를 내 거울을 보았다. "장루이, 나를 셜리 템플로 만들어놓았잖아요. 요새 누가 머리를 이렇게 고불고불하게 볶아요. 게다가 왜 이리 짧아. 얼마나 잘랐어요?"

장루이는 내 머리칼 몇 가닥을 심술궂게 잡아당겼다. "자기가 뭘 알아. 여기선 다들 생머리 하지만 파리에서는 곱슬머리가 다시 유행하고 있어. 보글보글할수록 좋다고 그래. 여성스럽잖아. 5센티미터밖에 안 잘랐어." 장루이는 헤어스프레이에 손을 뻗었다. "기다려. 보여줄게."

헤어스프레이의 안개가 가라앉자 나는 보았다. 테다 바라의 머리를 한 괴물 앨리스.

"짜잔." 장루이는 오므린 손바닥을 내 머리 양옆에 대고 말했다. "완전 섹시해. 개구쟁이 같고. 남편이 다시 한번 자기랑 사랑에 빠질 거야. 장루이에게 고마워할 거라고."

나는 고맙다고 인사하며 의자에서 일어났고, 전에 말했듯이 기분이 안 좋을 때면 늘 그리하듯이 팁을 지나치게 많이 주었다. 그리고 얼른 집으로 도망쳤다. 거의 5시였다. 학교 친구와 방에서 놀고 있던 아이들은 내가 현관에서 인사했을 때 내다보지도 않았다. 나는 로티와 이야기하러 부엌으로 가는 길에 식사실을 지나다 거대한 나무 상자에 걸려 넘어져 목이 부러질 뻔했다. 세상에, 이건 또 뭐야? 나는 종아리를 문지르며 상자를 보았다. 식료품 보관실의 여행가방 두 개에 이것까지 추가되면 조녀선은 말 그대로 폭발할 것이다. 거대한 나무 상자에 마이애미 과일 포장 회사의 송장 스티커가 붙어 있었고, 상자 속에는 오렌지와 자몽이 가득했다. 발신인의 카드가 없으리라는 걸 경험으로 알았다. 발신인이라는 단어 아래 "J. 먼비스"라는 이름만 달랑 적혀 있었다. 상자의 판자 사이로 오렌지색과 노란색 구체, 구겨진 녹색 포장 종이만 얼핏 보였다. "왜 소식이 없니?" 그것들이 물었다. "지난 늦봄 이후로 소식이 없네."

"다음 주에 처리하자." 나는 중얼대고 상자를 멀리 돌아 부엌으로 갔다.

로티가 아이들 저녁을 준비하고 있었다. 오늘 밤에 나와 조녀선이 외출하기 때문에 로티가 저녁까지 있어주기로 했다. "볼저 부인. 식사실에 있는 상자를 못 치워서 죄송해요." 내가 부엌에 들어서자마자 로티가 말했다. "배달원한테 여기에 두라고 했는데 못 들은 척하고 가버렸지 뭐예요. 너무 무거워서 꿈쩍도 안 하더군요. 하지만

108

우리가 같이 들면 제 방으로 옮길 수 있을지도 몰라요. 볼저 씨가 오기 전에요."

충격을 받은 나는 내 귀를 의심하며 로티를 보았다. 그러나 로티는 튀기고 있던 닭만 계속 평온히 튀겼다. 나는 마침내 입을 열고 가능한 한 담담하게 말했다. "지금 자리에 그대로 두어도 괜찮아요. 볼저 씨는 전혀 신경 쓰지 않을 거예요." 그러고는 서둘러 씻으러 화장실로 갔다.

최근 몇 주간 나는 샤워와 목욕을 하며 일종의 수(水)치료를 자행했다. 효과가 있다. 배스 오일이 둥둥 떠 있는 목욕물에 누워 있노라면 새 헤어스타일, 나무 상자, 그 상자에 깃든 메시지와 그것에 대해 느끼는 죄책감, 오늘 밤에 가야 하는 파티에 대한 두려움, 이 모든 것들이 흘러나갔다. 물속에서 쭈글쭈글해진 발가락으로 온수를 컸다 끄기를 반복하고 있는데 초인종이 두 번 울렸고,(아이들의 친구를 데리러 온 부모들) 전화벨이 세 번 울렸고, 아이들이 소리 지르기 경합을 벌였다. 마침내 화장실에서 나왔을 때는 조녀선이 옷장 앞에서 넥타이를 풀면서, 옷장의 대리석 상판에 펼쳐놓은 신문으로 주식 종가를 확인하고 있었다.

"안녕, 잘 다녀왔어?" 나는 '매시 매초 명랑하기' 캠페인을 새로이 시작했다.

"안녕." 조녀선은 조그만 숫자를 잘 보려고 고개를 푹 숙였다. "리빙스턴네 파티는 몇 시에 시작하지?"

"6~8시라고 했어." 나는 조각상의 덮개를 벗기는 사람처럼 부푼 샤워캡을 머리에서 천천히 뺐다.

"7시쯤 가야 한다는 뜻이군." 여전히 시선을 들지 않은 채로 조녀

109

선은 금융계 소식에 대고 한숨을 토해냈다. 그러고는 마침내 허리를 펴고 눈을 비비더니 문을 향해 걸어갔다. "피곤한 하루였어. 술이나 한잔하려고."

조녀선이 돌아왔을 때 나는 침대에 앉아서 스타킹을 신고 있었다. 등 뒤에서 즐거움이라고는 한 방울도 없는 웃음소리와 서랍을 여닫는 소리가 들렸다. "아이고, 이 집에 지금 딱 필요한 게 과일 상자지. 전에 장인어른이 보낸 과일은 한 달이나 창턱이랑 냉장고에서 썩어갔어. 뭐 보내지 말라고 말한다고 하지 않았어?"

"못 하겠더라고. 아빠가 서운해하실까봐 말 못 했어. 아빠한테는 과일 보내는 게 안부 인사나 마찬가지잖아."

"장인어른은 왜 그냥 편지를 보내지 않아? 그러고보니, 당신은 또 왜 안 보내?"

나는 침대에서 일어나 옷장 앞으로 갔다. "아빠가 편지 보내. 나도 쓰고."

"그래, 1년에 두 번 정도. 나는 당신네 집 부녀 관계에 대해 캐물은 적 없지만, 당신이 애초에 심리치료를 받아야 했던 이유 중 하나가 아닐까 싶어." 그처럼 심오한 말 한마디를 남기고 조녀선은 화장실로 가서 샤워와 면도를 시작했다.

나는 옷을 다 입고 부엌으로 가서, 제일 좋아하는 메뉴인 남부식 프라이드 치킨과 옥수수 푸딩을 신나게 먹고 있는 아이들을 보았다. 내가 들어가자 아이들은 입놀림을 멈추었다. 아이들이 어머니의 새로운 헤어스타일과 화려한 화장을 살펴보는 동안 숨 막히는 정적이 흘렀다. "와, 아주 아름다우세요, 볼저 부인." 싱크대 앞에서 로티가 의리 있게 말했다. 아이들은 자기들끼리 속닥거리고 다시 저녁을 먹기 시작했다. 음식을 씹고 삼키는 중간중간 내 질문에 대답은 했지만 다시 눈을 들어 나를 보지는 않았다. 네, 저녁 먹고 씻을게요. 네, 잊지 않고 이 닦을게요. 네, 9시에 불 끌게요.

나는 침실로 가는 길에 식료품 보관실에 들러, 여행가방 옆의 빈자리에서 술을 한 잔 따라 마셨다. 이날 아침에 광을 낸 얼음통이 눈부시게 반짝였다.

조너선은 반바지에 셔츠 차림으로 거울 앞에서 넥타이를 매만지고 있었다. 조너선의 등 뒤로 안락의자로 가는 내 모습이 거울에 비쳤다. 조너선이 천천히 돌아보았다. "…그래, 그래. 발전했어, 틴. 프랑스 느낌이 나는걸. 훨씬 젊어 보이네. 진짜야. 하지만 실례가 아니라면 뭐 하나 물어볼게… 그 드레스 어디서 났어?"

"당신이 작년 11월에 사준 거야. 기억 안 나? 어떤 잡지에서 봤다고 했잖아."

희미하게 얼굴을 붉히며 조너선은 침대 위의 바지를 집고 입기 시작했다. "아, 그래. 기억나." 조너선은 셔츠를 허리춤에 넣고 바지 지퍼를 올렸다. "사실은 말이지… 미안해, 틴. 실수였단 걸 이제 알겠어. 당신은 몸매가 훌륭해. 몸매만큼은 어디 가도 안 빠진다고. 그런데 그 드레스를 입으니까 꼭 거적을 뒤집어쓰고 있는 거 같아. 딴 드레스 없어?"

엄숙히 나는 고개를 저었다. "이 더위에 편하면서도 가을 느낌 나는 건 없어. 무슨 소린지 알지."

예상대로 조너선은 제꺽 알아들었다. 이런 표현을 내게 가르친 장본인이니까. 한숨을 내쉬고 고개를 주억거리며, 조너선은 포기하고 신속히 옷을 마저 입었다.

최근에 큰 성공을 거두었음에도 카터 리빙스턴은 이스트 50가의 매우 오래되고 상당히 지저분해 보이는 브라운스톤 건물 4층의 방 세 개짜리 아파트에서 살았다. 삐걱거리는 계단을 올라가며 나는 허술한 계단과 구부러지고 메마른 난간과 회칠을 했다뿐이지 어디를 봐도 부싯돌 상자나 다름없는 건물의 상태에 주의를 기울이지 않으려고 애썼다. 누가 구석에 불붙은 담배꽁초라도 떨어뜨린다면? 2층 계단참에서 방향을 꺾으며 나는 생각했다. 화재 비상구는 있나? 마흔 명에서 쉰 명 가까이 되는 사람들이 한 번에 계단을 내려갈 수 있을까? 계단이 폭삭 무너지진 않을까? 화재공포증만큼 살 떨리는 것도 없다.

4층 계단참에 도착하니 문이 하나 열려 있고 복도에서 서너 명이 잔을 들고 서 있었는데, 집 안에 사람이 꽉 차서 밀려난 것 같았다. 거실에 북적거리는 사람들을 헤치며 집주인을 찾아 나아가는 길에 최근에 발발한 즐거운 공포증 두 개가 나를 덮쳤다. 다름아닌 광장공포증과 폐소공포증. 식은땀이 줄줄 흘렀다. 집주인과 술은 집 후면에 있는 것 같았는데, 후면 방도 거실만큼이나 사람들이 북적거렸다. 방구석에서는 여러 명이 호피 이불과 표범 모피 베개로 뒤덮인 거대한 침대 위에서 뒹굴고 있었다. 조너선은 리빙스턴과 인사를 나눈 뒤에 우리가 마실 술을 가지러 갔고, 나는 믿기지 않는다는 심정으로 뒤쪽 창밖을 내다보았다. 황당하게도 이 건물에는 비상계단이 없는 듯했다. 곧 나는 그것이 말도 안 되는 상상이 아니라 사실임을 깨달았다. 화재 비상계단이 없다. 반려동물처럼 나를 충실히 따라 다니는 세 공포증, 화재공포증, 광장공포증, 폐소공포증에 사로잡힌 채로 얼어붙어 있던 나는 살기 위해서는 거실로 돌아가서 현관문 바로 옆에 자리를 잡아야 한다는 것을 깨달았다.

그리 어려운 과제는 아니었다. 예상할 수 있겠지만 조너선은 파티에서 내가 자기 옆에 붙어 있는 걸 질색했다. '각자 따로 한 바퀴'가 조너선의 규칙이었다. 술을 한 잔씩 받은 다음에 우리는 집주인과 몇 분간 대화를 나누었다. 리빙스턴은 실로 상냥한 사람이었다. 리빙스턴이 새로 도착한 손님들에게 인사하러 가자 조너선이 말했다. "그럼 나는 그레이엄 틸슨이랑 이야기하러 가볼게." 그러고는 가버렸다. 그것을 보고 내가 해야 할 일을 깨달은 나는 사람들을 헤치며 전진하기 시작했다. 숨이 차고 심장이 팔딱거렸지만 끝내 나는 거실에 도달했고, 계단으로 열려 있는 현관문의 반대쪽 벽에 붙어 섰다. 누군가 "불이야!"라고 외치면 3초 만에 나갈 수 있을 것이다. 열기나 갑갑함, 혹은 이 많은 사람의 존재 때문에 돌연 어지럼증이 들면 계단을 내려가 보도에서 바깥 공기를 쐬고 뻥 뚫린 공간을 둘러보며 마음을 가라앉힐 수 있다. 제법 안심이 된 나는 천천히 술을 마시고 이내 용기를 내어 주위를 둘러보았다. 집주인 말고는 아는 사람이 단 한 명도 없었다. 그건 다행이었다. 혼자 있으면서 자의식을 느낄 필요가 없다. 혼자 있는 모습을 조너선에게 들키지 않게 두 방 사이의 좁은 복도만 잘 지켜보고 있으면 괜찮을 거다.

거실 벽에는 카터 리빙스턴이 제작한 연극의 무대와 의상을 담은 아름다운 스케치가 가득했다. 이것들을 가능한 한 오래 살펴보다가 의지를 끌어모아 술이 있는 방으로 걸음을 옮겼다. 조너선은 구석에 떠밀린 채로 내가 모르는 사람들과 대화하고 있었다. 마침내 조너선이 나를 보았을 때 나는 마치 다른 방에서 사람들과 즐겁게 어울리다 온 것처럼 쾌활하게 손을 흔들어 인사하고 서둘러 사람들을 헤치며 다시 거실로 나갔다. 그런데 그 잠깐 사이에 거실은 부쩍 한 적해져서, 혼자 벽에 기대 서 있는 모습이 도드라질 수밖에 없었다. 나는 화장실 위치를 묻고, 화장실로 가서 문을 잠그고 변기 뚜껑을 내린 다음에 거기 앉아서 담배 두 대를 피우며 술을 느긋이 마셨다. 공포증이 사그라들었다. 누군가 다급히 문을 두드리고 문손잡이를 흔든 순간을 제외하고는(무시했더니 결국 그냥 갔다) 파티에 온 사람들의 방광이 잘 견디고 있는 듯했다. 나는 거의 15분이나 방해받지 않고 앉아 있었다. 두 번째로 들린 조심스러운 노크 소리에 문을 열자 소심한 인상의 마른 여자가 있었고, 나는 화장실에서 나갔다.

자연스레 발길이 현관문 반대쪽 벽으로 향했다. 파티에 온 지 한 시간이 다 되었으니 잠시 후에는 조녀선을 찾아서 배고프다고 집에 가자고 할 수 있을 터이다. 이쯤에 거실은 사람이 거의 다 빠졌다. 혼자 있는 모습을 조녀선에게 들키지 않으려고 창가에서 이야기하고 있는 사람들 무리에 끼어들 마음의 준비를 하고 있는데, 오른쪽 눈의 시야 끝에 나를 향해 오고 있는 남자가 들어왔다. 불가능한 일이 벌어졌다. 누군가 나와 이야기하러 오고 있었다. 나는 내 얼굴이 시들한 호기심을 표현하기를 바라며 돌아섰다. 그러나 그 남자는 내게 눈길 한번 주지 않고 세 발짝 떨어진 곳에서 멈추더니, 시계를 한번 내려다보고 인상을 쓰면서 팔짱을 끼고 벽에 기댔다. 내 벽에. 눈살을 찌푸리고 현관문을 노려보는 남자의 옆모습을 나는 조금 불편한 심정으로 힐끔거렸다. 저 얼굴을 어디서 봤더라? 부자연스러울 정도로 창백한 얼굴에 이목구비는 반듯했고, 새치가 희끗희끗 섞인 검은 생머리는 숱이 많았다. 마치 바이런 시의 주인공처럼 들릴지 모르지만 사실은 전혀 그렇지 않았다. 남자는 건강이 안 좋고 성마른 성격처럼 보일 뿐이었다. 낯이 익은 이유는, 2년 전에 그 얼굴을 신문에서 몇 번 보았기 때문임을 깨달았다. 남자는 오프브로드웨이 극작가였는데, 그의 끔찍한 연극은 보았지만 이름은 기억나지 않았다.

너무나도 피곤하고 지루해진 나는 돌아섰다. 더는 견딜 수 없었다. 곧바로 조너선을 찾아서, 달리 방법이 없다면 그의 남색 핀스트라이프 페더웨이트 데이크론 우스티드 합성 양복의 목깃을 잡고 끌고 가기라도 하겠다고 결심했다. 그때 과장된 헛기침 소리에 뒤돌아보니 극작가가 나를 위아래로 훑어보고 있었다. 세상에, 저건 뭐야! 나의 뽀글뽀글한 머리와 거적때기 드레스를 제대로 본 순간 남자의 머릿속에 떠오른 생각이 귀에 들리는 것 같았다. 남자가 입을 열어 실제로 한 말은 이것이었다. "오늘 밤 내내 현관문 옆에 서 계시더군요. 혹시 뿔테 안경을 쓴 키 크고 마른 금발 여자가 들어오거나 나가는 걸 봤습니까?"

"무슨 근거로 제가 현관문 옆에 종일 서 있었다고 생각하시죠?" 나는 냉정히 물었다.

남자는 눈을 껌벅거렸다. 몹시 거북스러운 눈이었다. 블랙홀처럼 검고 공허하며 차가운 눈동자가 옅은 잿빛 홍채에 둘러싸여 있었다. 대리석상에나 어울릴 법한 눈이었다. "한 시간 전에 제가 파티에 왔을 때 여기에 서 있었고, 뒤쪽 방에 갇혔다가 다시 나왔을 때도 여기 서 있었고, 지금도 여기 있잖습니까? 그 여자를 봤어요? 키크고 마른 금발 말이에요."

"아뇨."

"녹색 뿔테 안경이에요."

"못 봤어요."

"키는 180센티미터 남짓하고 깡말랐어요. 눈에 띄는 사람이에요."

그건 확실했다. "못 봤어요."

"거짓말쟁이 잡년 같으니라고." 남자는 내뱉고 가버렸다.

의자 뺏기 놀이처럼 남자가 떠나자마자 조너선이 왔다—흡족해하며 활짝 웃고 있었다. "오호, 당신이 조지 프레이거랑 얘기하는 거 봤어. 어떤 사람이야?"

"매력적이야. 참 흥미로웠어. 여보, 나 이제 가고 싶어. 배고파. 집에 가서 뭐 좀 먹어야겠어."

"바로 그래서 당신을 찾으러 온 거야." 조너선이 말했다. 그제야 나는 의미하는 바가 너무도 명백한, 금세라도 터질 듯한 분홍빛 얼굴을 보았다. "프랭크 게이로드가 사디스에 가자고 초대했어. 그 사람의… 음, 비서, 일종의 오른팔 격인 여자랑 같이 가는 거야."

"배가 고프지만 식당 가서 먹을 정도는 아냐." 프랭크 게이로드는 제법 유명한 프로듀서였다. "샌드위치처럼 가벼운 거면 충분해."

"사디스에서도 샌드위치 팔아. 나 참! 당신이 원하는 거 아무거나 먹을 수 있어!"

사디스에서 프랭크 게이로드는 조너선이 선망하는 종류의 테이블을 받았다. 그처럼 쉽사리 최고의 테이블로 안내받는 특권을 조너선이 어찌나 감탄하고 부러워하던지. 그 표정을 보자마자 입맛이 뚝 떨어졌다. 사실, 유명인에게서 굴절되어 뿜어져 나오는 광휘 속에서 열병에 걸린 것처럼 들떠 있는 조너선을 보자 속이 울렁거리기 시작했다. 다행히 술이 도움이 되어서 식사가 나왔을 때는 나도

116

닭고기 샌드위치를 먹을 수 있었다. 다른 사람들은 접시에 수북한 닭고기 테트라치니와 소고기 타르타르를 허겁지겁 먹어댔고, 그러는 중에도 머리가 희끗희끗한 50대 후반의 빈틈없는 책략가인 게이로드는 조너선에게 자신이 원하는 바를 명확히 전달했다. 그러니까 그는 주식 시장에 대한 정보와 새로 개막하는 자신의 연극에 대한 투자 공약을 원했다. 조너선과 게이로드가 대화를 독점하는 동안 나와 그의 '비서'는 첫눈에 적대감을 느낀 여자들만의 완벽한 증오를 머금은 눈으로 서로를 노려봤다. 마고라는 이름의 비서는 키가 크고 가무잡잡했으며 가늘고 푸석푸석한 검은 생머리를 길게 늘어뜨렸다. 흔히들 관능적이라고 부르는 눈을 지녔는데, 많은 것을 약속하는 듯한 눈빛이었지만 실제로는 별로 그렇지 않은지, 커피를 마시는데 프랭크 게이로드가 뜨겁고 끈적한 손을 내 무릎에 슬쩍 얹었다. 나는 그의 손을 밀어냈다.

마침내 집에 왔을 때는 11시밖에 되지 않았다. 나는 옷을 벗고 곧장 화장실로 가서 샤워기를 틀어놓고 15분간 서서, 뜨거운 물이 신경을 진정시켜주길 기다리며(수치료) 14달러나 내고 받은 '드라이'를 머리에서 씻어냈다. 화장실에서 나오자 조너선은 침대에 앉아서 비닐 커버를 씌운 극본처럼 보이는 것을 읽고 있었다. 내가 젖은 맨발로 바닥에 자국을 남기며 옷장으로 가서 잠옷과 슬리퍼를 꺼내는데 조너선이 고개도 들지 않고 말했다. "그렇게 큰 성공을 거둔 사람이 여전히 소탈하고 진실해. 대단하지 않아?"

워크인 옷장에서 나는 알아들을 수 없는 말을 나직이 웅얼거렸다.

"비서도 마음에 들었어." 조너선이 말을 이었다. "상냥하고 활발하면서도 똑똑하잖아. 두 사람이 같이 자는 것 같아?"

117

나는 잠옷 바람으로 수건을 머리에 두르며 옷장에서 나왔다. "그 사람 연극에 투자할 거야?"

"모르겠어. 오늘 밤에 극본을 줬어."

"그래, 지금 읽고 있는 거 보여. 그걸 언제 줬어?"

"식당 밖에서 택시 기다릴 때. 왜? 탐탁지 않다는 말투네?"

"탐탁지 않다는 표현은 정확하지 않아." 나는 몇 달 만에 처음으로 속마음을 드러내며 천천히 말했다. "이해가 되지 않아서 그래. 당신이 왜 이렇게 연극에 집착하는지 모르겠어. 당신이 뭘 하는지 모르겠다고. 당신은 뛰어난 변호사고 직장에서 충분히 큰 책임을 지고 있어. 그런데 왜 엉뚱한 길로 새서 그런 사람들을 쫓아다니면서 마냥 좋다고 희희낙락하는 건지 이해가 안 돼. 당신의 가치랑 품위를 깎는 행동이라고 생각해."

나의 소소한 의견이 불러일으킬 대재난을 각오하고 있는데 놀랍게도 조녀선은 그저 한숨만 한 번 쉬고는 극본을 침대에 거꾸로 내려놓고 침대 옆 탁자의 퀴퀴한 시가 상자로 손을 뻗었다. "그래, 당신이 그렇게 생각하는 거 알아." 조녀선은 시가에 불을 붙이고 서글프게(천만뜻밖이었다) 말했다. "당신이 이해 못 하는 것도 알아. 솔직히 말하면, 그게 마음에 걸려. 당신이 이해하지 못한다는 사실 자체가 너무 많은 것을 뜻하거든. 당신이 지나치게 소심하다는 것, 또한 남자가 무엇에 힘을 받는지 전혀 이해하지 못한다는 것을 뜻하지. 어떤 남자들은 단순히 한 가지에 만족할 수 없다는 걸 당신은 모르는 거 같아. 이 남자들은 다방면에서 자기 자신을 표현하고 성취를 이루어야 해… 나는 지난 몇 년간 내 속에서 뜨겁게 끓어오르던 창조적 충동을 마침내 받아들였어. 오랫동안 억누르고 무시하고 있던 것이야. 처음에는 회화나 조형에 대한 흥미로 이것을 해소할 수 있다고 믿었어. 일종의 배출구로 삼은 거지. 내가 스스로 창작할 능력이 없다면, 적어도 남들의 창조 행위를 좀더 적극적으로 즐겨야 하지 않겠어? 하지만 그것으론 충분하지 않았어. 더 깊이 참여하고 싶었어. 나는 연극이야말로 세상에 얼마 남지 않은 진정한 창조 예술이라고 생각해. 내가 연극에 뜨거운 열정을 품고 있다는 걸 깨달았어. 단순히 관람하는 걸 즐긴다는 뜻이 아니야. 솔직히 말하면, 내가 오래전에 잘못된 길을 택한 건 아닌가, 하버드를 졸업한 뒤에 유럽에 갈 걸 그랬나. 아니면 로스쿨에 가기 전에 뉴욕에 와서 1~2년 이런저런 일을 시도해보는 게 좋지 않았을까 생각했어. 물론 무용한 생각들이지… 하지만 난 지금이라도 너무 늦지 않았다고 믿고 싶어. 이게 다 그런 생각의 결과물이야. 내가 연극의 경제적인 측면에 발을 들이고 투자하면 나중에는 제작 같은 일에 좀더 직접적으로 참여할 수 있지 않을까, 그런 흥미로운 일을 할 수 있지 않을까 생각했어."

조녀선이 일장 연설을 늘어놓는 동안 나는 수건으로 감싼 머리에서 잠옷과 어깨로 물을 뚝뚝 흘리며 그대로 서 있었다. 입을 열었다가는 제럴드 맥 보잉 보잉처럼 괴상하고 인간 같지 않은 소리가—급브레이크를 밟거나 금속체끼리 충돌하거나 타이어가 미끄러지거나 밤에 기차가 요란하게 경적을 울리며 지나가는 소리—날까봐 두려웠다.

조녀선이 나를 빤히 보다가 침묵을 깨고 말했다. "머리에 무슨 짓을 한 거야?"

인간의 언어 능력이 되돌아왔다. "보면 몰라?"

조너선이 히죽 웃었다. 세상에, 히-죽 웃었다. 소년처럼. "정말 안어울린다. 내가 틀렸을 때는 그렇다고 인정할 수 있어. 이전 머리가 훨씬 낫네. 당신에게는 당신만의 스타일이 있어… 나한테 화났어?"

"실없는 소리 하지 마, 조너선." 나는 화장대 거울 앞으로 가서 엉킨 머리를 풀며 빗기 시작했다. 머리를 빗자 장루이가 잘라낸 5센티미터가 썩 나쁘지 않다는 걸 깨달았다. 사실, 추레한 대학생 스타일을 벗어나기 위해 딱 필요한 변화였다.

"머리 말리는 데 얼마나 걸려?"

"30분 정도. 왜?"

"머리 말리고 건초에서 굴러보자고."

일주일 전에 조녀선이 한 말. "남편으로서, 이 집의 부양자로서 나는 이것들을 아내에게 기대하고 요구할 권리가 있고, 당신은 아내로서 따라야 할 의무가 있어."

그렇다고 하자. 오늘이 바로 그날이었다. 모든 일이 진행되었다—어쨌든 진행에 들어섰다. 빨래와 여행가방 정리와 바닥 청소와 창문 청소까지 모조리.

이날 역시 인용할 만한 인용구와 함께 시작되었다.

"그래, 드디어 시동이 걸렸네!" 아침 7시 36분에 조녀선은 부엌 바닥에 쌓여 있는 옷 무더기를 밟으며 흡족한 미소를 날리고 커피를 따라 식사실로 가져갔다. 부엌이 하도 어수선해서 아침 식사를 거기에 차려놓았다. 아침 식사 시간은 이상할 정도로 유쾌하게 흘러갔다.

구인소에서 세탁부가 8시 정각에 도착할 거라고 했기 때문에 나는 6시 30분에 일어나서 여행가방을 열고 옷을 분류해놓았다. 9시 30분에 초인종이 울렸을 때 나는 머리끝까지 화가 나 있었다. 따끔하게 한마디 하리라 마음먹고 문을 열자, 머리부터 발끝까지 검은색으로 차려입은 거대한 여자가 자기 몸만큼이나 거대한 쇼핑백을 들고 서 있었다. "안녕하세요, 부인." 여자가 노래하는 듯한 매력적인 자메이카 악센트로 말하며 환하게 웃었다. "세탁하러 왔어요."

"안녕하세요." 이번엔 그냥 참기로 했다. "전 볼저 부인이에요. 들어오세요."

여자만큼 활짝 웃으려 노력하며 나는 그녀가 옷을 갈아입을 수 있게 로티의 방으로 안내했다. 여자가 문을 닫고 내가 잠가주었다. 나는 초조한 심정으로 바닥에 널려 있는 옷들을 뒤적이기 시작했다. 싱크대 위의 시계가 14분이 지났음을 알렸을 때 여자는 세실 비튼이 서인도제도를 배경으로 한 뮤지컬의 인물에게 입혔을 법한 복장으로 나왔다. 검은 코트를 벗고 텐트처럼 풍성하며 꽃무늬로 가득한, 하와이 전통 의상 무무와 비슷한 드레스를 입었고, 단정한 까만 옥스퍼드 구두를 벗고 건막류로 인해 늘어난 낡은 테니스 신발을 신고, 얌전한 검은 모자 대신에 화려한 분홍색 스카프를 두건처럼 두르고 있었다. "커피 한잔할 수 있을까요, 사모님?" 여자가 아까와 같은 미소를 지으며 물었는데, 내 이름을 잊어버린 게 분명했다. "아침 먹을 시간이 없었어요."

"물론이에요." 나는 허둥지둥 컵과 잔 받침을 준비하며 당황하지 말라고 나 자신을 타일렀다. 여자가 커피를 마시는 동안 할 일을 설명할 수 있을 것이다. 그러나 마침내 플라스틱 테이블에 커피와 허니번을 두고 앉은 여자는 커피가 식게 내버려두고 검은 핸드백에서 담배를 꺼내 불을 붙였다. 그 태도가 어찌나 당당하던지, 또 그 눈빛에 혼자 있을 시간이 필요하다는 메시지가 어찌나 선명히 배어 있던지, 나는 얼른 식사실에서 나갔다. 15분 동안 나는 침대에 앉아, 먼 곳에서 치는 번개처럼 희미하게 지끈거리는 편두통과 손에서 일어나기 시작한 경련을 애써 무시했다. 그러다 끝내 일어나서 아직도 밖에 나가지 못한 폴리에게 외쳤다. "이건 말도 안 되는 상황이야!" 그리고 부엌으로 돌아갔다.

내가 들어가자 여자는 땅이 꺼져라 한숨을 내쉬고 의자를 뒤로 밀며 일어났다. 컵과 잔 받침과 접시를 싱크대 가장자리에 놓고, 만개한 꽃처럼 널찍한 골반에 손을 올리고는 천천히 몸을 돌려, 바닥에 쌓여 있는 조녀선의 여름옷을 훑어보았다. "사모님." 여자가 시선을 들고 으레 그 미소를 지으며 말했다. "저 많은 걸 오늘 다 끝내기를 바라시는 건 아니죠?"

그러길 바랐다. "음, 보이는 것만큼 많지는 않아요. 저기 문가에 있는 모직 옷들은 당연히 드라이클리너로 보낼 거예요. 일단 다 꺼내놓았으니까 할 수 있는 만큼 해주시면 감사하겠어요."

끙 소리를 내며 여자는 허리를 숙이고 옷 더미를 헤집기 시작했는데, 너무도 묘하게 조심스러운 손동작을 보고 나는 무안해졌다. 마치 옷에서 땀내와 퀴퀴한 몸내가 풀풀 나는데 내가 그걸 미처 몰랐던 것처럼. 내가 옷을 분류할 때는 바다와 모래사장의 냄새만 희미하게 풍겼는데. 여자가 조녀선의 마드라스 무명옷을 엄지와 검지만을 이용해서 들추어보는 동안 나는 세탁기와 건조기의 작동법을 설명했다. 그리고 마드라스 무명과 냉동고 옆의 다른 무더기는 세탁기에 넣어도 되지만, 마드라스 무명을 세탁할 때는 수온을 높지 않게 지정해서 염료가 새지 않게 해야 하며, 스토브 옆의 조그만 옷 무더기는(조녀선의 라코스테 셔츠와 세탁 가능한 흰 플란넬 테니스 반바지, 스위스제 면 가운 등) 손빨래해서 로티의 욕조에 있는 빨래 건조대에서 말려야 한다고, 나중에 다른 사람이 다리미질하기로 되어 있다고 말했다. 물론 다리미질할 사람은 아직 구하지도 못했다. 이쯤에 버벅대기 시작하며 나는 옷이 많아 보이지만 사실 할 일은 그렇게 많지 않다고, 예를 들어 수영복 바지는 다리미질이 필요 없는데, 옷 무더기의 대부분이 수영복 바지라고 말했다. 여자의 침울한 침묵이 불안했지만 어쨌든 나는 다리미판과 다리미가 어디 있는지 보여주고 얼른 화장실로 도망가서 아스피린 두 알을 먹었다. 머리가 지끈거리는 것이 예전에 편두통이 시작되던 느낌과 비슷했다.

화장실에서 나왔을 때는 폴리가 미친 듯이 짖어대고 뒷문 초인종이 누가 계속해서 누르고 있는 것처럼 쉼없이 울리고 있었다. 헐레벌떡 부엌에 들어가자 여자는 평온히 세탁기에 옷을 쑤셔 넣고 있었다. "난 남의 집 문 열어주는 사람이 아니에요." 황급히 뒷문으로 가는 내게 여자가 말했다.

문밖에 퉁명스러운 인상의 키가 크고 머리가 검은 소년이 청소도구로 가득 채운 양동이 하나를 들고 쓰레기통과 빈 병 무더기 사이에 서 있었다. 오늘 오기로 한 창문 청소부인데 내가 깜박 잊고 있었다. 내가 미소를 지으며 인사했지만 소년은 대꾸 없이 정강이까지 끈을 채운 더러운 작업 부츠를 신은 채로 스웨터와 플란넬 바지와 여름 이불을 밟으며 들어왔다. 소년이 로티의 화장실에서 양동이에 물을 채우고 나자 나는 그를 식사실로 안내했다. 그는 오른쪽 창문을 열고 안전막대를 해체하기 시작했고, 나는 이쪽 창문에서 시작해서 천천히 정면으로 이동해달라고 부탁했다. 더없이 불쾌한 표정으로 소년은 안전막대를 바닥에 내려놓고 창턱을 밟고 올라서서 바깥쪽에 몸을 고정했다. 일러두어야 할 사항이 몇 개 더 있었지만 좁은 창턱을 발로 딛고 엉덩이를 바깥으로 내민 채 서 있는 소년을 보고 있자니 아찔한 고소공포증이 들어 아무 말도 할 수 없었다. 소년이 뒤로 몸을 젖혀 벨트를 시험할 때 나는 침실로 후다닥 돌아가 항불안제를 먹고(고작 네 알 남았다) 안락의자에 털썩 앉았다. 폴리가 침대 발치에서 눈빛으로 애원했다. "좀만 기다려, 아가." 나는 약속하고 미안함에 눈을 감아버렸다. 산책하러 가기엔 너무 어지러웠을 뿐 아니라, 저들 두 사람을 집에 두고 나갈 엄두가 나지 않았다. 피해망상이라는 걸 잘 알면서도 '신용 보장 가사도우미들'이라는 구인소의 약속 따위보다 훨씬 생생한 상상 속에서 나는 세탁부가(이쯤에는 그녀가 무서워졌다) 식료품 보관실로 들어가서 조너선이 아끼는 제임스 로빈슨 은식기를 거대한 쇼핑백에 쑤셔 담는 것과 창문 청소부가 조너선의 서랍장에서 금제 커프링크와 금제 라이터, 금제 담배 케이스를 때 묻은 작업복 주머니에 채우는 장면을 보았다.

나 자신이 너무도 부끄러워서 눈을 떴다. 방이 더는 펑펑 돌지 않았다. 정신을 차린 나는 조너선이 옳은 것 같다고 인정할 수밖에 없었다. 폽킨이든 누구든, 정신 상담을 받아야 했다. 도움 없이 스스로 헤어날 수 없다. 하지만 이 생각이 들자 화가 치밀었다. 나는 의자에서 벌떡 일어나 폴리의 간절한 눈빛을 무시하며(로티가 20분 안에 오기로 되어 있었다) 전화기로 갔다. 음울한 기분으로 여태 미룬 전화들을 마저 돌려 커튼을 새로 달고 양탄자를 새로 깔고 벽을 청소하는 등등 필요한 예약을 잡았다. 이 업무를 마쳤을 즈음엔 몸의 떨림이 사라졌는데, 항불안제와 결심이 협력한 덕분인 듯싶었다. 외출할 준비를 하려는 참에 전화벨이 울렸다. 샐리 윌러드였다. 조너선이 위치토 출장에서 돌아온 밤에 끔찍한 '생리통 저주' 때문에 나

125

오지 못하겠다고 했던 그 샐리. 너무 오랜만이라느니, 연락할 생각을 줄곧 하고 있었느니 따위 샐리의 입 바른 인사말이 냉소적이고 건조한 말투 탓에 효과를 잃었다. 잭 윌러드가 이렇게 말하는 게 귀에 들리는 듯했다. "그래, 초대해야지 뭐 어쩌겠어."

"8시에 시작해요. 적당히 격식을 차리는 자리고요." 샐리가 통화 끝에 말했다.

"그게 정확히 무슨 뜻이죠?" 내가 소심하게 물었다.

"턱시도를 입을 필요는 없지만 거의 그 정도 수준이라고요."

전화를 끊고 5분간 울었다. 다 울고 나니까 눈이 너무 부어서 동양인이나 다운증후군이 있는 사람처럼 보일 정도였다. 찬물로 세수하고 옷을 입기 시작했다. 브래지어랑 바지만 입고 있는데 누군가 방문을 두드렸다. "누구세요?" 나는 폴리가 짖는 소리 위로 크게 외쳤다.

"창문 닦는 사람인데요."

"들어오지 마요!" 나는 소리치고 문손잡이의 자물쇠에 꽂혀 있는 열쇠를 응시했다. 열쇠로 잠그면 소리가 들릴 터이다. 조녀선의 침대로 밀쳐져서 강간당하는 내 모습이 순간 눈앞을 스쳤다. 나는 문으로 걸어가 크게 말하며 문을 잠갔다. "무슨 일이에요?"

"신문지가 필요해서요." 소년이 지긋지긋하다는 듯이 말했다. "여기 창문에 달려 있는 안전 난간에 녹이 너무 슬어서 바닥에 그냥 놓으면 안 될 거 같아서요."

내가 강간범에 도둑이라고 의심한 사람이 한 말이다. 시계를 보았다. 로티가 왔을 것이다. "부엌으로 가요." 나는 문 뒤에서 말했다. "거기 가면 여자분이 하나 있는데, 세탁부 말고요, 신문지를 필요한

만큼 줄 거예요."

소년은 무어라 웅얼거리며 떠났다. 옷을 다 입은 나는 문을 열고, 로티에게 인사하고 폴리를 산책시키러 간다고 말하러 부엌으로 갔다. 세탁부는 싱크대 앞에서 조녀선의 라코스테 셔츠를 내가 일부러 안 보이는 곳으로 치워둔 아연 빨래판에 올려놓고 사납게 비비고 있었다. 로티는 청소 도구 벽장에서 낡고 오래된 진공청소기를 꺼내고 있었다.(새 진공청소기를 살 돈을 준다고 조녀선이 약속한 게 벌써 1년 전이다) 세탁기가 요란하게 털털거리며 돌아가고 있었다. "안녕하세요, 로티." 내가 외치자 로티가 허리를 펴고 돌아보았다. 힘없이 미소 지으며 인사하는 것 같았지만 세탁기 소리에 묻혀 들리지 않았다.

"로티." 내가 싱크대 앞의 세탁부를 가리키며 다시 소리 높여 외쳤다. "이쪽은, 이쪽은…"

"니나예요." 여자가 보통 크기로 말했는데, 이때 세탁기가 탁, 소리를 내며 다음 사이클로 넘어갔기 때문이다. 이제 세탁기는 탈수하기 전의 윙윙거리는 소리를 내고 있었다. "벌써 인사했어요, 사모님." 세탁부가 우리를 돌아보지 않은 채로 계속해서 셔츠를 비비며 말했다.

"좋아요." 나는 좋은 것이라고는 하나도 없다는 걸 알아차리며 말했다. 냄새가 맡아질 것처럼 진한 적대감이 집 안에 깔려 있었다.

로티는 묵묵히 진공청소기를 들고 식사실로 나갔다. 나는 구겨진 셔츠를 비비느라 근육이 잡힌 꽃무늬 등을 바라보았다. 심호흡을 크게 하고 말했다. "니나, 저기… 부탁이 하나 있어요."

"네, 사모님?" 빨래를 비비던 손이 멈췄다. 두건 아래 미소가 환히 빛났다.

"그 셔츠들을 세탁할 때는 빨래판을 쓰지 않았으면 해요. 원단이 여린 데다가 쉽게 늘어나거든요. 여름 내내 내가 직접 빨았는데, 꼭 미지근한 물을 쓰고 쥐어짜지 않았어요."

세탁부가 쿡쿡 웃었다. "그래서 얼룩이 남았군요. 사모님, 옷이 얼룩투성이였어요. 빨래판에 대고 문질러야 얼룩을 뺄 수 있어요."

"아, 네." 나는 식사실에서 들려오는 진공청소기의 소음 위로 들리게 목소리를 높였다. "남편이 아주 까다로워요. 셔츠가 늘어난 걸 보면 속상해할 거예요."

"그렇게 까다로운 분이면 얼룩을 싫어하시겠죠. 제 일은 제가 알아요, 사모님." 세탁부가 말하고 다시 옷을 비비기 시작했는데, 나머지 말은 세탁기의 폭풍 같은 소음에 묻혀 들리지 않았다.

부들부들 떨면서 나는 폴리를 찾으러 갔다. 등 뒤에서는 진공청소기가 윙윙거렸다. 서재를 지나자니 창문 청소부가 창밖에서 벨트에 매달려 있었고, 와이퍼가 유리를 닦으며 끽끽거렸다. 원래는 이날 창문과 빨래 등 거사를 치르는 동안 나도 집에 있으면서 옷장과 서랍장을 정리하려고 했는데, 이 광기의 현장에서 한시바삐 벗어나야 한다는 걸 갑작스레 깨달았다.

나는 폴리를 5분 만에 산책시키는 기록을 세웠다. 불쌍한 폴리는 너무도 절박해서 센트럴파크 웨스트의 먼지투성이 도랑을 걷는 것에도 불만이 없었다. 집으로 돌아와서 잠깐 다시 외출하고 오겠다고 로티에게 말하려 했는데 식사실로 가니 진공청소기만 덩그러니 놓여 있었다. 로티는 부엌에 있었다. 세탁부는 싱크대에서 작업을 마쳤고, 로티는 늘 하던 대로 아침 식사 그릇을 설거지하려고 모으고 있었다. 세탁부는 세탁기에서 옷을 꺼내 건조기에 넣고 있었다. 나는 로티에게 외출하겠다고 말하고, 창문 청소부의 청구서에 서명해주고 세탁부의 점심을 차려달라고 부탁했다.

"저는 늘 도시락을 싸서 다녀요, 사모님." 세탁부가 건조기를 쾅 닫으며 말했다. "차나 한 잔 마시면 좋겠어요."

"좋아요. 로티가 찻잔이랑 티백이 어디 있는지 알려줄 거예요." 나는 말하고 서둘러 그곳을 빠져나갔다. 정문으로 가는 길에 서재를 힐끔 보자 창문 청소부가 와이퍼를 헝겊으로 닦으며 조녀선의 책상 위 잡동사니를 내려다보고 있었다. 부엌과 식사실 창문을 더없이 깨끗하게 닦아놓았다고 생각하던 참이었다. 강간과 도둑질에 대한 상상에 돌연 죄책감이 든 나는 얼른 들어가서 소년의 손에 1달러 지폐를 여러 장 쥐여주었다. 기분이 언짢을 때 늘 하듯이 또 과하게 팁을 주고 말았다. 끔찍하게도 그는 엷은 미소를 띠고 지폐에서 내 게로 천천히 시선을 돌리더니 고맙다는 인사 한마디 없이 돈을 주머니에 넣었다. 문을 잠그는 소리를 들은 것이 분명하다.

거리로 나온 뒤에 우두커니 서서 눈을 껌벅거리며 주변을 둘러보았다. 정오에 가까운 시간이었고, 기온은 32도에 육박했다. 면 드레스와 샌들 차림으로 다운타운에 나갈 수는 없는 노릇이었는데, 한 시간 정도 때울 수 있는 시원하고 편한 곳이 업타운에서는 한 군데도 생각나지 않았다. 에어컨이 있는 영화관은 고려할 수도 없었다. 이 시간대에는 모든 영화관에 중독자며 변태며 성추행범 등 인류의 찌꺼기들이 바글거릴 게 뻔하지 않은가. 어디로 가지? 공원을 응시하던 중에 나는 갑자기 투시력이 생긴 것처럼 무성히 매달린 메마른 나뭇잎들을 뚫고 메트로폴리탄 미술관을 '보았다'. 아무런 감흥 없이 미술관에 가는 것을 고려해보았다. 77가에 살 때는 날씨가 궂은 날이면 아이들을 끌고 미술관에 가서 미라와 갑옷 따위를 보곤 했지만 이사 온 뒤로는 한 번도 가지 않았다.(조너선이 입에 달고 살던 말. 우리가 얻는 혜택을 생각해! 메트로폴리탄 미술관을 생각하라고!) 그 옛날 설리번 스트리트에 살던 때 이후로는 미술관에 그림을 감상하러 가지 않았는데, 그게 벌써 14년 전이다. 따져보니, 조너선과 함께 갤러리나 구겐하임 미술관 혹은 현대미술관의 전시회 오프닝 때 사교를 명목으로 간 것을 제외하면, 14년이나 자발적으로 그림을 감상하러 간 적이 없다. 나는 손을 들어 택시를 불렀다.

훌륭한 선택이었다. 미술관은 동굴처럼 시원했고, 세탁기와 진공청소기가 윙윙거리고 폴리가 짖어대던 광란의 구덩이와 비교하면 성당만큼이나 고즈넉했다. 돌바닥에 울리는 발자국 소리밖에 들리지 않았다. 샌들을 신은 내 발소리가 시끄럽게 느껴졌다. 몇몇 사람들이 쳐다보는 것 같아 신경이 쓰였지만 전시관을 돌아다니다보니 그것조차 잊었다. 렘브란트의 〈카네이션을 든 여자〉, 요하네스 페르메이르, 요아힘 파티니르 등 한때 좋아한 그림을 마주치면 즐거웠고, 그렇지 않아도 즐거웠다. 이렇게 45분 정도 그림을 감상하고 나니 다시 인간이 된 기분이었다. 마음이 진정되었고, 피곤해져서 어디 앉아 담배를 피우고 싶었다. 미술관 남쪽 끝에 흡연실이 있던 것을 기억하고 찾아 나섰다. 수없이 잘못된 길로 꺾은 뒤에 마침내 찾은 흡연실은 천장부터 바닥까지 이어지는 커다란 유리창으로 공원을 내다볼 수 있고 환기가 잘 되는 쾌적한 공간이었다. 마지막으로 이곳에 왔을 때는 창문에 수직으로 놓은 낡은 벨벳 소파 두 개가 스무 보 정도 거리를 두고 평행으로 놓여 있었는데, 이제는 소파에 비닐로 커버를 씌우고 니은자로 붙여놓아서 하나는 창문을 등지고 있었다. 소파 두 개 다 가운데에 누군가 앉아 있는 것을 보자 짜증이 치밀었다. 창문을 등진 소파에는 백발 머리를 짧게 친 땅딸막한 여자가 앉아서 고리 공책에 무언가를 부지런히 적고 있었다. 다른 소파에서는 잿빛 머리가 벗어지고 있는 왜소한 남자가 금속테 안경 뒤의 눈을 껌벅거리며 졸음과 싸우고 있었다. 나는 피곤했지만 이들 옆에 앉을 만큼 피곤하지는 않아서, 바깥으로 열려 있는 창문 옆에 서서 담배에 불을 붙였다.

저 아래 주차장에서 차들이 햇살을 반사하며 번쩍거렸다. 그 뒤로 5번 애비뉴로 이어지는 보도에서는 벤치마다 셔츠 바람 남자들과 여름 드레스를 입은 여자들, 후드를 내려 한낮의 햇빛을 차단한 채로 유모차 속의 아이를 어르고 있는 유모들이 앉아 있었다. 보도 뒤로 공원의 잔디밭에서 아이들과 개들이 뛰놀았고, 가파른 언덕에서는 여자들이 해바라기를 하고, 신문지로 얼굴을 덮고 자는 남자들과 연인들이 널브러져 있었다.

참으로 유쾌하고 활기찬 장면이라 생각하며 나는 미소를 짓고—최근 들어 미소 지을 일이 별로 없었다—행복에 가까운 감정을 느꼈다. 문득 담배 냄새를 맡고 내려다보자 담배가 필터까지 거의 타버린 상태였다. 한숨을 내쉬고 꽁초를 버릴 곳을 찾다가 바로 등 뒤의 재떨이를 보고 허리를 숙여 타들어가는 담배 끝을 모래에 묻었다. 그러고 나서 허리를 펴자 선생 같은 인상의 백발 여자는 사라졌고, 왜소한 남자는 추위를 타는 것처럼 재킷을 여미고 손은 주머니에 찔러 넣은 채로 고개를 젖히고 쿨쿨 자고 있었다. 어쨌든 얼핏 스친 시선에는 그렇게 보였다. 그런데 무언가 이상한 느낌에 다시 눈길을 돌렸다가 나는 보고야 말았다. 반쯤 내리깐 눈꺼풀 아래로 번뜩이는 눈동자와 얼굴에 퍼지고 있는 홍조, 그리고 지퍼를 내리고 꺼내어 재킷의 양쪽 안감 아래로 쥐고 있는 그것 말이다.

나는 눈을 깜박였다. 다시 보았다. 눈을 깜박이고 다시 보았다. 아니, 잘못 보지 않았다. 그리고 나는 기겁하거나 비명을 지르는 대신, 두려워하거나 화를 내는 대신—아마도 그 딱한 양반이 원하던 반응일 텐데—웃음을 터뜨렸다. 참을 수 없었다. 머릿속에서 무언가가 끊어져버린 게 아니라 딱 맞물렸다. 찰칵. 렘브란트와 페르메이르와 변태라니. 그렇다. 딱 맞아떨어졌고, 지극히 합당했다. 나의 새로운 관점이 창조한 미친 세계에서 그것들은 서로를 보완하며 전체를 이루는 필수 요소였다. 너무도 옳았기에 웃을 수밖에 없었다. 좀전에 말했듯이 변태적인 욕구를 충족시켜줄 전혀 다른 반응을 기대하고 있었던 조그만 남자는 내가 키득거리면서 창가에서 걸음을 떼자 자기한테 오는 줄만 알고 척 봐도 겁에 질린 꼴로 허둥지둥 몸을 옹송그렸다. 우리 두 사람 중에서 위험하고 미친 쪽이 나인 것처럼 말이다. 물론 나는 그를 가뿐히 지나쳤고, 다과회에 온 노부인처럼 우아하게 고갯짓하며 "축하해요!"라고 말한 뒤에 계속해서 걸어 전시관들을 지나 밖으로 나갔다.

이루 말할 수 없이 평온하고 맑고 명랑한 정신으로(내가 이해하기 시작한 세상을 드디어 마주했으므로) 나는 택시를 타고 집에 왔다. 1시 25분이었고 몹시 허기가 졌다. 열쇠로 문을 열고 들어가 샌드위치를 만들러 곧장 부엌으로 향했다. 그런데 식료품 보관실의 문을 밀자 문이 무언가에 부딪혔고, 억누른 신음 소리가 흘러나왔

132

다. 이날 아침에 여행가방을 비우고 창고로 치웠으므로 대체 무엇이 문을 가로막고 있는지 상상도 되지 않았다. 문 앞에 있던 사람은 다름아닌 로티였는데, 로티는 발판 사다리에 올라서 있었다. 로티가 안에서 문을 열었다. 잠시 나는 로티가 찬장에서 꺼내 카운터에 내려놓은 온갖 사기그릇과 유리잔을 놀라서 멍하니 바라보았다. 선반이 전부 젖어 있고 거품이 칠해져 있었다. "이걸 오늘 할 필요는 없는데요, 로티." 스펀지를 들고 다시 사다리를 올라가는 로티에게 나는 천천히 말했다. "오늘은 진공청소기만 돌려달라고 했어요."

"바닥 청소가 일찍 끝나서 오늘 시작하기로 했어요." 로티가 딱 잘라 말했다. 평소와 다른 표정과 태도에 당혹스러워진 나는 간섭하지 않기로 하고 부엌에 들어갔다.

세탁부 니나가 식탁에 앉아서 조간 ≪뉴욕타임스≫를 읽으며 내가 여태 본 중 가장 큰 샌드위치를 먹고 있었다. 앉은 자리 앞에는 다 먹은 수프 그릇과 수프를 담아 온 듯한 1리터들이 텀블러, 그리고 초콜릿 에클레어가 있었다. "와, 맛있어 보이네요." 나는 세탁부의 위협적인 표정을 못 본 척하고 말했다. 그리고 냉장고로 갔다.

"난 항상 도시락을 싸서 다녀요." 등 뒤에서 니나가 말했다. "사람들이 일일 도우미에게 어떤 음식을 주는지 상상도 못 할 거예요."

내가 냉장고에서 꺼낸 햄과 스위스치즈 따위를 뜻하는 거라 예상되었다. 나는 대꾸하지 않고 서둘러 샌드위치를 만들기 시작했고, 쟁반에 음식을 챙기면서 바싹 마르고 구겨진 채로 세탁기에 올려져 있는 마드라스 무명 옷 더미에 시선을 주지 않으려고 애썼다. 마드라스 무명 반바지 두 벌과 셔츠 하나가 다림질이 끝난 상태로 다리미판에 올려져 있었고, 세탁기에 돌려야 하는 두 번째 옷 무더기는 내가 바닥에 놓은 그대로 널려 있었다. 조너선의 흰 플란넬 테니스 반바지 때문에 오래 애먹었을 거라고 나는 스스로에게 일렀다. '손빨래를 마치는 중이었겠지.' 라고도 말했다. 쟁반에 올린 그릇들이 달그락거리는 소리만이 침묵을 흔드는 가운데 나는 안방으로 갔다. 적어도 안방은 모든 것이 말끔하게 정돈되어 있었다. 얼룩 하나 없이 깨끗한 창문을 통해 햇빛이 쏟아져 들어와 깨끗한 바닥과 창턱을 비추었고, 가구 광택제의 달큼한 송진내가 공기에 맴돌았다. 로티는 정말 대단하지, 어떻게 이걸 해냈을까? 다시 기분이 좋아진 나는 점심을 먹고 로티가 적어놓은 전화 메시지를 읽었다. 조너선의 비서인 미스 브레커로부터 메시지가 하나 와 있었는데, 조너선이 필라델피아에 당일치기 출장을 가야 해서 밤늦게 귀가할 것이라는 말이었다. 아래층 조슬린 부인이 토요일에 딸들을 존스 비치에 데려가면서 우리 아이들을 초대했다는 메시지도 있었다.(10월에 존스 비치라니!) 세 번째는 조너선네 회사 사장 마크스 씨의 부인이 11월에 우리 부부를 저녁 식사에 초대하고 싶다는 메시지였다. 아직 한참 남았으니 천만다행이었다.

쟁반을 들고 식료품 보관실을 지나며 나는 로티에게 집이 아주 깨끗해 보인다고 칭찬했다. "점심은 들었어요?" 내가 물었다.

"오늘은 입맛이 없네요." 로티가 맨 위 선반에 머리를 들이민 채로 잠긴 목소리로 말했다.

대체 무슨 일이지? 나는 이상하게 여기며 부엌으로 들어갔다. 세탁부는 보이지 않았고 부엌은 텅 비어 있었다. 세탁부가 먹은 점심의 그릇은 여전히 식탁에 널려 있었고, 마드라스 옷 더미 역시 건조된 채로 널려 있을 뿐, 다림질을 시작하려고 물을 뿌린 흔적도 없었다. 한마디로 20분 전에 내가 부엌을 떠났을 때 모습 그대로였다. 내 일에나 신경 쓰자, 전문가가 잘 알겠지, 나는 침울히 나 자신을 달래고 저녁에 먹을 생각이었던 양다리를 냉동고에 도로 넣으러 갔다. 조녀선이 없을 것이므로 아이들을 데리고 나가 외식하기로 했다. 지난 토요일에 조녀선이 사 온 비싼 음식들(냉동 코코뱅, 냉동 송아지 블랑켓)로 꽉 찬 냉동고에 양다리를 집어넣으러 끙끙대고 있는데 로티의 화장실에서 변기 물 내려가는 소리가 들리고 수돗물이 오래도록 흘렀다. 니나가 마침내 나왔다. 그녀는 내게 눈길 한번 주지 않고 다리미를 전원에 꽂은 다음에 건조기 위의 옷을 한 뭉치 집어 싱크대에서 적시고, 마드라스 무명 셔츠를 다리기 시작했다. 다리미가 충분히 달구어지지 않은 듯하자 다리미판 위에 세워두고 팔짱을 낀 채 서서 기다리며 자기가 먹은 점심의 그릇을 식탁에서 치우는 나를 지켜보았다.

"니나." 손이 떨리는 바람에 접시들이 달그락댔다. "저기 두 번째 무더기를 오늘 세탁할 수 있을 거 같아요?"

니나가 손가락을 혀로 핥고 다리미를 찌르자 치이익 소리가 났다. "그걸 하려면 8시까지 있어야 할 거예요."

"어머." 내가 말했다. "유감이군요. 저번 세탁부는 5시 전에 두 무더기를 다 마쳤거든요."

니나는 거대한 팔을 뻗어 다리미 전원을 뽑고, 완벽히 무표정한 얼굴로 나를 돌아보았다. "사모님." 니나가 다리미를 석면 받침에 내려놓으며 말했다. "저는 가볼게요."

심장이 막 가동시킨 냉장고의 모터처럼 윙윙댔다. "그래요." 나는 조그맣게 말했다. "그러는 편이 낫겠네요."

명랑하고 정다운 이모 느낌을 주는 두건 밑의 눈이 나를 노려보았다. "그래도 하루 일당 다 주셔야 해요. 차비랑요. 그건 줘야 해요."

"내가 받은 서비스에 대한 이용료는 전부 낼 생각이에요." 나는 점점 화가 치밀어 오르는 것을 느끼며 냉정히 말했다.

니나는 흥, 소리를 내고 쿡쿡 웃으면서 고개를 절레절레 젓더니, 그 무시무시한 함박웃음을 짓고는 로티의 방에 들어가 문을 잠갔다. 몸이 덜덜 떨리기 시작한 나는 로티와 마주치지 않으려고 식사실을 가로질러 지갑을 가지러 갔다가 똑같은 길로 되돌아왔다. 다리가 고무처럼 흐늘거려서 식탁에 앉아야 했다. 그렇게 앉아서 바닥 한복판에 쌓여 있는 빨래 무더기와 싱크대 옆의 다림질 안 된 옷더미를 보았다. 어떻게 해야 저것들을 마무리 짓고 내년 여름까지 치워둘 수 있을까 고민하고 있는데 자물쇠에서 열쇠가 돌아가는 소리가 들리고 니나가 나왔다. 처음에 왔을 때처럼 진중한 검은 옷에 거대한 쇼핑백을 들고 있었는데, 이제는 화가 잔뜩 나서 숨을 몰아쉬고 있었다. "당신 같은 사람들은 우리가 짐승인 줄 알지. 사람 취급도 안 한다고. 이렇게 막 대해도 된다고 생각하는데, 곧 후회할 날이 올 거야. 두고 봐."

그때 나는 완벽히 침착해졌다. 이건 적어도 내가 자신할 수 있는 것이었다. "당신은 내게 그렇게 말할 수 없어요. 내가 무슨 생각을 하는지 당신은 전혀 모르고, 당신이 끌어들이려는 문제는 오늘 일과 무관해요. 오늘 문제는 딱 한 가지, 당신이 하기로 계약한 일에 대한 거예요. 당신은 맡은 일을 하지 않았어요."

여자가 씩씩거리며 말했다. "나는 당신처럼 뒤에서 기웃거리는 여자 아래서 일해본 적 없어. 내가 저 문으로 들어온 순간부터 감시했지. 당신이랑 당신이 부리는 늙은 여자랑."

세상에, 내가 피해망상이 있는 줄 알았는데. 나는 생각했다. "구인소에서 청구서를 보낼 거예요. 차비는 얼마면 돼요?"

"2달러요. 난 저기 위쪽 브롱크스에 살아요."

이 모든 것에 진저리가 난 나는 돈을 주었다. 거대한 쇼핑백으로 내 머리를 내려치거나 얼굴에 침을 뱉을까봐 두려웠던 끔찍한 순간이 지나갔고, 니나는 지폐를 낚아채더니 뒷문을 쾅 닫고 떠났다.

후면 엘리베이터가 와서 여자를 데려가는 소리가 마침내 들리자 나는 바닥에서 더러운 옷들을 집어 세탁기에 욱여넣었다. 옷을 전부 다리지 않고 그대로 상자에 넣은 다음에 내년 봄까지 잊어버리기로 했다. 세탁기에 세제가루를 뿌리고 있는데 로티가 물을 마시러 들어왔다. 환기가 잘 안 되는 식료품 보관실에서 선반을 청소하느라 땀을 뻘뻘 흘리고 있었다. 나는 세탁기 문을 닫고, 요란한 기계를 작동시키기 전에 창피해하며 말했다. "세탁부가 떠났어요. 의견 충돌이 있어서요. 그래서 내가 마무리하고 있어요." 로티는 무척이나 안심한 표정으로 물잔을 내려놓고 티슈로 얼굴을 훔쳤다. "그 여자는 못돼 먹은 사기꾼이었어요." 나는 미소를 지었다. "네, 바가지를 씌우고 있다는 생각은 했어요. 시간을 질질 끄는 세탁부들이 있다는 말은 들었지만 이 여자는… 터무니없었죠."

"그보다 더했어요. 그 여자는 도둑이었어요."

"도둑이라니? 무슨 뜻이에요?"

"훔치는 걸 딱 잡았어요. 안방을 청소하다 가구 광택제랑 새 헝겊이 필요해서 여기로 오니까 그 여자가 커다란 쇼핑백에 물건을 쓸어 담고 있지 뭐예요."

"물건이라니, 어떤 것들이죠?"

"아, 비누 상자들이랑 볼저 씨가 사는 고급 통조림이랑, 사모님이 좋은 도자기 그릇을 닦을 때 쓰려고 새로 산 행주 같은 것들이에요. 대단한 건 아니지만 꽤 값이 나가는 물건들이죠."

과연 그건 사실이었다. "그래서 어떻게 했어요?"

"제자리로 돌려놓지 않으면 경찰을 부르겠다고 했어요."

"안 무서웠어요? 그 여자는 덩치가 로티 두 배였잖아요. 우락부락하고요. 게다가 부엌에 이렇게 칼이 많은데."

로티가 웃음을 터뜨렸다. "아뇨, 무섭지 않았어요. 그 여자가 무섭진 않았어요. 섬사람 분위기를 잔뜩 풍기고 들어올 때부터 알아봤어요. 경찰을 들먹이니까 저를 자매라고 부르면서 남편을 돌봐야 하네, 우리끼리 뭉쳐야 하네, 칭얼거리지 않겠어요. 자매 좋아하네." 이제는 얌전한 로티가 침을 뱉을 것처럼 보였다. "그런 가식을 떤 다음에 자기편으로 꾀려들다니. 피부색이 같다고 내가 자기 정체를 못 알아볼 줄 알았나. 정신이 썩을 대로 썩은 여자예요. 그 여자는 피부가 눈처럼 하얗더라도 속은 시꺼멨을 거예요."

나는 할 말을 잃고 로티를 보았다. 이처럼 말을 많이 하는 것은 처음이었는데, 앞으로는 이런 일이 없으리라는 걸 알았다. 이내 나는 천천히 미소 지으며 말했다. "그래서 식료품 보관실을 청소하기 시작했군요. 은식기를 지키려고."

로티도 미소 지으며 고개를 끄덕거렸다. 그러다 내 속마음을 읽은 로티는 묘하게 머쓱해하며 말했다. "아까 들어오셨을 때 왜 제가 바로 알려드리지 않았나 궁금해하고 계시군요. 도둑질에 대해 알리고 그 여자를 내보내지 않았다고요."

다른 이유로 똑같이 머쓱해하며 내가 고백했다. "맞아요… 왜죠?"

이제 로티는 나를 보지도 못할 정도로 민망해했다. 로티는 고개를 떨구고 유니폼에 있지도 않은 얼룩을 문지르는 척했다. "그러니까, 사실은, 볼저 씨가 저 여행가방을 치우기를 원하셨잖아요. 한번은 일찍 퇴근하신 날에 여기서 요리하고 있는데 식료품 보관실에서 술을 따르면서 여행가방을 걷어차고 혼잣말하는 게 들렸어요…"

맙소사.

"…제가 하겠다고 자원하고 싶었지만," 로티는 고개를 숙인 채로 말을 이었다. "볼저 씨는 제 빨래 솜씨를 마뜩잖아하셔서 사모님이 내년 봄에 또 사람을 불러서 다시 해야 할 거 같았어요. 글쎄, 그 여자가 오늘 오기는 했으니까 도둑이든 아니든 여기 남아서 일하면 사모님께 도움이 될까 싶었죠. 저것들을 처리할 수 있을 것 같아서요. 제가 감시하면 되니까요."

나는 부끄러워서 울음을 터뜨리기 일보 직전이었다. 나는 토스터 옆에 늘 보관하는 담배를 집었다. 담배가 두 개비 남아 있었다. 이날 아침에는 꽉 차 있었고 로티는 담배를 피우지 않는데. "볼저 씨가 로티의 빨래 솜씨를 마뜩잖아하는 게 아니에요." 나는 담배 연기를 내쉬며 마침내 입을 열었다. "그렇게 생각하지 않았으면 좋겠어요. 그냥 그이가 옷에 유난히 까탈스러워서 그래요."

"서운해하지 않아요, 볼저 부인. 한 번도 그런 적 없어요. 제 남편은 음식에 그렇게 까다롭답니다. 문제는 이 빨래를 어떻게 처리하느냐는 거죠. 내일은 제가 쉬는 날인데, 그냥 와서 이걸 끝내드리면 어떨까요. 이거랑 은식기 광내는 것까지 다할 수 있어요."

은식기. 조너선이 이것에 대해 불평하는 것도 로티가 들었을까?

나는 활기차게 말했다. "그건 안 될 말이에요, 로티. 이제 내가 뭘 할지 말해줄게요. 나는 로티를 도와서 식료품 보관실 청소를 마무리하고, 이 옷들은 다림질하지 않은 채로 내년 봄까지 상자에 넣어둘 거예요."

우리는 그렇게 했다. 두 시간 반 동안 닦고 문지르고 잔과 접시를 씻고 빨래를 상자에 넣어 지하실 창고로 가져갔다. 학교를 마치고 돌아온 아이들은 이 소란에 조금 놀란 눈치였다. 하지만 나는 애들한테 숙제를 시키고 외식하러 나가기 전에 끝마치게 했다. 저녁은 우리 모두 좋아하지만 조너선은 꺼리기 시작한, 72가의 딜먼스 델리카센에서 먹었다. 파스트라미와 피클을 잔뜩 먹은 아이들은 만족한 기분으로 9시 전에 잠자리에 들었다. 집안일에 지치지 않고 묘하게 흥분한 나는 금고에서 공책을 꺼내 집에서 유일하게 시원한 방인 서재로 가져왔다. 이제 밤 11시. 이렇게 끼적이고 있는 모습을 조너선에게 들키기 전에 멈춰야겠다. 혹시라도 발각당하면 친정에 보내는 편지라고 해야지. 오랫동안 미뤄온 바로 그 편지.

오늘은 조너선의 책상에 앉아 고급 잡동사니들 틈바구니에서 썼다. 은색 영구 달력과 티파니 은제 온도계가 사라졌다. 세탁부인지 아니면 창문 청소부의 짓인지는 알 수 없으나 내가 외출하려고 나갈 때 창문 청소부가 여기 서서 조너선의 책상을 내려다보고 있었다. 누구였든지 간에 내일 얼른 티파니에 가서 새 걸로 사봐야지. 조너선에게 말하면 구인소에 연락해서 범인을 잡으라고 난리를 칠 텐데, 차라리 새로 사는 편이 훨씬 낫다. 이제 지칠 대로 지쳤고, 더워서 몸에 힘이 쭉 빠진다. 30도에 육박할 듯싶은 온도다. 대체 언제야 정상적인 가을 날씨가 찾아오려나?

찾아왔다. 쌀쌀한 날씨가. 마지막으로 여기에 기록하고 사흘 뒤에 너무도 갑작스레, 너무도 이르게 인디언 서머에서 매섭게 추운 날씨로 바뀌었다. 다행히 조녀선의 겨울옷은 아슬아슬하게 때맞추어 창고에서 꺼내놓았지만, 날씨가 추워진 이틀째인 월요일에 조녀선은 아이들이 얇은 면 드레스에 스웨터와 레인코트를 껴입은 걸 보고 천둥처럼 고함쳤다. "왜 어제 오후에 애들 따뜻한 옷을 지하실에서 안 꺼내놨어?" 과연 왜 그랬을까. '어제'는 일요일이었는데, 조녀선이 아이들을 데리고 외출한 사이에 물론 내가 내려가서 물건을 가져올 수 있었지만, 무서워서 혼자 갈 수 없었다. 창고, 고장난 세탁기들이 들어찬 빨래실, 〈털 달린 원숭이〉 세트장처럼 보이는 보일러실 등 어둡고 비좁은 공간으로 이루어진 지하실은 평일에도 으스스하다. 관리인이나 수리공조차 보이지 않는 것이 늘 텅 비어 있다. 게다가 이번 여름에 브롱크스에서 웬 불쌍한 여자가 자기 사는 아파트의 지하실에서 강간당하고 칼에 찔려 살해되었는데, 시신이 차가운 보일러실에 처박아진 채 발만 대롱대롱 나와 있었다고 한다.(심하게 부패한 알몸의 시신을 건물 관리인 오토 그룬젠하우서 씨가 발견하여 기자에게…) 나는 죽었다 깨어나도 지하실에 홀로

141

내려갈 생각이 없었다.

그렇지만 이런 두려움을 조너선에게 털어놓을 수는 없으므로 나는 최대한 위엄 있는 어조로 말했다. "오늘 겨울옷을 가져올 생각이야. 가져와야 할 게 너무 많아서 로티가 도와줄 수 있는 오늘로 계획해놓았어. 이번 주랑 다음 주에 다 처리되도록 일정이 잡혀 있으니까 비난하는 어조는 접어두고 나 좀 그만 들볶으면 고맙겠어."

한번 마음먹은 뒤에는 실행에 옮겼다. 여기에 기록한 지 2주가 지났는데, 그동안 커튼을 달고 양탄자를 깔고 바닥에 왁스를 칠하고 벽의 때를 씻어내고, 청소된 옷장에 가족 모두의 겨울옷을 채웠다. 그 외에도 온갖 잡다한 일을 처리했다. 바틀럿 스쿨의 크리스마스 행사 미팅에 참석하고 아이들과 쇼핑을 가서 겨울 코트를 사주었다. 학교에서 간염이 유행이라 아이들을 닥터 밀러에게 데려가 감마 글로불린 혈청 단백질 주사를 맞히고, 주사 맞은 것에 대한 상으로 토요일이었던 이튿날에 아이들과 친구 두 명을 데리고 나가 점심을 사주고 영화를 보여주었다. 엄마 아빠한테 편지를 쓰고 울워스 슈퍼마켓 앞의 포토부스에서 찍은 아이들과 나의 사진을 동봉했다. 심지어 치과에도 갔는데, 그건 다른 일들처럼 매끄럽게 진행되지 않았다. 항불안제를 두 알 먹고 갔는데,(이제 두 알 남았다) 닥터 골리가 국부마취제를 주사할 때 마취제와 항불안제가 섞이면 안 될지도 모른다는 생각이 든 것이다. 둘이 섞여 치명적인 독성 효과를 일으킬지도 모른다는 생각에 아찔했다. 다행히 그런 일은 없었지만, 고무처럼 무감각한 얼굴로 앉아 있는데 닥터 골리가 오래된 인레이를 긁어내고 드릴을 하기 시작할 때 새로운 두려움이 엄습했다. 초고속 드릴이 신경을 건드릴 것이며 내가 비명을 지르며 벌떡 일어나는 바람에 드릴이 입 전체를 찢어놓을지도 모른다는 생각이었다. 하여튼 간에 끝내 나는 임시 필링을 하고 일주일 후로(어제였다) 예약을 잡은 뒤에 진이 빠졌지만 자부심에 차서 돌아왔다. 집안일을 포함해 모든 일을 처리하고 있었으니까. 그뿐만이 아니다. 조너선과 파티 두 개와 연극 오프닝 파티 세 개에 참석했으며 그 행사들에 매우 적절한 차림을 하여 조너선이 이렇게까지 말했다. "틴, 당신이 마음을 잡은 것 같아서 기뻐. 예전처럼 보이고 행동하는 걸 보니 얼마나 안심이 되는지 몰라."

물론 이걸 겨냥하고 한 일들이었다. 한동안 내가 어마어마한 노력을 기울이면(약발과 의지를 모두 끌어모아) 조너선의 감시에서 벗어나 숨 좀 돌리며 여전히 망가져 있는 정신을 회복할 수 있을지도 모른다고 희망했다.

잘도.

이틀 전에는 몇 주만에 처음으로 집에서 조용히 저녁 시간을 보냈다. 조너선이 야근하지 않았고 우리가 정상적인 가족처럼 저녁 식사를 함께 했다는 뜻이다. 그다음에는 대체 얼마 만인지 모르지만 조너선은 서재에 틀어박혀 여기저기 전화를 돌리지 않았다. 결국 서재로 가긴 했지만, 나와 같이 옛날 지미 스튜어트 영화를 보았는데, 수백만 명의 다른 미국인들처럼 멍하니 만족한 기분으로 남편과 소파에 나란히 앉아 텔레비전 화면을 바라본다는 특이한 행위를 하고 있자니 묘한 기분이 들었다. 어쨌든 나는 우리가 만족한 기분이라고 생각했다. 조너선이 얼마나 지루하고 초조했는지, 취침 준비를 하기 전까지 나는 상상도 못 했다.

"우리가 약속을 많이 잡아놓은 줄 알았는데." 조너선이 옷을 벗으며 말했다.

"많아. 하지만 이번 주말부터야. 토요일부터 시작될 거야."

"토요일엔 어딜 가기로 했지?"

"샬럿 레이디가 여는 파티."

"아, 그거 잊고 있었어." 모닥불이 몸을 덥혀주듯이 파티에 대한 이야기는 조너선의 마음을 훈훈하게 감싸주었다. 조너선은 흐뭇해 하는 미소를 띠고 잠옷을 가지러 옷장에 갔다. 옷장에서 나온 그는 잠옷을 침대에 내려놓고 즐거운 표정으로 무언가를 골똘히 생각하며 옷을 벗었다. "그 파티에 입을 옷을 새로 사도록 해." 조너선이 속옷 바지를 벗으며 말했다.

나는 침대에 자리를 잡고, 왠지는 몰라도 여태 읽을 기회가 없었던 『채털리 부인의 연인』을 읽으려고 헛되이 노력하고 있었다. 책은 조너선이 하버드 재학 시절에 산 것이다. 나는 책을 내려놓고 벌거벗은 채로 잠옷 바지를 입는 조너선을 응시했다. 며칠 전에 본 똥배가 더 커진 듯했다. "새 옷 필요 없어." 나는 조용히 말했다.

한쪽 다리로 중심을 잡고 다른 다리를 바지에 넣으려 하고 있던 조너선은 성난 황새처럼 나를 노려보았다. "방금 그 말을 정상이라고 할 수는 없겠지." 조너선은 나직이 내뱉고 휘청이며 다리에 반만 걸쳐진 바지를 내려놓았다. "그걸 정상정인 여자의 반응이라고 부를 사람은 없을 거야. 왜, 보통 여자들은 남편이 새 옷을 사라고 하면 기뻐서 방방 뛸 텐데 당신은… 당신은 마치 내가 모욕적인 말을 한 것처럼 반응해. 내가 인격을 무시하기라도 한 것처럼 말이야."

"실용적으로 생각한 것뿐야." 나는 조용히 말했지만 화가 나서 몸이 떨렸다. "당신 돈을 낭비하지 않으려는 아내를 고맙게 생각할 줄 알았는데. 작년에 당신이 사라고 해서 괜찮은 드레스를 여러 벌 사 놓았어.”

“작년은 작년이고 올해는 올해야. 그리고 돈 걱정은 내가 해.” 조 너선은 잠옷 바지를 끌어 올리고 마치 허리를 끊으려는 양 끈을 졸 라맸다. “단순한 부탁이야. 샬럿 레이디네 파티에 입을 드레스를 새 로 샀으면 좋겠어. 무슨 말인지 알겠어?”

무슨 말인지 알았다. 내가 조너선과 이혼하고 싶거나 조너선에게 이혼당하고 싶은 게 아니라면, 그가 뛰라면 나는 뛰는 거다. 이혼이 라는 단어만 들어도 혼란스러운 감정이 눈사태처럼 몰려왔다. (왜? 우리가 어쩌다 이렇게 됐지? 무슨 일이 있었던 거야?) 이혼한다고 상상만 해도, 지금 같은 상태에서 내 한 몸 건사하는 건 물론이고 딸아이들까지 책임진다고 (내가 양육권을 얻는다는 가정 아래) 생 각하면 앞길이 막막했다. 따라서 나는 뛰고 뛰고 또 뛸 것이다. 언 젠가 어떤 기적으로 조너선이 뛰라는 명령을 그만둘 때까지 말이 다. 그래서 나는 바로 다음 날 드레스를 사겠다고 약속했다. 조너선 이 화장실에 간 뒤에 나는 D. H. 로런스에게 돌아갔다가 다음 구절 과 맞닥뜨렸다.

그뿐만이 아니었다. 실은 이제껏 그를 줄곧 싫어했다는 생각이 들 었다. 증오한 것은 아니다. 증오할 만한 열정조차 없었다. 신체적 으로 진저리가 나게 싫었다. 어쩌면 은밀히 그에게서 느낀 신체 적 거부감 때문에 자신이 그와 결혼한 게 아닐까 생각마저 들었 다. 물론 그녀는 정신적으로 그에게 매료되었으며 흥미를 느꼈기 에 결혼했다. 어떤 면에서 그는 그녀를 초월하는, 주인 같은 존재 로 느껴졌다.

이 문단을 세 번 읽었다. 네 번째로 읽고 있는데 조너선이 화장실에서 나와 침대에 누웠다. 나는 책을 붙든 채로 기다렸다. 지금이야말로 조너선이 '건초에서 구르자는' 모순적인 제안을 하기에 적절한 순간이었다. 이제껏 늘 그랬으니까. 그런데 놀랍게도 이변이 일어났다. "그 영화 보니까 너무 졸려서 눈도 못 뜨겠어." 조너선은 중얼대고 자기 옆의 램프를 끄더니 문 쪽으로 돌아누웠다. 나는 책으로 돌아가 그 문단을 다시 읽었다. 계속 읽어나가 코니 채털리와 멜러스가 숲속에서 아름다운 오후를 보내는 대목에 이르렀는데, 갑자기 나도 눈꺼풀이 너무 무거워져서 책을 내려놓았고, 램프를 끄고 깊고 달콤한 잠에 빠져들었다.

깨어나니 날이 눈부시게 좋았다.(이것이 어제다) 대기에 금빛과 파란빛이 가득하고 콧노래 같은 흥분감과 활기가 맴도는, 라디오에서 사이 월터스의 〈뉴욕의 가을〉을 틀 법한 완벽한 10월 날씨였다. 공원에 산책을 가거나 보트 선착장 옆의 노상 카페에 앉아 레모네이드를 홀짝이며 수면 위로 미끄러지듯이 나아가는 보트를 바라보기에 적당한 날이었다. 그러나 내게는 이날이 갑갑한 상점들을 돌아다니며 새 드레스를 사야 하는 날이었다. 알고 보니 이날은 또한 새 인레이를 뜨기 위해 엑스레이를 찍으러 가기로 한 날이었다. 예약을 취소하려고 전화하자 미스 샐릿이 그래도 진료비는 내야 하며, 임시 필링은 오래가지 못하므로 가능한 한 빨리 새로 예약을 잡는 게 좋을 거라고 차갑게 말했다. 나는 상냥하고 얌전하게 전화를 끊은 뒤에 폴리를 산책시키고, 로티가 쉬는 날이었으므로 손수 집을 청소하기 시작했다. 집안일을 마치고 점심을 먹고 폴리를 다시 산책시키고 나니 1시 15분이었다. 아이들은 방과 후에 각자 새 친

146

구들과 약속이 있었으므로, 아이들을 데리러 가야 하기 전에 드레스를 살 시간이 세 시간쯤 있었다. 다른 말로 두 시간 이십 분이나 자유 시간이 있다는 뜻이었다.

쇼핑을 나갔다. 몸이 떨리기 시작했는데 약이 없었기 때문에 아름다운 풍경을 감상하면 마음이 진정될지도 모른다는 생각에 택시 운전사에게 공원을 가로질러 시내로 가달라고 부탁했다. 택시 운전사는 "귀여운 아가씨가 원하는 거라면 무엇이든지요!"라고 외쳤다. 이 말을 들었을 때 당장 내려야 한다는 걸 알아챘어야 하지만, 나는 손수건으로 손의 땀을 닦고 정상적인 여자라면 당연히 쇼핑을 즐거워할 거라고 스스로를 타이르느라 바빴다. 뉴욕에 살면서 택시를 이용하는 사람이라면 누구나 그렇듯이 나는 수다스러운 택시 운전사에 대한 방어책을 구비하고 있었다. 조용히 단음절로 대꾸하고 고개를 주억거리며 내 생각에 빠져 있는 것이다. 운전사가 레고 파크의 자기 동네로 이사 온 흑인 가족에 대해 이야기하고 있다는 것을 희미하게 인식하며 나는 빨간불에 차가 섰을 때 떨리는 손으로 담배에 불붙이는 것에 집중했다. "문제는 말입니다." 운전사가 앞차와의 충돌을 피하려 핸들을 틀며 말했다. "그치들이 주제 파악을 못하는 거예요. 도시 전체를 차지하려듭니다. 나라 전체를요. 빌어먹을 유대인들이 그랬듯이요."

1년 전이었다면, 아니 6개월 전만 해도 나는 지갑을 꺼내 앨빈 컴포트 씨의 두꺼운 머리통을 후려쳤을 것이다. 무지렁이라고, 파시스트라고 부르고 한바탕 연설을 늘어놓은 다음에 필요하면 경찰을 불렀을 것이다. 하지만 어제 나는 마비된 것처럼 입도 벙긋 못 했다. 근사한 밤색 수말을 타고 화려한 노란 나무 아래로 지나가는 여자에게 시선을 고정한 채로 눈만 껌벅거리며, 이런 편견덩어리 멍청이에게 말해봤자 입만 아프다고 스스로를 달랬다.

신호가 바뀌고 택시가 출발했다. "골드워터가 낙선했을 때 나는 아이처럼 울었죠." 컴포트 씨가 말했다. "그 사람이야말로 이 나라에 필요한 사람인데요."

나는 창밖으로 담배꽁초를 버렸다. "태번 온 더 그린 식당에서 세워주세요."

컴포트 씨가 돼지 같은 눈을 가늘게 뜨고 백미러로 나를 보았다. "57가랑 5번 애비뉴 간다고 하지 않았어요?"

"생각을 바꿨어요."

"여자들이란." 태번 온 더 그린이 시야에 들어왔을 때 컴포트 씨가 구시렁댔다. "네 블록 지날 때마다 생각을 바꾸는 여자들을 종일 태우고 다니죠."

"내리기 전에 몇 분만이라도 조용히 해줄래요?"

컴포트 씨는 식당의 입구로 들어가느라 바빴다. 하지만 식당 입구에 도착하자 차를 반 바퀴 돌리고 사납게 나를 쏘아보며 말했다. "뭐요? 내 말이 마음에 안 들었소?" 차가 급정거했다. 천만다행으로 연석 위로 올라가 식당 천막의 기둥을 들이박지는 않았다.

"바로 그거예요." 나는 잇새로 내뱉고 미터기에 찍힌 돈을 정확히 세었다. 식당의 도어맨이 차 문을 열어주러 오고 있었다.

컴포트 씨는 굵고 벌건 목을 비틀어 고개를 돌린 채 침 튀기며 말했다. "당신 같은 사람들이 이 나라를 말아먹고 있어!"

나는 동전 한 움큼을 앞자리에 던지고 택시에서 내렸다.

"빨갱이 잡년!" 컴포트 씨가 앞창을 내리고 외쳤다. 그러고는 이런 부류의 사람들이 꼭 그러하듯이 엔진음을 부앙부앙 울리고 타이어로 끼익하는 쇳소리를 내며 떠났다.

식당의 통창문 뒤에서 손님들이 나이프와 포크를 든 채로 입을 헤벌리고 구경하고 있었다.

"차 번호를 봐두었습니다." 도어맨이 조용히 말했다. "받아 적으실래요?"

"괜찮아요." 나는 고개를 가로젓고 구경꾼들로부터 돌아서며 말했다. "택시 한 대만 불러주시면 고맙겠어요."

이번에는 운이 내 편이었다. 운전사는 보청기를 끼고 있었고, 나는 5번 애비뉴와 57가 모퉁이까지 황홀한 고요 속에서 갔다.

시간을 아끼려고 두 블록 반경에 있는 상점 몇 개를 골랐다. 마음을 다잡고 가장 가까운 회전문을 밀고 들어가자마자 악몽이 시작되었다. 들어간 가게마다 똑같은 인상의 여자들이 화려한 조각이 새겨진 문을 열고 나오거나 금칠한 안짱다리 의자에서 마지못해 일어났다. 프린즈 부인과 비슷한 정신을 지녔으나 좀더 질긴 이 여인들은 특정한 나이대의 과부 부류에 속했다. 집요한 눈빛, 꼼꼼하게 화장한 가혹한 얼굴, 염색한 머리, 단순한 디자인의 검은 원피스에 고급 액세서리를 딱 하나 차고 있었다. 매번 나는 매우 수수한 드레스를 원한다고 설명하고, "검은색만 아니면 돼요."라고 덧붙였다. 그러면 이들은 한참 동안 창고에 있다가 깃털, 비드, 스팽글 따위가 달렸으며 눈이 아픈 보라색, 초록색, 빨간색인 드레스를 잔뜩 가지고 돌아왔다. 시간이 흘러가고 있음에 절망하며 나는 소심하게 탈의실로 들어가 그나마 덜 요란한 옷을 고르고, "어딘가 달라 보이네요. 손님을 위해 제작한 옷 같아요." 따위 저돌적인 아부의 말을 무시하며 입어본 뒤에 끝내 다른 옷을 가져다달라고 내보냈다. 그러고는 안 짱다리 의자에 앉아서, 누렇게 뜬 채로 번들거리는 피부에 낡아서 너덜거리는 레이스가 달린 나일론 슬립을 입고 너무 작은 브래지어를 차고 있는 괴물 앨리스의 모습을 삼면 거울에서 보지 않으려고 시선을 떨구었다. 마침내 나는 직원이 돌아오지 않을 것임을 깨닫고 내 옷을 입고 나갔다.

4시 32분에 나는 다섯 번째로 들른 상점에서 가슴이 깊게 파인 검은 드레스를 입은 모습을 삼면 거울에 비추어 보고 있었고, 옆에서는 직원이 주절거리고 있었다. "어딘가 달라 보이네요." 그때 돌연 식은땀이 줄줄 흐르고 귓속이 울리기 시작했다. "이거 주세요." 나는 중얼거리고 허겁지겁 드레스를 벗고 앉았다. "저희 가게는 반품 안 됩니다." 180도 달라진 태도로 여자가 냉큼 말했다. "알아요." 난 대답하고 계산한 다음에 가져갈 수 있게 포장해달라고 했다. 이 고생을 한 다음에 토요일 밤에 샬럿 레이디의 파티에 입고 가지 못하면 낭패니까.

커다란 상자를 들고 바람이 몰아치는 거리로 나오자마자 내가 이 드레스를 얼마나 싫어하며 방금 150달러를 변기에 버린 것이나 다름없다는 사실을 깨달았다. 쇼핑하는 동안 기온이 뚝 떨어졌다. 매운바람에 채찍질을 당하며 길모퉁이에 서서, 150달러로 살 수 있는 것들을 생각해보았다. 구호물자 바구니 여섯 개, 한국이나 홍콩의 위탁 아동 열 달 후원금, 좀더 개인적으로는 최신 부품이 달린 신종 진공청소기. 나는 딱딱거리는 이를 꽉 물고 용기를 내어 상점으로 돌아갈 수 있을지 생각해보았다. 아무리 반품 불가라고 해도 고작 10분 지났는데 거절할 리 없잖은가. 그러나 나는 용기가 없었다. 게

다가 길 건너편의 시계를 보니 5시 되기 5분 전이었는데, 아이들을 데리러 갈 시간이 벌써 늦었다. 리즈는 5시에 83가와 파크 애비뉴에서, 실비는 5시 15분에 이스트엔드와 89가에서 데리고 와야 했다.

10분쯤 흘렀을 때 나는 이 시간대에 택시를 잡는 것은 불가능하다는 걸 깨달았다. 매디슨 애비뉴로 걸어가 사람들을 헤치며 복잡한 버스에 탔지만 입이 거친 운전사는 5달러를 거슬러 줄 잔돈이 없으니 내리라고 소리쳤다. 지폐를 잔돈으로 바꿔줄 문구점을 찾기까지 7블록을 걸었다. 여전히 택시가 없어서 다시 한번 미어터지는 매디슨 애비뉴 버스에 탔는데, 내 커다란 상자가 어떤 여자의 밍크 모자를 쳐서 떨어뜨리는 바람에 프랑스어로 욕을 한 바가지 먹었다.

5시 25분에 나는 풀을 먹인 듯이 뻣뻣한 가사도우미의 안내를 받아 호화로운 육각형 현관으로 갔고, 거기서 기다리라는 말을 들었다. 마침내 발소리가 들렸다. 현관 앞 복도에서 통하는 수많은 문 중 하나에서 리즈가 트위드 정장을 입은 키가 크고 수척한 여자를 동행하여 나왔다. 나는 상자를 움켜쥔 채로 일어나서 손을 내밀었다. "안녕하세요, 그라임스 부인. 볼저 부인이에요. 늦어서 정말 미안해요."

"안녕하세요." 여자는 내 손을 무시하고, 내가 들고 있는 상자에서 헝클어진 머리로 시선을 옮기며 말했다. "저는 멜리사의 유모예요. 해이버스톡 부인이라고 해요. 전날에 통화했죠." 그리고 여자는 마치 자기 딸을 대하듯 코트의 단추를 여미는 리즈의 궁둥이를 두드리고 말했다. "얼마나 예뻐. 예의 바르고. 다시 멜리사랑 놀러 오면 좋겠어요."

택시 안에서 나는 물었다. "재밌게 놀았어?"

"멜리사네 인형의 집은 수도꼭지에서 물이 나오고 전기가 들어와요."

"멜리사는 어떤 애야?"

"학교 버스 타고 다니지 않아요. 롤스로이스를 타고 다녀요."

이내 택시가 이스트엔드와 89가에 있는 실비네 친구 집 앞에 섰다. 리즈가 차에서 내리고 난 뒤에 나는 금세 돌아올 테니 미터기를 켜놓고 기다려줄 수 있냐고 운전사에게 물었다.

"안 됩니다. 아까 타셨을 때 실은 차고로 돌아가는 길이었거든요."

나는 택시비를 냈지만 택시에서 내리면서 결국 못 참고 한마디 했다. "차고로 돌아가는 길이었으면 왜 휴무 표시를 켜지 않았죠?"

"아씨이팔!" 운전사는 대답하고 내가 잡고 있던 차문을 잡아당겨 쾅 닫은 다음에 잠금장치를 누르고 '휴무' 표시를 번쩍번쩍 빛내며 쌩하니 가버렸다.

"저 아저씨가 뭐라고 했어요, 어머니?" 내가 가까이 오자 리즈가 물었다. "아무것도 아니야, 아가." 나는 말하고 초인종을 눌렀다. 초인종을 세 번 울렸을 때 네 살배기 빨강 머리 아이가 문을 열었다.

아이는 문을 활짝 열어놓고 가만히 서서 우리를 노려보았다. 아이 뒤로 보이는 어둑하고 좁은 복도 끝에 카펫이 깔리지 않은 계단이 있었고, 계단을 타고 피아노 소리와 여자아이들의 새된 목소리, 털을 바짝 세운 오렌지색 고양이가 내려왔다. 고양이는 계단을 다 내려오자마자 오른쪽으로 열려 있는 문틈으로 번개같이 들어갔고, 이윽고 깜짝 놀란 비명과 조그만 충돌 소리가 터져 나왔다. 의미심장한 정적이 잠시 흐르고 여자 목소리가 들려왔다. "티미? 티미, 문 열었니?"

"네, 열었어요." 티미가 우리를 노려보며 걸걸한 목소리로 말했다.

"누구니?"

"그걸 내가 어떻게 알아요." 티미는 이제 리즈에게 적대적인 시선을 고정하고 있었다.

"아, 정말." 여자는 신음하고 헐레벌떡 나왔다. 서른다섯 살 정도로 키가 크고 말랐으며 밀가루투성이 청바지를 입고 있었다. 나와 리즈를 발견한 여자는 갑작스레 멈춰 서서 피로에 찌든 얼굴 위로 힘없이 늘어진 금발을 비비 꼬며 파란 눈을 멍하니 껌벅거렸다.

나도 마찬가지로 멍하니 눈을 껌벅거렸다. '나와 같은 사람이야, 내 자매야.' 나는 가슴이 울컥했다.

이 모든 일이 일어나는 동안 우리는 여전히 발깔개에 서 있었다. "저는 티나 볼저예요. 실비 엄마예요." 내가 끝내 입을 열었다. "너무 늦어서 죄송해요. 택시가 통 안 잡혀서요."

"아, 들어오세요." 여자는 거칠게 티미를 옆으로 밀어내고 우리를 어둑한 복도로 안내했다. "전 샐리 굿먼이라고 해요." 여자가 밀가루가 잔뜩 묻은 손을 내밀었다가 웃으면서 내렸다. "사실은 늦게 오셔서 참 다행이에요. 소고기 파이를 만드는 동안 애들이 할 게 있었으니까요. 추워 보이시네요. 마실 것 좀 드릴까요?"

나는 집에 가서 저녁을 차려야 한다고 사양했다. 여자는 매우 안심한 기색으로 뒤돌아 계단에 대고 외쳤다. "플로렌스, 플로-렌스! 실비네 어머니 오셨어!" 소음 때문에 그마저 들리지 않자 샐리는 욕설을 중얼거리고 길고 가느다란 다리로 한 번에 세 단씩 계단을 성큼성큼 올라갔다. 머리 위에서 피아노 소리와 깔깔거리는 소리가 잦아들었다. 나는 우리가 서 있는 아래층 복도를 재빨리 둘러보았다. 정면에 보이는 계단 기둥에 바퀴에 진흙이 덕지덕지 묻은 자전거가 기대 세워져 있었다. 벤치에는 스웨터, 장갑, 코트가 무더기로 쌓여 있었다. 개봉하지 않은 우편물로 뒤덮인 조그마한 탁자 아래 롤러스케이트 세 켤레가 놓여 있었고, 탁자 위 벽에는 보나르의 그림 포스터가 이상한 각도로 걸려 있었다. 굿먼 씨는 대체 누구고 어떤 사람일까, 계단을 팔짝팔짝 뛰어 내려오는 굿먼 부인을 보면서 나는 생각했는데, 이 감정을 굳이 분류하고 싶지 않았다. 굿먼 부인 뒤로 키만 훤칠하니 볼품없는 금발 소녀 플로렌스와 지저분해 보이는 실비가 따라왔다. 실비는 나를 보고 행복하게 웃으며 "안녕, 엄마. 안녕, 리지."라고 완벽히 평범한 아이처럼 말하고 벤치에 쌓여 있는 옷 무더기에서 자기 코트를 집었다.

"참 보기 좋은 가족이구나." 집으로 돌아가는 택시 안에서 내가 말했다. 길모퉁이에 있는 닥터스 병원까지 걸어가니 거기서 택시를 바로 잡을 수 있었다. "저 집엔 애들이 티미와 플로렌스뿐이니?"

"아뇨, 두 명 더 있어요. 브라이언이랑 솔랜지예요. 브라이언은 다른 동네 학교에 다니는데 솔랜지는 아까 위층에 있었어요. 리즈네 반이에요. 리즈가 자기 싫어한다고 안 내려왔어요."

"그렇지 않아! 걔가 나를 싫어하지." 리즈가 소리쳤다. 그제야 나는 굿먼네 가족에 대해 떠든 게 어리석었다는 후회가 들었다.

"네가 오해했어." 실비가 매우 거만하게 말했다. "솔랜지는 네 친구가 되고 싶어 해. 그런데 네가 멜리사 그라임스랑 어울리면서 걔가 플로렌스 옷 물려받아 입는 걸 놀렸다며."

"그런 적 없어!" 리즈가 다시 외쳤다.(나는 리즈를 믿었다) 다음 순간 리즈는 울음을 터뜨리고 실비에게 달려들어 관절이 튀어나온

154

조그만 주먹을 퍼붓기 시작했다.

"손님! 손님! 말썽꾸러기들 통제하지 않으면 내려야 합니다."

결국 운전사는 우리를 96가와 5번 애비뉴에서 내쫓았다.

다시 택시를 잡았을 즈음에 아이들은 추위에 꽁꽁 얼어 싸움도 잊었고 우리는 조용히 집에 왔다. 문을 열었을 때는 6시 반이었다. "이게 무슨 냄새야?" 내가 전등 스위치를 찾아 어둠을 더듬고 있는데 실비가 말했다. 불을 켜자 폴리가 복도의 연한 금빛 양탄자에 오줌을 싸놓은 것이 보였다. 불과 얼마 전에 세탁소에서 찾아온 양탄자였다. 폴리는 보이지 않았다. 아이들은 코를 막고 안으로 들어갔고, 나는 청소할 준비를 시작했다. 순전히 내 잘못이었다. 외출하기 전에 산책시키긴 했지만 불을 켜놓는 걸 잊어버렸다. 폴리는 어둠과 혼자 있는 것을 무서워해서, 그런 상황에 놓이면 두려움을 신체적으로 표현했다. 나는 재스민 방향제를 복도에 뿌리고 침대 밑에 있는 폴리를 살살 달래 끌어낸 다음에 샤워하고 저녁을 차리러 부엌에 갔다.

간단히 스테이크와 샐러드로 저녁을 차리려고 싱크대에서 상추를 씻고 있는데 조너선이 왔다. "저 개를 치워야겠어. 망할 놈의 개가 예민하기만 해서 말이야. 복도에 있는 양탄자를 세탁소로 돌려보내야 하는 거 알아?"

"다녀왔어?" 나는 차분히 말하고 필요 이상으로 힘차게 상추 소쿠리를 흔들고 휘저었다.

조너선은 튀는 물을 피하려고 물러섰다. "왜 복도에 오줌을 싼 거야? 오후에 산책시키는 거 잊었어?"

"드레스 사러 나가기 전에 일찍 산책시켰어." 나는 소쿠리를 더

155

넓게 돌렸다. "불 켜놓고 가는 걸 잊었어. 어두운 데 혼자 있었어."

조너선은 몇 발 더 물러섰다. "왜 혼자 있었어? 로티는 이번엔 또 어디 있었어?"

"쉬는 날이야. 목요일이잖아."

아주 조금 누그러진 표정으로 조너선은 중얼거렸다. "어쨌든 저 개는 정상이 아냐. 개 상담사나 훈련사한테 보내야 할 거야." 그러고 는 내가 나무 도마에 올려놓은 소고기를 보러 갔다. "드레스 샀어?"

"응."

"어떤 거야?" 조너선은 허리를 잔뜩 숙이고 고기를 면밀히 살펴보 면서 심지어 두 손가락으로 살짝 들어보기까지 했다.

"뭐라고 설명할지 모르겠어. 섹시하다고들 하는 드레스 같아."

조너선은 조그맣게 끙 소리를 내며 허리를 펴고 손수건으로 손가 락을 닦았다. "고기 품질이 되게 좋네. 마블링이 훌륭해. 고기가 너 무 좋아 보여서 당신이 썻고 있는 상추로 시저 샐러드를 만들고 싶 은 생각까지 드는걸… 필요한 재료 다 있어?"

"응."

"앤초비랑 크루톤도?"

"전부 다 있어, 조너선."

"오호, 일이 잘 되어가는 것 같네. 좋아, 상베르땅을 한 병 따서 축 하해야겠어." 조너선은 포도주를 보관하는 식료품 보관실로 가다 문 앞에서 돌아섰다. "아까 못 들었어. 어떤 드레스라고?"

"예쁘다고. 예쁘다고 할 수 있어." 나는 거짓말했다.

"너무 예쁘지는 않았으면 좋겠네. 예쁜 드레스는 대개 세련되지 못하더라고." 그 말을 남기고 조너선을 상베르땅을 가지러 갔다.

"어머니," 실비가 안방 문가에 서서 말했다. "그 드레스를 입으려는 건 아니죠?"

"보다시피 입으려는 중이야." 나는 멍하니 말하고 거울을 보며 앞머리를 정돈했다. "드레스가 어때서?"

"슴가가 다 보이잖아요."

"뭐?"

"슴가 말이에요, 알면서."

"가슴 말이니. 가슴이라는 거야." 나는 내 머리 모양에 만족하여—예전 스타일로 돌아온 머리는 깨끗하고 윤기가 흘러 보기에 매우 좋았다—헤어브러시를 내려놓고 핸드백에 콤팩트와 립스틱, 열쇠, 머리빗을 넣었다. "엄마는 이해가 안 돼." 나는 5달러짜리 지폐를 충동적으로 핸드백에 넣으며 말했다. "왜 너랑 리즈가 그 바보 같은 단어를 고집하는지 모르겠어. 올바른 명칭을 쓰라고 입이 닳도록 말하지 않았니."

"저질이잖아요."

"뭐가 저질이야?" 무심히 장갑을 찾던 중에 작년에 사서 아직도 포장을 뜯지 않은 새 장갑을 기적적으로 찾았다.

"우리한테 쓰라고 한 단어 말이에요."

외출 준비를 마친 나는 한숨을 쉬고, 빨개진 얼굴로 뻣뻣이 문가에 서 있는 실비를 돌아보았다. "저질 아니야. 자연적이고 기능이 있는 걸 부끄러워해선 안 돼. 네 생각에는 '쉬야'나 '응가' 아니면 '거시기', '아랫부분' 같은 말이 더 좋은 것 같지?"

"엄마가 쓰는 말보다는요!" 실비가 외쳤다. "꼭 지금 입고 있는 드레스 같아요. 엄마는 그게 예쁘고 자연스럽다고 생각하겠죠. 너무 파여서 '가슴'이 다 보이는데요!"

실비는 꺽꺽거리며 뒤돌아서 뛰어가다 좁은 현관 앞 복도에서 조녀선이랑 부딪친 것 같았다. 숨죽인 울음소리가 잠시 들렸고, 이내 조녀선이 코트를 매만지며 들어왔다. "애랑 또 싸웠어?"

"싸운 거 아냐. 언어에 대해 논의하는 중이었어." 나는 거울에 비친 모습을 마지막으로 확인했다.

"아, 그렇구나." 조녀선은 무심히 말하고 나를 보지도 않은 채 자포자기식 한숨을 내쉬며 시계를 보았다. "준비 다 끝났기를 간절히 바라. 7시가 거의 다 됐어!"

샬럿 레이디는 이스트엔드 애비뉴 강변의 거대한 고건물에 살았다. 조녀선이 한때 살고 싶어 했던, 아니 여전히 선망하며 지금 아파트의 계약이 끝나면 이사하자고 우길 것 같아 걱정인 바로 그런 동네에 있었다. 나무 패널을 두른 엘리베이터를 타고 올라가는 길에 조녀선이 무슨 생각을 하는지 귀에 들리는 것 같았다. 주식 소유형 건물인가? 입주 제한이 있나? 구매가는? 관리비는? 조녀선이 엘리베이터 운전사에게 질문을 쏟아낼까봐 불안해서 11층에 도착했을 때는 벌써 몸이 떨리고 있었다.

집사에게 코트를 건네주고 기다란 복도로 안내받았다. 근사한 케르만산 양탄자가 깔린 복도 끝의 거대한 방의 높다란 문 바로 안쪽에서 집주인이 손님들을 맞이하고 있었다. 평소와 달리 장신구를 많이 착용하지 않고 단순한 옷에 머리를 높이 올린 모습이 무척 근사한 샬럿은 찰나의 끔찍한 순간에 우리를 못 알아봤다. 초록빛 눈으로(무슨 약을 했는지 홍채밖에 보이지 않았다) 잠시 우리를 뚫어지게 보던 샬럿은 새소리 같은 외침을 짧게 내뱉고 우리 부부의 뺨에 입맞춤했다. "일일이 소개하기에는 사람이 너무 많아요." 샬럿은 버번 냄새와 즐거움이 가득한 숨을 내뿜으며 말했다. "그러니까 착하게 저기서 술 한 잔씩 받고 신나게 돌아다녀요. 어차피 대부분 아는 사람들이에요."

물론 이 말은 사실이 아니었다. 기다란 바에서 술을 받으려고 차례를 기다리는 중에 우리는 수줍어하며 둘러보았고, 아는 사람이 한 명도 없다는 걸 한눈에 알 수 있었다. 또한 그 방에만 여든 명 가까운 사람이 있었는데,(뒤쪽 문으로 방이 하나 더 이어졌다) 유명 인사가 어찌나 많은지 조녀선은 몇 달이나 두고두고 행복해할 것이 분명했다. 제발 아직은 나를 두고 가지 마, 술을 받고서 나는 조녀선에게 부탁하고 싶었지만 내가 그 말을 할 용기를 끌어내기도 전에 조녀선은 "어라, 저게 누구야?" 하더니 가버렸다. 너무 일렀다. 나 혼자 남을 마음의 준비가 되지 않았다. 꿋꿋이 나는 조녀선을 따라갔다.

조녀선은 그가 처음으로 투자한 연극의 감독과 다른 세 사람의 무리에 끼어들었다. 키가 크고 머리가 벗어지고 있으며 까칠하기로

159

유명한 유럽인 감독은 조녀선이나 그 뒤로 쫓아오는 나를 보고 달 가운 기색이 아니었다. 당연히 조녀선은 자신이 환영받지 못한다는 걸 눈치채지 못했고, 감독이 같이 있던 사람들을 우리에게 마지못 해 소개할 때의 못마땅하고 빈정대는 말투도 알아채지 못했다. 조 녀선은 마냥 좋다고 싱글벙글하고 있었다. 감독은 콧구멍을 크게 벌렁거리며 천천히 독백을 재개했는데, 새 연극에 배우를 캐스팅 하는 데 애를 먹고 있다는 내용이었다. 척 봐도 조녀선은 이 연극에 대해 들어보지도 못했는지, 실망감이 얼굴에 만연했다. 왜 조녀선 은 제안을 받지 못했을까? 고깝긴 하지만 비엔나 사람의 부정할 수 없는 매력을 물씬 풍기는 감독이 말을 이어갈수록 조녀선의 얼굴은 점점 더 침울해졌다. 나는 조용히 술잔을 비웠다.

"물론 결국에는 같이 할 겁니다."감독이 어떤 여배우를 두고 말했 다."그때까지 기다리는 게 일이죠."

"하지만 참 주제넘은 계집이군요, 커트!"조녀선이 상처받은 자존 심을 달래고자 공격적으로 말했다. "왜 그런 무례함을 참아주죠?"

'커트'는 지친 표정으로 조녀선을 한참 응시하더니 짧게 헛기침 하고 다른 세 명을 돌아보았다. "이것을 물어보고 싶었어요… 그런 금액을 들어보기나 했습니까? 그렇게 당돌한 배우를 봤어요?"

세 명은 심각한 표정으로 고개를 가로저었다. 조녀선은 어색하게 조그만 시가에 불을 붙였다.

"실례합니다."나는 혼잣말하고 새로 술을 받으러 갔다. 절박한 심 정으로 방을 둘러보며 사람이 많아서 내가 눈에 띄지 않고 슬그머 니 끼어들 수 있는 무리를 찾았다. 그런 무리는 없었다. 다들 얄밉 게도 두세 명씩 오붓하게 모여 있었다. 문가에 어떤 사람들과 둘러

서서 골똘히 생각하는 표정으로 나를 지켜보고 있는 샬럿 레이디의 시선이 느껴졌다. 카터 리빙스턴네 파티에서 나와 몹시도 흥미로운 대화를 나눈 조지 프레이거도 보였는데, 그는 방의 반대쪽 끄트머리 창가에서 얼굴이 밀가루 반죽 같은 뚱뚱한 남자와 이야기하고 있었다. 그렇게까지 절박하진 않아. 나는 스스로에게 말하고 조녀선과 그의 친구들 쪽으로 침울히 향했다. 내가 다시 끼어들자 조녀선이 매섭게 쏘아보았다. 혼자 다른 사람들과 어울릴 순 없어? 나는 상냥하고 소심한 미소로 대꾸하고 조녀선의 팔꿈치께에 서서 두 번째 술을 홀짝이기 시작했다. 만담꾼 커트가 언젠가 같이 일한 유명한 배우에 대한 온갖 이야기를 세세하고 장황히 늘어놓고 있었다. 살면서 내가 들은 중 가장 악독하고 무책임하고 개념 없는 이야기였지만 조녀선과 다른 사람들은 환희에 찬 표정으로 듣고 있었다. 어쨌든 이건 알 만한 사람에게서 직접 듣는 일화니까. 그 배우의 연애사에 대한 유난히 지저분한 세부사항에 다들 웃음을 터뜨리기 시작했을 때 나는 다시 한번 허공에 대고 "실례해요."라고 말하고, 사람들을 헤치며 조지 프레이거와 뚱보를 향해 가기 시작했다. 그 정도로 절박한 상황이라고 밝혀졌으니까.

그들로부터 여전히 몇 발 떨어져 있을 때 판단 오류였다는 것을 깨달았다. 자신들을 향해 진득하게 다가오고 있는 나를 훑어본 뒤에 그들이 교환한 시선을 보니 내가 대체 왜 저번처럼 화장실에 숨지 않았나 하는 후회가 들었다. 하지만 돌아서기에는 너무 늦었기에 나는 계속해서 발걸음을 옮겨놓았고, 그들 앞에서 경련을 일으키듯이 멈췄다. "어머, 안녕하세요." 나는 도리스 데이의 경박한 말투를 흉내 내어 말했다.

조지 프레이거가 나를 보고 눈을 껌벅거렸다. 그 블랙홀 같은 눈을 잊고 있었다.

"티나 볼저예요. 카터 리빙스턴 씨 파티에서 만났죠. 어쨌든 잠시 대화는 나누었어요. 선생님은 누군가를 찾고 있었고요. 키 크고 마른 금발에 녹색 뿔테 안경을 쓴…" 숨이 차고 용기가 달아난 나는 말끝을 흐렸다.

프레이거 씨는 눈썹을 추어올리고 내 얼굴에서 습가(???)로 시선을 내리더니 애원하는 표정으로 뚱뚱한 친구를 돌아보았다. 아, 샘, 이건 내 잘못이 아냐! "볼저… 부인. 여긴 새뮤얼 키퍼입니다."

"안녕하세요, 키퍼 씨." 키퍼 씨는 주간 뉴스 잡지사에서 극평을 썼다.

"안녕하세요." 키퍼 씨는 차갑게 중얼거리고 프레이거를 돌아보며 크게 눈을 굴렸다.

긴 침묵이 이어졌다. 프레이거 씨는 자기 잔 속의 얼음에 시선을 고정했다. 키퍼 씨는 뺨 안쪽을 질겅이며 사마르칸트산 양탄자 무늬에 시선을 고정했다. 키퍼 씨는 오스카 와일드를 닮았다. 프레이거 씨는 얼굴이 병색이 도는 창백한 잿빛이었고 머리는 다듬을 시기가 한참 지났으며 남색 양복은 구깃구깃했다. 참으로 근사한 한 쌍이군. 하지만 두 사람이 기적을 바라는 눈빛으로 마침내 시선을 들었을 때 나는 여전히 그 자리에서 차분히 담배에 불을 붙이고 있었다. 이 둘에게 붙어 있기로 작정했으니까.

별다른 수가 없다는 것을 깨달은 프레이거 씨는 한숨을 쉬고 키퍼 씨에게 말했다. "샘, 내가 정말 그래야 한다고 생각해?"

키퍼 씨는 지친 눈으로 나를 오랫동안 응시한 뒤에—제발 좀 가줄래요?—잇새로 말했다. "그래, 다른 방법이 없어."

"하지만 우리는 12년 넘게 친구로 지내왔어." 프레이거 씨는 멍하니 내 '슴가'에 시선을 두고 말했다.

"자네가 지금 감상적으로 구는 거야? 날 웃기려고 해?" 키퍼 씨는 고개를 뒤로 젖히고 웃었다. 비뚤비뚤한 치아는 담뱃진에 누렇게 물들어 있었고 내 평생 그처럼 수북한 코털은 처음이었다. 프레이거 씨가 미소를 짓고 술을 조금 홀짝였다. 이는 하얗고 가지런했지만 잔을 들고 있는 손가락은 담뱃진에 갈색으로 물들어 있었다.

"자네는 믿기 힘들지 모르겠지만, 이래 봬도 난 의리 있는 사람이라고." 프레이거 씨가 말했다.

"야심도 그득하지. 사실 내가 아는 사람 중 가장 야심이 커. 그래서 자네는 좋든 싫든 결국에는 내가 말한 대로 해야 해. 자네가 여자 관계는 자유분방하지만 이 판에서는 편을 정할 수밖에 없거든." 이쯤에 키퍼 씨는 은근슬쩍 몸을 돌려 나를 완전히 등지고 있었다. 그의 하운드투스 재킷은 커다란 엉덩이를 절반밖에 가리지 못했다. 목뒤에 종기가 하나 돋아나 있었다.

"그래, 자네 말이 맞는 거 같아." 프레이거 씨는 심지어 겸손하다고까지 할 수 있는 말투로 동의하고 술을 다시 한번 홀짝였다.

"실례해요." 나는 말하고 뒤돌아 근처 창가로 갔다. 눈물이 나올 것 같았는데, 이 나쁜 놈들이나 다른 사람들에게 들키고 싶지 않았다. 천장부터 바닥까지 이어지는 통창은 숨기에 좋은 곳이었다. 살짝 밖으로 튀어나온 창문 앞으로 무거운 커튼이 걸려 있고 좁은 벤치까지 마련되어 있었다. 나는 거기 서서 빨강과 파랑이 섞인 펄윅 햄퍼 광고판을 내다보았다. 눈물이 차올라 광고판이 보라색으로 뒤섞였다. 이것만 마시고 집에 혼자 갈 거야. 나는 '충동적'으로 챙긴 5달러 지폐를 기억하며 스스로에게 말했다. 간다고 말하지도 않고 갈 거야. 그리고 나중에 집에서 끝장을 봐야지. 이 사람들한테 이용당하고 비웃음당하는 걸 알기는 하냐고, 그 덕에 나까지 무시당하는 걸 더는 참지 않겠다고 단도직입적으로 말할 거야.

이렇게 생각하자 기분이 나아졌다. 이곳에서 나갈 용기를 마저 끌어내기 위해 술을 홀짝이며 눈물이 마른 눈으로 창밖을 내다보았다. 바로 밑에서 검은 강물이 소용돌이쳤다. 마치 배를 타고 있는 것 같았다. 강 건너편의 루스벨트 아일랜드에서는 희미한 불빛 몇 개만이 우울하게 가물거렸지만, 그 뒤로 검은 강물을 더 지나면 롱아일랜드 시티의 창문들에서 포근한 빛이 아롱거렸다. 저런 창문 너머의 방에 앉아 텔레비전에서 상영하는 영화나 보면서 저녁을 쟁반에 올려 먹고 있으면 얼마나 즐거울까. 그때 등 뒤에서 프레이거와 키퍼 씨가 폭소를 터뜨렸다. 잔인하고 심술궂은 웃음소리였다. 머릿속에서 피해망상이 속닥거렸다. 너를 비웃는 거야. 제정신이 말했다. 자기들끼리 멍청한 농담 하며 웃는 거야. 끝에 가서 피해망상이 입씨름을 이겼고, 나는 몸을 돌리고 그들을 매섭게 노려보았다.

키퍼 씨는 여전히 나를 등지고 있었지만 프레이거 씨는 나를 똑바로 보고 있었다. 그가 웃음을 멈추고 친구를 팔꿈치로 찔렀다. 키퍼 씨가 인상을 쓰고 몸을 돌렸다.

나는 문자 그대로 그 자리에서 죽고 싶은 심정으로 다시 홱 몸을 돌려 창밖을 내다보았다. 뒤에서 키퍼 씨가 쉰 목소리로 수군댔다. "…설마, 농담이지? 어느 정도는 수준이 되어야 하지 않겠어… 품위 없이… 가망이 없어."

"당신을 비웃고 있던 거 아닙니다." 프레이거 씨가 갑작스레 말했는데, 바로 뒤에서 목소리가 들려 나는 화들짝 놀랐다.

"그렇게 생각한 적 없어요." 나는 루스벨트 아일랜드에 대고 간신히 말했다.

"아, 그랬잖습니까. 혹시 모를까봐 하는 말인데, 병적인 생각이에요."

"꺼져줄래요?" 나는 어깨 너머로 쏘아붙였다.

"그거야말로 내가 재치 있고 간결한 대꾸라고 부르는 거죠. 자기, 뭐가 문제예요? 상태가 말이 아니네요. 그러니까, 전에도 우리가 정확히 다정한 대화를 나누진 않았지만, 사실을 말하자면 이번엔 당신이 너무 사적인 대화에 끼어들었어요. 아무리 그렇다고 한들, 당장이라도 창문에서 뛰어내릴 기세로 가버릴 필요는 없었죠. 요새 심야 프로그램에서 조앤 크로퍼드를 보고 있어요?"

"당신과 말할 생각 없어요." 나는 몸을 돌리고 그를 비켜 지나가려 했지만 프레이거 씨는 손을 뻗어 내 손목을 붙잡았다.

"제발 가만히 있어요. 진정하라고요."

"지금 놓지 않으면 소리를 지르겠어요."

"진짜 할 거라고 믿어 의심치 않아요." 프레이거 씨는 말하고 웃었지만 손목을 여전히 단단히 잡고 있었다.

"원하는 게 뭐죠? 더 비웃을 거리가 없나 확인하러 왔나요? 제발 좀 나를 내버려두고 가줄래요?"

프레이거 씨는 어처구니없어하며 내 손을 놓았다. "나 원 참, 원래 이렇게 쉽게 발끈합니까? 친절히 대해주고 호의를 베풀러 왔더니만 마치 내가 당신을 모욕하러 온 것처럼 대하네요. 그게 피해망상이 아니면 뭡니까."

"호의를 베푼다고요?" 나는 멍하니 그의 말을 되풀이하며, 바에서 새로 술을 받고 다음 대화 상대를 찾아 방을 둘러보다 내 쪽으로 시선을 옮기는 조녀선을 지켜보았다.

"그래요, 호의 말이요." 내가 자기를 보고 있지 않자 더욱 기분이 상한 프레이거 씨가 말했다. "당신이 처음에 인사했을 때는 누군지 못 알아봤어요. 무시한 게 아닙니다. 당신이 너무 달라 보여서 못 알아봤어요. 오늘은 완전 여자처럼 보이니까요. 그날 밤에 리빙스턴네 집에서는 여장한 남자 같았거든요."

나는 웃음을 터뜨렸다. 참을 수 없었다. 우리를 두 번 힐끔거리고는 칭찬의 미소를 보내는 조녀선도,(잘하고 있어!) 호의를 베풀러 왔다는 프레이거 씨의 말도.

"원래 그렇게 실없이 웃습니까, 아니면 취한 겁니까?" 프레이거 씨가 온몸을 흔들며 웃는 나를 보고 말했다.

웃음이 가라앉자 나는 고개를 저었다. "그냥 미쳤어요. 당신이 말한 대로 피해망상이 있어서요."

프레이거 씨는 나를 유심히 보았다. "아니, 당신은 미치지 않았어요. 잔뜩 날이 서 있긴 하지만요. 피해망상이라고 부른 건 사과할게요. 당신을 보고 웃은 건 사실이거든요, 간접적으로 말이에요."

나는 얼어붙었다. "그래요?"

프레이거 씨는 고개를 끄덕이고 웃음을 참았다. "당신이 가버린 다음에 키퍼가 우리가 어떻게 만났는지 알고 싶어 했어요. 그때쯤엔 기억이 나서 당신이 말한 대로라고 했죠. 당신이 그 파티에서 한 시간 넘게 화장실에 틀어박혀 있는 바람에 급했던 사람 한 명이 리빙스턴네 부엌 바닥에 실례를 해버렸지 뭡니까. 그거 알았어요?"

나는 고개를 젓고, 내가 무시한 다급한 노크를 기억하고 웃기 시작했다. 이상한 일들이 벌어지고 있었다.

웃는 나를 프레이거 씨는 다시 한번 유심히 지켜보았다. "낫네요. 훨씬 나아요."

난 웃음을 뚝 멈췄다.

"이름이 뭐더라, 볼저가 당신 남편이죠?"

"조너선이에요."

"진정해요, 진정해. 그 사람이랑 결혼한 지 얼마나 됐어요?"

"그 사람이요?"

"조-너-선 말이에요. 조너선 볼저. 결혼한 사람이 또 있어요?"

"10년 됐어요."

"아." 프레이거 씨가 씩 웃었다. 친절한 미소가 아니었고, 미소를 뒤따른 표정 역시 친절하지 않았다. "몇 살이에요? 서른다섯 살?"

"그런 걸 왜 묻죠?"

"당신한테 흥미가 동했다고 하죠."

"왜요? 내가 상태가 말이 아니라서요?"

"나쁘지 않아, 전혀 나쁘지 않아요. 사실 당신은 상태가 나쁜 게 아니에요. 당신 문제는 이보다 뻔할 수 없죠."

프레이거 씨가 나를 빤히 보았고, 그의 시선이 옮겨감에 따라 홍조가 앞머리 바로 아래에서 깊게 파인 가슴골로 퍼졌다.

"왜 그래요?" 프레이거 씨가 조용히 말하며 나를 도발했다. "남편이 무서워요, 아니면 섹스에 흥미가 없어요?"

"알겠어요." 나는 천천히 말했다. "당신 연극의 등장인물이 할 법한 말을 하고 있군요."

"내 연극은 끌어들이지 말기로 하죠. 그리고 좀 가만히 있어요. 할 얘기가 남았어요. 이제야 좀 재미있어지려 하는데."

"난 하품이 나오게 지루한데요."

"지루하지 않은 거 아니까 거짓말하지 마요. 실은 고작 몇 분 만에 긴장을 풀고 활기를 띠고 있어요."

인정하긴 싫었지만 사실이었다. 몇 년 만에 처음으로 살아 있는 것처럼 느꼈다. 발끈해서 씩씩거리고 있을지언정 불안증과는 전혀 다른 떨림이 콧노래처럼 내 몸을 타고 흘렀다.

"이해가 안 돼." 프레이거 씨가 말을 이었다. "당신은 전혀 내 타입이 아니거든. 그런데 아까 키퍼와 내가 있는 자리로 당신이 왔을 때 야릇한 느낌이 들었단 말이죠. 배를 한 방 걷어차인 느낌이라고 내가 부르는 것. 속궁합이 딱 맞을 때 느끼는 그것. 당신에게 흥미를 느껴요. 더 정확히 말하자면, 당신은 나를 흥분시켜요. 단지 그 멋진 가슴 때문만은 아니에요. 다른 무언가가 있어요. 속궁합이라는 건 첫눈에 통하거든요. 찌릿! 이것도 말해줄게요. 당신도 나 때문에 흥분해 있어요. 그러니까 모욕당한 척 화내는 연기는 그만둬요. 지금 우리 사이에 무언가가 너무도 두껍게 깔려 있어서 칼로 썰 수 있을 정도예요."

그 말 또한 사실이었기에 나는 최면에 걸린 것처럼 꼼짝 못 하고 서 있었다.

갑작스레 프레이거 씨는 웃음을 터뜨리고 창가의 벤치에 앉았다. "세상에." 프레이거 씨는 고개를 설레설레 젓고 웃으면서 나를 봤다. "공공장소에서 이런 적은 정말 오랜만이야. 발정 난 십대 소년이었

168

을 때가 마지막이지. 당신은 잠깐 거기 서 있는 게 좋겠어요. 물론 여기 와서 내 무릎에 앉고 싶다면 얘기가 달라지지만."

"축하해요." 내가 말했다.(좋은 대사는 자꾸 써먹어야 하는 법이다) 그러고는 글레디스 쿠퍼와 캐슬린 네스빗을 합친 듯한 말투로 불쑥 덧붙였다. "당신처럼 역겨운 남자는 처음이에요." 나는 진저리가 난다는 식으로 흥흥대며 그를 그의 문제와 남겨두고 떠났다. 조녀선은 다른 방의 구석에서 프랭크 게이로드와 마고, 그리고 내가 모르는 남자 두 명과 이야기하고 있었다. "프랭크랑 마고는 만났었지?" 조녀선이 사근사근하게 말했다. 물론 만나봤다. 프랭크 게이로드가 취한 눈을 껌벅여 윙크했다. 마고는 전과 마찬가지로 성난 표정으로 말없이 노려보기만 했다. 대화가 다시 시작되었는데, 이번엔 프랭크의 새 연극에 관한 얘기였다. 나는 조녀선 옆으로 가서 귀에 대고 속삭였다. "집에 가고 싶어." 그러나 조녀선은 이맛살을 구기고 못 들은 척하며 내게서 몸을 떨어뜨렸다. 잠시 후 조지 프레이거가 문가에 나타났다. 두리번거리다 나를 발견한 그는 씩 웃으며 영화배우처럼 키스를 날리고 손을 흔들어(안녕!) 인사했다. 문을 등지고 있던 조녀선은 못 봤지만 프랭크 게이로드는 놓치지 않았다. 프랭크는 나를 뚫어지게 보더니 '딱 걸렸어!'라고 말하는 표정으로 히죽거리기 시작했다. 나는 그를 마주 노려보았다. 딱 걸리긴, 뭘? 추잡한 인간아!

30분이 걸렸지만 나는 끝내 조녀선을 설득하여 파티를 떠났다. 최근 들어 도어맨, 엘리베이터 운전사, 웨이터 들의 시선을 무척이나 신경 쓰는 조녀선은 건물의 아래층 카포트에 둘이 남을 때까지 입을 꾹 다물고 있었다. 바람이 매섭게 몰아치는 추운 거리에서 도

169

어맨이 휘파람으로 택시를 부르는 동안 조녀선이 따졌다. "이번엔 또 뭐가 문제야? 왜 그렇게 빨리 가자고 보채고 난리였는데?"

"두 시간이나 있었는데 빨리 떠났다고 할 수는 없지 않아?" 나는 위엄 있게 대답했다.

"정확히 1시간 30분 있었어. 사람들이 뭐라고 생각하겠어? 샬럿 레이디나 게이로드, 마고가 우리가 그렇게 빨리 가는 걸 보고 뭐라고 생각했겠냐고?"

"우리가 인기가 많다고 생각했겠지. 딴 곳에서 저녁 식사 약속이 있다고 그 사람들한테 말하는 거 내가 똑똑히 들었어."

도어맨이 두 블록이나 떨어진 곳에서 잡아 온 택시에서 내렸다. 조녀선은 팁을 냈고, 우리는 택시 운전사에게 3가에 있는 스테이크 하우스 주소를 댔다. "별로 배고프지 않아." 내가 말했다. "집에 가자, 내가 가벼운 거 차려줄게. 오믈렛이나 수플레."

"난 배고프고 망할 오믈렛이나 수플레 먹고 싶지 않아. 집에 가고 싶지도 않고." 택시 운전사는 그가 신경 쓰는 서비스직 사람들에 포함되지 않았으므로 조녀선은 이렇게 덧붙였다. "내가 왜 당신 말을 듣고 파티를 떠났는지 모르겠어. 당신 혼자 집에 가서 수플레 먹으라 하고 나는 파티로 돌아갈까 생각 중이야."

"그래도 괜찮아." 나는 진심으로 말했다.

그렇지만 조녀선은 택시 구석에 기대앉아 식당에 도착할 때까지 부루퉁하게 창밖만 내다보았다.

식당에서 자리에 앉아 주문하고 나자 조녀선은 다시 이 화제로 돌아갔다. "자, 이제 왜 그렇게 파티를 떠나고 싶었는지 말해줄래?"

"지루했어."

"거짓말. 당신은 주눅이 든 거야. 당신 얼굴에 쓰여 있었어. 바로 그게 나는 못마땅하다고. 한때는 파티에서 멋지게 처신하고 사람들과 잘 어울리던 당신이 이제는 넝쿨처럼 나한테만 매달려 있잖아. 시든 제비꽃처럼, 세상에!" 맛깔나는 식물 비유로 말을 끝맺은 조너선은 점점 열을 내기 시작했다. 지금까지 자신은 놀라운 참을성을 발휘해 너그럽게 봐주었지만 이제는 한계에 이르렀다. 내가 정신적인 위기에 처했으며 성격이 망가지고 있는 것은 부정할 수 없는 사실이며, 그걸 인정하지 않는 내 '쇠고집'을 더는 못 참아주겠다. 게다가 하필이면 자신이 마침내 자아를 찾고 모든 가능성을 실현하려는데 내가 이러는 걸 보니, 무언가 더 악랄한 동기가 있는 게 아닌가, 내 마음속에 그에 대한 적대감이 쌓여 있어 무의식적으로 그의 발목을 붙들려는 게 아닌가 의심마저 든다고 했다. 조너선은 중간중간 굴을 꿀꺽꿀꺽 삼켜대며 이론을 펼쳐나갔고, 내 얼굴에서는 짭짤하고 뜨거운 눈물이 흐르기 시작해 턱에 맺혔다가 입도 대지 않은 토마토 주스로 떨어졌다. 굴 껍데기가 수북한 접시를 밀쳐내며 조너선은 주변을 둘러보았다. "아, 이런." 그가 끔찍해하며 속삭였다. "진정해. 사람들이 쳐다보잖아."

사람들. 도어맨과 엘리베이터 운전사와 웨이터들을 포함해 사람들의 의견은 최근에 조너선에게 너무도 중요해졌다. 이 사람들이 대체 누구지? 조너선에게 소중한 사람들은 결국 타인들, 안면부식인 사람들이었다. 폴리를 산책시킬 때 공원 벤치에 앉아 뜨개질하는 노부인, 택시에 탈 때 브라운스톤 계단에 앉아 신문을 읽고 있는 남자, 그가 복슬복슬한 초록색 모자를 쓰고 바크 버넷에서 나올 때 매디슨 애비뉴에서 닥스훈트를 산책시키고 있는 여자. 이날 밤에

171

그가 신경 쓰는 사람은 우리 건너편 자리에서 수프를 흘리지 않고 먹으려고 애쓰고 있는 딱한 중풍 환자 노인이었다. 아니면 그 옆 테이블에서 테이블보가 짧은 줄도 모르고 손발로 강도 높은 애정 행각을 벌이고 있던 중년의 커플이거나.

"자, 이거 받아." 조녀선이 손수건을 내밀었다. "못 그치겠으면. 화장실로 가. 사람들 다 보는 데서 무슨 망신이야."

그가 조금이라도 주의를 기울였다면 내가 이미 울음을 그쳤다는 걸 알아차렸을 것이다. "조녀선, 닥치지 않으면 망신이 뭔지 보여줄게. 이 망할 식당에서 벌떡 일어나서 고개를 젖히고 소리를 지를 거야. 계속해서."

이날 밤에 두 번째로 쓴 협박이었는데, 조지 프레이거와 달리 조녀선은 웃지도, "진짜 할 거라고 믿어 의심치 않아."라고 명랑하게 말하지도 않았다. 내가 위협을 실행할 낌새이자 조녀선은 하얗게 질려 입을 꾹 다물었고, 웨이터가 굴 접시를 치우러 왔을 때 이제는 집에 가고 싶다고 말했다. 그래서 나는 집에 갈 생각이 뚝 떨어졌다고, 갑자기 몹시 배가 고프다고 말했는데, 복수하려고 그런 게 아니라 정말로 허기가 졌다. 웨이터가 스테이크 모둠 접시를 가져오자 나는 왕성한 식욕으로 먹기 시작하여 버터 롤과 샐러드를 먹고 심지어 평소에 싫어하는 양파 튀김까지 해치웠다. 그동안 조녀선은 레어로 시켰으나 웰던으로 나온 스테이크를 불평하며 돌려보내는 대신(이것 또한 그가 외식할 때마다 하기 시작한 멋진 버릇이다) 말없이 인내하며 먹었다.

나를 어떻게 다룰지 고민하고 있던 것이 분명한 조녀선은 오랜 침묵 끝에 스테이크를 포기하고 접시를 밀어냈다. 그러고는 부드럽게 달래는 목소리로 말했다. "또 싸우려는 거 아냐, 약속해. 하지만 지금 여기 앉아서 많은 생각을 해봤어. 내가 하나 더 말하고 싶은 게 있어. 아주 좋은 얘기야. 티나, 당신은 무척 매력적인 여자야. 매력이 넘친다고. 게다가 대단히 지적이지. 너무 진지하지 않을 때는 유머 감각도 있어. 그렇게 장점이 많은데 왜 자신감이 없는지 모르겠어. 당신을 사랑하는 아이들과 남편을 생각해봐. 다른 사람들도 당신이 똑똑하고 매력적이라고 생각해. 왜, 마크스 부인은 당신 같은 여자와 결혼해서 내가 얼마나 운이 좋냐고 매일같이 말해. 하나 더 예를 들자면, 오늘 밤을 생각해봐. 조지 프레이거가 또 당신이랑 말하고 있는 거 봤어. 내가 제대로 기억한다면, 카터 리빙스턴네 파티에서 그 사람이 굳이 당신이랑 말하려고 애썼단 말이지. 이런 것들을 생각하면 당신도 느끼는 바가 있을 거야. 내가 알기로 프레이거는 여자 편력이 심한데, 여자를 까다롭게 고르기로 소문이 자자해. 당신이 매력적이거나 흥미롭다고 생각하지 않았으면 1초도 할애하지 않았을 거야. 더구나 둘이서 흥미진진한 이야기를 하는 거 같았어. 두 사람 다 많이 웃고 있었잖아. 조지 프레이거 같은 사람을 그렇게 상대할 수 있는 당신이 참 자랑스러웠어. 무슨 얘기 하고 있었어? 연극?"

나는 빈 그릇을 밀어냈다. "섹스." 나는 냅킨으로 입을 두드리며 말했다. "섹스에 대해 이야기하고 있었어."

"섹스?"

"그래." 나는 콤팩트를 꺼내며 말했다.

차분히 코에 분을 칠하는 나를 조녀선은 잠시 지켜보았다. 그리고 웨이터를 부르면서 안도의 웃음을 지었다. "당신은 꽤 멋져, 티

173

나. 진심이야. 내가 한 말 다 취소할게. 프레이거 같은 사람이랑 섹스에 대해 한담을 나눌 수 있다면, 당신은 내가 생각했던 것만큼 망가지지 않은 게 분명해."

아침 6시에 일어나니 라디에이터가 쉿쉿 소리를 내고 있고 방은 덥고 건조했다. 차가운 밤공기와 불빛을 싫어하는 조녀선은 창문을 손톱만큼만 열어놓았다. 땀에 흠뻑 젖어 있던 나는 메마른 입술을 혀로 적시며 침대에서 뛰쳐나가 라디에이터를 두 개 다 끄고 창문을 조용히 연 다음에 블라인드의 살 사이로 날씨를 확인했다. 오랜만에 서리가 내리지 않았다. 뽀얀 안개가 공원 위로 떠 있고 하늘은 비를 머금은 짙은 잿빛이었다.

"아, 티나. 6시 5분밖에 안 됐어! 왜 이렇게 소란을 피우는 거야?"

돌아보니 이불을 얼굴까지 끌어올린 조녀선이 노랗고 둥근 눈 한쪽만 내놓고 나를 노려보고 있었다. "방이 너무 더워서 환기하는 거야."

"이제 너무 춥잖아. 그놈의 창문 닫고 침대로 돌아와. 이렇게 시끄러워서 사람이 쉴 수가 있나."

조녀선은 돌아누워 베개에 얼굴을 파묻었다. 나는 창문 하나를 닫았지만 침대로 돌아가진 않았다. 평소와 다르게 조용히 혼자 아침을 먹고 싶은 생각이 들어 화장실로 가서 씻기로 했다. 아이들 방 앞을 살금살금 지나는데 마른기침 소리가 들려 걸음을 멈췄다. 지난 몇 년간 내게 익숙해진 소리였다.

"엄마? 어어엄마?" 리즈가 불렀다.

나는 뜨악한 심정으로 아이들 방문을 열고 손가락을 입술에 가져다 대었다. "응?" 내가 속삭였다.

"엄마, 제발 좀 와줘요." 리즈가 큰 소리로 칭얼댔다.

가능하리라 생각하지 않았지만 아이들 방은 우리 방보다 더 더웠다. 자기 전에 아이들 방에 가서 창문이 열려 있는지 확인해달라고 조너선에게 부탁했던 것이 기억났다. 실비는 이불에 돌돌 말린 채로 여전히 자고 있었다. 리즈는 이불을 죄다 걷어차냈는데, 잠옷 바지는 땀에 젖어 다리에 달라붙었고, 번들거리는 얼굴은 내가 '흰 토끼'라고 부르는 상태로, 무언가 지독한 병에 걸리기 직전인 도시 아이의 창백한 빛을 띠고 눈이 빨갛게 충혈되어 있었다.

나는 리즈의 침대 가장자리에 털썩 앉았다. "왜 그래, 아가?"

"아파요. 전부 다 아파요. 무릎도 아프고 머리도 아프고, 목이 너무 칼칼해서 침도 못 삼키겠어요."

나는 아이의 뜨거운 이마에 손을 올렸다. "열이 나는 것 같긴 하네. 체온 재야겠다."

리즈 입에 체온계를 물리고 얼른 부엌에 가서 커피를 끓였다. 방으로 돌아와 체온계를 불에 비추어 보니 39도를 조금 넘었다. 아이의 침대로 조심조심 걸어가며 나는 당황하지 말라고 스스로를 타일렀다. 리즈에게 열이 조금 나니 학교에 가지 않아도 된다고, 아스피린을 줄 테니까 먹고 자라고 조용조용 말했다.

"이렇게 아픈데 어떻게 자요? 머리, 팔, 목, 심지어 이도 아파요!"

"아, 정말!" 실비가 이불을 걷어차며 벌떡 일어났다. "이렇게 시끄러워서 사람이 쉴 수가 있나."

심지어 노란 눈도 제 아빠를 똑 닮았다. "조용히 해, 실비. 동생이
아프잖아."

"그건 딱 봐도 알겠어요. 쟤는 어디가 아파요?"

"단순한 감기 같아." 나는 아이들은 물론 나 자신을 겁주지 않으려
고 거짓말했다. 실비는 툴툴대며 다시 벌러덩 드러누워 베개로 얼
굴을 덮었다. 이건 유전이야, 아니면 그냥 흉내 내는 거야? "아스피
린 가져올게." 나는 리즈에게 말했다. 리즈는 방에서 나가는 내게 경
고했다. "갈아서 딸기 쉐이크에 넣어주지 않으면 안 먹어요."

한 시간 뒤에 나는 아이들 화장실에서 리즈가 타일 바닥에 토해
놓은 분홍색 토사물을 치우고 있었다. 변기에 도착할 때까지 참지
못했다. 조너선과 실비는 부엌에서 아침을 먹고 있었다. 나는 블랙
커피만 한 잔 가까스로 마셨는데, 마시지 않는 편이 나았을 것이다.
쪼그려 앉아 꺽꺽대며 페이퍼타월로 토를 치우고 있는데 빈속이 자
꾸만 울렁댔다. 리즈와 달리 나는 늦지 않게 변기에 갈 수 있었다.
입을 씻고 아이들 수건에 손을 뻗는데 내가 세면대에 수그리고 있
는 동안 폴리가 들어온 것이 보였다. 내 눈을 믿을 수 없었다. 폴리
는 타일에 묻어 있는 분홍빛 토사물을 킁킁대더니 신중하게 구불
구불한 혓바닥을 내밀었다. 이건 도저히 참을 수 없었다. 나는 비명
을 지르고 수건을 휘둘렀다. 이제껏 폴리는 한 번도 맞은 적이 없었
다. 단 한 번도. 겁이 나서 정신이 나간 폴리는 이빨을 드러내고 으
르렁댔다. 똑같이 겁에 질린 나는 클라이드 비티처럼 수건을 미친
듯이 휘둘러 폴리를 실비의 침대 밑으로 쫓았다. 침대 밑에서 으르

177

렁대고 낑낑거리는 폴리를 내버려두고 뒤돌아서니, 리즈는 몸을 일으키고 앉아서 새빨간 눈을 휘둥그레 뜨고 있었고, 버터로 입술이 번들거리는 조너선은 ≪뉴욕타임스≫를 접어 겨드랑이에 끼고 문간에 서 있었다.

"뭐 하나 물어봐도 될까?" 조너선이 천천히 말했다. "무슨 일이야? 애가 아픈 거 몰라? 왜 그렇게 소리를 질러대? 정신이 나갔어?"

샤워하고 면도해서 분홍빛으로 빛나는 말끔한 얼굴에 자기 이름 이니셜을 수놓은 셔츠를 입고 있는 조너선을 나는 뚫어지게 보았다. "폴리가 리즈 토를 먹고 있었어."

조너선은 창백하게 질려 고개를 가로저었다. "세상에, 이놈의 집구석에선 애가 마음 놓고 아프지도 못하나?"

나는 조용히 하라는 뜻으로 헛기침하고, 사랑하는 엄마와 아빠를 멍하니 보고 있는 리즈에게 전부 다 괜찮다는 미소를 지어 보였다.

조너선은 리즈를 힐끔 보고 버터 바른 스콘을 먹으러 돌아갔다.

닥터 밀러의 병원은 9시에 열었다. 9시 2분에 전화하니 발신음이 열 번 울리고서 금요일에는 10시 30분에 열지만 이름과 전화번호를 남기면 도착하는 즉시 연락을 주겠다는 자동응답기의 안내가 나왔다. 나는 이름과 전화번호를 남기고 리즈를 보러 갔다. 다행히 아이는 두 번째 아스피린을 먹고 잠들어 있었다. 샤워하고 옷을 갈아입은 뒤에 부엌에서 아침 식사 설거짓거리를 모으고 있는데 벽의 전화가 울렸다. 접시를 내려놓고 전화를 받으러 가면서 생각했다. 로티일 거야. 오늘 못 나온다고 말하려는 거겠지.

"안녕하세요, 볼저 부인. 로티예요."

"네, 로티." 나는 눈을 질끈 감았다. "무슨 일이에요?"

"죄송하게도," 로티가 조용히 말했다. "어젯밤에 치통이 심해서 한숨도 못 잤어요. 일어나니까 얼굴이 보름달만큼 부어 있네요. 죄송하지만 오늘 출근하지 못할 거 같아요."

"안됐어요, 로티. 당장 치과에 가보는 게 좋겠어요."

"전화 끊고 바로 가려고요. 그래서 오늘 못 가는 거예요. 제가 가는 치과 클리닉은 종일 기다려야 하거든요. 저번에는 거의 네 시간을 기다렸어요." 로티는 무슨 일이 있어도 내일은 꼭 나오겠다고 다짐했지만 나는 내일 상태가 어떨지 일단 지켜보자고 말했다. 전화를 끊고 폴리가 볼일을 볼 수 있게 화장실에 신문지를 깔았다.

11시 30분이 되었는데도 닥터 밀러는 깜깜무소식이었다. 11시 45분에 리즈가 잠에서 깨어나 울기 시작했다. 아스피린 덕분에 잠시 내려갔던 체온이 다시 39도로 올라갔다. 병원에 전화하니 간호사가 내 이야기를 듣고 무뚝뚝하게 말했다. "잠시 기다리세요, 볼저 부인. 선생님이 전화 받을 수 있는지 확인해볼게요." 달각 소리가 났고 3분간의 귀가 먹을 듯한 정적 끝에 다시 달각 소리가 나더니 전화가 끊어졌다는 뜻의 기계음만 뚜뚜 울렸다.

떨리는 손으로 다시 전화를 걸었다. "전화가 끊어졌어요, 볼저 부인." 간호사가 말했다. "하지만 선생님이 지금 너무 바쁘세요. 번호 주시면 전화 드리라고 할게요." 내가 전화번호를 주는 대신 목멘 소리로 따지고 있는데 다시 달각 소리가 났고, 3초 후에 닥터 밀러가 날카롭게 외쳤다. "네, 볼저 부인!" 뒤에서는 아기가 히스테리를 부리듯이 박자에 맞추어 자지러지게 울다가 그치기를 반복했다. 기죽은 목소리로 나는 말을 시작했다. "안 들려요, 볼저 부인. 더 크게 말해요." 아기의 울부짖음과, 내가 이야기를 한시바삐 끝내기를 기다리는 닥터 밀러의 쯧쯧거림과 지친 한숨 속에서 나는 가능한 한 간결하게 리즈의 상태를 설명했다. "들어보세요, 볼저 부인." 닥터 밀러가 아이의 울음소리 위로 외쳤다. "뉴욕 전체에 퍼졌어요. 전화가 끊이질 않아요. 어떤 아이는 체온이 40도를 넘었는데, 그래도 크게 걱정할 일이 아니에요. 제가 엘리자베스를 보러 가는 건 의미가 없어요. 해줄 수 있는 게 없으니까요. 그냥 앓고 낫길 기다려야 해요. 항생제로 해결할 수 있는 게 아닙니다. 우리가 할 수 있는 전부는, 그러니까 부인이 할 수 있는 전부는, 아이가 물을 많이 섭취하고 몸을 따뜻이 하고 조용히 푹 쉬게 해주는 겁니다. 가벼운 식사를 차려주고 네 시간마다 아스피린을 줘요. 내일 전화해서 어떤지 알려줘요."

닥터 밀러는 수화기를 꽝 내려놓았다.

한동안 나는 조녀선의 침대 끝에 걸터앉은 채로 내 손을 신기해하며 바라보았다. 정장 바지를 입은 다리 사이로 대롱거리는 손은 내 의지와 무관하게 달달 떨며 춤추고 있었다. 그때 리즈가 나를 찾았다. "엄마! 엄마? 어딨어요?" 급히 아이 방으로 달려가니 리즈는 몸을 일으켜 침대에 앉아 있었는데, 얼굴이 땡땡 붓고 얼룩덜룩한 빨간색으로 변해 있었다.

"엄마," 리즈가 눈물을 줄줄 흘리며 헐떡였다. "또 토할 거 같아요." 그리고 곧바로 페이즐리 퀼트에 토했다.

이번에는 토사물을 치우며 덩달아 토하지 않고 리즈 옷을 갈아입혔다. 퀼트를 세탁기에 넣고 진저에일과 얼음을 가지고 아이 방에 갔다. 이따금 그렇듯이 두 번째로 토하고 나자 리즈는 기진맥진하

지만 몸은 조금 나은 모양이었다. 베개를 받치고 기대앉아 허겁지
겁 진저에일을 들이켰고, 나는 의자를 가져와 옆에 앉았다. 그때 한
손으로 유리잔을 받치고 진저에일을 마시던 리즈가 불쑥 다른 손을
손바닥을 위로 한 채 깨끗한 이불 위로 뻗어 잡아달라고 내밀었다.
내 가슴속에서 엄청난 울림이 일었다. 아이가 손을 잡아달라고 한
것이 너무 오랜만이었다. 나는 맥없이 늘어진 뜨겁고 메마른 아이
의 손을 잡았다. 속에서 앙금이 풀어지는 듯한 느낌이었다. 11시에
내리기 시작한 비가 거리를 조용히 두드렸다. 잠이 소록소록 오는
가을비였다. 마치 이 장면을 완성하려는 것처럼 폴리가 들어와 내
발치에 몸을 둥글게 말고 앉았다. 너무도 정겹고 가슴 뭉클한 순간
이었다. 병을 앓으며 무력하고 온순해진 아이, 램프의 불빛, 유리창
을 두드리는 빗줄기, 발치의 복슬복슬한 개. 나는 완벽히 평온한 기
분으로 넋을 잃고 내 손 안의 고사리손을 내려다보았다.

그때 전화벨이 울리며 고요를 깨뜨렸다.

나는 아쉬워하며 리즈의 손을 놓고 전화를 받으러 갔다.

"여보세요."

침묵.

"여보세요?"

숨소리.

"여보세요!" 그때쯤엔 화가 났다.

잔뜩 흥분한 고음의 변조된 목소리가 나한테 하고 싶은 저질스
러운 짓거리를 세세히 설명하기 시작했다. 남자는 내 이름을 알았
다. 티나.

나는 어리벙벙한 채로 그 모든 지저분한 디테일을 듣고 끊었다.

수화기가 식은땀에 젖었다. 조지 프레이거. 폭뢰를 발사시키는 것처럼 나는 그 이름을 가슴속의 잠가놓은 해치에서 내보냈고, 그것이 둔탁하게 폭발했다. 아냐, 아냐. 그가 어떤 식으로 뒤틀린 사람인지는 몰라도 이런 식으로 욕구불만을 해소하지는 않으리라는 확신이 들었다. 그럼 대체 누구지? 이런저런 가능성을 따져보았지만 조금이라도 그럴싸한 사람이 떠오르지 않았는데 그때 리즈가 나를 불렀다.

훨씬 나아 보이는 모습으로 리즈는 배가 고프다며 닭고기 수프와 크래커를 차려달라고 부탁했다. 나는 너무도 안심이 되어서 전화 변태에 대해 곧바로 잊어버렸다. 밥을 차리는 동안 리즈가 만화를 볼 수 있게 로티의 조그만 텔레비전을 방으로 가져다주었다. 미스터 마고가 우주 캡슐을 자동차로 착각하고 운전하는 걸 즐겁게 보는 아이를 두고 부엌으로 돌아갔다. 식료품 보관실로 가니 스코틀랜드산 셰리가 들어간 야생 오리 수프, 쁘띠 마르미트, 포타주 생제르맹, 버섯 비스크, 프랑스산 부야베스가 있었다. 심지어 오스트레일리아산 캥거루 꼬리 수프도 있었다. 하지만 닭고기 누들 수프는 한 개도 없었다.

나는 바닥에 주저앉아 울기 시작했다.

닭고기 수프가 없다고 울음을 터뜨린 건 내가 생각해도 좀 과했다. 조너선이 '오버한다'고 부를 만한 행동인데, 내가 왜 그랬는지 설명을 좀 해야겠다. 조너선이 주식에 대한 정보를 얻기 시작한 무렵에 누군가(어쩌면 주식 정보를 준 사람과 동일인물일지도) 우리 동네에 니우 암스테르담 마켓이라는 고급 슈퍼마켓이 있어서, 거기서는 초이스 고품질 소기와 S. S. 피에르 브랜드의 통조림과 신선한

182

딜과 타라곤, 제철 아닌 과일 따위를 살 수 있다고 말해주었다. 조녀선은 곧바로 구매 계좌를 개설하고 나더러 앞으로는 거기서만 장을 보라고 우겼는데, 그 슈퍼마켓은 전화로 주문을 받는 곳이었다. 자연스레 나는 조녀선의 말을 따라 지금껏 그렇게 해왔지만, 이 슈퍼마켓에서 청구서가 올 때마다 금액을 보고 경악했다. 봉투를 열었을 때 지난달에 미납이 되었다는 통지서가 있을 때는 더더욱 불쾌했다.(우리 집에서는 조녀선이 모든 청구서 납부를 담당하고, 나는 내용을 확인만 한다. 내 명의로 된 계좌는 없다) 조녀선은 아파트 월세나 아이들 학비, 병원비, 전화비, 치과 진료비 등은 집착에 가까운 철저함으로 제때 냈지만, 슈퍼마켓이나 우유배달부, 청소부, 전기수리원에게서 오는 청구서는 또 잘 잊어버렸다. 새 진공청소기를 사는 것을 계속 잊는 것과 마찬가지다. 어제 니우 암스테르담 마켓에서 온 청구서를 열어봤더니 9월과 10월에 내지 않은 어마어마한 금액과 함께 짤막한 미납 통지가 맨 아래 적혀 있었다. 창피해서 죽고 싶었다. 지난 5개월 동안 두 번째로, 지난 2년 반 동안 거의 열 번째로 일어난 일이다. 성격상 나는 조녀선이 밀린 돈을 내기 전에는 절대 주문하지 않기로 작정했고, 원래 그가 오늘 우편으로 보낸다고 약속했었다. 따라서 나는 필요한 것이 있어도 장을 볼 수 없는 상황이었다. 완벽 주부와는 거리가 먼 내가 봐도 집에 필요한 것이 한둘이 아니었다. 아침에 조녀선에게 장을 볼 수 있게 현금을 좀 달라고 부탁할 생각이었는데 리즈가 아픈 바람에 잊어버렸다. 이번 주에는 생활비가 몹시 빠듯했다. 조녀선은 토요일마다 생활비를 주었다.

끝내 나는 울음을 그치고 식료품 보관실의 바닥에서 일어나 전화기로 갔다. 마음을 굳게 먹고 니우 암스테르담 마켓에 전화하니 매니저 샘이 받았다. "누구라고요?"

"볼저 부인이에요, 샘. 안녕하세요?"

"…누구 부인요?" 나는 전화를 끊고 한 번도 간 적 없는 브로드웨이 슈퍼마켓의 전화번호를 옐로페이지에서 찾아 전화했다. "전화로는 계좌를 틀 수 없습니다." 전화를 받은 남자가 말했다. "주문하시려면 배달원한테 현금으로 내셔야 해요." 다급했던 나는 알았으니까 즉시 배달해달라고 세 번이나 거듭 말한 뒤에 리즈의 방으로 갔는데, 내 지갑에 4달러 37센트밖에 없다는 것이 기억났다.

방에 들어가 마이티 마우스 만화의 소리를 줄였다. "리즈, 아가. 너 빨강 저금통에 얼마 있니?"

리즈는 화면에 시선을 고정한 채 눈살을 찌푸렸다. "13달러 85센트 있어요. 왜요? 소리 다시 올려줘요."

"얘기 다 마치고 올려줄게. 엄마가 장 좀 보게 10달러만 빌릴 수 있을까? 배달 오려면 아직 멀었는데, 닭고기 누들 수프 말고 먹고 싶은 거 없니?"

리지는 만화를 포기하고 제 아빠의 노르스름한 갈색 눈으로 나를 빤히 보았다. 실비도 그렇듯이 리즈의 눈은 때로는 나처럼 갈색이지만 때로는 조녀선의 옅은 호박색을 띠었다. "실비 언니는 옷장 선반의 로드 앤드 테일러 상자에 23달러 숨겨두었어요. 왜 언니한테 빌리지 않아요?"

"실비는 지금 학교에 있잖니, 엘리자베스. 너는 여기 있고. 저금통 열쇠 어딨어?"

"속옷 서랍에요. 양말 뒤에."

나는 몸서리치며―누구의 유전자인지 너무 뻔했으니까―텔레비전의 소리를 다시 높이고 열쇠를 찾아 저금통에서 10달러를 꺼냈다. 모든 걸 제자리에 돌려두고 문가에 잠시 서서 말했다. "고마워." 나는 리틀 룰루의 목소리 위로 크게 말했다. "차랑 크래커 가져다줄까, 아니면 수프 올 때까지 참을래?"

"참을래요." 리즈가 말했다. "이제 별로 배 안 고파요."

1시 48분에 리즈는 어찌어찌 먹은 닭고기 누들 수프와 크래커를 전부 토했다.

2시 12분에 전화가 울렸다. 두 번 울리게 기다리고 각오하는 심정으로 전화를 받았다. 미스 브레커였는데, 조너선이 집에서 저녁을 먹지 않을 것이며 엘리자베스가 어떤지 알고 싶어 한다고 했다. 떨리는 목소리로 나는 딸이 궁금하면 직접 전화하라고 전해달라고 아무 잘못 없는 미스 브레커에게 쏘아붙인 뒤에 끊었다.

2시 37분에 리즈의 체온이 다시 39도로 올라갔다. 리즈는 계속해서 기침하며 배와 가슴이 너무너무 아프다고 울먹였다. 아이의 눈이 거의 감길 정도로 부었다.

2시 41분에 병원에 다시 전화하자 닥터 밀러는 퇴근했다고 자동응답기가 알렸다. 위협적인 목소리로 나는 아이가 심하게 아프다고, 닥터 밀러가 10분 안에 전화를 주지 않으면 의사협회에 신고하겠다고 윽박질렀다. "잠시만요, 부인." 자동응답 안내말 중간에 한 여자가 숨찬 목소리로 말했다. "기다리세요." 달칵, 소리와 함께 여자가 사라졌다가 몇 분 후에 돌아왔다. "닥터 밀러가 오늘 나머지 진료는 닥터 북면에게 맡겼어요. 닥터 북면은 지금 다른 환자와 통화 중이니 이름과 주소를 주시면 오늘 5시 전에 찾아뵈라고 할게요."

닥터 북면을 당장, 늦어도 30분 이내에 우리 집으로 보내라고 고함 치려다가 병원에서 내 편의를 봐주고 있다는 걸 깨닫고 이름과 주소만 말하고 끊었다.

4시 7분에 실비가 집에 왔다. 리즈가 아스피린을 정량 두 배로 먹고 마침내 잠들어 있는 방에서 창가에 앉아 있는데 실비가 문가에 나타났다. 어스름 속에서 봐도 실비가 '흰 토끼' 상태임을 알 수 있었다. 천천히 실비는 쟁반 위의 빈 잔과 빈 컵, 구겨진 티슈, 잠든 리즈를 둘러보고는 좁은 복도로 나오라고 내게 손짓했다. "어머니, 어머니 침대에 누워도 돼요? 여긴 너무 끔찍해요." 실비가 쉰 목소리로 속닥거렸다. "머리가 너무 아파서 누워야겠어요." 실비는 덧붙이고 울음을 터뜨렸다.

4시 23분에 부엌에서 실비에게 줄 따뜻한 차를 끓이고 있는데 전화벨이 울렸다. 전화 변태에 대해 까맣게 잊어버리고 울리자마자 받았다. 로티였다. 클리닉에서 이를 뽑았다고 했다. 거기서 말렸는데도 로티는 수면 마취를 고집했고, 그 탓에 너무 어지러워서 일어날 수도 없다고 했다. 온몸이 간지럽기 시작하고 손목과 발목이 부었는데, 클리닉에서 수면 마취 후에 주사한 페니실린의 부작용 같다고 했다. 내일 과연 출근할 수 있을지 모르겠다고 더듬더듬 말하는 로티에게 나는 올 생각은 하지도 말라고, 페니실린 부작용은 그냥 넘어갈 일이 아니니 당장 의사에게 연락하라고 엄하게 일렀다.

실비에게 차를 주러 가니 침실이 어둠에 잠겨 있고 실비는 잠들어 있었다. 다행히 리즈 역시 방에서 자고 있었다. 나는 쟁반을 식료품 보관실에 놓고 조너선이 지난겨울에 구매한 바카라 크리스털 올드패션드 잔을 꺼내 버번을 반 잔 따랐다. 얼음은 생략했다. 아침을 거르고 점심으로 고작 수프 반 컵에 크래커 세 개를 먹은 걸 잊고 잔을 부엌으로 가져와서 담배에 불을 붙였다. 너무 바빠서 종일 담배를 못 피웠다. 그렇게 앉아서 입속의 느낌에 모든 감각을 집중하고 있는데—담배 연기를 들이마시고 내뱉고 몸을 덥히는 술을 혀끝으로 굴리며—초인종이 울리고 폴리가 짖기 시작했다. 유쾌하게 아득한 기분으로 대체 누굴까 궁금해했다. 자리에서 일어나자마자 유쾌함이 싹 사라졌다. 의사가 드디어 왔는데 나는 알딸딸하게 취해버렸다.

문을 열자 더벅머리 건장한 젊은이가 방수 부츠를 벗고 있었다. 닥터 북먼이라는 젊은 의사였다. 닥터 북먼은 들창코의 앳된 얼굴에 환한 미소를 띠고 허리를 폈다. 묘하게 낯이 익었다. 아, 세상에. 나는 멍한 기분으로 생각했다. "이것들을 여기에 둘까요?" 닥터 북먼이 물이 뚝뚝 흐르는 레인코트와 모자와 비닐 비옷을 조심스레 내밀며 말했다. 나는 발음을 똑바로 하려고 애쓰며 가지고 들어오라고, 아이들 화장실에 걸어놓을 것이며 거기서 손을 씻을 수 있다고 말했다.

닥터 북먼이 홍역이며 이하선염이며 백일해 따위의 균을 마저 씻어내는 동안 나는 램프의 불을 켜고 리즈가 기절한 것처럼 자고 있는 침대로 비틀비틀 걸어갔다. 리즈의 어깨를 살며시 흔들어 깨웠다. 마침내 깨어난 아이의 부은 눈꺼풀이 떨리다가 열렸고, 리즈의 눈이 내 뒤에 서 있는 젊은 의사의 얼굴을 포착했다.

리즈가 벌떡 일어나 비명을 지르기 시작했다. 나는 닥터 북먼의 얼굴이 익숙했던 이유를 드디어 깨달았다. 리즈가 다섯 살이었을 때 귀를 뚫은 이비인후과 의사의 판박이였다.

리즈의 비명 위로 나는 닥터 북먼에게 안타까운 우연을 설명했다. 닥터 북먼은 창백하게 질렸다. 나는 자음을 똑바로 발음하지 못하고 있었다. 알코올도수 45도짜리 위스키 냄새가 갑갑한 방에 퍼졌다.

"아, 물론입니다. 조시 매눌리스 말이군요. 훌륭한 이비인후과 의사죠. 잘 압니다. 다들 우리가 닮았다고 해요." 닥터 북먼은 크게 한번 코를 훌쩍이고 동그란 파란 눈으로 나를 빤히 보았다. "음, 볼저 부인. 잠깐 자리를 비켜주시면 리즈를 훨씬 더 빨리 진정시킬 수 있을 거 같아요."

나는 학다리로 방에서 나왔다. 내가 문을 닫자마자 리즈는 비명을 멈췄다. 안방으로 얼른 가보니 이제 깨어난 실비가 물기를 짜낸 행주를 이마에 올리고 〈카미유〉의 그레타 가르보 같은 모습으로 조너선의 침대에 누워 있었다. 실비는 머리가 '깨질 듯이 아프며' 입속에서 마치 권총이 발사된 것처럼 끔찍한 맛이 나는데, 무슨 뜻인지 아냐고 물었다. 이상하게도 나는 알았다. 나는 실비에게 아스피린을 주고 의사가 왔다고, 리즈를 진단한 다음에 여기로 올 거라고 말했다. 불안하게도 나는 점점 더 술기가 올랐다.

아이들 방으로 돌아가 문에 노크했다. 들어오라는 말이 들렸다. 닥터 북먼이 길쭉한 검은 기구로 리즈의 귓속을 들여다보고 있었다. "어라, 너 귀에 커다란 흰 비둘기가 둥지를 튼 거 알고 있니?"

"차가워요." 리즈가 킥킥거렸다.

나는 비틀거리지 않으려고 벽에 기댔다.

닥터 북먼이 기구를 빼고 리즈의 팔을 토닥였다. "착하다, 리즈!"

"어때요?" 내가 벽에 기댄 채로 물었다.

"괜찮습니다." 닥터 북먼이 씩씩하게 말했다. "증상은 심하지만 심각한 병이 아니에요. 닥터 밀러가 전화로 이미 말한 걸로 알고 있어요. 뉴욕 전체에 퍼져 있습니다. 전화가 끊이질 않아요. 어떤 애들은 체온이 40도까지 올라갔는데, 그래도 걱정할 일은 아니에요. 사실 엘리자베스를 보러 온 의미가 없어요. 제가 해드릴 수 있는 일이 없으니까요. 앓고 낫길 기다려야 해요. 항생제는 안 될 말이고요. 우리가 할 수 있는 일은, 그러니까 부인이 할 수 있는 일은, 오직 아이가 물을 많이 섭취하고 몸을 따뜻이 하고 조용히 푹 쉬게 해주는 거예요. 가볍게 먹이고 네 시간마다 아스피린을 줘요. 내일 전화해서 어떤지 알려주세요."

닥터 북먼의 연설을 듣는 동안 버번의 술기가 감쪽같이 사라지고 머리가 맑아졌다. "오심을 가라앉힐 약이라도 처방해줄 수 없어요?" 까맣게 반들거리는 진료 가방을 닫고 있는 닥터 북먼에게 나는 쌀쌀맞게 물었다. "애가 자꾸 토하면 가벼운 거라도 먹일 수가 없잖아요."

다소 멋쩍은 얼굴로 닥터 북먼은 알겠다고, 구토 억제제를 처방해줄 수 있을 것 같다고 하며 우리 약사에게 전화하러 안방으로 갔고, 전화하기 전에 실비를 잠깐 진료했다. "자, 실비. 아직은 별 증상이 보이지 않는데, 그것에 걸릴 운명이면 걸리겠지. 어쩔 수 없구나. 기다리면서 지켜보는 수밖에." 환하게 웃으며 닥터 북먼은 수화기를 들고 번호를 눌렀다.

닥터 북먼이 약사와 통화하는 동안 실비가 내게 물었다. "그거라니, 그게 뭐예요?"

"뉴욕 전체에 퍼졌다는 거야. 온종일 전화가 끊이질 않는대. 어떤 애들은 열이 40도까지 올랐는데, 그래도 걱정할 일이 아니래. 의사들이 해줄 수 있는 게 전혀 없대. 앓고 낫기를 기다려야 한대. 항생제는 쓰면 안 되고. 우리가 할 수 있는 일이라곤, 내가 할 수 있는 일이라곤, 너희가 물을 많이 섭취하고 몸을 따뜻이 하고 조용히 푹 쉬게 해주는 거래."

통화를 마치고 내 말의 끝자락을 들은 닥터 북먼은 눈을 껌벅거리며 나를 잠시 응시했다. 나는 셔츠와 바지 차림이었는데, 포도주스가 묻은 셔츠를 미처 갈아입지 못한 상태였다. 무슨 엄마가 이 모양이야?

아, 닥터 북먼이 내 사정을 알았다면! 조녀선과 너무도 비슷한 눈빛으로 나를 보고 있는 닥터 북먼과 시선을 마주치며 아주 상스럽고 충격적인 말을 할 충동마저 들었다. 그 대신 나는 상냥하게 인사했다. "와주셔서 감사해요, 닥터 북먼. 바쁘신 거 알아요." 그리고 코트와 모자를 챙겨주고 문에서 배웅했다.

부츠를 신고 엘리베이터를 기다리는 의사에게 나는 문간에 선 채로 물었다. "이게 얼마나 가죠?"

"닷새에서 여드레 정도요."

"남편과 저는요? 우리도 옮을까요?"

"그럴지도요. 그럴지도 모릅니다, 부인!" 닥터 북먼은 플라스틱 아이스박스에 끼어 있곤 하는 무언가로 뒤덮여 있는 모자를 추켜올리고는 술꾼 스웨덴인 스벤이 운전하는 엘리베이터로 사라졌다.

6시 47분에 내가 충동적으로 요리했지만 아이들은 거의 맛도 보지 않은 '보양식'을 접시에서 긁어내(구운 양고기와 감자) 부엌 쓰레기통에 버리고 있는데 조녀선에게서 전화가 왔다.

조녀선이 말했다. "정말 미안해, 틴. 정신없는 하루였어. 미스 브레커가 당신이 무척 속상해하는 것 같다고 말했지만 정말로 여태 짬을 못 냈어. 지금도 이미 약속 자리에 늦었는걸. 오크 바에서 마크스 사장님이랑 의뢰인을 만나기로 했는데 15분 늦었어. 리즈는 어때? 닥터 밀러가 뭐래?"

"닥터 북먼이 왔다 갔는데 괜찮을 거래. 뉴욕 전체에 퍼졌대. 어떤 애들은 열이 40도까지 올랐는데, 그래도 걱정할 일이 아니래."

오랫동안 침묵이 윙윙 울렸다. "리즈가 열이 40도까지 올랐어?"

"39도. 하지만 이제 많이 내렸어."

"휴, 순간 가슴이 철렁했지 뭐야. 정말로 종일 걱정했어. 나아졌다는 말을 들으니 한숨 놓이네… 당신은? 당신은 어때?"

"괜찮아."

"좋아. 다행이야. 당신이 씩씩하게 해낼 거라 믿었어… 나 이제 가봐야 해. 기다리지 마. 많이 늦을 거야."

이제 11시 12분이다. 아이들은 둘 다 아스피린과 콤파진(구토 억제제)에 취해 8시부터 잠들어 있다. 실비가 9시에 한 번 일어나 찬 음료를 부탁했지만 그거 말고는 지난 세 시간 동안 완전히 평화로웠다. 나는 서재에 있는 조녀선의 책상에 앉아서 이걸 쓰고 담배를 피우고 제로 칼로리 진저에일을 마셨다. 메시지를 써서 병에 넣고 바다로 던지는 사람의 심정이다. 도와줘요! 도와줘요! 도와줘요! 종이에 이렇게 쓰여 있을 것이다. 물론 그 요청에 답이 오리라 기대진 않는다. 우리 모두 '그것'에 걸릴 것이다. 확실하다. 난파당한 배처럼 아수라장일 것이 분명한 2주가 기다리고 있다.

제대로 맞췄다. 정확히 2주 걸렸다.

자기가 예지력이 있다고 주장하는 것이야말로 망상성 조현병의 가장 확실한 증상 중 하나라는 말을 어디선가 들은 적이 있다. 그 말은 결국 내가 무엇임을 뜻할까. 2주 만에 리즈와 실비와 나 모두 앓아누웠고, 로티는 피한 것 같지만 몇 시간 전부터 조녀선의 조짐이 심상치 않다. 하여튼 간에 닥터 북먼이 지혜롭게 말했듯이 걸릴 운명이라면 걸릴 것이다. 당연히 나는 가장 심하게 앓았는데, 리즈는 어느 정도 회복하여 학교로 돌아간 후였지만 실비는 집에서 병치레 중이었다. 나는 3킬로그램 넘게 빠졌고, 여전히 힘이 없고 만신창이다.

괴로운 그 시간을 나는 프루스트를 재발견함으로써 버틸 수 있었다. 그날 오후에 나는 지루해서 죽겠지만 책을 읽기에는 너무 힘이 없고 어지러운 상태로 침대에 널브러져 있었다. 아플 때 늘 그러하듯이 정신이 몽롱한 채로 의식이 가물거리는 중에 문득 내가 설리번 스트리트에 살던 시절에 잠시 만난 기묘한 아일랜드인 시인이 떠올랐다. 우리의 연애는 아주 짧았다. 나는 잠자리를 거부했고 그는 시간을 낭비할 생각이 없었기 때문이었다. 어쨌든 그가 한창

작업을 걸 당시에 내가 지독한 감기에 걸려 앓아누웠는데, 그가 내 기운을 북돋아주겠다며 병문안을 와도 되냐고 물었다. 내가 침대에 누워 있다는 사실과 더불어 룸메이트 티비가 일하러 나가고 없다는 사실이 이처럼 친절한 제안을 끌어냈음에는 의심의 여지가 없기에 나는 몸이 너무 안 좋다고 예의 바르게 사양했다. "내가 가면 의사 열 명 보는 것보다 효과가 좋을 텐데, 자기." 그가 말했다. "하지만 당신이 시간을 내주지 않으니까 내가 가는 대신 조언을 해줄게. 따끈한 핫 토디를 한 잔 만들고 그걸 마시면서 프루스트를 읽어. 아플 때는 프루스트밖에 없어." 당시에는 그의 조언을 무시했지만, 일주일 전 음울하고 싸늘한 오후에 그 시인을 기억하며(이제 와서 돌이켜보니 매우 흥미로운 사람이었던) 나는 침대에서 일어나 비틀거리며 조녀선의 서재로 갔다. 서재에서는 로티가 조녀선의 지시대로 레몬 오일로 책상에 윤을 내고 있었다. 왜 자기를 부르지 않고 일어났냐고 걱정하는 로티 옆에서 나는 프루스트의 『잃어버린 시간을 찾아서』 1권을 집어 비틀비틀 침대로 돌아갔다. 그리고 핫 토디를 홀짝였다. 세상에, 정말로 효과가 있다. 내가 걸린 '그것'을 건드리지도 못한 항생제 대신 나를 구했다. 나의 근사한 미친 시인. 근사한 프루스트. 근사한 스완. 근사한 오데트.

하여튼 간에 산사나무, 카틀레야 난초, 교회 첨탑, 발베크 호텔 등이 모든 사랑스러운 것들을 접어두고 나는 이틀 전에 일어났고, 오늘에야 다시 일상으로 돌아왔다. 우선순위는 치과였다. 화요일 밤에 임시 필링이 결국 빠졌는데, 그것이 빠진 자리는 온도에 엄청나게 민감해서 너무나도 아팠다. 하루 동안 끔찍한 고통을 겪은 나는 이날 오후에 진료 예약을 잡았다. 1시에 화장실에서 다리를 면도하고 있는데 로티가 닫혀 있는 문 앞에서 말했다. "볼저 부인, 전화 받으실 수 있으세요? 어떤 남자분이 통화하길 원하네요."

누군지 직감했다. 한쪽 다리를 반만 끝낸 상태였지만 나는 로티에게 바로 전화를 받겠다고 말했고, 로티가 부엌으로 돌아가는 발소리가 들리자마자 화장실에서 나와 젖은 발이 양탄자에 자국을 남기지 않게 외발로 깡충깡충 뛰어 안방의 전화기로 갔다. "여보세요." 뛰느라 숨이 가쁜 거라고 스스로에게 말했다.

"여보세요." 내가 예상한 목소리가 들려왔다. 전화 변태는 뇌리에 스치지도 않았다.

"잠시만요. 실례해요." 나는 말하고, 한 손으로 전화기를 막고 외쳤다. "전화 받았어요, 로티. 이제 끊어도 돼요." 리놀륨 바닥에 묵직한 발소리가 울리고 수화기를 내려놓는 소리가 들렸다.

전화기 너머에서 그가 웃음을 터뜨렸다. "정말 끊은 거 같아요?"

"네." 나는 말했고, 갑자기 양탄자에 자국이 난들 어떠냐 생각이 들어 젖은 발을 내려놓고 다른 발로 침실 문을 차서 닫았다.

"세상에, 피해망상이 보통이 아니네요."

"그건 이미 기정사실화된 거로 알고 있는데요." 나는 말하고, 과연 그가 언젠가는 본론으로 들어갈지 궁금해했다.

그는 곧바로 본론으로 들어갔다. "그래서, 어떻게 지냅니까? 내 추잡한 행동에서 받은 충격에서 헤어났어요? 회복할 시간을 많이 줬잖아요. 3주나 됐어요."

"난 괜찮아요." 내가 새침하게 말했다.

"좋아요. 그렇다고 하죠. 그럼 단도직입적으로 말할게요. 언제 만날 수 있어요? 오늘 오후는 어때요? 당신에게 전화할지 말지 3주나 망설였는데 막상 하고 나니까 바로 만나고 싶네요. 난 원래 이런 식이에요."

나는 그의 방식을 감당할 수 없었다. 시간을 끌며 생각을 가다듬으려고 애썼다. "이전에 한 번 전화하지 않았어요? 2주 전쯤에? 전화해서… 장난치지 않았어요?"

"장난? 장난이라니, 그게 무슨 뜻이죠? 이상한 소리를 주절대지 않았냐고요? 전화기에 대고 자위하면서?"

나는 정답이라는 뜻의 소리를 냈다.

"내가 그런 사람으로 보입니까?"

그렇게 보이지 않았으며 그런 사람이 아니란 걸 알았다. 다만 나는 시간을 끌려는 것이었다.

"당신 매력에 홀딱 반해 정신이 나간 웬 딱한 양반인가 보지… 그래서, 내가 한 말은 어떻게 생각해요? 언제 만날 수 있어요?"

아, 어쩜담. 나는 생각하며 계속해서 시간을 끌었다. "만난다는 게 무슨 뜻이에요? 술이나 점심을 같이 하잔 뜻인가요?"

그가 폭소를 터뜨렸다. "이런, 자기. 내가 그런 과정을 다 거칠 거라고 기대했어요?"

나는 대꾸하지 않았다. 기분이 너무 묘했는데, 입을 열면 들킬 게 뻔했다. 게다가 내가 그에게 어떤 인상을 주고 싶은지, 무슨 말을 하고 싶은지 종잡을 수 없었다. 3주 만에 이야기하는 것이었다. 의식적으로 그를 생각한 건 딱 한 번이었다. 하지만 전화를 받을 때의 기분으로 미루어 부지불식간에 줄곧 그를 생각해온 것이 분명했다.

"여기로 오면 술을 한 잔 주죠." 그가 무거운 침묵을 깨뜨렸다.

"여기가 어디죠?"

"내 아파트요. 내 집. 맨해튼에서 최고의 허드슨강 전망을 자랑하죠. 우리가 이웃이나 다름없는 거 알아요? 당신 집에서 내 집까지 7블록밖에 떨어져 있지 않아요. 장 보고 집에 가는 길에 들를 수도 있어요."

"나는 전화로 장 봐요."

"나 참. 자기, 그러지 말고 용기를 내서 솔직히 대화하자고요."

"나는 용기 없어요. 나는 뼛속까지 겁쟁이에요. 당신이 이름을 댈수 있는 건 거의 다 무서워해요."

"네, 그럼 하나 대보죠. 나요."

"그게 사실이라면, 무엇이 잘못됐죠?"

"전혀 잘못되지 않았어요. 사실, 엄청 짜릿한데."

바로 저런 말. 심지어 통화하는 중에. 정말 병적이다.

"당장 와요. 오늘 오후에 와요." 한동안 침묵이 흐르고 그가 다시 말했다.

나는 마침내 결심하고 말했다. "오늘 오후에는 치과 예약이 있어요. 한 시간 후에."

"그럼 내일 와요. 아니, 내일은 토요일이지. 월요일에 와요."

"월요일에는 시내에 나가서 크리스마스카드를 사기로 조녀선에게 약속했어요."

내 귀가 의심스러울 정도로 무례한 소리가 들렸다. "마음이 바뀌면, 내 연락처는 전화번호부에 등재되어 있어요. 하지만 나한테 전화할 때는 그런 같잖은 것들은 집에 두고 오는 편이 좋을 거요." 그리고 그는 전화를 거칠게 끊었다.

나는 휘청이며 화장실로 돌아가 다리를 마저 면도했다. 그러다

심하게 피부를 베어서 반창고를 붙여야 했다. 나일론 스타킹 아래로 비치는 반창고는 참으로 보기 좋았다. 항불안제는 오래전에 떨어졌는데 아무런 대비 없이 치과에 갈 용기는 나지 않았으므로 집을 나서기 전에 보드카를 조금 따라 마셨다. 실수였다. 알코올이 뒤집어진 속을 마구 가격했을 뿐 아니라 치과의사 골리는 역시나 놓치지 않고 냄새를 맡았다. "허 참, 베티나." 골리가 언제나처럼 얼굴을 빛내며 내 목에 비닐 커버를 둘렀다. "임시 필링이 한 달이나 가다니, 기록을 세웠군요."

"3주 조금 넘었어요." 나는 그의 말을 정정하고 치료 기구를 준비하는 모습을 불안한 심정으로 지켜보았다. "그리고 이제껏 아팠어요." 이 말을 마치기가 무섭게 그는 내 입을 열고 깊게 한번 숨을 들이쉬는 것으로 치료를 시작했다. '무향인걸.' 나는 보드카가 배 속을 태우는 느낌을 무시하고 나 자신을 달랬다. '냄새 안 날 거야.' 그렇지만 자꾸만 킁킁거리는 걸 보니 골리는 냄새를 맡은 게 분명했다. 어쨌든 배 속의 통증과 창피함에도 불구하고 보드카를 마시길 잘했다. 골리가 새 인레이를 맞추기 위해 치아를 본뜨기할 때까지 제법 차분히 있었으니까. 그다음에 내 입은 벌어진 채로 고정되었고, 솜, 왁스, 침 빨아내는 튜브 따위로 꽉 채워졌다. 목구멍이 막히는 것을 느끼며 나는 죽음을 각오했다. 내가 껙껙거리는 소리가 안 들리는 것처럼 골리와 간호사가 치료를 이어나가는 동안 나는 목구멍이 완전히 닫히기를 기다렸고, 혼미한 상태에서 상상했다. 골리가 손에 들고 있는 구부러진 기구로 기관절개술을 시행하다 실수로 목정맥을 잘라 피가 분수처럼 뿜어져 나오고 치과의 흰색과 금색이 섞인 플라스틱 테라초 바닥에 온통 튀고…

여전히 살아 있으며 새 임시 필링을 채운 채로 나는 의자에서 내려와 2주 후로 예약을 잡고 집으로 내뺐다. 윌러드네가 성대한 파티를 열기로 한 날이었다. 오래전에 우리를 초대했지만, 나는 몸이 아직도 안 좋아 도저히 못 가겠다고 조너선에게 말해놓았었다. 당연히 조너선은 혼자라도 가기로 했으므로 나는 다행스러운 기분으로 저녁에 집에서 조용한 시간을 보내리라 기대하고 있었다. 나는 방에서 조슬린네 아이들과 놀고 있는 딸들에게 인사하고 폴리를 산책시켰다. 돌아와서는 로티를 집에 보내고 로티가 해놓은 팟로스트에 곁들여 먹을 필라프를 즐겁게 요리하기 시작했다. 보드카가 바이러스의 마지막 잔여물까지 태워버렸는지, 식욕이 왕성했다.

외투를 입은 채로 조너선이 부엌에 들어왔다. "입맞춤은 하지 않는 게 좋겠어." 그가 쉰 목소리로 말했다. "당신이랑 애들이 걸린 그 망할 것에 나도 걸린 것 같아."

나는 보글보글 끓고 있는 필라프에 뚜껑을 올리고 불을 줄인 다음에 명랑하게 말했다. "우리한테 옮을 거였으면 진작에 걸렸을 거야. 왜 같은 병이라고 생각해?"

"왜 그렇게 생각하냐면," 조너선이 화를 버럭 냈다. "목이 아프고 온몸의 관절이 쑤시고, 뭔지는 몰라도 당신이 만들고 있는 그것 냄새만 맡아도 토할 거 같으니까."

"그냥 감기 초기일지도 몰라." 나는 순순히 당하지 않겠노라 작정하고 말했다. "무엇이든지 간에, 아스피린 먹고 쉬면 나을 거야."

"윌러드네 파티에 안 가고?"

윌러드네 파티에 안 가고. "음, 그건 당신이 알아서 할 문제지."

사실이 그랬으므로 조너선은 한 시간 쉬고 끔찍한 몰골로 일어나서 완벽하게 치장하고 윌러드네 파티에 갔다. 이제 10시 반이다. 고된 날이라고 부르기에 부족함이 없는 하루에 기진한 나는 목욕하고 침대에 누워 프루스트를 읽을 생각이다. 어찌나 술술 읽히는지 벌써 2권에 들어섰다. 알베르틴과 함께.

조녀선이 아파서 집에서 쉰 지 나흘째 되는 날. 새벽 2시 15분에 월러드네 파티에서 돌아온 조녀선은 하루를 더 버텼으나 일요일에 꼼짝 못 하고 드러누웠다. 그리고 그는 지난 사흘간 집에 있었는데 이만큼 시간이 흐르자 나는 너무도 초조하고 절박해져서 조녀선이 집에 있는데도 위험을 무릅쓰고 이걸 쓰고 있다. 사실, 위험할 건 별로 없다. 지금은 2시 8분. 아이들은 학교에 있고 조녀선은 자고 있으며 로티는 부엌에 있다. 나는 서재 책상에 앉아 있는데, 책상에 쌓아둔 조그만 상자들이 이 공책을 가려준다. 상자들에는 파티 초대장이 들어 있어서, 문밖에서 보면 내가 부지런히 초대장을 쓰고 있는 것처럼 보일 터이다. 실제로 지난 한 시간 반 동안 초대장을 작성했다. 우리가 12월 16일에 열기로 한 듯한 성대한 파티의 초대장이다. 내가 앓고 있을 때 조녀선은 파티 날짜를 공개했다. 한 달 전에 보몽과 그의 팀을 예약했다고, 하지만 내가 반대할까봐 당시에는 비밀로 했다고 덤덤히 말했다. 열이 팔팔 끓고 있을 때 그 말을 들었으므로 그때는 신경 쓰지 않았다. 하지만 체온이 정상으로 떨어진 오늘은 매우 신경이 쓰인다. 어쨌든 이것에 대해 생각하고 싶지 않다. 이것 말고도 거슬리는 일이 한둘이 아니니까.

내가 이렇게 짜증이 나 있는 이유는, 병에 걸린 조너선은 도무지 믿기지 않으며 견딜 수 없는 존재이기 때문이다. 병이 뇌세포를 녹이기라도 했는지, 조너선은 고압적이고 걸핏하면 화를 내고 칭얼거리다 울먹이고 원하는 게 끝이 없으며 히스테리에 가까울 정도로 자기 병에 대해 걱정하며 자기 연민에 푹 빠져서 유치하게 행동한다. 이것도 모자라서 자신의 아픈 모습에 비뚤어진 쾌감을 얻는지, 머리에 빗질도 안 하고 면도를 안 해 수염이 덥수룩한 얼굴에 충혈된 눈으로 허공을 노려보며 마냥 누워 있다. 딱 봐도 불쌍하게 보이려는 수작인데, 그 꼴을 보면 외려 나는 화가 난다. 그중 제일 거슬리는 것은 나와 로티를 부리는 그의 태도다. 절대로 부탁하지 않는다. "티나, 아스피린 좀 줄래?" 혹은 "로티, 파인애플 주스 좀 부탁해요."라고 말하는 법이 없다. "티나, 감기 약 가져와." "로티, 잔에 얼음 꽉 채워서 진저에일 가져와요. 얼음 조각이 아니라 잘게 부순 얼음이어야 해요. 홀랜드 러스크 과자랑 같이." 우리는 종일 부엌 안팎으로 쟁반을 나르고 있다. 평범한 차와 토스트도 아니다. 차를 마실 때는 메이저 그레이나 램상 수홍처럼 고급 차에 고프레트나 코니시 진저브레드 비스킷을 곁들여야 한다. 4분 익힌 달걀과 카르스 위트밀 비스킷, 혹은 박스터의 스코치 브로스나 벤트의 콜드 워터 크래커, 마드릴렌과 프랑스산 비스코티여야 한다. 침실에 수프와 귤과 빅스 바포럽 감기 크림 냄새가 진동한다.(브루클라인에서 보낸 유년 시절의 추억인 듯싶다) 지금 바로 이 순간 침대와 바닥에는 크래커 부스러기가 널려 있는데, 조너선은 병세가 도진 것 같다며 로티가 진공청소기를 돌리지도 못하게 한다.

병이 '도지기' 전에는, 상태가 호전되고 있었을 때는 잠자거나 순교자 행세하며 퍼질러 누워 있는 대신에 시중에 나온 신문이라는 신문은 죄다 읽었다. 신문을 읽고 나면 바닥에 철퍼덕 떨어뜨려서, 하루가 끝날 즈음에는 침대가 종이의 바다 위에 떠 있는 것처럼 보일 정도였다. 〈플레이보이〉, 〈에스콰이어〉, 〈홀리데이〉, 〈매드 매거진〉, 〈인콰이어러〉, ≪데일리뉴스≫, ≪가디언≫. 신문이나 잡지를 읽고 있지 않을 때는 회사 사람들이나 주식 중개인이나 게이로드의 연극 관계자—내게 말하지는 않았지만 이 연극에 투자하기로 한 듯하다—와 통화했다. 맥스 사이먼과 통화하는 건 이제 포기한 듯싶지만, 처음 며칠 동안은 수시로 전화했다. 닥터 밀러가 그랬고 닥터 북먼이 그랬듯이 닥터 사이먼은 자기가 굳이 올 이유가 없다고 했다. 조너선이 증상을 주저리주저리 설명하자 사이먼은 "이것이 뉴욕 전체에 퍼져 있다."라며, 몸을 따뜻하게 하고 물을 충분히 섭취하고 푹 쉬라고 일렀다. "망할 놈, 빌어먹을 자식." 조너선은 전화를 끊고 중얼거렸지만 서너 시간 뒤에 체온계를 입에 넣고 거의 39도라는 것을 보자 바로 또 그 망할 놈에게 전화했다.

나는 어제 두 번이나 서재에서 전화번호부를 들척여 조지 프레이거의 번호를 찾아보았다. 두 번째 찾아보았을 때도 전화번호부에 여전히 등재되어 있었다. 전화하면 안 돼, 스스로에게 말했다. 그 남자는 괴물이야. 화염에 휩싸인 프라이팬이라고. 내가 정말로 미쳤다는 증거가 필요해? 그리고 대체 어떤 여자가 남편이 아파서 성질을 부린다는 이유로 딴 남자랑 침대에 뛰어들어?

이것이 어제 일이다. 오늘 아침 11시 30분에 나는 요리책을 무릎 위에 펼쳐놓고 거실에 앉아서 기발한 칠면조 스터핑 조리법을 찾고 있었다. 추수감사절이 일주일밖에 남지 않았으니 준비를 시작하는 편이 좋겠다고 생각한 것이다. 돌연 조녀선이 양로원을 탈출한 사람의 행색으로 비틀비틀 나타났다. 머리는 산발이었고 실내 가운을 걸치거나 슬리퍼를 신지도 않았다.

"일어났어?" 나는 밝게 물었다. "오늘은 일어나서 돌아다닐 정도로 힘이 나는 거 같아?"

"말도 안 되는 소리. 정말 끔찍해. 아주 중요한 게 갑자기 기억나서 당신이 뭐 하나 보러 왔어. 뭐 해? 뭘 읽고 있는 거야?"

"요리책. 필요한 게 있어? 내가 해줄 거나?"

"바로 그거야. 아파서 파티 초대장에 대해 완전히 잊고 있었어. 즉시 보내야 해."

나는 잣과 말린 자두가 들어가는 요상한 스터핑 조리법 페이지를 덮었다. "뭐가 급하다는 건지 모르겠네. 아직 한 달이나 남았잖아."

"연말에 파티를 여는데 한 달은 충분히 미리 알려주는 게 아냐. 대부분 사람들이 두 달, 심지어 세 달 전부터 연말 계획을 세우는 거 몰라?"

"그것에 대해 별로 생각해본 적이 없어."

"글쎄, 내 말이 사실이야. 다들 벌써 약속이 있지 않으면 운이 좋다고 할 수 있겠지. 복도 옷장 선반에 초대장이랑 손님 목록이 있어. 내가 원하던 초대장은 아냐. 바르 부부가 늘 사용하는, 글자가 새겨진 종류는 다 나갔더라고. 하지만 뎀시랑 캐럴이 내가 산 것도 고급스럽다고 했어. 바로 해줄 수 있어, 틴? 내가 아프지 않으면 같이 하고 싶은데, 몸에 기운이 없어서 서 있기도 힘들어. 딴 거 할 일 없잖아, 맞지? 그러니까, 지금 당신은 거기 앉아서 요리책이나 읽고 있잖아. 요리책은 왜 읽고 있는지 물어봐도 될까?"

"새로운 칠면조 스터핑 조리법을 찾고 있었어."

"칠면조?"

"추수감사절 때문에."

"추수감사절, 아, 세상에. 그게 언제지?"

"내일로부터 일주일 뒤야."

"맙소사, 벌써 그렇게 됐나! 빌어먹을 병 때문에 시간 감각을 잃어버렸어. 이런, 들어봐, 틴. 오늘은 딴 일 다 제쳐두고 초대장 좀 발송해줄래?"

"초대장 쓰고 주소 적는 건 할 수 있는데, 내일 보내야 할 거야. 집에 우표가 떨어졌어."

"우체국은 고작 4블록 앞에 있잖아. 5시나 5시 30분까지 열고!"

"맞아." 나는 요리책을 치웠다. "당신 말이 과연 사실이야."

"미안해, 틴. 지금 신경이 너무 예민해져 있어. 조리법 찾고 있는데 방해한 것도 미안해. 새 스터핑을 시도해보면 좋을 거 같아. 아니, 올해는 추수감사절 만찬을 색다르게 차려봐도 좋겠다. 당신이 지금껏 차린 음식들이 별로였다는 말이 아냐. 늘 멋졌지만 새로운 시도를 해봐도 재밌겠지. 좀더 고급스러운 메뉴를 넣어봐. 너무 전통적인 음식들 말고, 무슨 말인지 알지?"

무슨 말인지 알았다. "잠깐 거실에 있어줄래? 로티한테 당신 침대 커버 교체하고 방을 치운 다음에 환기 좀 시켜달라고 하게."

"미안하지만 당장 누워야겠어. 새끼고양이처럼 힘이 없어. 게다가 반드시 쉬어야 해. 무슨 일이 있어도 금요일엔 출근해야 하니까." 조너선이 침실로 들어가려다 말고 돌아섰다. "집에 레몬 있어?"

"있을걸. 왜?"

"목이 타는데 레모네이드를 커다란 잔에 가득 마시고 싶어."

"냉동실에 얼려놓은 레모네이드 캔 하나 있어. 로티한테 준비해 달라고 해."

"가능하면 신선하게 짜낸 레모네이드를 마시고 싶어. 부엌까지 갈 힘도 없고. 로티한테 옛날식으로 수제 레모네이드를 만들라고 해. 부순 얼음이랑 레몬 조각 가득히 새콤하게. 그레나딘도 조금 뿌리고."

아침 식사 접시를 설거지하고 있는 로티에게 당장 레몬을 짜고 얼음을 행주로 싸서 망치로 부수라고 할 수는 없었기 때문에 내가 직접 만들었다. 조너선에게 가져다주며 곧 비가 오거나 눈이 내릴 것 같으니 초대장을 쓰기 전에 우표를 사러 우체국에 다녀오겠다고, 내가 외출한 사이에 필요한 게 있으면 로티한테 말하라고 했다. 그리고 코트를 입고 서재의 벽장에서 전화번호부를 꺼냈다. 조지 프레이거의 번호를 종이에 받아 적어 낙타 모피 코트 주머니에 지갑이랑 같이 넣고 집을 나섰다.

차디찬 바람이 휘몰아치는 잿빛 하루였다. 우체국까지 네 블록 중에서 세 블록을 걸어간 뒤에 공중전화부스에 들어갔다. 웨스트사이드의 모든 노숙자가 소변대로 사용한 듯한 냄새가 났다. 지린내가 어찌나 지독했는지 번호를 누르는 동안 코를 막고 있어야 했다.

"네!" 발신음이 네 번 울렸을 때 조지 프레이거가 수화기 너머에서 신경질적으로 외쳤다.

"일하고 있었어요?" 나는 코를 놓았다. 단지 코를 막고 있어서 숨이 찬 건 아니었다.

"일하고 있었으면 전화를 받았겠습니까? 당신이군요."

그래, 나였다. "맞아요."

"어때요? 한잔할래요?"

"그럼 좋을 거 같았어요."

"조건부예요?"

"한잔하고 싶어요."

"훨씬 낫군. 내일모레가 좋겠어요. 내일은 어려워요. 금요일. 그러니까 내일모레요. 3시?"

"좋아요." 조녀선이 금요일에는 무슨 일이 있어도 출근한다고 말한 것을 기억하고 나는 말했다.

"그때 가서 마음 변하지 않을 거죠? 겁먹고 안 오거나?"

"안 그럴 거예요."

"좋아요." 그리고 그는 전화를 끊었다.

나는 우체국에 다녀와서 조녀선의 점심을 차리고 여기 와서 지난 한 시간 반 동안 초대장을 작성했다. 타이밍이 기가 막혔다. 조녀선이 이제 일어나서 부르고 있다. "티나? 티이나?" 클리프턴 웹처럼 까칠한 목소리로. 공책을 금고에 안전히 넣을 수 있을 때까지는 미술을 전공하던 시기에 산 스키라 출판사의 루벤스 책 속에 감춰둘 것이다. 그 책은 지금 왼쪽 책장에 꽂혀 있다. 조녀선이 다시 출근하기 전에 발견하는 일은 없을 것이다. 오래전에 조녀선은 루벤스 그림을 못 봐주겠다고, 형편없는 화가이며 천박한 사람 같다고 선언했다. 그 말은 사실이다. 형편없는 화가는 아니지만 천박했다. 과연 그랬다. 귀여운 사람.

"난 짐승이야." 그가 천장에 대고 말했다.

나는 침묵했다.

"당신, 당신도 짐승이야."

우리는 광고 속의 고양이처럼 이불을 코까지 바짝 끌어올린 채로 누워 있었다. 그래서 짐승이라는 건가?

그가 한숨을 내쉬며 꼼지락거리고는 이불 아래에서 나를 토닥였다. "자기, 끝내주던데. 원래 그렇게 잘해?"

"아니."

그는 웃음을 터뜨리고 일어났다. "칭찬하는 보람이 없네. 안에 가서 마실 것 좀 가져올게."

'안'이라 함은 거실인데, 어마어마하게 크기만 하고 가구는 거의 없으며 커튼을 달지 않은 커다란 창문 밖으로 허드슨강과 팰리세이즈 절벽의 풍광이 펼쳐져 있다. 눈을 예고하는 강과 하늘의 색을 띤 빛이 창문을 통해 쏟아져 들어와 거실이 실제보다 더 춥고 썰렁하게 느껴진다.

한 시간 전에 도착했을 때는 햇빛이 강해서 눈을 뜨기가 힘들었다. 그는 창백한 얼굴에 심각한 표정을 띠고 내 코트를 받았고, 그가 코트를 문 안쪽의 옷장에 거는 사이에 나는 눈이 멀 것처럼 강렬한 흰빛에 눈살을 찌푸리고 곧장 창문으로 걸어갔다. "장관이네요!"

뒤에서 옷장 문이 닫히고 그의 웃음소리가 들려왔다.

"바버라 벨 게디스도 당신만큼 멋지게 입장하진 못했을 거요. 뭐 마실래요?"

"보드카 토닉." 나는 창문에 대고 말했다. 입김이 유리창에 둥그런 구름을 만들었다. 나는 이런 생각을 하는 중이었다. '조녀선이 나보다 먼저 집에 오면 술 냄새를 못 맡을 거야. 치과의사처럼 내 입속에 들어오진 않을 테니까… 어쨌든 내가 막을 수 있다면 말이지.'

그가 부엌에서 부스럭거리며 술을 준비하는 동안에 나는 심호흡을 몇 번 해서 가슴을 진정시키고 슬며시 집을 휙 둘러보았다. 오른쪽 벽에 길쭉하고 푹신해 보이는 검은 소파가 있고, 그 앞에 양쪽으로 캔버스 의자를 하나씩 둔 대리석 커피 테이블이 있었다. 바닥에는 낡았지만 얼룩 하나 없는 하얀 면 양탄자가 깔려 있었다. 벽에 그림 한 점 걸려 있지 않고 거실 전체를 통틀어 장식 하나 없었다. 그 외 가구라고는 창가의 카드 테이블과 의자가 전부였다. 간소한 정도가 아니라 금욕적이라고까지 할 수 있었고, 청소에 집착하는 것처럼 깨끗하고 단정했다. 그의 발소리가 들리자 나는 황량한 풍경에서 재빨리 돌아섰다.

그는 술을 창가로 가져왔고, 술잔을 건네준 다음에 자기 술을 홀짝이며 잿빛 펠리세이즈 절벽을 내다보는 나를 지켜보았다. "그새 더 말랐군요. 아니, 아파 보이는걸."

"지난번에 본 이후로 여태 앓았어요. 가족 전체가요… 이 테이블에서 일해요?"

땅이 꺼져라 내쉰 큰 한숨 소리에 마침내 나는 고개를 돌려 그를 보았다. 거실과 마찬가지로 그는 너무도 말끔하고 깨끗했다. 머리를 다듬었고, 멋진 진청색 플란넬 셔츠에 칼선이 잡힌 회색 플란넬 바지를 입었다. 귀 바로 아래 턱선에 면도하다 베인 상처가 새로 나 있었다. 그가 이처럼 치장에 공들였단 사실에 잠깐 나는 당황했다. 나 때문에 이렇게까지?

그렇지만 여전히 그의 눈은 검은 점이 가운데 박혀 있는 희끄무레한 잿빛 바위 같았다. 그는 무표정한 눈으로 나를 바라보기만 할 뿐, 테이블에 대한 질문에 대구하지 않았다.

"여기서 일하면 멋진 경관에 영감을 받을 수 있을 거 같아요." 나는 초조한 심정으로 말했다. "새 극본을 집필 중이에요?"

그가 지루해하며 다시 한숨을 지었다. "난 일에 대해 절대 이야기하지 않아요. 절대. 그러니까 일 얘기는 꺼내지 않기로 해요. 여기 와서 앉을 거요, 아니면 오후 내내 창문에 붙어 있을 거요?"

"부탁이니까 그러지 마요."

"그러다니?"

"못되게 굴지 말라고요."

그가 싱긋 웃었다. "원래 그런 사람인 걸 어쩌나. 당신이야말로 그러지 마요."

"나요? 내가 뭘요?"

"예민하게 굴지 말라고요."

"예민하게 구는 게 아니에요. 당신을 보면… 열 받아요."

"정확한 표현은 아닌 것 같군요." 그는 나직이 웃고 소파 한쪽 끝에 앉았다. 더는 스스로를 우스꽝스럽게 만들고 싶지 않았던 나는

209

소파로 걸어가 반대쪽 끝에 앉았다. 1.5미터쯤 거리를 사이하고 앉아서 경계하는 눈빛으로 우리는 상대를 응시했다. "무엇 때문에 생각이 달라졌어요?" 그가 마침내 물었다. "그러니까, 여기 오는 거에 대해서요."

"확실히 모르겠어요."

"점점 더 확실해지고 있지 않아요?"

내가 대꾸하지 않자 그는 희미하게 미소 짓고 눈을 가늘게 뜨고는 빠르게 오르락내리락하는 내 가슴을 지켜보았다.

"흥미진진하죠… 그렇지 않아요?" 드디어 그가 지금까지와는 딴판인, 깊은 목소리로 말했다.

"정확한 표현은 아닌 것 같군요."

내가 장단을 맞추기 시작하자 그가 안심하며 웃음을 터뜨렸다. 그는 일어나서 창턱에 있는 담배 한 갑을 가져왔고, 두 개비에 불을 붙인 다음에 커피 테이블을 돌아 소파에서 내가 앉아 있는 쪽으로 천천히 걸어왔다. 잠시 앞에 서서 나를 내려다보고 있는 그는 실제보다 훨씬 커 보였다. 이내 그는 가까이 다가와 다소곳이 오므리고 있는 내 무릎을 자기 다리 사이에 끼웠다. 딱딱한 근육질의 강한 다리가 나를 꽉 조였다. 다음 순간 그는 갑작스레 다리에 힘을 풀더니, 허리를 구부려 내 입에 담배를 물려주고 손을 움직여 뺨을 살며시 쥐었다. 전혀 예상하지 못한, 부드럽고 거의 다정하기까지 한 몸짓이었다. 뜨겁게 달아오른 얼굴에 차갑게 와닿은 손바닥은 그가 실제로 지금 얼마나 긴장했는지 확연히 드러냈고, 나는 잠시 숨도 쉴 수 없었다. 그도 나와 마찬가지로 호흡이 곤란한지, 갑작스레 밭은 숨을 들이쉬고는 내 얼굴을 놓고 소파의 반대쪽으로 휙 가버렸다.

그는 소파에 앉아 등받이에 기대며 다리를 쭉 뻗고는 내 쪽으로 눈길을 주지 않고 몇 분간 담배만 뻑뻑 피워댔다.

"연극 말고, 나에 대해 뭐라도 아는 게 있어요?" 끝내 그가 물었다.

"충분히 알아요."

"사람들이 하는 말은 다 사실이에요. 약을 한다는 소문만 빼고. 한동안 하긴 했지만 중독될 정도로 오래 하진 않았어요."

"이게 소위 '경고'라는 것이군요. 나를 성급히 판단했다고 말하고 싶네요. 난 알아서 앞가림할 수 있어요."

고개를 뒤로 젖히고 기대앉은 그는 피곤하다는 듯이 눈을 감았다. "나랑 있을 때는 도도한 척하는 것 그만둬요. 토 나오니까. 남편이랑 멋진 친구들 앞에서나 해요."

"정력적인 거물 극작가 씨." 나는 잇새로 내뱉었다. "다만 당신은 너무 노력해요. 너무 뻔하다고요. 싱클레어 루이스가 헤밍웨이의 가슴털에 대해서 한 말이 생각나네요."

그가 눈을 뜨고 천장에 대고 말했다. "나 참, 또 저러는군!"

나는 소파에서 일어났다. "안 되겠어요. 갈래요."

"아, 앉아서 진정 좀 해요!" 그가 소리쳤다.

"진정할 수 없어요. 당신 때문에 너무 화가 나요."

"당신은 화난 게 아니에요. 겁이 나 죽을 지경이지!" 그가 눈에 힘을 풀더니 미소를 짓고 조용히 덧붙였다. "젠장, 나도 마찬가지군. 나도 마찬가지예요."

나는 우두커니 서서 그를 내려다보았다. 몹시 창백한 얼굴이 딱딱하게 굳어 있었고, 눈은 팽창된 동공으로 꽉 차 검게 보였다. 그렇게 시간 가는 줄 모르고 서로를 보면서 눈꺼풀 하나 움직이지 않왔다. 잠시 후 그가 일어나서 부드럽게 말했다. "이리 와요, 자기. 와요, 와."

나는 그렇게 했다. 아, 그랬다. 결국에 우리의 도착지가 된 침실로 돌아오는 그의 알몸을 빤히 보고 있자니 닭살이 돋았다. 오랜 세월 분홍빛 금색 털로 보송보송 덮인 조녀선의 길고 늘씬한 팔다리를 봐온 나로서는 남자의 몸을 마치 처음 보는 것 같았다. 조밀하고 강력하고 납작하게 근육질인, 털이 거의 없고 충격적으로 하얀 그 몸을 보고 전율을 느꼈는데, 단순히 쾌감이나 그 몸이 할 수 있는 일에 대한 기억 때문만은 아니었다.

그는 내게 술잔을 건네주고 침대로 올라와, 베개를 세우고 두드려 받침으로 만들고 기대앉았다. "자, 이제 이야기해보자고. 이게 대체 무슨 일이지?"

"무슨 뜻이야?"

"그러니까, 이제 어떡하냐고? 한두 번 같이 자기에 괜찮겠다고만 생각했는데, 이거 큰일 날지도 모르겠는걸."

"그럴 일은 없어. 그렇게 되도록 내버려두지 않을 거야." 나는 그가 앉은 쪽의 탁자에 놓아달라고 내 술잔을 건네주었다. "당신과 엮일 생각 없어."

"엮인다고." 그가 웃음을 터뜨렸다. "설마. 내가 당신처럼 머릿속이 뒤죽박죽인 여자랑 엮일 거 같아? 내가 섹스에 욕심이 많긴 하지만 제정신을 잃을 정도는 아냐. 여태 난 꽤 엉망으로 살았어. 2년 전쯤부터 일이 풀리기 시작해서 이제야 팔자 좀 고쳐보려는데 망칠 생각 없다고. 특히나 여자 때문에 망칠 생각은 더더욱 없고. 당신 같은 여자는 꼭 매달리더라. 섹스, 특히 섹스가 좋으면 그게 사랑이라고 착각하니까."

"당신을 사랑하게 될 일은 없어. 절대." 난 이불을 밀쳤다. 방은 매우 작았다. 침대 머리가 벽에 붙어 있고, 검게 옻칠한 중국 궤 같은 서랍장이 반대쪽 벽과 침대 발치에 맞닿아 있었다. 침대에서 내려가려면 그의 몸을 넘어야 했으므로 상당히 도발적인 자세를 취할 수밖에 없을 터인데, 그런 위험을 감수하고 싶지 않았다.

"말싸움하고 싶지 않아." 그는 사근사근히 말하고 나를 보았다. 나는 쭈그리고 앉아서 그를 넘어갈 방법을 궁리하고 있었다. "어라, 뭐 해?"

"당신이 일어나야 내가 침대에서 내려갈 수 있어."

"왜?"

"옷 입고 집에 가려고."

"4시 10분밖에 안 됐어. 방금 왔잖아."

그가 자신의 대단한 말장난에 쿡쿡거리는 동안 나는 에라 모르겠다는 심정으로 그의 몸을 넘기 시작했다. 예상이 적중했다. 그는 술잔을 쥐고 있지 않은 손으로 내가 예상한 부위를 잡았다. "이러지 마, 조지. 봐."

"왜?" 그는 여전히 나를 붙잡고 있었지만 이제는 전혀 다른 손길이었다. 천천히 그는 다른 손의 술잔을 탁자에 내려놓았다.

"아파." 거짓말이었다. 전혀 아프게 잡고 있지 않았다. "지금 너무 화가 나고 속상해서 이가 딱딱 부딪칠 지경이라고."

"화가 나고 속상하다고. 살아 있는 거네, 그렇지?" 그는 술잔에 차가워진 손을 내 왼쪽 가슴에 올리고 천천히, 신중하게 맥박을 쟀다. "아, 그래. 당신은 살아 있어. 생생하게 살아 있다고…"

213

그것이 끝난 뒤에 조지는 천장에 비친 둥근 불빛에 대고 말했다. "와, 이제 어떡하지?"

"이제 난 집에 가야 해." 나는 말하고 재빨리 그를 넘어갔다. 어느새 날이 어두워져 옷을 가지러 추운 거실로 나갔을 때는 불을 켜야 했다. 옷을 다 입고 거울을 보며 얼굴을 점검하고 머리를 매만지고 있는데 여전히 알몸인 조지가 술잔을 들고 거실 문간에 섰다. "앞으로 어떻게 될지는 이거 하나에 달려 있어." 그는 10분 전의 화제로 가뿐히 돌아가 말했다. "섹스만 하는 관계로 지낼 수 있어, 없어?"

사실을 말하자면 난 그때 생각을 할 수 없었다. 아무 생각도. 그래서 한숨을 쉬고 콤팩트를 핸드백에 넣은 다음에 가볍게 어깨를 으쓱하고 코트를 가지러 옷장에 갔다.

"할 수 있어, 없어?"

나는 다시 어깨를 으쓱이려다 마음을 바꾸고 살며시 고개를 저었다.

"그럴 줄 알았지." 조지는 이맛살을 모았다. "당신이 허튼 짓거리를 벌일 건 뻔한데, 그걸 받아줄 자신이 없으니까 한동안은 그냥 지켜보자고."

"그건 또 무슨 뜻이야?" 나는 코트의 단추를 채우며 물었다.

"한동안 만나지 말자는 뜻이야. 일주일 정도. 서로 전화하지 않는 거지. 그렇게 웃지 마. 당신은 전화하고 싶을 거니까. 일주일 뒤에 여기서 같은 시간에 만나기로 하고 그동안 각자 생각할 시간을 갖자. 신중하게. 당신은 우리 관계를 있는 그대로, 순수하게 끝내주는 섹스로만 받아들일 수 있을지 생각해봐. 나는 내가 무엇을 참을 수 있고 없는지를 생각해볼게. 이게 실수였다거나 당신은 내 방식에 맞출 수 없다는 생각이 들면 다시 오지 마. 마찬가지로 나도 이게 실수였다거나 아무리 좋아도 그만한 가치가 없다는 생각이 들면 당신한테 전화해서 오지 말라고 하거나 당신이 왔을 때 여기에 있지 않을게."

참을 수 없었다. 문손잡이에 손을 올린 채로 나는 웃음을 터뜨렸다. 이런 건방은 살다 살다 처음이었다.

"그렇게 웃기지 않아." 그가 화를 내지 않고 말했다. "그럼 약속하는 거야?"

"약속." 나는 말하고 웃으면서 나갔다. 퇴장할 때도 끝까지 바버라 벨 게디스.

집에 오니 5시 5분이었다. 숨이 가빴고 귀와 코는 얼어서 감각이 없었다. 택시를 잡지 못해서 바람이 드센 일곱 블록을 걸었고, 콜럼버스와 웨스트엔드 사이 음침한 골목길은 뛰어서 지나갔다. 문을 열자 흥분한 폴리가 나를 반겼다. 집에 켜져 있는 불이라고는 탁자 위의 램프가 전부였다. 청소제 향과 송아지고기 냄새가 나는 복도에 숨 막히는 정적이 깔려 있었다.

흠칫하여 로티와 아이들, 심지어 조너선까지 불렀지만 대답이 없었다. 폴리가 고개를 갸웃하고 낑낑대기 시작했다. 다들 사라진 걸까? 내가 보낸 오후에 대한 무시무시한 값을 치르는 걸까? 몸이 떨리기 시작했다. 오로지 섹스뿐인 관계에 참으로 적합한 나란 여자는 어둑한 복도에 서서 움찔거리다가 마치 10년 전 일을 회고하는 사람처럼 그날 오후에 내가 짜놓은 정교한 계획을 기억했다. 이런 상황에 경험이 없는 나는 고작 몇 시간 자유롭기 위해서 얼마나 많

215

은 거짓말과 계획이 필요한지 막 깨달았다. 몇 주 만에 처음으로 딸들은 금요일에 친구와 약속이 없었다. 로티는 아이들을 무척 귀여워하고 저녁에 돌보아주긴 하지만 그녀는 베이비시터가 아니다. 아이들을 로티한테 떠맡기고 조지를 만나러 가는 건 양심이 허락하지 않았으므로, 또한 조지를 만나러 가기로 한 결정은 충동적이었으므로 나는 평소와 다르게 무척이나 대담한 일을 저질렀다. 샐리 굿먼 부인에게 전화해서 치과에 진료를 받으러 가야 한다는 핑계를 대고 우리 아이들이 그 집에서 몇 시간 있어도 되냐고 물어본 것이다. 첫인상과 성격이 조화로운 듯한 굿먼 부인은 순순히 허락했다.

나의 모략이 생각나자 식은땀이 났다. 나는 아직도 코트를 입고 있었다. 바로 그 순간 로티는 아이들을 데리러 굿먼네 집에 가 있었으며 조너선은 병상에서 일어나 참석해야 했던 미팅에 있었다. 1분 더 나는 송아지고기와 청소제의 가정적인 냄새가 배어 있는 복도에 서서, 이 모든 것을 더럽히는 감염균이 된 기분에 빠져 있었다. 그러고는 얼른 침실로 가서 씻었다. 씻고 또 씻었다. 티나 맥베스.

화장실에서 나오자 아이들이 들어오고 있었다. 로티를 보낸 뒤에 아이들에게 숙제를 시키고(금요일에 하지 않으면 끝까지 하지 않는다) 부엌으로 갔다. 30분 만에 평소의 나로 돌아왔다.

송아지고기에 육수를 부어가며 익히고 있는데 전화벨이 울렸다. 조너선이었다. "집에서 저녁 못 먹을 거 같아, 틴. 꽤 늦을 거야. 그런데 기분이 영 찝찝하네… 오늘밤에 우리가 하기로 한 게 있나?"

"그레이엄 틸슨네 집에서 밤늦게 파티가 있어. 10시쯤 시작해. 하지만 이틀 전에 전화해서 우리가 아파서 못 간다고 말했어. 바로 그래서 말인데, 조너선, 앓고 일어나서 처음 출근한 건데… 너무 무리하는 거 아냐? 그러다 병이 도져. 몸은 어때?"

"좋든 싫든 무리해야 해. 주주들이 뉴욕에 올 때마다 호디슨은 내가 죽도록 일하길 기대하거든. 게다가 컨디션이 꽤 괜찮아. 걱정해 줘서 고마워, 틴."

나는 자괴감에 눈을 감았다.

"저녁 같이 못 먹는다고 말하려고 아까 전화했는데 아무도 안 받더라. 다들 어디 갔었어?"

마치 수년간 해온 것처럼 나는 천연덕스럽게 말했다. "로티는 친구네 집에 있는 애들 데리러 갔었고, 나는 치과에 있었어." 식은 죽 먹기.

이제 11시 5분인데, 조녀선은 아직 집에 오지 않았다. 다행이다. 오늘 쓴 것과 루벤스 책에 숨겨놓았던 지난 기록을 금고에 넣고 침대로 가서 얼른 불을 꺼야지. 기다리지 않고 먼저 자야 한다. 조녀선이 와서 내가 깨어 있는 걸 보고 이렇게 말하는 건 상상만 해도 끔찍하니까. "틴, 여보. 건초에서 한번 굴러볼까?"

마지막으로 여기에 기록한 지 정확히 1주일이 되었다. 지난 일주일간 아무것도 쓰지 않았다. 그건 내 속마음을 종이에 드러내야 한다는 뜻이니까. 주초에는 머릿속 생각을 떨쳐내려고 애썼다. 베티나 먼비스 볼저, 너는 섹스만 하는 관계를 가질 수 없어. 그 사람한테 전화하지 않을 거야. 다음 주 금요일에 가지도 않을 거야. 다시는 안 가. 그렇게 마음먹은 뒤로는 딴생각할 겨를이 없게 정신없이 바쁘게 지냈다. 할 일이 워낙에 많았기 때문에 어렵지 않았고, 이런 날이 올 줄은 꿈에도 상상 못 했지만 우리 부부의 활발한 사교 활동에 거푸 감사했다. 토요일부터 조너선과 나는 매일같이 외출했다. 박물관 개관식, 파티, 연극, 발레. 오후에는 아이들 옷 쇼핑을 마무리하고 장루이 미용실에 가서 머리를 다듬고 바틀럿 스쿨에서 열린 필그림 페스티벌에 참석하고 추수감사절 만찬에 필요한 재료를 샀다. 프랭크 게이로드네 집에서 파티가 있었는데, 사실상 뮤지컬이라고 밝혀진 새 연극의 후원금을 모으는 자리였다. 나는 가지 않았다. 조너선이 너무 늦게 알려준 덕분이었다. 로티가 필라델피아에 있는 가족과 추수감사절을 보낼 수 있게 수요일을 빼주었는데 다른 베이비시터를 구할 수 없었다. 심지어 프린즈 부인도 없었다. 그래서 조녀선은 자기 자신밖에 탓할 사람이 없었다. 나는 조녀선에게 혼자라도 가라고 권하고 즐거운 마음으로 집에 남아 크랜베리와 금귤을 갈아 만든 소스를 먹었다. 일부러 계획했어도 이렇게 일이 잘 풀리지는 않았을 것이다.

추수감사절이 코앞으로 다가온 덕에 조지를 많이 생각하지 않고 지낼 수 있었다. 추수감사절에 애틋한 감상을 품고 있는 나는 올해는 색다른 메뉴를 원한다고 거듭 강조한 조녀선을 핑계 삼아 과도하게 준비했다.

세상에, 방금 울린 전화벨 소리를 듣고 놀라 심장이 떨어질 뻔했다. 조지가 아니었다. 우리가 열기로 한 파티에 오겠다는 확인 전화였다. 고백하건대, 지난 닷새간 전화벨이 울릴 때마다 가슴이 벌렁거렸다. 한 번도 조지인 적이 없었다. 하지만 아직 아침 10시 35분밖에 되지 않았으니 그가 전화해서 오지 말라고 말할 가능성이 남아 있다. 그래서 지금 조녀선의 침대에서 공책을 무릎에 올려놓고 전화기 옆에 앉아 있는 것이다. 그가 혹시라도 전화하면 받고 싶어서. 다른 말로 하자면, 평소 소심한 성격대로 나는 그가 나 대신 결정을 내려주길 바라고 있는 것이다. 그새 마음이 변해서 그에게 가고 싶은데, 이런 나 자신이 한심스럽다. 여하튼 간에 전화가 오지 않아도 내 멍청한 마음이 결정을 내릴 시간이 네 시간이나 남았다.

다행히 집에 나 혼자 있다. 리즈는 그라임스네 리무진이 데리러 왔다. 멜리사와 그 애 유모와 점심을 먹고 뮤직홀에서 추수감사절 쇼를 보기로 했단다. 조녀선은 회사에 있고, 로티는 필라델피아에서 오후 늦게야 돌아올 것이다. 나는 집을 정리하고, 폴리를 산책시키러 나가기 전에 전화선을 뽑았다. 전화기 바로 옆에서 대기하고 싶지만 신경이 잔뜩 곤두서 있는데 약은 없으니, 이것을 쓰면서 마음을 가라앉히고 시간을 때우고 있다.

추수감사절이라. 말했듯이 나는 어렸을 때부터 추수감사절이 오면 향수라고밖에 부를 수 없는 뭉클하고 애틋한 기분에 빠지곤 했다. 문제는 그 향수가 오직 상상의 산물로, 노먼 록웰의 일러스트레이션이나 어린이 그림책에 나오는 필그림들의 추수감사절에서 비롯되었다는 것이다. 상상 속 추수감사절은 모든 것을 갖추고 있다. 싸늘한 눈을 머금은 잿빛 하늘, 모닥불, 개들, 식민지 시대 양식의 집에서 화목한 가족과 정다운 친척들이 코바늘 융단 위에 오순도순 모여 앉아 형언할 수 없을 정도로 감미로운 음식 냄새를 킁킁대고 호두를 깨고 으리으리하게 차린 상에 앉아 먹기 전에 휘스트 카드 놀이 따위를 즐기는 그런 추수감사절.

그래, 나도 안다. 불쌍하기도 하지. 실제 추수감사절이 얼마나 끔찍했으면 상상 속 추수감사절을 그리워할까. 실제 추수감사절과 상상 속 추수감사절의 유일한 공통점은 냄새다. 정오가 되기도 전에 화이트 플레인의 벽돌집에 이루 말할 수 없이 감미로운 냄새가 퍼지기 시작했다. 고분고분한 아이였던 내가 수채화를 그리거나 낸시 드류를 읽거나 카드를 이리저리 섞어보거나 진저 로저스와 프레드 아스테어 스크랩북을 정리하고 있노라면 냄새가 계단을 타고 올라왔다. 추수감사절엔 늘 볕이 쨍쨍하고 11월 말치고 너무 더웠다. 지독한 무기력증과 우울증을 유발하는 눈부시고 미끄덩한 노란 햇빛이 가득했다. 이런 햇빛이 창문을 통해 들어와 나를 깨우면 집은 부자연스러운 정적에 잠겨 있었다. 아빠는 골프를 치러 나갔고 전날 밤늦게까지 카드를 친 엄마는 아직 일어나지 않았다. 집에서 들리는 소리라고는 부엌에서 웬 딱한 가사도우미가 우리 가족의 추수감사절 저녁을 차리느라 찬장을 여닫고 냄비를 젓는 소리뿐이었는데, 그 요리는 늘 냄새만 좋고 맛은 실망스러웠다.

어찌어찌 시간이 흘러 3시가 되면(엄마는 그들이 한 블록 떨어진 주유소에서 대기하고 있는 게 분명하다고 말했다) 회색 세단이 우리 집 찻길로 들어왔다. 차 문이 벌컥 열리고, 회색 카라쿨 모피 코트 차림의 수척하고 지친 여자가 시카고 갱스터들이 유행 시킨 회색 페도라 모자를 비뚜름하게 쓴 땅딸막한 남자와 누런 두꺼비 같은 여자아이와 나왔다. 그들은 다름아닌 아빠의 누이 진과 그녀의 남편 머레이, 딸 그레이스였다. 고모네 가족은 매년 롱아일랜드의 록빌 센터에서 차를 몰고 왔다. 아빠의 다른 누이는 죽었고 엄마의 유일한 형제는 시애틀에 살았으므로 우리를 찾아오는 친척이라고는 그들뿐이었다. 사실, 내가 만나본 친척은 그들뿐이다. 그들이 집에 들어온 뒤에는 허공에 대고 하는 뽀뽀 소리가 수차례 들리고, 나와 그레이스는 위층에 올라가서 놀라는 명령을 받았다. 어른들은 거실로 가서 술을 마시며 이야기를 나누었다. 이쯤에 나는 귀 뒤쪽이 당기기 시작했다. 아무에게도 말하지 않았지만, 나의 소중한 친척 그레이스는 도둑이었다. 그 많은 추수감사절을 우리 집에서 보내면서 내 방에서 '놀 때'마다 무언가를 훔쳤다. 큐빅으로 에워싸인 리본 모양 머리핀, 하트 모양 에나멜 펜던트가 달린 순금 목걸이, 스코티시 테리어 모양 자수가 들어간 스위스제 손수건 네 장, 트럼프 카드 열다섯 세트, 스코티시 퍼피가 그려진 파란색 도자기 그릇, 은제 펜과 연필 세트, '서나피에 오신 걸 환영합니다'라고 수를 넣고 발삼 나무로 채운 조그만 베개, 내가 여름 캠프에서 만든 가죽 책갈피, 디즈니의 백설공주 모양 비누, 그리고 내가 제일 소중히 여기던, "베티나 먼비스에게 애정을 담아"라고 진저 로저스가 적고 사인한 그녀의 사진. 이건 내가 진저 로저스의 스튜디오로 2달러와 시리얼 상자 열 개를 보내고 받은 보답이었다. "새로 산 옷 다 보여줘." 그레이스는 방에 들어오자마자 내 침대에 다리를 꼬고 앉아서 말했다. 나는 불안해하며 옷장으로 쪼르르 달려가 옷을 꺼냈고—틀림없이 이때 물건을 훔쳤을 테지—그레이스는 "이건 예쁘네." 혹은 "이건 진짜 촌스럽다. 너희 엄마 안목 있는 줄 알았는데." 따위 말을 했다. 이 고통스러운 시간이 끝나면 그레이스는 내 소장품에 새로 추가된 것을 보고 싶어 했다. 트럼프 카드 컬렉션과(물론 나는 꽤 근사한 카드를 모았다) 스코티시 테리어 모양 도자기와 유리 공예품,(나는 개를 한 번도 못 키워봤다) 잡지에서 도려낸 꽃이나 진저 로저스나 프레드 아스테어 사진. 나는 소중한 물건들을 잃어버릴까봐 속을 태웠고—그레이스가 마치 피부로 대상을 흡수할 수 있는 뚱뚱한 노란색 아메바처럼 느껴졌었다—그러다보면 귀 뒤쪽의 통증이 심해져서 끝내 그레이스가 도저히 참지 못할 유혹을 던져야 했다. "아래층에 가서 어른들이 술 마시면서 뭐 먹는지 보자." 우리는 시가 연기와 스카치위스키 냄새가 매캐한 거실로 들어가 어른들이 남긴 녹색 올리브나 속을 채운 셀러리 따위를 집어 먹었다. 이내 우울한 표정의 가사도우미가 문간에 와서 저녁이 준비되었다고 알렸다.

비록 가사도우미는 매년 바뀌었지만 음식은 한결같았다. 통조림 캔에서 나온 버섯 크림 수프, 칠면조, 스터핑, 통조림 크랜베리 젤리, 스트링빈, 마시멜로를 올린 고구마, 파커 하우스 롤빵, 칠면조 모양의 거대한 아이스크림, 그리고 잎사귀 모양 초콜릿. 매년 칠면조는 빽빽하고 질겼고 스터핑은 퍼석했으며 베이킹 소다를 넣고 데쳐 색을 선명하게 한 스트링빈은 덜 익었고 콘시럽을 잔뜩 넣어 끈적한 고구마는 너무 달았다. 이것은 다름아닌 자선의 만찬으로, 가난한 친척을 일 년에 한 번 초대해 하나님의 축복을 나누고 감사를 올리는 자리였다. 다만 식사 자리에서 누구 하나 감사의 말을 하지 않았다. 그 대신 들리는 말이라고는, '울타리를 마지막으로 넘은 부분', 즉 기름진 엉덩잇살을 자기에게 달라는 그레이스의 칭얼거림, 위궤양에 대한 머레이 고모부의 투덜거림, 불안증에 시달리는 진 고모의 배 속 꼬르륵거림, 침울한 가사도우미를 불러대는 엄마의 종소리와 명랑한 대화를 시도하다 포기한 아빠가 되삼킨 트림 소리. 추수감사절 때 말고는 아빠가 트림하는 소리를 들어본 적이 없다.

모두에게 얼마나 괴로운 시간이었는지, 머레이 고모부는 위궤양도 잊고 자기 앞에 놓이는 것이라면 그것이 스카치위스키건 샴페인이건 브랜디건 쿠바산 시가건 가리지 않고 죄다 입에 넣었다. 식사가 끝나면 다 같이 거실로 돌아갔다. 거실 창밖으로 손바닥만 한 잔디밭의 누런 풀과 그 위로 둥글게 둘려 있는 빨랫줄과 이웃집 차고 후면이 보였다. 아빠는 연거푸 트림하며 라디오를 켜고 안드레 코스텔란체처럼 마음을 진정시켜주는 음악을 찾아 계속해서 주파수를 바꾸었다. 고모부는 소파에 앉자마자 잠들었다. 엄마는 나와 그레이스에게 '정원'에 가서 놀라고 이르고 마흔 개비째 담배에 불붙인 다음에 진 고모에게 나지막한 목소리로 은밀히 물었다. "…제러미는 어떻게 지내?" 제러미는 고모네 집의 검은 양, 가문의 수치였다. 제러미는 여동생과 마찬가지로 도둑이었지만 전문가가 되어 열다섯 살에 이미 소년원에 두 번 다녀왔다. 제러미는 성인이 되자마자 미연방 상선 협회에 들어갔는데, 전쟁이 터지고 처음으로 침몰한 상선 중 하나에 제러미가 타고 있었다. 전쟁이 일어나면서 우리 가족의 추수감사절 모임도 딱한 제러미처럼 끝장났다. 전쟁과 기름 배급이 끝났을 무렵에 우리 가족은 더 큰 집으로 이사했지만, 왜 다시 고모네와 추수감사절 모임을 재개하지 않았는지는 아무도 설명해주지 않았다. 그저 신에게 감사할 일이었다.

정오의 사이렌이 방금 울렸다. 아직도 조지에게서 연락이 없다.

추수감사절 회고는 여기까지. 그런 기억을 지닌 내가 나만의 가정을 꾸린 후로 왜 그토록 멋진 추수감사절에 목숨을 걸었는지는 뻔하다. 보상심리라고들 부르는 것. 이것은 웨스트 9가에서 냉동 칠면조를 난도질한 첫 추수감사절에 시작되어 지금까지 계속되었다. 노먼 록웰과 필그림들과 향수가 묻어나는 나의 추수감사절 만찬은 늘 전통적인 미국 음식이었고 모두가 좋아했다. 한 번도 불평을 들어본 적이 없다. 그래서 조너선이 올해에는 색다른 것을 원한다고 했을 때 나는 그의 요구를 들어주고자 최선을 다했으며 과연 그것이 효과가 있었다. 조지를 까맣게 잊었다. 나는 요리책들을 낱낱이 읽고 조너선의 요리 잡지 〈고메〉 과월호를 들척인 끝에 마침내 굉장한 메뉴를 기획해 장을 보고 요리하는 데 온 힘을 쏟았다. 걸어서 여러 마켓을 순회하며 모든 재료를 손수 골라 집에 들고 왔다. 16파운드나 나가는 칠면조와 야채와 과일 전부.("여기 손님들은 전화로만 주문한다."라고 조너선이 일러준 니우 암스테르담 마켓 직원들은 나를 보고 경악했다) 심지어 나는 해산물 가게에서 직원이 스터핑에 들어갈 굴을 까는 것을 감독했고, 슈라프까지 걸어가 호박 파이를 샀는데, 이것만큼은 직감적으로 전통을 따라야 한다고 느꼈다. 그리고 이 모든 것을 직접 요리했다. 꼬박 이틀을 고아야 했던 육수부터 끓는 물에 데치고 버터에 튀겨 소금을 입힌 아몬드까지. 완벽 주부 타비타 트윗칫 댄버스다웠다.

어제 드디어 추수감사절이 밝았다. 차갑고 시린 공기는 눈 내음을 머금고 있었다. 첫 번째 길조라고 생각하고 아침 7시 10분에 화장실 창문 앞에 서서 숨을 깊이 들이쉬었다. 과연 향수를 불러일으키는 날씨였다. 상쾌한 기분으로 나는 조용히 부엌으로 들어가 주스와 커피를 내려 조금씩 마신 뒤에 식사실에 상차림을 하고 스터핑을 만들기 시작했다. 할 일이 태산이었다.

8시 20분에 나는 양파와 파슬리와 셀러리에 로즈메리와 타임을 뿌려 굽고 있었다. 문이 벌컥 열리더니 실비가 들어왔다. "우엑, 아침도 먹기 전에 양파 냄새! 우엑우엑, 좀 나중에 하면 안 돼요?"

나는 조너선의 자리에 놓은 아일랜드산 꿀만큼이나 다디단 목소리로 말했다. "그래서 식사실에 상 차렸어. 거기선 냄새 안 날 거야."

실비가 말했다. "우리 방에도 양파 냄새가 지독해요. 그것 때문에 일어났잖아요." 실비는 그릇 속의 수북한 굴을 수상쩍게 힐끔거렸다. "그건 뭐예요?"

"스터핑에 넣을 거야." 나는 진력이 나는 걸 느끼며 말했다. "아침 먹을 거 챙겨서 식사실로 가."

잠시 후에 스터핑을 완성하고 칠면조 다리를 묶어 구울 준비가 끝나자 나는 옷을 갈아입기로 했다. 잠옷에 가운을 걸치고 요리하는 건 단정치 못하니까. 타비타 트윗칫 댄버스답지 못하다. 조너선의 끔찍한 테시 고모에 가깝지 않은가.

"이런, 무슨 냄새야?" 내가 갈아입을 옷을 들고 화장실을 향해 어두운 방을 가로지르는데 조녀선이 물었다.

"칠면조에 넣을 스터핑이야. 잘 잤어?"

"세상에." 이불 속에서 몸을 말고 있는 조녀선이 말했다. "칠면조라니. 뭐 엄청난 일을 벌였어?"

"추수감사절 저녁을 차리고 있어. 당신이 물어보는 게 그거라면. 이번엔 좀 특별하게 만들었어. 당신이 원했잖아. 왜?"

"아, 이런." 조녀선이 말했다. "내가 그랬지. 맞아. 그런데 지금 나를 봐. 가능하리라 생각하지 않았지만 다시 그것에 걸린 거 같아."

"당신 말이 맞아. 가능하지 않아. 어젯밤에 게이로드네 파티에서 너무 늦게까지 과음한 탓이겠지. 그나저나 집엔 몇 시에 왔어?"

"모르겠어… 2시인가 3시인가. 하지만 술은 많이 안 마셨어."

연극에 투자하기로 했는지는 일부러 묻지 않았다. "뭐, 당신이 답을 아네. 잠이 부족해서 그래. 당신이 지난주까지만 해도 아팠다는 걸 잊지 마. 그런데 토요일부터 밤마다 외출했잖아. 무리했어. 몇 시간 더 자. 일어날 때쯤엔 괜찮아질 거야."

"안 그럴 거 같은데." 조녀선이 머리 위로 이불을 뒤집어쓰며 신음했다.

불길한 징조라는 걸 알았어야 했지만 물론 나는 눈치채지 못했다. 추수감사절을 즐겁게 보내겠노라 철석같이 다짐하고 있었기 때문이었겠지. 옷을 갈아입고 나니 묘하게 설레는 기분이 돌아왔다. 조슬린네 가족과 72가에서 메이시 백화점의 추수감사절 행진을 보기로 초대받은 아이들이 나간 뒤에 나는 아이들 침대를 정리하고 아침 식사 그릇을 설거지하고, 퓌레를 만들 밤을 오븐에 넣어두었다. 밤 3파운드를 까는 데 종일 걸렸다. 조리법에 따르면 밤이 뜨거울 때 껍질을 벗겨야 해서, 다 깠을 즈음엔 손이 온통 긁히고 데었다. 그래도 나는 여전히 광적으로 들떠 있었다. 아무것도 나를 건드릴 수 없었다. 폴리가 부엌문을 긁어대는 소리마저도. 아직 산책시키지 않은 걸 기억한 나는 약한 불에 올려놓은 닭 육수에 밤을 넣고, 외투와 스카프와 장갑을 챙겨 폴리와 나갔다. 잿빛 공기가 시렸다. 센트럴파크 웨스트는 완벽히 텅 빈 채로 침묵에 잠겨 있었다. 차 한 대, 사람 한 명 지나가지 않았다. 영화에서 폭탄이 터진 뒤에 주인공이 유일한 생존자라고 밝혀진 장면 같았다. 당혹스러운 기분으로 가만히 서서 정말 어떤 끔찍한 재앙이 벌어진 것은 아닌지 생각하고 있는데, 희미한 드럼 소리와 빽빽거리는 트럼펫 소리가 바람을 타고 유령처럼 흘러왔다. 냉큼 몸을 돌리자 저기 몇 블록 아래에서 건물 위로 캐릭터 풍선들이 둥둥 떠가고 있었다. 나는 웃음을 터뜨리고 퍼레이드로부터 돌아섰다. 찬 공기와 잿빛 하늘을 즐기며 폴리와 천천히 걷고 있자니 눈송이가 종잇조각처럼 나풀나풀 날아와 내 소매에 내려앉으며 녹았다. 청쾌하고 투명한, 향수를 유발하는 날씨.

"티나? …실비? 리즈? …티나!"

나는 현관문이 뒤에서 꽝 닫히게 두고 폴리의 목줄을 풀어준 다음에 침실로 들어갔다. 조너선이 혼란스럽고 겁에 질린 표정으로 침대에 앉아 있었다. "거기 있었네! 다들 어디 갔어? 대체 무슨 일인지 너무 혼란스러웠어!"

공기에 뭐가 떠도는 걸까. "애들은 조슬린네 가족이랑 퍼레이드 보러 갔어. 나는 폴리 산책시키고 왔고." 나는 머리에 두른 스카프를 빼고 물었다. "일어난 지 오래 됐어? 몸은 좀 어때? 괜찮아 보이네."

"10분 전쯤에 일어났어. 애들은 퍼레이드 갔다고? 언제 와?"

"오후 늦게 올 거야. 조슬린네 집에서 점심 먹기로 했어. 왜?"

"잘됐다." 조녀선이 말했다. "그럼 시간이 충분하네."

"시간?" 여전히 낙타 모피 외투를 입고 장갑을 끼고 있는 얼간이가 물었다.

"건초에서 뒹굴 시간."

"…지금?"

"물론이야."

"하지만… 당신 몸이 안 좋다며."

"지금은 괜찮아졌어. 솔직히 말하면 상당히 달아오른 상태야. 침대에 누워 있다보면 그럴 때 있잖아."

나는 조녀선을 빤히 보았다. 어떤 끔찍한 끈이 두개골을 조이는 것 같았고 땀에 젖은 손바닥에 장갑이 달라붙었다. 내가 도저히 못 하리라는 것을 알았다. "조녀선." 나는 천천히 말했다. "나는 못 할 거 같아. 미안하지만… 진심으로 별로 하고 싶지 않아. 그러니까 나는 침대에 계속 누워 있지 않았잖아. 정신없이 일했다고. 게다가 아직도 할 일이 잔뜩 쌓여 있어. 지금 바로 가서 불을 끄지 않으면 밤이 물러질 거야."

조녀선은 노란 눈으로 나를 뚫어지게 보다가 한쪽 입꼬리를 비튼 싸늘한 미소를 지었다. "알았어, 알았어. 알았다고." 조녀선이 미소가 사라진 얼굴로 말했다. "그럼 적어도 아침 식사는 쟁반에 올려서 가져다줄 수 있어? 오늘 집에서 푹 쉬면 몸이 괜찮아질 거 같아. 그리고 난 꼭 나아야 해. 내일 중요한 미팅이 있거든. 주말 내내 일해야 할 거 같아."

"그래, 가져다줄게." 미안한 마음이 들어 눈물이 차올랐다. "뭐 먹고 싶어?"

"일요일에 늘 먹는 거. 주스랑 커피, 4분 익힌 달걀 두 개랑 토스트한 스콘 두 개. 하지만 버터는 바르지 마. 댐슨 자두 잼만 같이 줘."

3시 30분엔 모든 준비가 끝났다. 6시에 식사를 시작하기로 정했다. 3시 30분에 아이들은 아직 조슬린네 집에 있었고 조녀선은 다시 잠들어 있었다. 나는 식탁에 디포르트 식탁보를 깔고 바카라 크리스털 잔과 로빈슨 은식기를 놓았다.(전부 조녀선이 지난 2년간 구매한 것이다) 그리고 다시 폴리를 산책시키러 나갔다. 그새 기온이 뚝 떨어졌고 조금씩 휘날리던 눈가루는 더는 보이지 않았다. 집에 돌아와 샐러드에 넣을 오렌지와 엔다이브를 썰고 있는데 아이들이 왔다. 아이들은 명랑하게 인사하고 식료품 보관실로 들어갔다. 잠시 후 리즈가 프레즐 스틱 상자에 손을 넣은 채로 나왔다.

"얘, 아직 뭐 먹지 마." 내가 말했다.

"하지만 어머니, 우리 배고파 죽겠어요." 리즈가 말하자마자 실비가 치즈 두들을 봉투에서 바로 꺼내서 먹으며 나왔다. "조슬린네 어머니가 치사하게 점심으로 피넛버터 샌드위치밖에 안 줬단 말이에요." 실비가 보탰다.

"일부러 그러신 거야. 내가 추수감사절 만찬을 한 상 가득 차리고 있는 걸 알고 입맛 잃지 말라고 그러셨겠지. 그래서 지금 군것질하지 말라는 거야. 부탁이니까 다시 넣어둬."

"저녁은 몇 시에 먹어요?" 실비가 물었다.

"6시."

"두 시간이나 남았잖아요! 그 전에 굶어 죽을 거예요."

나는 한 주먹씩 더 먹게 해주고 서재로 데려가 채널 나인의 〈위대한 유산〉을 틀어주었다.

4시 58분에 샤워를 하고 명절에 적절한 실크 바지와 실크 셔츠로 갈아입으러 방에 들어갔다. 조녀선이 아직 자고 있어서 화장실에서 옷을 갈아입기로 했다. 옷을 갈아입고 한잔하면서 쉬겠다고 마음먹으며 어두운 방을 살금살금 지나가는데 조녀선이 벌떡 일어나 앉았다. "흐엄, 지금 몇 시야?"

"5시 15분. 당신 때문에 깜짝 놀랐잖아."

"개꿈을 꿨어. 잠이 확 달아났네."

"몸은 어때?"

"모르겠어." 조녀선은 침대 옆의 램프를 켜고 환한 불빛에 인상을 찌푸렸다. 몹시 상태가 나빠 보였다.

"나는 한잔하려던 참이었어. 당신도 줄까? 약이 될지도 몰라."

"아니면 죽이거나."

"…그 생각은 못 했네. 그럴지도 모르겠다."

내가 좁은 복도로 나왔는데 뒤에서 조녀선이 불렀다. "다시 생각해보니까 셰리를 마시고 싶어. 티오 페페 말고 하비로!"

나는 방으로 돌아와 셰리를 건네주고, 버번을 든 채로 안락의자에 앉았다. 이날 일어나서 처음 앉는 것이었다.

조녀선은 셰리를 홀짝이며 잔 위로 나를 초조히 힐끔거렸다. "피곤해 보이네. 저녁 차리느라 무리했구나, 아니야?"

"괜찮아. 즐거웠어. 하고 싶어서 한 거야." 나는 진심으로 말했다.

신경이 점점 더 곤두서고 있는 듯한 표정으로 조녀선은 말없이 셰리를 홀짝였다. 잠옷은 온통 구겨져 있었고, 머리는 마구 뻗치고 헝클어졌다. 수염도 꺼끌꺼끌하게 자라 있었다.

나는 불쾌한 소식은 차라리 빨리 듣는 편이 낫겠다고 판단했다. "이제 좀 어때?"

"아까보다는 나은 거 같아. 하지만 여전히 멍해. 힘이 없고."

"입맛이 없으면 안 먹어도 돼, 정말이야. 먹고 싶은데 일어날 힘이 없으면 침대로 가져다줄게."

조녀선이 얼굴을 붉혔다. "아, 먹을 수 있어. 다만 정장을 차려입고 싶지는 않아. 내가 샤워하고 면도하고 깨끗한 잠옷이랑 가운을 걸치면, 그걸로 될까?"

"당연하지." 나는 시계를 힐끔 보고 일어났다. "미안, 나는 칠면조에 육수 부으러 가야 해. 독촉하려는 건 아닌데, 당신이 말한 대로 준비하려면 이제 일어나야 할 거야. 6시에 밥 먹기로 했거든."

침묵에 잠긴 식사실에서 은식기가 도자기 그릇을 긁는 소리만 끼익끼익 울렸다. 수프는 다 먹었고 칠면조는 썰었으며 곁들이 음식도 다 차려져 있었다. 다들 접시에 수북한 음식을 천천히 맛보고 있었다. 그러니까, 조녀선은 그러고 있었다.

"와, 진짜 맛있다." 실제로 먹기 시작한 유일한 사람인 조녀선이 말했다. 아이들은 계속해서 롤빵과 소금을 뿌린 아몬드만 집적거렸다. "먹음직스럽지 않니, 얘들아?"

"스터핑이 달라 보여요." 리즈가 포크를 들고 미심쩍어하며 말했다. 실비는 마침내 먹기 시작했다. "왜 우리가 좋아하는 스터핑 안 만들었어요?"

나는 조녀선이 개봉한 황홀한 샤토 마고를 몇 입 마셨다. "새로운 걸 시도해보면 좋잖아. 게다가 아빠가 올해는 색다른 걸 먹고 싶다고 부탁했어… 맞지, 여보?"

"맞아." 조녀선이 말했다. "그렇게 말하길 잘한 거 같아. 정말 맛있어, 틴. 당신이 요리에 재능이 있다고 내가 늘 말했지."

천천히, 곰곰이 생각에 잠겨 꼭꼭 씹던 실비가 끝내 물었다. "스터핑 속에 뭐예요? 물컹한 거?"

"먹으면서 말하면 안 된다, 실비. 굴이야. 네가 궁금해하는 게 그거 같아."

폭발하듯이 실비의 입에서 음식물이 쏟아져 나왔다.

"실비!" 조녀선이 소리쳤다. "지저분하게, 무슨 짓이야?"

잿빛으로 질린 실비는 얼음물을 꿀꺽꿀꺽 들이켰다. 나는 잔 속의 샤토 마고를 마저 마셨다. 리즈는 눈을 내리깔고 칠면조 고기를 포크로 찢고 있었다. 조녀선은 계속해서 실비를 노려보았다.

"실비, 아빠가 말하잖니. 왜 그런 짓을 한 거야? 네가 두 살이야?"

실비는 눈물이 그렁그렁한 채로 물잔을 내려놓았다. "굴 때문에 그랬어요." 실비가 가냘프게 말했다. "토할 거 같았어요."

"너랑 리즈 둘 다 굴이라면 사족을 못 쓰잖아." 내가 말했다.

"생굴을 칵테일 소스랑 먹는 거 좋아해요. 역겹게 칠면조에 들어 있는 거 말고요!" 실비가 히스테리를 부리듯이 소리쳤다.

조녀선은 이제 실비만큼이나 낯빛이 창백해졌다. 떨리는 목소리로 조녀선이 꾸짖었다. "실비, 어머니한테 당장 사과해. 여기 식탁에 있는 사람들 모두에게 사과해. 그다음에 엄마가 애써 차린 맛있는 저녁을 조용히 먹는 거다. 사과한 다음에 한마디라도 보태면 당장 방으로 쫓겨나서 잘 시간까지 못 나올 줄 알아."

실비는 벌떡 일어나 와락 울음을 터뜨렸다. "맛없어요. 끔찍해요!" 실비가 흐느꼈다. "질척질척한 밤이나, 크림투성이 양파나 셀러리나! 셀러리마저 이상하잖아요. 오렌지랑 이상한 식물 조각이랑. 나는… 차라리 방에 가고 싶어요!"

그 말을 마치고 실비는 방으로 뛰어갔다. 침실 문이 쾅 닫혔다. 리즈는 여전히 눈을 내리깐 채로 포크를 밤 퓌레에 찔러 넣었다. 침울한 얼굴에 불길한 푸른빛을 띤 조녀선이 의자를 뒤로 밀고 일어났다.

"조녀선." 나는 부드럽게 말했다. "내버려둬. 다 울고 나면 사과할 거야. 앉아, 음식 식겠어."

"사실." 조녀선이 묘하게 목이 멘 소리로 말했다. "실비를 쫓아가려는 게 아냐. 속이 좀 이상해…"

그 말을 마치고 조녀선도 뛰어갔다. 나는 하숙집 사람들이 단체로 먹는 자리에서 하는 것처럼 은근슬쩍 포도주병을 집고 검붉은 음료를 잔에 넘치도록 따랐다. 몇 모금을 마시고 리즈에게 말했다. "괜찮아, 아가. 안 먹어도 돼."

리즈는 입에 음식을 가득 물고 있었다. 그래서 말은 못 하는 아이가 씹고 있던 음식을 삼키려고 노력하며 눈물 가득한 눈으로 나를 보았다. 그 모습에 가슴이 무너지는 것 같았다. "엄마 화 안 났어, 아가. 정말이야. 올해 저녁은 망친 것뿐야. 울 일이 아니야. 그러니까 제발 울지 마."

리즈는 입속의 음식을 삼키고 고개를 저으며 말했다. "미안해요,

엄마. 미안해요." 그러고는 결국 울음을 터뜨렸다.

나는 자리에서 일어나 리즈에게 가서 어깨를 토닥였다. "제발 울지 마, 아가. 그냥 음식일 뿐이야. 뚝 그쳐. 자, 음식을 부엌으로 치우게 도와주렴. 이것만 치우고 슈라프에서 사 온 커다란 호박파이 먹자. 그건 올해에도 똑같아."

상을 치우고 파이를 꺼내 부엌에 있는 식탁에 차리기 전에(식사실에서는 왠지 먹고 싶지 않았다) 나는 아이들 방에 정찰을 나갔다. 방문을 잠가놓은 실비는 불러도 대답하지 않았지만 코를 푸는 소리로 미루어 울음은 그치고 진정한 것 같았다. 조너선은 물로 적신 행주를 이마에 올리고 자기 침대에 뻗어 있었다. 한 달 전에 실비가 그랬듯이 영화 〈카미유〉의 가르보 같은 모습이었는데, 조너선이 가르보로 변신하는 모습은 머릿속에 들이고 싶지 않았다. "아, 정말 미안해." 조너선이 중얼댔다. "갑자기 핑 돌지 뭐야."

"말하지 마. 누워서 쉬고 있어. 필요한 거 있어? 소화제?"

"아까 소화제를 정량 두 배로 먹었는데 아직도 방이 빙빙 돌아. 아, 당신한테 오늘 하루가 정말 악몽이네."

"그 정도는 아니야." 나는 침착하게 말했다. "음식이 너무 기름졌나봐. 내가 잘못 판단했어. 실수는 누구나 하지." 현명한 주부 베티나가 말했다.

내가 부엌에서 파이를 자르고 있는데 실비가 들어와서 사과했다. 나는 아이에게 입맞춤을 해주고 파이를 커다랗게 세 조각 잘랐다. 파이를 다 먹고 아이들을 부엌에서 내보냈다. 아무리 오래 걸려도 기필코 혼자 치우겠다고 마음먹었다. 혼자 있고 싶었다. 접시에 수북한 음식을 쓰레기통에 버리면서도 평소와 달리 굶주리는 사람들에 대해 죄책감을 느끼지 않았다. 물이 싱크대에 천천히 차오를 때쯤에야 미지근한 눈물 몇 방울이 파란빛 뜨거운 세제 거품 위로 떨어졌다. 하지만 그게 전부였다. 수도꼭지를 잠그고 눈물을 훔치고 서둘러 앞치마를 매고 있는데 전화가 울렸다. 나는 처음 전화벨 소리가 울리고 몇 초 있다가 받았다.

"…조너선, 여기 브루스 애덜리입니다." 누군가 우렁차게 말했다. "방해가 되는 게 아니길 바랍니다. 추수감사절에 전화해서 미안하지만 중요한 일이라서요."

"방해라뇨, 전혀 아닙니다! 안녕하시죠? 추수감사절은 즐겁게 보내셨나요?" 씩씩하고 우렁우렁한 그 목소리는 내가 조금 전에 침실에서 본 축 처진 행주 같은 남자의 것일 수가 없었다.

"잘 보냈습니다, 조너선. 당신은요?"

"훌륭했어요, 브루스. 완벽했지요. 이보다 좋을 수는 없었습니다. 아, 중요한 용건이라는 게?"

"…실은요, 조너선. 또 누가 수화기를 들고 있는 거 같은데요."

"그래요? 수화기를요? 티나, 당신이야?"

대답하는 대신 나는 수화기를 내려놓았다. 그리고 접시들이 쌓여 있는 조리대로 가서, 조너선이 3가의 골동품 가게에서 찾은 아름다운 마이센 접시를 들었다. 접시에는 밤 퓌레가 수북했다. 나는 신중히 겨냥하고, 접시를 방화 장치가 되어 있는 강철 뒷문에 힘껏 던졌다. 접시는 무척이나 만족스러운 와장창 소리를 내며 박살 났고, 똑같이 만족스러운 철퍼덕 소리와 함께 문에서 바닥으로 미끄러졌다.

나는 속이 개운해지는 것을 느끼며 싱크대로 돌아왔다.

실비가 식료품 보관실 문을 통해 고개를 빼꼼 내밀었다. 아이가 있는 자리에서는 깨진 접시가 보이지 않았다. "뭐예요?"

"뭐가?"

"방금 그 엄청난 소리요."

"그냥 접시야. 엄마가 실수로 접시를 떨어뜨렸어."

실비가 들어오려 했다. "접시 떨어지는 소리 같지 않았는데."

"왜 아직도 옷을 입고 있어? 목욕하라고 엄마가 말하지 않았니?"

실비는 목욕하러 갔다.

9시 15분경에 부엌은 뒷문을 포함해 얼룩 하나 없이 말끔했고 아이들은 잠자리에 들었다. 기절하기 일보 직전으로 방에 들어가니 조녀선이 침대에 앉아서 〈컨트리 라이프〉를 읽고 있었다. "안쓰러워라." 조녀선이 시선을 들고 말했다. "정말 힘든 하루였지?"

같잖은 동정은 필요 없었다. "브루스 애덜리가 누구야?"

"당신이 전화 듣고 있는 거 알았어. 새로 생긴 취미야? 재미있었기를 바라."

"브루스 애덜리가 누구냐고?"

"감독이야. 게이로드네 쇼를 연출할 건데, 아주 매력적이야. 그 사람이 내 아내가 엿듣고 있다는 걸 알았다면 더 신사답게 말했을 텐데."

"그 사람이 무슨 용건으로 전화했어?"

조녀선의 얼굴이 새빨개졌다. "내가 결정했는지 알고 싶어서."

"뭐를 결정해?"

조녀선은 초조히 잡지를 둘둘 말았다. 원통처럼 보이기도 했고, 몽둥이처럼 보이기도 했다. "투자에 참여하기로."

"얼마나?"

"얼마 안 돼."

"거금만 받는다고 저번에 당신이 말했잖아."

조녀선은 둘둘 만 잡지를 쳐들어 사납게 침대를 내리쳤다. "뭐 하는 짓이야? 당신이 뭐라고 나를 심문해? 심문 따위 받고 싶지 않고, 당신 말투도 마음에 들지 않아. 전혀 마음에 들지 않는다고. 당신이 일 처리를 빠릿빠릿하게 해서 베이비시터를 구했으면 어젯밤에 나랑 같이 가서 이야기를 듣고 내가 옳은 결정을 했다는 걸 알았을 거야. 옳고말고. 그러니까 빈정대는 말투는 집어치워. 언제나 그랬듯이 나는 내가 뭘 하는지 잘 알고 있으니까, 당신은 진정하고 가만있는 게 좋을 거야!"

진정하라. 다들 내게 진정하라고 한다. 글쎄, 지금은 제법 진정했다. 오후 2시 15분이다. 글씨를 많이 써서 손이 저리다. 조지는 아직도 전화하지 않았다. 약속 시각까지 45분이 남은 지금, 나는 씻고 옷을 입고 나갈 준비를 할 것이다. 그래, 가기로 했다. 이렇게 되리라는 걸 내심 줄곧 알고 있었는지도. 물론 갈 거다. 그런 일이 있고 나서도 가지 않는다면, 그것이야말로 내가 정말 미쳤다는 확실한 증거일 테니까.

눈송이가 유리창을 두드리고 있었다. 그가 오래전에 히터를 껐는데도 방은 여전히 너무 더웠다. 숨막히게 더웠고, 모종의 분위기가 칼로 썰 수 있을 정도로 두껍게 깔려 있었다. 우리는 이불 위에 누워서 담배를 피우며 그의 가슴에 올려놓은 재떨이에 재를 털었다. 최면에 걸린 듯한 기분으로 나는 재떨이의 두꺼운 유리 옆으로 구불거리는 검은 가슴털 몇 가닥을 응시했다. 그에 관한 모든 것이, 그의 몸이 만들어내는 모든 움직임이, 심지어 그가 숨쉴 때마다 오르내리는 가슴마저 특별하게 느껴졌다. 방을 가득 채운 주문의 일부였다. 돌연 그가 한숨을 쉬고는 유리가 뜨거워지지 않게 재떨이를 몇 센티 들어 올린 뒤에 꽁초를 비벼 껐다. "뭐, 우리가 완전히 엮인 것 같군. 어쨌든 지금으로서는 말이야."

"음." 나는 말하고, 그가 침대 옆 탁자의 유리잔에 손을 뻗어 물을 마시는 모습을 신기해하며 지켜보았다. 꿀꺽거리며 꿈틀거리는 목을 보니 몸을 가까이 기울여 목과 가슴이 만나는 우묵한 지점에 입을 맞추고 싶었다.

"그치가 이런 것들을 당신에게 가르쳤을 리가 없는데."

"누구?" 나는 몽롱하게 말하고 입술을 닦는 그의 손가락을 보았다. 손가락 끝이 뭉뚝한 그의 널찍하고 강한 손은 내가 한때 상상한 예술가나 작가의 손과 딴판이었다. 근사하고 멋진 손이었다.

"누구긴 누구야. 떨떨한 당신 남편 말야."

최면에서 깨어났다. 나는 재떨이를 내밀고 있는 그를 노려보았다. 떨떨하다고? 나는 조용히 담배를 비벼 껐다.

"결혼하기 전에 좀 놀았어?"

"아니, 별로."

"당신 남편은 뭐가 문제야?"

방은 여전히 더웠지만 나는 몸이 차갑게 식는 것을 느꼈다. "무슨 뜻이야?"

"늘 그렇게 멍청했어?"

놀랍게도 나는 울음이 나올 것 같았다. 내가 마음속에서 혼자 조녀선을 경멸하는 것과 타인이, 특히나 조지 같은 사람이 그를 조롱하는 말을 듣는 것은 전혀 다른 일임을 갑작스레 깨달았다. "당신은 모르는 것 같은데 사실 조녀선은 매우 뛰어난 변호사야." 새로운 깨달음에 충격을 받아 얼떨떨한 채로 내가 말했다. "그 사람이 좀 별나 보일지 몰라도, 그건 최근에 자기가 모르는 분야에 이래저래 발을 담가서 그래. 그러니까… 좀 정신이 없는 거지."

나로서도 놀랍게 조녀선을 옹호하고 나니 갑자기, 그리고 참을 수 없을 정도로 절실히 내 이야기를 하고 싶은 충동이 치밀었다. 모든 걸 쏟아내고 싶었다. 화이트 플레인의 어린 시절부터 시작해서 지금에 이르기까지 낱낱이 이야기하고 싶었으나, 조지는 내 이야기를 들을 생각이 없어 보였다. 곁눈으로 보니 그는 조녀선에 대한 일종의 예비 설명에 벌써 지루해져 천장에 대고 하품하며 가슴팍을 긁고 있었다. "당신 남편이 우리 관계를 알아낼 것 같아?"

"아니, 조너선은 나한테 별로 주의를 기울이지 않아. 자기 자신에게 푹 빠져 있거든."

"어디에 애인을 숨겨두었겠지." 조지는 하품을 다시 한번 삼키고 담배에 손을 뻗었다.

"아니, 그런 부류의 사람이 아니야." 나는 조지가 하루에 담배를 몇 갑이나 피울지 궁금했다.

조지는 웃음을 터뜨렸다. "다들 그렇게 말해. 하지만 심지어 나도 당신 같은 여자가 집에 있으면 밖으로 나돌 생각이 들지 않을 거라고 인정할게. 하지만 10년이 지나면 뭐든 시들해지는 법이지. 당신이 행동을 취하기까지 10년이나 걸렸다는 건 이해하기 힘들지만."

왜냐고. 왜냐하면 난 조너선을 사랑했으니까. 그 고리타분한 미덕을 전부 믿었으니까. 헌신, 의리, 절개. 물론 조지 프레이거에게 이런 걸 털어놓을 생각은 없었으므로 나는 이렇게만 말했다. "섹스는 내게 별로 중요하지 않아."

조지가 웃기 시작했다.

"정말이야."

"자기, 자기는 섹스를 중요시하지 않는 여자처럼 하지 않았어. 누가 당신의 눈을 뜨게 했는지 궁금하네. 말해줘⋯ 나는 이런 얘기를 유달리 좋아해. 관음증이네 뭐네 그따위 소리는 하지 말고. 관음증이 있다고 인정해. 내 정신적 문제 중 하나야. 우리가 아직 그쪽으로 깊이 파고들지 않았다뿐이지. 어쨌든 지금으로서는 당신 경험을 말해줘. 그 남자는 어땠어? 당신한테 무슨 짓을 했고, 무슨 짓을 시켰어? 하나도 빠짐없이 듣고 싶어." 당연하지만 그는 몇 차례 쿡쿡 웃음을 터뜨렸다.

내가 예로 들 수 있는 사람은 나의 진정한 선생이라고 할 수 있는 미친 조각가뿐이었지만, 이제 나는 조지에게 내 이야기를 하고 싶은 생각이 뚝 떨어졌다. 특히 그것에 관해서는. "정말로 그런 사람 없었어." 나는 거짓말했다. "그런 사람이 있을 수밖에 없다는 건 당신 착각이야. 어떤 여자한테는 섹스가 본능적이야. 타고난 거라고. 프루스트가 알베르틴에 대해 한 말이랑 비슷해. 프루스트를 재독하고 있는데 1~2주 전에 이 문장을 보고 너무 놀라서 거듭 읽었어. 완전히 외운 거 같아. 어디 보자… '그녀의 손은 사랑을 나눌 때만 다시 능란해졌다. 이것은 바로 남성의 신체를 너무도 강렬히 사랑해서, 자신의 몸과 딴판인 그 몸에 가장 큰 쾌감을 줄 수 있는 법을 곧바로 직감하는 여자들에게 잠재해 있는 감동적인 예지력이었던 것이다.'"

조지는 손바닥으로 이마를 철썩 치고 벌떡 일어나 낄낄거리기 시작했다.

"그만둬, 조지. 비웃지 말라고."

담배 연기에 목이 막혀 켁켁거리며 조지가 갈라진 목소리로 말했다. "아, 이건 너무하잖아. 알베르틴이라니, 알베르트— 아이고, 바보야, 알베르틴은 여자가 아니라 소년이었고, 바로 그래서 '잠재된 예지력'이라고 표현한 거야. 세상에."

나는 머리부터 발끝까지 떨고 있었다. 이를 악물고 말했다. "나도 알아. 그러니까 감히 비웃지 말라고. 프루스트가 동성애자였고, 그래서 책에서 성별을 자주 바꿔 썼다는 걸 안다고. 하지만 최근의 해석과는 달리 나는 알베르틴이라는 인물이 오데트 드 크레시와 마찬가지로 남자가 아니라 실제 여성에게서 영감을 받았다고 생각해— 당신은 오데트도 남자라고 생각하나보지?"

"나는 뭐라고 생각하냐면," 웃음이 잦아든 조지가 고개를 저으며 말했다. "당신이 사라로렌스 칼리지에서 배운 쓰레기를 머리에서 씻어내야 한다고 생각해."

"난 스미스 칼리지 출신이야." 나는 세게 따귀를 날리고 침대에서 내려가려고 했다.

그러나 조지는 자신의 뺨을 때린 손을 붙잡고 히죽 웃었다. "귀엽기도 하지." 그가 나를 자기 위로 끌어당기며 말했다. "자업자득이야. 늘 그래. 사실 당신은 진정 똑똑한 여자인데 자꾸만 머리에 똥만 찬 것처럼 행동하거든. 왜 그래? 남편이 그렇게 만들었어? 아니면 심리치료사가 그랬나? 당신이 정신 상담을 받았다는 건 너무 훤히 보이거든."

나는 그의 손을 뿌리치려 버둥대며 숨을 몰아쉬는 사이사이 말했다. "당신은 잔인하고… 가학적인 개자식이야… 당신이 끔찍하게 싫어. 꼭 다 망쳐놓고 말지… 못된 말을 해서 기어이 내 속을 뒤집어놓거나 마음에 상처를 준다고."

조지는 내 목덜미에 한 손을 얹고 가까이 끌어당겨 오랫동안 거칠게 키스했다. 마침내 나를 놓아주고, 힘없이 널브러져 마구 물어뜯긴 입술을 핥고 있는 내게 말했다. "당신은 나를 싫어하지 않아. 그리고 적반하장도 유분수군. 당신이야말로 꼭 가식적인 말로 모든 걸 망쳐놓으면서. 왜 사실을 있는 그대로 말하지 못해? 유머 감각은 어딨어? 왜 모든 걸 그렇게 심각하게 받아들여야 해?"

아, 닥쳐. 나는 생각했다. 닥쳐닥쳐닥쳐닥치고 하던 거나 다시 해.

"비웃음당하는 건 질색이야." 나는 차갑게 말했다.

"난 당신이 비웃음당할 짓을 할 때만 비웃어. 게다가 당신도 스스로를 비웃는 법을 배워야 해."

진이 빠진 나는—내가 원하는 건 잔소리가 아니었다—알베르틴-알베르트의 손길로 그를 어루만졌다.

조지는 밭은 숨을 들이쉬었지만 이내 한숨을 내쉬며 몸을 틀어 내 손을 떨쳐냈다. "사실." 조지가 부드럽게 말을 이었다. "진심으로 당신은 스스로에게 너그러워지는 법을 배워야 해."

나는 등을 대고 누워 천장을 응시했다. "당신이랑 그놈의 격언들. 그러는 당신은 그걸 실천하고 있어?"

"노력하고 있어. 해내고 있는 것 같아. 당신처럼 잔뜩 성이 난 채로 돌아다니진 않으니까. 나는 모든 걸 가능한 한 단순하고 간소하게 유지하려고 해."

"신경 쓰고 챙겨야 할 사람이 자기 자신밖에 없으니까 별로 어렵지 않겠지." 나는 쓸쓸히 말했다.

"당신도 언젠가는 그걸 배워야 해. 자기 자신만 생각하라고. 무엇이든지 간에 조금이라도 성취를 이룬 사람들은 다 그랬어. 그게 바로 성공의 비밀이야, 아기 고양이." 골똘히 생각에 잠겨 미소를 지으며 새 담배로 또 손을 뻗는 그를 보면서 나는 지금 무슨 일이 벌어지고 있는지 마침내 깨달았다. 조지가 내 손길에 반응하지 않은 데는 이유가 있었다. 그는 또다시, 그리고 전보다 더 강렬하게 그 충동에 사로잡힌 것이다. 바로 내가 조금 전에 느낀, 자기 자신에 대해 말하고 싶은 충동. "내가 결혼한 적 있는 거 알아?" 조지가 누워서 천장에 연기를 뿜으며 말했다.

"그런 얘기를 들은 적이 있어." 나는 심드렁히 말했고, 눈을 감으며 그가 바야흐로 쏟아낼 기나긴 인생사의 습격을 각오했는데, 심지어 그러고 있는 중에도 내가 내 이야기를 털어놓으려고 했을 때 조지 역시 같은 심정이었다는 것을 생생히 느꼈다. 견딜 수 없는 지루함. 우리가 진심으로 서로에게 느끼는 감정을 이보다 더 선명히 드러내는 것은 없었다. 우리는 서로에게 철저히 무관심했다. 한 가지 방면에서만 빼고.

"무슨 이야기를 들었는지 몰라도 사실이 아니야." 조지가 말했다. 그러고는 이야기를 쏟아내기 시작했다.

솔직히 말해 그의 이야기는 내 예상만큼 지루하지는 않았다. 다만 너무도 전형적이었다. 브루클린 출신의 가난한 소년이 예술가로 성공하다. 부모는 이민자였는데, "샤일록 뺨을 치는 구두쇠"인 아버지는 그와 그의 누이들이 어린 시절 내내 속옷 위로 "잠옷 대신에 비옷을 두르고" 자게 했으며 불쌍한 어머니를 들들 볶아 때 이르게 무덤으로 보냈다. 전쟁이 발발했을 때 조지는 입대하며 집을 탈출할 수 있었고, 태평양지대에서 전쟁의 참혹함을 목격했다. 필리핀에서 말라리아에 걸려 저승 문턱까지 다녀왔고 폭탄 파편에 맞아 다리가 박살 났으나.(이때 그는 왼쪽 다리를 올려 내가 전에 알아채지 못한 희미한 흉터를 보여주고, 성형외과 의사의 마법 같은 솜씨로 흉터가 거의 없어졌다고 말했다) 제대한 뒤에는 퇴역 군인 보조금으로 2년간 대학에 다니다 자퇴하고 미연방 상선 협회에 들어갔다. 여섯달 뒤에 그것도 그만두고 나폴리에서 이런저런 뱃일을 하다 자연스레 로마로 올라가서 정착하고 긴 삼류소설을 한 권 썼는데, 이것이 엄청난 성공을 거두었다.(나는 못 들어본 책이었다. 책이 출간된

시기에 나는 스미스 칼리지 도서관에서 프루스트를 탐독하고 있었기 때문이겠지) 그리고 할리우드로 진출했다. 돈을 벌었다. 귀국한 이래 성공을 이용해 많이 얻고 즐겼다. 꽤 잘나가던 조지는 B급 연예인이긴 하지만 눈부신 미모의 사교계 여자였던 밀리선트와 결혼까지 했는데, 알고 보니 그녀는 타고난 거짓말쟁이에 색전증이 있었다. 얼마 후 첫 극본을 집필했다. 망했다. 또 하나를 썼다. 그건 로런스 더렐리가 평했듯이 평론가들의 입맛에만 맞았다. 그러는 동안 밀리와의 결혼생활은 어땠는가. 지옥 같았던 2년 동안 딸을 낳았는데, 그가 집을 나설 때마다 아내가 딴 남자를 불러들였다는 걸 알게 되었고, 딸이 그의 핏줄인지조차 불확실했다. 그런 것들. 그리고 지저분한 이혼 절차.(이것에 대한 기사가 어렴풋이 기억나는 걸 보니 그때쯤엔 내가 대학을 졸업한 듯했다) 끔찍하게 고생한 그는 다시는 결혼하지 않겠다고 맹세했다.(자기 입으로 말하지는 않았지만 이혼을 겪으며 그는 결혼하지 않는 대신 침대에서 최고가 되겠다고 결심한 것이 분명했다. 그리고 성공했다.) 텔레비전 프로그램 각본으로 돈을 벌며 다시 극본에 매달렸고, 천천히 인정받기 시작했으며 지금도 입지를 쌓는 중이다.

그가 이야기하는 동안 나는 입을 꾹 다물고 있었다. 내가 이처럼 문제가 뻔한 남자를 선택한 것이 지극히 자연스러운 행동임을 깨달았다. 비록 조지는 "나는 여자들에 환장하는 남자야. 단지 그런 남자일 뿐이라고. 여자들. 복수형이라는 걸 기억해."라는 말로 이야기를 마무리했지만 물론 그건 사실이 아니었다. 안타깝게도 나는 나의 혜안을 홀로 간직해야 한다는 걸 좀처럼 기억하지 못한다. 자기 이야기를 끝마치고 그럭저럭 속이 가벼워진 조지는 이제 다른 충동이 들었는지, 가까이 몸을 굴려 다가와 나를 잡았다. "하지만 당신, 당신은 내게 어떤 사람이지? 당신은 내가 평소에 찾는 여자들과 달라. 같이 자고 싶어 하는 부류의 여자들과 다르다고."

이번엔 내가 그의 손을 밀쳐냈다. 나의 오후가 점점 흥미로워지고 있었다. "내가 유부녀라서 그런 거 아닐까." 나의 혜안을 입 밖으로 내고픈 충동에 떠밀려 말했다. "어쩌면 아직도 당신은 전처에게 복수하고 싶은 건지도 몰라."

"헛소리는 집어치워, 자기. 난 그런 남자가 아니야."

"왜 아니라고 생각해?" 나는 끈질긴 그의 손을 뿌리치려고 애쓰며 고집했다. "당신 내면의 동기를 들여다보면 인생이 완전히 뒤바뀔지도 몰라."

조지가 웃음을 터뜨렸다. "내 인생은 괜찮아. 당신 인생이야말로 그렇게 들여다보다 엉망이 된 것 같은데." 그는 고양이처럼 놀랍도록 민첩하게 다가와 내 위로 올라타고 부드럽게, 의기양양하게 말했다. "아, 이거야말로 내가 반응이라고 부르는 거야. 바로 이거지. 자기야… 이런 경험을 한 번이라도 해봤어?"

아니, 아니. 대답은 '해보지 않았다'이다. 하지만 이틀이 지난 지금 나는 이런 경험이 처음인 이유를 깨달았다. 이보다 극명할 수는 없었다. 조지는 그야말로 나쁜 남자, 가학적인 바람둥이 유형으로, 어떤 여자들은 이런 남자에게 푹 빠져버린다. 그리고 나, 현재 제정신이 아닌 내가 바로 그런 여자가 되어버린 것이다. 완벽하게 '자발적인 피해자'. 불에 뛰어드는 나방, 그런 뻔한 것들. 이보다 단순할 수는 없었다. 물론 이것 때문에 섹스가 끝내주는 것이다. 가학피학적 관계가 주는 난폭한 쾌감은 전문가들에 의해 수없이 기록되었다. 이런 종류의 섹스와 그것의 힘은 어쩌면 또 다른 프로이트 이론으로 설명 가능할지도. 카니발리즘이나 죽음에 대한 동경을 섹스를 통해 푸는 거라고. 과연 우리는 서로를 죽이거나 먹어버릴 것처럼 달려든다. 나는 우리가 하는 행위들이 싫은 게 아니라 그의 전문성이 거북하다. 그보다 더 나은 단어가 떠오르지 않는다. 그의 모든 행동과 몸짓에 깃든 경험과 노련함이 때로 죽고 싶을 정도로 지독한 질투심을 유발한다. 미친 질투, 고양이 같은 질투, 빨간 질투, 파란 질투, 초록. 자꾸만 행위 중에 불쑥. 하지만 아무 소용 없으리라는 걸 알기에 꾹꾹 참는다.

어쨌든 요점은, 이렇게 냉철한 분석을 마친 뒤에도 내가 당분간 계속 그를 만나기로 했다는 것이다. 왜 안 되겠는가? 왜 내가 이 관계가 가학피학적이라고 피하겠는가. 벌써 그런 관계를 하나 맺고 있는데? 진실을 마주하지 않을 이유가 무엇인가. 사실을 직시하고 행동하니 이렇게 마음이 편할 수가 없다. 조너선과 나의 관계처럼 가정이라는 베일로 덮어씌우고 그럴싸하게 꾸민 모습보다는 훨씬 낫다. 다만 내가 이해하기 어려운 것은, 내가 어쩌다 빌어먹을 마조히스트에 자발적인 피해자가 되었냐는 것이다. 여성의 수동적인 역할과 조너선의 강한 남성에 상응하는 무력한 숙녀 역할에 과하게 빠진 걸까? 그렇다면, 닥터 레너드 폽킨, 내가 정말로… 세상에, 내 머리! 마지막 문장을 쓰는데 어마어마한 통증이 머리를 관통했다. 경고로 받아들이고 그처럼 심오한 질문은 일단 미뤄두겠다. 통증을 보아하니―아, 또 아프려고 한다―이건 다이너마이트다.

오늘은 마침 일요일이고 지금은 오후 4시 7분이다. 조너선은 아직도 완쾌하지 못해서 전화기를 꺼놓고 낮잠을 자고 있다. 딸들은 조슬린네 아이들과 서재에서 모노폴리를 하고 라흐만 상점의 '목걸이 만들기' 키트로 흉한 목걸이를 만들고 있다. 나는 로티의 방에서 윌리엄 파웰 영화를 틀어놓고(그야말로 상남자) 이걸 쓰는 중이다. 혹시나 누가 들어오면 공책을 곧바로 숨길 수 있게 서랍을 열어놓았다. 내가 여기 들어오고 나서 아직까지 아무도 나를 찾지 않았지만 부엌 전화가 네 번 울렸다. 매번 우리 파티의 초대에 응한다는 전화였다… 그 파티가 2주일밖에 남지 않았다는 게 도무지 믿기지 않는다. 일요일의 단조로움이 온갖 부류의 사람들에게 겁을 줘서 무엇이라도 하라고 부추겼나보다. 아직 파티 같은 게 남아 있다고, 아직 초대에 응하지 않았는데 고작 2주 후에 열릴 파티가 있다고. 2주라니, 세상에.

그래도 이제 머리는 아프지 않다. 분석 경험의 타당성을 다시는 의심하지 않겠다. 폴리를 산책시키고 스파게티 소스를 한 통 만들어야지. 조슬린네 아이들이 저녁을 먹고 가기로 했다. 조슬린 부인은 오는 것이 있으면 가는 것이 있어야 한다는 주의인데, 이번에는 분명히 나의 차례니까.

어제 오후에 크리스마스 자선 시장에 대한 미팅에 참석하러 아이들 학교에 가는 길에 소사이어티 도서관에 들러 작년에 출간된 조지의 극본을 읽었다. 엄청난 실수였다. 샬럿 레이디네 집에서 내가 씨불인 멍청한 말이 생각나 쥐구멍에라도 숨고 싶었다. "당신 연극의 등장인물이 할 법한 말을 하고 있군요." 그 연극을 봤을 때 내가 잠들었거나 혼수상태에 빠져 있었나? 연극 속 인물들처럼 말한다는 건 전혀 사실이 아니었으며 글이 너무 훌륭해서 머릿속에 혼돈의 소용돌이가 쳤다. 이걸 생각하면 일부러 거칠고 천박하게 말하는 가학적인 나쁜 남자 조지와 극작가 조지(이 사람은 대체 누구지?)를 일치시켜야 할 터인데, 그건 내가 도저히 넘을 수 없는 정신적 장벽처럼 느껴졌다. 하여튼 간에 내게 주어진 것은 악당 조지이므로 나는 다른 조지를 당장 그리고 영영 묻어버리기로 했다. 다시는 그를 찬탄하는 일도 없을 것이다.

어제 이런 편지를 받았다. 글에 주석을 다는 것과 마찬가지로 나의 기록에 다큐멘터리 같은 객관성을 부여하는 것 같아서 여기에 옮겨 적는다.

사랑하는 딸에게,

또다시 추수감사절이 오고 갔다는 사실이 믿기지 않는구나. 추수감사절이 연말에 있으니 우리가 알기도 전에 또 크리스마스가 오겠지. 여기에 내려온 지 2년이나 지났으며 그동안 너희 가족을 한번도 못 봤다는 것이 놀랍구나. 어제 추수감사절에 네 생각을 했다. 네가 어렸을 적에 우리 가족은 오순도순 모여 참으로 훈훈하고 즐거운 추수감사절을 보내지 않았니. 너도 나만큼이나 기쁜 마음으로 그 시절을 기억하면 좋겠구나. 이번 추수감사절에 루와 그레이스 워버 부부가 손님으로 왔어. 네가 이 두 사람을 기억할지 모르겠다. 우리랑 같은 컨트리클럽에 다녔는데, 루는 모직 사업을 운영하다 3년 전에 뇌졸중을 앓고 여기로 내려왔어. 부부끼리 자주 만난단다. 건강 이야기가 나와서 말인데, 아빠는 아주 건강하다. 혈압이랑 심박동이랑 다 정상이래. 혈중 콜레스테롤 수치도 낮게 나왔어. 3년 전보다 10년은 젊어진 기분이야. 이것 또한 건강 이야기 때문에 생각났는데, 네가 보낸 사진을 보니까 좀 마르고 피곤해 보이더구나. 너와 조너선이 바쁘고 흥미로운 생활을 하고 있다는 건 알지만 몸을 잘 챙기길 바란다. 건강은 소중한 선물이니까 함부로 다루어서는 안 돼. 반대로 아이들은 무척 건강해 보여. 아주 예쁘게 자라고 있구나. 네 사진과 너희 가족 사진을 하나씩 보고 있자니 가슴이 울컥했다는 걸 말해야겠다. 네가 대학을 갓 졸업했을 때 겪은 온갖 괴로운 일들을 돌이켜보면, 일이 이렇게 잘 풀려서 네가 번듯한 남편과 아름다운 아이들과 풍요로운 삶을 영위하고 있다는 게 기적 같아.

여기는 여태 날씨가 궂고 추워서 수영을 못하고 있단다. 하지만 차라리 잘됐다. 수영장 바닥에 몹쓸 금이 갔는데, 수리비가 400달러나 들 거라고 하잖니. 언젠가는 고쳐야 하겠지만 강도 같은 놈들이 달라는 대로 줄 걸 생각하니 속이 쓰리다. 너도 차차 배우겠지만 사는 게 그렇다. 우리가 무얼 하며 시간을 보내냐고 네가 편지에서 물었었지. 나는 오랜 친구들과 낚시를 많이 간다. 개 달리기 경주에 가고 하이얼리어에 놀러 가고 또 일주일에 두 번은 스탠딩 포커도 치지. 골프 치던 시절이 그립기는 하지만 한 시도 게으르게 보내지 않는단다. 네 엄마도 경주에 맛을 들였다 하면 네가 놀라겠지. 물론 네 엄마는 친구들과 브리지를 큰 판에서 노는데, 사실 아빠는 지나치게 판을 키우는 게 아닌가 싶어.

자꾸만 이야기해서 귀 아프겠지만 이제 정말 우리가 자리를 잡았으니 너희가 다 같이 한번 놀러 왔으면 좋겠구나. 집에 빈방이 두 개 있고 네가 크리스마스에 내려온다고 하면 수영장도 고쳐놓으마. 왜 오지 않니? 못 올 이유라도 있니? 아이들은 좋아할 거고, 너랑 조너선은 고정 베이비시터를 얻는 거나 다름없으니 밤마다 둘이서 오붓하게 여러 유흥지에 놀러 갈 수 있어. 여기 클럽들은 크리스마스에 시나트라나 새미 데이비스 같은 대스타를 모신단다. 네가 이걸 보면 구미가 동할까 몰라 새로 산 폴라로이드로 찍은 사진을 첨부한다. 수영장 바닥에 금이 가기 전인 9월에 찍은 거야. 집이 사진에서 보이는 것보다 훨씬 크고, 사진을 찍은 이후로 새로 근사한 나무와 덤불을 심어 조경을 가꾸었단다. 조너선과 나누어 쓰라고 크리스마스 선물로 100달러 수표도 동봉했다. 다음 주에 시가지의 링컨 로드에 가서 아이들 선물을 사야지. 아이들을 위해 쇼핑하는 건 참 즐거워. 만약 내가 산 게 맞지 않으면 돌려보내렴. 맞는 사이즈로 교환해주마.

그럼 이만 인사한다. 곧 편지로 소식 전해주고 크리스마스에 내려올 수 있는지 알려주렴. 소지품 몇 개 싸서 비행기에 오르면 될 정도로 가깝잖니. 너희 가정에 건강과 행복이 함께하길. 네가 얼마나

가진 게 많은지 잊지 않기를 바란다.

사랑하는 아빠가

추신. 네 엄마가 카드 게임을 끝내고 와서 안부를 전해달라고 했어.
오렌지랑 자몽이 맛있었다니 다행이다. 다음에 또 보낼게.

쿠퍼 유니언 출신 특유의 섬세한 필체로 쓰인 아빠의 아빠다운
편지. 은근한 설득용으로 보낸 사진 네 장이 지금 앞에 펼쳐져 있다.
첫 사진에는 삶은 새우 빛깔의 스투코 벽에 하얀 지붕과 잘루지 형
태 창문이 달리고, 조그만 정원에 분할 레일 울타리를 두른 집의 정
면이 보인다. 두 번째 사진은 같은 집의 후면을 보여주는데, 엽서 사
진에서 흔히 보는 새파랑으로 번쩍이는 거대한 수영장이 거의 모든
공간을 차지했고, 수영장을 에워싼 조그만 잔디밭에서 가장 넓은
쪽에 라운지 의자와 차양이 달린 테이블이 놓여 있는데, 그 뒤의 야
자수 몇 그루 너머로 홀연히 비스케인 만의 정경이 펼쳐진다. 세 번
째 사진은 정원 대문에서 현관문까지 깔아놓은 점판암 위에 서 있
는 엄마의 사진이다. 엄마는 언제나처럼 하늘색 리넨 옷으로 완벽
하게 차려입고 웃고 있는데, 거의 백발로 센 머리를 보고 나는 충격
을 받았다. 수년간 염색약과 린스로 모래 빛깔을 유지했던 머리칼
이 실제 색을 드러내니 엄마는 갑자기 자기 나이로 보였다. 엄마가
드디어 무언가를 받아들이기로 한 듯싶었지만, 그게 과연 무엇인지
추측도 하기 싫었다. 네 번째 사진은 분할 레일 울타리 앞에 서 있
는 아빠인데, 한낮의 태양 아래 대머리가 빛나고 있다. 이 사진 역시
충격적이었다. 벗어진 머리와 팔과 얼굴은 건강한 갈색으로 그을려
있었지만 아빠는 내가 기억하는 그 어떤 모습보다 조그맣게 쪼그라

들어 있었다. 원래 키가 큰 편은 아니었지만 이렇게 작지는 않았는데. 또한 아빠의 차림새는 우아하되 근사한 태터솔 격자무늬 셔츠가 펑퍼짐하게 보이고, 리넨 바지는 허리가 쑥 들어가 있었다. 아빠는 평생 과체중인 적이 없었으나 체격이 떡 벌어지고 몸집이 좋았으며 지난 십 년간 뱃살이 꽤 두둑했는데 말이다.

몹시 심란해진 나는 어젯밤에 조너선에게 사진들을 보여주다 울음을 터뜨리고야 말았다. "나 원 참, 이번에는 또 뭐가 문제야?" 조너선이 타박했다.

"아빠 몸이 얼마나 상했는지 봐." 내가 흐느끼며 말했다.

"상하다니, 무슨 소리야. 심장병을 앓으신 뒤로 저포화지방 다이어트를 하시면서 체중이 감소한 것뿐이야. 좋아 보이시는데 뭐."

"너무 작아 보이잖아." 내가 훌쩍이며 고집했다.

"장인어른은 원래 좀 작은 편이셨잖아." 조너선이 '인내와 관용' 목소리를 끄집어냈다. "하지만 그렇게 걱정되면 말씀하신 대로 한 번 다녀오지 그래."

"언제?"

"크리스마스에. 장인어른도 오라고 하시잖아. 일주일만 다녀와도 당신이랑 애들한테 좋을 거야. 편지를 보니 장인어른은 무척 기뻐하실 거고… 내가 시간을 낼 수 있을지는 모르겠어. 하지만 당신이 못 갈 이유는 없지."

"아주 단순한 이유가 하나 있어. 애들이 벌써 방학 계획을 잔뜩 세워놨는데 뉴욕을 떠나자고 하면 까무러칠 거야."

"계획이라니. 애들이 세운 계획 중에서 플로리다 여행보다 신나는 게 있어?"

"당신은 모르지만 아이들은 자기들 나름대로 사교 활동을 활발히 하고 있어. 벌써 파티 네 개에 가기로 약속되어 있다고. 애들이 보고 싶어 하는 것도 몇 개 있어. 로열 발레단의 공연이랑 매디슨 스퀘어 가든에서 하는 아이스 쇼랑 비엔나 극단의 손인형극. 나는 10월에 이것들 표를 사놓으려고 미리 적어두었어."

조녀선이 나를 빤히 보았다. "진짜? 거참 예비가 철저하네." 그리고 즉시 자신의 빈정거림을 무마하려고 이렇게 말했다. "음, 어쨌든 유감이야. 플로리다에 다녀오면 좋을 거 같았는데."

"다음 봄방학 때 데려가려면 어떨까."

"봄이 오려면 한참 남았어. 그전에 뭔 일인들 안 일어나겠어."

"그게 무슨 뜻이야?"

조녀선은 어깨를 으쓱했다.

"봄이 오기 전에 우리 아빠가 죽을지도 모른다는 거야?"

"아니, 그런 뜻이 아니었어!" 펄쩍 뛰며 소리치는 걸 보니 정확히 그 뜻으로 한 말이었다. "나는 그렇게 말한 적 없어. 당신이 그랬지. 내 말은, 무슨 일이든지 간에 기회가 있을 때 해야지 당신처럼 늘 미루면 안 된다는 거야. 봄이 왔을 때는 또 못 갈 이유가 스무 개는 생길 거라는 데 돈을 걸지."

나는 조녀선의 등을 보았다. 그는 호두나무 발렛 스탠드에 재킷을 조심스레 걸고 있었다. 나는 아무렇지 않은 척하기로 했다. 조녀선 말이 옳다. 봄이 오기 전에 무슨 일인들 안 일어나랴. 그래서 나는 그대로 입을 다물고 썻은 다음에 침대에 앉아 라흐만에서 산 렉스 스타우트의 소설을 두 시간 읽고 불을 껐다. 프루스트를 포함해 명작들은 전부 서재의 책장으로 돌려놓았다. 멀리, 멀리, 저 멀리.

"깨물 수 없는 손에
입맞추어라."

"달걀 도둑이
낙타 도둑 된다."

"기쁨의 끝은
슬픔의 시작."

"갈 길이 어떠한지 알고 싶거든
그 길에서 돌아온 자들에게 물어라."

"숲에서 나무를 팔지 말 것이며
호수에서 물고기를 팔지 마라."

"물에 빠진 사람은
비를 걱정하지 않는다."

지난밤에 화이트제이드에서 저녁 식사를 하고 받은 포춘쿠키의 메시지들. 노자는 여전히 그 식당 주방에 갇혀 있다.

화요일 밤에 평화롭게 침대에 앉아서 두 번째 렉스 스타우트 소설을 읽고 있는데 조너선이 서재에서 저녁 업무를 마치고 들어와 파란색 줄이 간 노란 종이 두 장을 내 퀼트 위에 놓았다. 나는 프리츠의 양탕을 먹으려던 참인 네로 울프와 아치 굿윈의 곁을 마지못해 떠나 종이를 내려다보았다. 몹시도 꼼꼼히 작성된 목록 같았다. 나는 시선을 들고 궁금해하는 눈으로 조너선을 보았다. 조너선은 침대 옆에서 셔츠의 단추를 천천히 풀고 있었다.

"내가 올해 보내야 하는 크리스마스 선물 목록이야." 조너선이 설명했다. "현금 선물로 때울 수 없는 사람들. 미스 브레커 같은 경우에는 현금 보너스에 추가해서 좀더 개인적인 선물을 줘야 하거든. 보면 알겠지만, 이름마다 내가 제안하는 선물이랑 일종의 한도액을 옆에 적어놓았어. 말할 필요도 없겠지만 반드시 내 제안을 따르거나 한도액에 맞추어야 한다는 뜻은 아니야. 내가 제안한 선물을 사기에 적당한 가게 이름도 몇 개 적어놓았어. 예를 들면 미스 브레커에게는 로드 앤드 테일러의 부츠가 좋을 듯해. 로드 앤드 테일러에 멋진 부츠가 많거든. 미스 브레커가 새 부츠를 원한다는 걸 우연히 알게 되었어. 안쪽에 플리스가 들어간 스웨이드 부츠가 좋을 거 같아. 보다시피 신발 치수도 적어놓았고."

그런데 나는 이 사람이 서재에서 일하고 있는 줄만 알았다. "그러니까 내가 당신 대신에 크리스마스 선물을 사러 가길 바라는구나."

"그래, 맞아." 조너선은 잠옷을 가지러 옷장으로 가며 말했다. "올해는 도저히 시간을 낼 수가 없어. 보통 당신은 11월 말쯤에 크리스마스 선물 쇼핑을 끝내놓으니까, 올해엔 내 것을 해줄 수 있을까… 당신은 벌써 다 했잖아, 그렇지?" 조녀선이 은근하게 물었다.

"맞아." 나는 거짓말하고, 땀에 젖어들기 시작한 손바닥에서 미끄러지는 반질거리는 표지의 미스터리 책을 붙잡았다.

"그거 다행이네. 벌써 이렇게 시간이 간지 몰랐어. 우리 파티가 고작 아흐레밖에 안 남았다는 걸 갑자기 깨달았지 뭐야. 다음 주에 집 청소할 사람들을 구해놓았기를 바라. 바닥에 왁스 칠하고 창문 닦고 그런 것들. 꽃도 주문해놓았지?"

"아직." 종이 위로 글자가 데굴데굴 굴러다녔다.

조녀선은 훌륭하게 자제력을 발휘하며 팬티만 빼고 옷을 다 벗고 말했다. "뭐, 어쨌든 당신은 그것들만 하면 돼. 나머지 사소한 것들은 보몽이 알아서 할 거야. 심지어 얼음까지. 그러니까 당신은 아까 말한 것들만 내일 좀 예약해. 그나저나 사람들이 초대에 답했어?"

"일고여덟 명 빼고 다."

"샬럿 레이디는? 줄리 헤이즈랑? 윌러드는? 다들 온대?"

"샬럿 레이디랑 줄리 헤이즈는 온다고 했어. 샐리 윌러드는 아까 아침에 못 온다고 전화 왔어."

충격을 받은 조녀선은 잠옷 웃도리의 마지막 단추에서 손을 멈췄다. "진짜? 아, 실망인걸. 정말 실망스러워. 이유를 말했어?"

"스키 타러 간대. 클로스터스인가 키츠빌인가 크슈타트인가."

"세상에." 조녀선은 고개를 내젓고 화장실로 가면서 말했다. "어떤 사람들은 삶을 제대로 즐긴다니까!"

나는 닫히는 화장실 문에 대고 메롱 혀를 내밀었다. 그러고는 네로와 아치의 점심 식사 자리로 돌아갔다가, 네로를 따라 오키드 룸으로 들어갔다.

산란한 밤을 보내고 아침에 일어나자마자 나는 조너선의 크리스마스 선물 쇼핑을 언제 할 수 있을지 달력을 확인했다. 다음날인 목요일(오늘)은 로티가 쉬는 날이었는데 나는 바틀럿 스쿨에서 학부모 면담이 있었다. 금요일에는 현대미술관의 전시회 개막식을 위해 장루이 미용실에 가서 올림머리를 하기로 예약해놓았다.(조너선의 요청으로) 그러니까 가능한 날은 당일인 수요일, 오후에 조지를 만나기로 한 날뿐이었다. 다른 수가 없었으므로 나는 조지에게 전화해서 약속을 취소해야 했다. 아침 8시 3분에, 조너선과 아이들이 집을 나서자마자 전화했다. 조지가 전화선을 빼놓고 집필에 들어가기 전에 통화하고 싶었기 때문이다. 내 전화 때문에 곤한 잠에서 깬 조지는 그것에 대해 씩씩거리다가, 화가 가라앉자 내 말을 듣고 끼룩거렸다. "여기 오는 것보다 중요한 일이 뭐가 있어?"

나는 심호흡을 크게 하고 눈을 감았다. "조너선 대신 크리스마스 선물 쇼핑을 가야 해. 어젯밤에 기나긴 목록을 줬어. 사실은 내 크리스마스 선물 쇼핑도 아직 못했지만. 어쨌든 이걸 해주지 않으면 무언가 잘못됐다고 의심할 거야."

조지가 몸을 일으키는 동안 잠에 겨운 침묵이 오래 흘렀다. 잠시 후, "당신 연기를 감쪽같이 하지, 아냐? 비위를 싹싹 맞추는구먼. 집에는 꼭대기에 별을 달고 아래쪽에 예수 탄생 장식을 놓은 크리스마스트리가 있겠군."

내가 대꾸하지 않자 조지는 "아, 젠장." 중얼대고 전화를 끊었다.

몇 분 동안 나는 침대에 앉아서 훌쩍였다. 내 앞에는 구매 계좌를 개설해놓은 가게들의 갖가지 크리스마스 카탈로그가 조녀선의 목록과 널려 있고, 카탈로그 사이로 인사말이 새겨진 카드 한 장이 끼어들어 있었다. "여러분의 폐기물 수거인, 앤서니 루조, 피터 스넬, 조셉 S. 도일이 즐거운 명절을 기원합니다."

마침내 나는 옷을 입고 폴리를 데리고 내려갔다. 얼음장처럼 차가운 공기에서 눈 내음이 났다. 산책을 마치고 돌아와 더 따뜻한 옷을 껴입고 구매 계좌 증명서와 조녀선의 선물 목록을 빠짐없이 챙긴 것을 확인하고는 로티에게 내가 종일 나가 있을 거라는 쪽지를 남겼다. 또한 아이들이 친구네 집에 놀러 가기로 되어 있으며 내가 데리고 올 거지만, 폴리를 산책시키고(엔간하면 이 부탁은 하지 않는다) 5시에 양갈비를 오븐에 넣어달라고 부탁했다.

근사한 부츠를 구비하고 있다는 로드 앤드 테일러에서 나는 미스 브레커에게 줄, 사이즈 255짜리 모카색 플리스 내피 스웨이드 부츠를 조녀선의 한도액인 25달러보다 5달러 더 들여 30달러에 샀다. 거기서 돌연 어지럼증이 심하게 들어 여자 화장실의 타일 바닥에 주저앉았다. 바닥에 앉을 수밖에 없었는데, 변기들은 전부 다임짜리 동전을 넣어야 하는 문 뒤에 있었고, 나는 다임을 가지고 있지 않다. 관리 직원이(잔돈을 바꿔주는) 마침내 나타나서 나를 일으켜주었다. 백화점 간호사에게 안내해주겠다는 직원의 도움을 거절하고 살을 에는 찬바람이 부는 거리로 도망쳤다. 브룩스 브라더스에서 조녀선의 목록에 있는 넥타이와 머플러를 잔뜩 사고, 50달러짜리 비엘라 플란넬 실내 가운 앞에 10분간 서 있었다. 조지. 아빠가 보내준 50달러로 그의 선물을 살까 했지만, 아침의 통화를 기억하고 그 대신에 조녀선에게 줄 실크 파자마와 캐시미어 스웨터를 산 다음에, 지난 몇 달 동안 일주일 치 살림 비용으로 받은 용돈에서 야금야금 모은 돈으로 지불했다. 계산원에게 집 주소를 불러주고 있는데 목구멍에 야구공이 걸린 듯한 느낌이 들었다. 내가 계산대 사이 바닥에 뻗어 있고, 거만한 계산원이 만년필로 기관절개술을 거행하는 모습이 눈앞에 떠올랐다. "아파트 호수는 어떻게 되나요?" 계산원이 물었을 때 나는 휙 뒤돌아서 통로를 빠르게 지나쳐 밖으로 나가, 얼음 같은 공기를 5분 동안 헉헉대며 들이마셨다.

질식사하지 않을 거라고 확신이 들고 나서야 나는 한 블록을 걸어 애버크롬비&피치로 가서, 미끼와 낚싯바늘과 스피너와 릴 따위를 넣을 수 있는 칸이 설치되어 있는 낚시 도구 상자를 아빠 주소로 보냈다. 그리고 삭스 피프스 애비뉴로 걸어가 엄마 선물로 우아한 두 줄짜리 산호석 목걸이를 샀다. 일부러 삭스 피프스 애비뉴까지 갔는데, 마이애미에도 점포가 있어서 엄마가 '진짜로 필요한 것'으로 교환할 수 있도록 배려한 것이다. 이제껏 내가 엄마에게 준 선물은 죄다 반품되거나 엄마에게 '진짜로 필요한' 것으로 교환되었다. 본윗 텔러 백화점의 복작복작한 1층에서(조녀선이 우산을 사기 좋은 곳이라고 추천했다) 또다시 어지럼증이 들고 식은땀이 돋아났다. 쇼핑객이 붐비는 바닥에 앉을 수 없어서 장갑 판매대 앞의 의자에 앉았다가 필요도 없는 새끼 양 가죽 장갑을 14달러 내고 샀다. 그 바쁜 중에 아무것도 안 사면서 앉아 있을 수는 없었으니까. 어지럼증이 가신 뒤에 일어나서 우산 세 개와 조녀선의 목록에 있는 구슬 달린 야회용 핸드백을 사고, 옆 건물의 티파니 매장에서 금 넥타이핀과 조녀선이 적어놓은 갖가지 조그만 은제품을 샀다. 조녀선의 목록에서 내가 아는 이름이라곤 미스 브레커뿐이었다.

그렇게 하루가 흘러갔다. 어지럼증과 숨 가쁨과 식은땀의 조수 속에서 꿋꿋이 밀어붙인 덕분에 기적적으로 조너선의 목록만 해치운 것이 아니라 아이들 선물까지 다 샀다. 아이들을 친구네 집에서 데리고 돌아왔을 때는 6시가 넘었다. 현관문을 열자 광기에 사로잡힌 듯한 폴리와 지독한 양고기 탄내가 나를 반겼다. 부엌에서 로티가 냉장고 문에 스카치테이프로 붙여놓은 쪽지를 발견했다. "3시에 남편이 몹시 아프다고 와달라고 전화했어요. 너무 죄송하지만 가봐야 해요. 개는 산책시켰는데, 양고기는 어떻게 해야 할지 몰라서 일단 275도에 맞추어두고 가는데 괜찮았으면 좋겠네요. 정말 죄송해요, 볼저 부인. 화내셔도 이해해요. 지금 3시 20분이에요. 봉급에서 시간을 제하실 수 있게 알려드리는 거예요. L. M."

오븐에서 로스팅 팬을 뺐다. 양고기는 고무 같은 이상한 회색이었고 양 비린내가 강하게 났다. "나는 프랑스인들처럼 양고기를 레어로 먹는 걸 좋아해." 조너선은 늘 쓸데없이 사람들에게 말하곤 했다. "지나치게 익힌 양고기만큼은 못 참아주지." 외투를 입은 채로 양고기를 내려다보며 잘게 잘라 카레를 만들 시간이 있을지 가늠하고 있는데 전화가 울렸다.

"티나?"

남자의 목소리였다. 경계하지 않을 정도로만 익숙한 목소리. 피터 바르일 수도 있었고, 조너선네 회사 사장 마크스 씨일 수도 있었다. "네?" 내가 답했다.

전화기에서 무언가를 꿀꺽꿀꺽 들이켜는 듯한 숨소리가 나더니 말이 폭포처럼 쏟아져 나왔다. 이제 목소리는 이전과 비슷했다. 변조한 목소리가 흥분해서 높아졌는데, 그 목소리가 제안하는 행위들은 지금까지와 조금 다르고 더 충격적이었다. 카마수트라와 해머커슐레머의 카탈로그에서 수집한 듯한 행위들이었다. 나는 전화를 끊지 않고 계속해서 귀 기울였다. 목소리를 한껏 변조하긴 했지만 손에 잡힐 듯이 익숙한 무언가를 감지했기 때문이다.

"그래, 당신은 어떻게 생각해, 티나?" 얼간이가 끝으로 말했다.

나는 할 말을 하고 끊었다. 화가 나고 겁이 나서 몸이 떨렸다. 내가 어리석었다는 건 안다. 그런 미친놈의 말을 계속해서 듣고 있어도, 대답해서도 안 됐다. 하지만 누군지 너무도 알아내고 싶었다. 비록 나도 그런 전화를 하는 사람들은 실제로는 크게 위험하지 않다는 것 정도는 알지만, 그래도 지인 중 하나가 숨어서 이런 짓을 하며 안 잡히고 있다고 생각하니 오싹했다. 그리고 분노가 치밀었다.

여전히 몸을 떨면서 나는 외투를 벗고 오븐을 껐다. 아이들이 카레를 싫어한다는 게 문득 생각나서 양고기를 그대로 쓰레기통에 버렸다. 조너선이 좋아하는 식으로 미리 로즈메리와 마늘과 저민 레몬 껍질로 양념을 해놓았기 때문에 조각내서 폴리에게 줄 수도 없었다.

냉동실에 보브 아라 모드 2인분과 갈비구이 세 조각이 있는 걸 확인한 참인데 전화가 다시 울렸다. 나는 전화벨이 두 번 울릴 때까지 기다린 다음에 수화기를 낚아채 귀에 대고 아무 말도 하지 않았다.

배경에서 타자기 소리가 희미하게 울렸다. "여보세요?" 조너선이 말했다. "여보세요? 거기 누구 없어요?"

"여보, 나야."

"티나? 당신이야?"

"그래, 나야."

"왜 전화를 그렇게 받아? 무슨 일 있어?"

나는 숨을 한가득 내뿜었다. "방금 음란 전화를 받았어. 그래서 또 그 작자인 줄 알았지. 이번이 벌써 두 번째야."

조녀선이 한숨을 쉬었다. "티나, 오늘 한 시간 늦는다고 말하려고 미팅에서 잠깐 나왔어. 금방 끊어야 하니까 장난 전화에 대해서는 나중에 얘기하자고. 요리하고 있는 거 망칠까봐 미리 말해주는 거야."

"벌써 망쳤어."

"…뭐?"

"저녁은 벌써 망쳤다고. 어쩔 수 없었어. 퇴근하고 딜먼스에서 샌드위치 사 올 수 있어?"

잠시 타자기가 탁탁거리는 소리만 울렸다.

"들어봐, 조녀선." 내가 남은 힘을 끌어모아 말했다. "누구의 잘못도 아니었어. 어쩔 수 없었다고. 나는 종일 밖에 나가 있었고 로티는 양고기를 요리할 줄 모르잖아. 로티가 할 줄 모르는 유일한 음식이야. 로티가 일찍 가야 했던 바람에 양고기가 오븐에 너무 오래 있었어."

"왜 가야 했는데?"

"남편이 갑자기 아파서."

"그렇군… 당신은 어디 있었어?"

"어디 가긴, 크리스마스 쇼핑 했지. 당신 금방 끊어야 한다며."

조녀선이 잠깐의 침묵 후에 말했다. "점심에 바빠서 사무실에서 콘드비프샌드위치 하나 간신히 먹었어. 그러니까 저녁까지 샌드위

263

치로 때우고 싶지 않아. 내가 저녁 식사를 책임져야 한다면 차라리 중국 음식을 먹고 싶지만, 굳이 귀찮게 사 갈 필요는 없지. 화이트제이드에 전화해서 배달시켜. 다우푸통이랑 룽하가이큐, 차우푼시, 그리고 볶음밥 시켜줘. 배고파서 나눠 먹기 싫으니까 이것들 중에 당신이 먹고 싶은 거 있으면 2인분 시켜. 7시 40분은 되어야 집에 도착할 거야. 먼저 먹고 싶으면 그렇게 해."

나는 화이트제이드에 전화해서 닭고기 차우멘 3인분과 다우푸통, 룽하가이큐, 차우푼시 1인분씩과 볶음밥, 그리고 포춘쿠키를 남은 걸 다 달라고 했다. 포춘쿠키가 인기 많은지 여섯 개밖에 보내주지 못했지만 조너선과 아이들이 복숭아 파이를 먹는 동안 그 여섯 개를 내가 다 차지했다. 설거지하기 전에 포춘쿠키 속의 쪽지를 읽고, 오늘 아침에 여기에 적으려고 앞치마 주머니에 넣어두었다.

어젯밤 10시 반쯤에 나는 뜨거운 물에 오래 몸을 담그고 있다가 마침내 수치료가 효과가 없으리라는 사실을 받아들이고 나왔다. 그때 기분으로는 렉스 스타우트와 나이오 마시와 마저리 앨링엄의 추리소설 전권을 읽어도 추가적인 도움 없이는 잠들 수 없을 듯했다. 한 알 남은 항불안제를 위기의 상황에 쓰려고 오래전에 숨겨놓았는데, 위기라고까지는 할 수 없었다. 그래서 침대 옆에 우두커니 선 채로 식료품 보관실로 몰래 들어가 버번을 크게 한 입 마시고 윈터베리나 차이나베리 껌을 씹어서 냄새를 숨길 수 있을까 고민하고 있는데 조너선이 들어왔다. 저녁을 먹고 서재에 틀어박혀 있다가 나온 것이었다. 이제 그는 침실로 들어와 문을 닫고 창백하고 심각한 얼굴로 문에 기대어 섰다. 사실을 말하자면, 그의 얼굴과 포즈를 잡은 듯한 자세만 보아도 이날 역시 서재에서 일하고 있던 것이 아니라 거기 틀어박혀 오랫동안 고민한 끝에 우리가 대화를 해야겠다고 결심한 것이 분명했다. 또다시.

"티나, 우리 이야기 좀 해." 조녀선이 문에 기대 선 채로 말했다.

"뭐에 대해서?" 나는 침대에 앉아 담배에 불을 붙였다. 이상하리만큼 기분이 침착했다.

"모든 것에 대해서. 일단 시작으로, 우리가 사는 방식. 우리가 사는 꼴을 봐, 정말 어처구니없어."

"이보다 더 동감할 수 없어."

조녀선은 이를 드러내는 동시에 눈을 가늘게 찌푸리며 묘하게 얼굴을 일그러뜨렸다. "어울리지도 않게 빈정대는 건 그만둬. 지금은 정말 못 참아주겠어. 경고하는 거야. 난 정말 어쩔 줄 모르겠어. 여태껏 나는 엄청나게 인내했다고. 기가 막힐 정도지. 이런 상황에서 나보다 인내할 남자는 내가 아는 사람 중엔 없어. 하지만 인내심이 바닥났어. 아, 몇 주 동안은 당신이 정신을 차리려는 줄만 알았지. 하지만 다 거짓이었다는 걸, 신중하게 위장했다는 걸 알겠어… 내가 보고 있었다고. 당신은 온갖 사소한 행동으로 나를 감쪽같이 속였다고 생각했겠지. 이상한 책들 치우고, 그런 것들 말이야. 하지만 나를 속일 수는 없어. 사실, 나는 당신 상태가 전보다 더 악화된 것 같아!"

조녀선이 숨을 쉬려고 말을 멈췄다. 그나저나 왜 계속 문에 기대어 있는 거지? 나는 천천히 담배 연기를 뿜었다. "이혼하고 싶어?"

조녀선은 얼굴이 하얗게 질려 아랫입술을 핥았다. "이혼. 이혼이라고? 누가 이혼하재? 이게 바로 내가 말하는 것 중 하나야. 당신은 과민해. 우리 사이에 충돌이 좀 있다고, 당신에게 문제가 있다고, 또 내가 이 집에서 일어나거나 일어나지 않는 일들의 방식을 마뜩잖게

265

여긴다고… 그렇다고 내가 이혼하자는 건 아니야, 세상에."

그의 말은 내게서 아무런 감정도 불러일으키지 못했다. 이혼이 아니면 뭘 원하는데? 나는 머릿속에 떠오르는 뻔한 항의 여러 개를 흘려보내고 비교적 단순하면서도 명확한 주제를 찾아 물었다. "우리가 사는 꼴이 어처구니없다고 했지. 정확히 무슨 뜻이야?"

"이 집에서 일어나는 일들 말이야."

"그 말도 애매해. 일들이라니, 어떤 일들?"

"예를 들면 그 망할 가사도우미를 부리는 방식 같은 거. 왜 다른 사람들처럼 정상적인 가사도우미를 쓰면 안 돼? 왜 그 여자는 적어도 저녁을 차리고 설거지까지 마치고 갈 수 없냐고? 다른 가사도우미들은 다 그렇게 하잖아?"

"이유 중 하나는 내가 그걸 원하지 않아서야. 나는 피로에 찌든 흑인 여자가 매일 밤 9시나 10시까지 내 부엌에서 일하는 걸 원하지 않아. 그게 이유야."

"당신이랑 그 같잖은 진보주의!" 조너선이 고함쳤다. "이게 바로 내가 말하는 거야. 이런 식으로 생각 없이 행동하는 것. 전에는 그렇지 않았어. 하지만 언제부턴가 그 흐늘흐늘한 신념을 내세우지. 그럼 젊고 튼튼한 스웨덴인 아가씨를 구해. 핀란드나 아일랜드나 독일 출신 아가씨를 쓰라고. 다만 제대로 훈련시킬 수 있는 사람을 구해, 제발. 훈련을 받아서 우리의 필요를 충족할 수 있는 사람 말이야. 한 사람이 못할 거 같으면 두 명을 써. 돈은 문제가 아니니까."

"나는 이 집에서 가사도우미 두 명을 쓰지 않을 거야. 한 명도 쓰기 싫은데."

갑작스레 조너선은 기운이 쭉 빠져서 문에 기대는 것으로는 부족한 듯했다. 그는 방을 가로질러 안락의자에 털썩 앉은 다음에 마치 불빛이 눈부신 양 한 손으로 눈을 가리고 가만히 앉아 있었다. 그러고는 손차양 아래로 나를 보며 쉰 목소리로 말했다. "티나, 티나. 내가 지난 두 달 동안 폽킨한테 몇 번이나 전화할 뻔했는지 알아? 당신이 어떤 상태인지 말하고, 제발 당신에게 연락을 취해달라고 부탁하려고?"

"왜 안 했어?"

"우리 사이 규칙에 어긋나는 걸 알았으니까."

나는 웃음을 터뜨렸다. "규칙. 무슨 규칙? 전화해. 아니, 찾아가서 상담해. 마침내 당신을 만나게 되어서 정말 좋아할 거야. 치유된 환자의 이상적인 남편. 나에 대해서 전부 말한 다음에 당신에 대해서도 말해. 폽킨은 흥미로워할 거야. 고마워할 거고. 온종일 한심하고 병든 사람들이 징징대는 소리를 듣다가 당신 같은 능률의 화신과 대화하면 얼마나 마음이 편하겠어. 변호사에 제작자에 주식거래 전문가에 예술 후원자를 하나로 뭉뚱그려놓은, 문자 그대로 르네상스맨을 폽킨이 또 어디서 만나보겠어? 결혼생활에서 여성의 역할을 명확하게 알고 있는 완벽히 남성적인 남자를? 무엇보다 이건 빠뜨리지 마. 성공적인 결혼에서 남편과 아내가 각자 맡은 역할이 무엇인지 꼭 말해줘. 그처럼 근사하게 단순한 해결책이 있다는 것에 폽킨은 희열할 테니까. 그거 있잖아, 강하고 지배적인 남성과 순종적인 여성. 돈벌이하는 가장은 순종적인 아내가 자신의 모든 명령을 받들리라 기대할 권리가 있다며? 폽킨은 얼씨구나 좋아할 거야."

진심으로 나는 이 연설이 어디서 나왔는지 모른다. 오랫동안 내 속에 머물러 있으면서 내가 적당한 상황에서 용기를 내면 쏟아낼 수 있게 준비가 되어 있던 것처럼 느껴졌다. 정곡을 찔렸는지 조너선은 의자에 구겨진 것처럼 앉아서 손차양 아래 이글거리는 눈으로 나를 응시할 뿐이었다. 의구심과 불안감이 스멀스멀 몰려오기 시작했을 때(내가 '거세하는 여성'으로 변해가고 있는 걸까? 갑작스러운 용기와 힘이 그걸 뜻하는 거야?) 조너선이 기어들어 가는 목소리로 마침내 말했다. "당신이 진실을 알고 싶다면, 나는 무엇보다 애들이 걱정돼."

'거세하는 여성'으로 변하는 것에 대한 걱정이 온데간데없이 사라졌다. "애들이라니, 대체 무슨 허튼소리야?"

"여자아이들은 어머니를 여성성의 본보기로 삼고 여자가 되는 법을 배우잖아. 그런데 당신은 정말 끔찍한 본보기거든."

나는 벌떡 일어났다. 이 대화를 나누는 동안 나를 꽉 붙잡고 지탱해주던 침착함이 사라졌다. 나는 분노로 온몸을 떨었다. "닥쳐, 조너선 볼저. 헛소리 집어치우라고. 이 집에서 애들한테 쓰레기 같은 본보기를 보여주는 사람이 있다면, 그건 내가 아냐. 그따위 개소리를 한 번만 더 하면, 맹세코 난 당신과 이혼할 거야."

"진정해, 진정하라고. 목소리를 낮추고 그렇게 저속한 말은 쓰지 마. 애들 깨우겠어. 이혼도 그만 들먹여. 우리가 같이 노력하면 이 결혼을 구할 수 있어. 당신만 같이 운전대를 잡아주면 끝내주게 멋지게 살 수 있다고."

나는 킥킥거렸다. 히스테리를 부리는 것처럼 들렸겠지.

조너선은 나를 빤히 보았다. "세상에, 뭐가 웃겨?"

"'이 결혼을 구할 수 있을까요?' 티비에 나가서 확인해보지 그래."

"나는 당신처럼 비뚤어진 유머 감각이 없어. 진심으로 한 말이야.

우리가 같이 노력하면, 당신이 같이 운전대를 잡아주면 우리는 잘 지낼 수 있어. 어쩌면 예전보다 더 좋아질 거야. 하지만 당신이 자기 역할을 수행하기는커녕 자신에게 문제와 결함이 있다는 걸 인정할 생각도 없다는 걸 이제 알겠어. 그러니까 나는 혼자라도 힘을 내서 두 사람 몫을 시도할 거야. 다시는 이 얘기 꺼내지 않을게. 당신이 나에 대해 한 끔찍한 말도 못 들은 거로 하고. 여기서부터 나는 내 힘이 닿는 데까지 최선을 다해 나아갈 수밖에."

"정말 관대하네."

조녀선이 일어섰다. "오늘 밤에는 못 참겠어. 하버드 클럽에 가서 잘 거야. 아침에 애들이 나 찾으면 밤중에 급한 일로 출장 갔다고 해."

부부가 무장 휴전 상태처럼 지내면서도 빅토리아 시대의 응접실을 배경으로 한 희극의 인물들처럼 세간의 이목 앞에서는 어찌나 예의 바르고 신중할 수 있는지 그저 놀라울 따름이다. 막상 내가 그런 상황에 처하자 나 또한 놀랍도록 거짓에 능하다는 사실을 발견했다. 집에서나 밖에서나 나는 마거릿 리턴 못지않게 침착하고 품위 있고 무덤덤하면서도 명랑할 수 있다. 조너선도 결코 뒤지지 않는다. 나의 마거릿 리턴에 어울리게 조너선은 초기 마이클 레드그레이브를 선보이고 있고, 우리 두 사람은 존 C. 윌슨 감독이 뿌듯해할 정도로 활발하고 경쾌하게 손발을 맞추어 연기하고 있다. 물론 남들 앞에서만. 단둘이 있을 때는 그날 밤에 싸운 이래 한마디도 나누지 않았다. 우리가 각자 독립적으로 내린 결정이 일치한 듯하다. 지금은 대전을 벌일 때가 아니라고. 왜 그렇게 생각했는지는 잘 모르겠다. 조너선의 속내도 모르지만 아마도 아이들 때문이겠지. 다른 요인도 있을 터이다. 예컨대 불과 얼마 전까지 남부럽잖게 풍요롭던 우리가 하룻밤 사이에 모든 걸 잃어버릴 수 있다는 사실을 인정하기 싫다거나. 혹은 그토록 허탈하게 모든 걸 잃을 수 있다는 슬픈 증거가 쌓여감에 따라 힘껏 싸워보지도 않고 순순히 포기하기가 싫어졌다거나. 잘 모르겠다. 정말 모르겠다. 솔직히 말하면 이것에 대해 생각하기 싫다. 여전히 조너선에게 너무 화가 나 있지만, 이런 심정들이 요인으로 작용하는 것 같다.

어쨌든 조너선은 하버드 클럽에서 하룻밤 묵은 뒤 돌아와서 자기가 한 말을 지켰다. 나는 내버려두고 자기 혼자 꿋꿋이 나아가겠다는 말. 예를 들면 일요일에 그는 늘 그래왔듯이 크리스마스카드에 한마디 적으라고 부탁하는 대신에 자기가 직접 썼다. 하여튼 간에 시작은 했다. 부엌에서 실비와 리즈와 조슬린네 아이들에게 간식을 차려주고 담배를 가지러 위층으로 올라가는데, 서재를 지나치려니 조너선이 카드를 산처럼 쌓아두고 끼적이는 모습이 보였다. 물론 서재의 문은 활짝 열려 있었다. 소위 '심리적 접근'이라고, 어린이들에게 사용하는 기법이다. 결국에 나는 서재에 들어가서 같이 썼다. 서재에 팽팽하게 걸려 있는 침묵을 견딜 수 없어서 레코드플레이어에 베토벤 교향곡 6번을 틀어야 하긴 했지만, 그래도 카드를 다 쓰고 우편으로 보냈다.

싸움이 일어나고 닷새간의 적응 기간에 조지는 깜깜무소식이었다. 보고 싶어 애가 탔지만 먼저 전화하려니 자존심이 상하고 창피했다. 그러다 화요일 정오에 전화벨이 울렸다. 조지가 거두절미하고 불쑥 말하기를, 크리스마스 화환을 거느라 바쁜 게 아니면 오후 3시에 만나러 오지 그러냐고 했다. 숨이 가빠지기도 했지만 내가 제꺽 답하지 못한 데는 이유가 있었다. 그날 오후에 뭔가 하기로 되어 있던 것 같았다. 지겨운 크리스마스 쇼핑을 마무리하는 것 말고도 무언가 하기로 한 일이 있었던 것 같은데, 아무리 머릿속을 뒤져도 생각나지 않기에 그렇다면 중요하지 않은 일이 분명하다고 결론을 내렸고, 간신히 숨을 고르고 알겠다고 말했다.

　그래, 그에게 갔다. 가능하리라 생각하지 않았지만 우리는 더없이 멋진, 지금껏 만난 중에 최고로 즐거운 시간을 보냈다. 그것이 끝나고 말없이 나란히 누워 담배를 피우고 있는데 다음 주까지는 그를 다시 못 본다는 생각이 들자 가슴이 저며왔다. 나는 그의 가슴에 올려져 있는 재떨이에 재를 털고 말했다. "내가 의심받지 않고 당신을 초대할 방법을 찾으면 다음 주 토요일 파티에 올래?"
　"당신이 죽는다고 해도 싫어."
　"왜?"
　조지는 입꼬리를 비튼 채로 베개에서 고개를 돌렸다. "첫째로 나는 파티를 싫어해. 둘째로 나는 그런 짓을 즐기지 않아."
　"그런 짓이라니?"
　"'아무도 우리 사이를 모르지' 종류의 흥분감. 딱해라, 당신이라면 그런 싸구려 스릴을 좋아할지도 모른다고 짐작했어야 했는데."
　그때까지는 너무도 좋은 시간을 보내고 있었던지라 나는 분노와 자존심을 꾹 삼켰다. "당신이 있으면 그나마 파티를 견딜 수 있을 거 같아서 초대한 것뿐이야." 언제나처럼 상황을 수습하려다 외려 악화시켜버렸다. 조지는 감상적인 말은 질색했다. 속이 상한 나는 신랄하게 빈정거렸다. "그렇게 파티를 싫어하면서 우리가 만난 파티들에는 왜 왔어?"
　"거짓말쟁이 잡년 잡으러."
　"키 크고 마른 금발?" 사실 지난 몇 주간 이것이 마음에 걸렸다.
　"그게 누구였는지가 중요해?"

"단지 당신이… 그 여자를… 좋아하는 거 같아서 물어본 거야."

"좋아하다니, 아, 세상에. 질투하고 소유욕 부리려고?"

"지금도 만나?" 나는 뼈마디와 이를 찌르는 그것에 사로잡혀 검질기게 물었다.

조지는 역겹다는 표정으로 눈을 치떴다.

"당신은 질투 같은 거 안 하겠지." 내가 말했다.

"이제는 안 해. 한때는 그런 적 있지만 의지로 이겨냈어. 나약하고 뒤틀린 마음가짐이야. 하지만 당신, 당신은 질투할 권리 없어. 그것만큼은 알아둬."

"질투하는 거 아냐." 나는 찌릿한 이 사이로 거짓말을 뱉었다. "단순한 호기심이야."

내가 당해도 싼 코웃음 소리가 들렸다.

"질투할 '권리'가 없다니, 정확히 무슨 뜻이야? 나는 결혼했으니까? 그 말이야?"

잠시 조지는 진력이 나서 말할 기력도 없다는 표정이었다. 그는 단조롭게 말했다. "우리가 사전 동의한 '가벼운 관계'를 가지고 있다면 이 관계에 질투가 끼어들 자리는 없다는 뜻이야. 또한 당신은 내게 시간을 안 내준다고, 우리가 만나는 시간이 나 같은 사람에게는 턱없이 부족하다는 뜻이야. 당신이 남편이라는 작자 기저귀 갈아주고 심부름하는 동안 내가 집에 앉아만 있기를 기대해? 당신 남편 이야기가 나와서 하는 말인데, 그건 또 어떻고? 당신 부부는 잠도 같이 안 잔다고 할 거야?"

"아니, 그렇게 말하지 않을 거야." 나는 넋이 나갈 정도로 기뻤다. 결국에 조지도 질투하고 있었다.

"그럼? 내가 거기에 불만이 있다고 가정해봐."

"아까 말끝에 당신은 질투 같은 거 안 한다며." 지난 수년을 통틀어 이토록 기분이 좋은 적은 처음인 듯했다.

"안 해!" 조지는 벌컥 화를 냈다. 나에게는 물론 속내를 들킨 자기 자신에게 화가 난 말투였다. "당신은 내 행동을 두고 질투할 권리가 없다고 말하려는 것뿐이야. 당신이 남편과 하는 것들을 고려하면… 아, 이런 똥 같은 이야긴 그만. 이리 와, 자기. 시간 낭비는 그만하자고!"

그것이 끝나고 조지는 침대에 드러누운 채 옷장 거울 앞에서 머리를 빗는 나를 보고 있다가 말했다. "오늘이 무슨 요일이지? 화요일이지. 이번 주 금요일 어때?"

가슴이 내려앉았다. 때가 왔다. 나는 거울에서 돌아섰다. "지금 이 말을 하면, 좀전의 당신 주장을 뒷받침하는 거밖에 안 되지만, 다음 주까지 만날 수 없어. 그리고 다음 주가 올해 만날 수 있는 마지막 날이고."

조지는 가만히 누워서 싱글거리기만 했다.

"이유를 듣고 싶지 않아?"

"관심 없어."

"이유 중 하나는," 나는 진지하게 말을 이었다. "토요일밤에 우리가 여는 그 빌어먹을 파티 때문이야. 앞으로 며칠 동안 나는 집에 틀어박혀서 바닥에 왁스 칠하고 유리창 닦고 그런 일을 감독해야 해. 금요일에는 치과랑 미용실에 가야 하고…"

"아, 정말…"

"하지만 다음 주에는," 나는 계속해서 말했다. "주초에 만날 수 있어. 주초에 만나야 하는데, 중반쯤에는 마법에 걸릴 것 같거든."

"나는 그거 신경 안 써."

"내가 싫어."

"당신은 그렇겠지." 계속해서 싱글거리며 조지는 몸을 일으키고 담배에 불을 붙였다. "그게 끝난 다음에는? 자료 수집의 목적으로만 보아도 이건 정말 흥미로워지고 있어—머리털이 곤두서는 그런 흥미로움이야."

나는 애써 이 말을 무시했다. "그때쯤엔 아이들과 있어줘야 해. 크리스마스 방학에 아이들이 가고 싶어 하는 곳들이 있어."

두꺼운 담배 연기 뒤에서 들려오는 목소리. "이러면서 감히 질투를 해?" 쿡쿡 웃음소리.

"질투 안 해." 나는 울음이 나올 것 같은데도 차마 떠날 수 없었다.

"그래, 그렇다고 하자. 잘됐네… 이제 5시 20분이야. 얼른 가봐야지?"

"화요일 어때?" 바로 이것 때문에 아직 떠날 수 없었다. "화요일 오후에 만날 거야, 안 만날 거야?"

대리석상의 돌 같은 눈으로 나를 보고 있는 조지는 내가 이렇게까지 매달린다는 것에 나만큼이나 놀란 듯했다.

"그래, 자기야." 조지가 부드럽게 말했다. "화요일 좋지. 침대 위에 미슬토까지 달아놓을게."

이번에도 택시를 잡을 수 없었다. 술꾼 스웨덴인 스벤이 우리 층에 엘리베이터를 세웠을 즈음에 나는 그럭저럭 진정하고 수치심에서 헤어났지만 뼛속까지 언 것처럼 추위에 떨고 있었다. 현관문

275

을 열자 굿먼 부인이 스키복 점퍼를 한 팔에 하나씩 들고 복도 중간에 서 있었다. 그 뒤로 보이는 거실에 은은한 램프의 불빛이 비치고 난롯가의 안락의자에는 우묵하게 눌린 쿠션 위로 잡지 몇 권이 펼쳐져 있었다.

30분 만에 두 번째로 나는 죽고 싶었다. 이날 아침에 조지가 전화했을 때 내가 끝내 기억하지 못한 것은, 3주 전에 아이들을 늦게 데리러 간 것에 대한 미안함을 덜고자 내가 잡은 약속이었다. 굿먼네 아이들이 놀러 오기로 한 것을 잊어버려 아이들 네 명을 로티와 남겨놓았을 뿐 아니라, 굿먼 부인에게 우리끼리 한잔할 수 있게 좀 일찍 와달라고 말해놓은 다음에 바람을 맞혔다. 굿먼 부인이 얼마나 오래 기다렸을까?

사과의 말을 쏟아내며 나는 크리스마스 선물 쇼핑 때문에 갑작스럽게 시내로 나갔다가 차가 엄청나게 밀렸다는 변명을 더듬더듬 늘어놓았다. "한잔하고 가실 시간이 아직 있나요?"

굿먼 부인이 코트를 입고 아이들 점퍼를 들고 있었다는 걸 고려했을 때 나의 뻔뻔함은 올림픽 금상 감이었다. 굿먼 부인은 힘없이 미소를 짓고 고개를 저으며 축 늘어진 긴 금발 몇 가닥을 뒤로 넘겼다. 굿먼 부인은 내 것과 쌍둥이라고 해도 좋을 낡은 낙타 모피 외투에 칙칙한 겨자색 모직 스타킹과 무릎까지 올라오는 부츠를 신고 있었다. "사실 저도 좀 늦게 왔어요." 굿먼 부인이 나를 도와주려고 말했다. "잠깐 있다 가고 싶은데 티미를 이웃집에 맡기고 와서요. 게다가 오븐에 고기를 넣어두고 와서 홀라당 타버리기 전에 얼른 가봐야 해요."

나는 애써 미소를 지어 보였다. "제게 익숙한 이야기네요."

정당하게도 굿먼 부인은 내 말을 믿지 않았다. 하필이면 이날 우리 집은 먼지 한 톨 없이 깔끔했고 로티가 저녁 식사로 튀기고 있는 닭고기 냄새가 향긋하게 배어 있었다. 게다가 나는 물론 몹시 당황했지만 어쨌든 방금 섹스한 사람들 특유의 광채를 발하고 있는 게 아닌가. 굿먼 부인이 예의 바르게 웃어주었다. "집이 아름답기만 한걸요." 그러고는 목소리를 높여 솔랜지와 플로렌스를 불렀고, 아이들이 실비와 리즈와 함께 나왔다.

"엄마는 대체 어디 갔었어요?" 굿먼네 아이들이 자기들 어머니의 도움을 받아 단추를 채우고 지퍼를 올리는데 실비가 불쑥 물었다.

찰나의 순간에 아동 살해의 동기가 이해되었다. "시내에 다녀왔어. 크리스마스 선물 쇼핑하러."

쇼핑백 하나 들고 있지 않은 내 팔을 실비가 잡았다. "로티한테 미리 말했어야죠. 우리 네 명이 집에 왔을 때 로티는 기절초풍했어요. 굿먼 부인은 한 시간이나 엄마를 기다렸고요."

"한 시간이나 되지 않았어, 실비." 굿먼 부인이 내 표정을 살피며 몸을 일으키고 말했다. 그러더니 갑자기 새파란 눈에 자기 자신을 비웃는 듯한 조롱기를 띠고 싱긋 웃었다. "믿기 힘드시겠지만 우리 집도 가끔은 봐줄 만하답니다. 마침내 다음 주에 스웨덴인 아가씨를 쓰기로 했는데, 제 삶이 달라질 거예요. 어쩌면 크리스마스 방학 때 실비랑 리즈가 놀러 올 수 있겠죠. 그때 오시면 애들은 전부 스웨덴인 아가씨랑 위층에 가두고 우리끼리 한잔해요."

나는 웃었다. 굿먼 부인은 이전에 내가 마치 무슨 깨달음을 얻은 양 말했듯이 나와 같지도, 나의 자매도 아니었다. 굿먼 부인은 정신적으로 너무도 건강했고, 너무도 선했다.

이처럼 완벽하게 상황을 마무리한 굿먼 부인은 작별 인사를 하고 아이들과 떠났다. 굿먼 부인의 소탈하고 꾸밈없는 태도는 내게 매우 긍정적인 영향을 끼쳐서, 나는 죄책감 속에서 뒹굴고픈 충동을 바로 떨쳐버렸다. 그때부터는 일이 술술 풀렸다. 지난 일주일 그 어느 때보다 집안 분위기가 좋았는데, 11시쯤에 조녀선이 침실에서 나오며 말했다. "틴, 건초에서 한번 구를까?"

단둘이 있을 때 내게 말하는 것은 일주일 만이었다.

나는 읽고 있던 마저리 앨링엄에 대고 눈을 껌벅였다. 영리하고 세련된 멋쟁이 앨버트 캠피언이 종이 위의 문장에서 떠다녔다. 조지와 잠자리를 하기 시작한 이래 두려워하던 일이 마침내 벌어졌다. 미칠 것 같았다. 대체 왜 지금? 이렇게 사이가 안 좋은데? 답은 뻔했다. 이것 역시 조녀선이 '꿋꿋이 나아가는' 방식 중 하나인 것이다. 핵폭탄 같은 싸움이 다시 한번 발발하는 것을 막으려면 나는 협력해야만 했다. 그래서 나는 침대에서 내려와 화장실로 가며, 같은 날에 남편과 애인 둘 다와 잠자리를 했다는 사실에 짜릿해하며 속으로 엉큼한 미소를 지은 메리 매카시의 소설 속 인물을 떠올렸다. 나는 그럴 수 없다고, 스스로에게 말했다.

나도 그럴 수 있는 모양이었다. 놀랍고 놀랍도다. 짜릿함을 느끼거나 속으로 엉큼한 미소를 짓지 않았을 뿐이다. "한 지 오래되었잖아. 우리 둘 다 이게 필요했어." 다 끝난 뒤에 조녀선은 말하고 자기 침대로 건너가 불을 끄더니 곧바로 잠들었다.

오늘은 목요일이다. 로티가 쉬는 날이어서 나 홀로 집을 지키며 토요일 파티에 대비해 바닥에 왁스를 칠할 일꾼을 기다리고 있다.

다시 말하지만 집에 나 혼자 있다. 그런데 나는 내가 강간을 당하고 예순 번 칼에 찔린 뒤에 빨래 바구니에 처박혀 지하실로 끌려가 발만 밖으로 대롱거리는 채 소각로에서 태워지더라도 상관없다는 기분이다.

12월 16일 토요일, 파티 당일

아침 7시 35분에 파티 생각에 들뜬 조너선이 일어나 샤워하고 꿀렁꿀렁 물을 내리는 소리로 모두를 깨웠다.

8시 30분에는 가족 전원이 부엌에서 아침을 먹고 있었다. 조너선은 후추갈이 통을 들고, 4분 익힌 달걀 위로 끼익끼익 소리를 내며 후추를 갈아 뿌리고는 마치 실비와 리즈가 자리에 없는 것처럼 물었다. "오늘 밤에 애들이 어디서 자는지 물어본다는 걸 잊고 있었어."

메이플 크리스피와 크림을 먹던 아이들이 얼어붙었다.

"애들은 당연히 집에서 자지. 왜?"

조너선은 달걀 컵에 버터 한 덩이를 떨어뜨리고 소금 통에 손을 뻗었다. "왜냐고? 집에서 파티가 열리니까, 애들이 친구네 집에서 자고 올 수 있게 당신이 준비해놓았을 거라고 생각했어."

충격 속에서 아이들은 아버지가 섬세한 웨지우드 달걀컵이 달그락거리도록 거칠게 스푼으로 달걀을 휘젓는 모습을 바라보았다.

"왜 그렇게 생각했어?" 소음이 잦아들었을 때 내가 물었다.

조녀선은 휘저은 달걀을 맛보고는 맛이 괜찮았는지 더는 무엇을 추가하지 않았다. "애들이 여기 있으면 일어날 문제들이 있잖아. 단순히 공간과 이동의 문제야. 일단 애들이 시끄러워서 잘 수나 있겠어? 또, 애들이 잠자리에 들기 전엔 어디에 있을 건데? 나는 어른들 파티에 애들이 기웃거리는 거 질색이야. 귀엽다고 생각하는 사람들도 있지만, 그건 정말 안 될 말이라고. 사실 난 사람들이 자기 애들 잔뜩 꾸며서 손님들한테 인사시키고 카나페 따위 돌리게 하는 거 모욕적이라고 생각해. 당신이나 애들이나 그런 생각은 머릿속에 들이지도 않았기를 바라."

마침내 아이들 쪽으로 시선을 돌린 조녀선은 아이들이 그 역할을 생각만 한 게 아니라 지난 몇 주간 기대했다는 걸 깨달았다.

많은 설득이 필요했지만 끝내 조녀선은 아이들에게 그런 건 '안 될 말이다'라는 것을 이해시키고 심지어 방에서 나오지 않기로 동의까지 받아냈다. 방에 있으면 보뭉의 직원을 시켜 카나페를 가져다주겠다고 약속하며. 이러는 동안에 나는 분노로 몸이 떨려 커피잔을 집기도 어려웠다. 세녀를 끝낸 조녀선은 의자를 뒤로 밀고 꼴사나운 조그만 시가에 불을 붙였고, 연기를 가득 뿜어내고 말했다. "자, 얘들아. 아빠는 이거 다 피우고 크리스마스 장식 사러 갈 거야. 같이 갈래?"

"크리스마스 장식?" 나는 커피는 포기하기로 했다. 나중에 혼자 있을 때 다시 데워 마시든가 해야지.

"크리스마스에 어울리는 식물이 없잖아." 조녀선이 말했다. "흥겨운 연말 분위기를 내는 걸 완전히 간과했어. 크리스마스가 아흐레밖에 안 남은 거 알아?"

다시 먹기 시작한 아이들은 흐물흐물해진 시리얼을 꾸역꾸역 퍼 먹었다.

"그건 미처 생각하지 못했어." 나는 말했다. "하지만 당신이 부탁한 꽃을 주문해놓았으니까, 꽃집에 전화해서 크리스마스 장식용 식물도 같이 보내달라고 하지? 왜 굳이 나가서 사?"

"왜긴 왜야, 그런 거 사는 데 큰돈 쓰기 싫으니까. 꽃은 거금을 투자할 가치가 있어. 좋은 품질을 구하려면 돈이 드니까. 하지만 크리스마스 식물 같은 건 그렇지 않잖아. 작년에 9번 애비뉴에서 멋진 가게를 발견했어. 이전에 가져온 근사한 가문비나무도 거기서 산 거야."

"지금 크리스마스트리 사러 가요?" 리즈가 외쳤다.

"오늘은 아니야. 그건 다음 주에 하자. 파티 전에 커다란 크리스마스트리를 손질할 시간이 없어. 게다가 공간을 많이 차지하잖니… 그래서, 어때? 아빠랑 함께할까?"

아이들은 아빠와 함께할 것이었다.

11시 45분에 아이들이 돌아왔을 때 나는 부엌을 치우고 침대를 정돈하고 폴리를 산책시켰고, 마음도 가라앉힌 후였다. 로티가 파티를 돕기 위해 하룻밤 자고 가기로 했으므로 근무시간이 너무 길어지지 않게 1시 전에는 올 필요 없다고 말해두었다. 아이들은 디킨스의 소설 속 어린이들처럼 장밋빛 발그스레한 뺨에 상록수 가지를 한 아름씩 들고 씩씩하게 들어와 식료품 보관실로 가져갔다. 메인주의 숲을 떠올리게 하는 푸른 내음이 집 안에 퍼졌다. 가문비나무 스와그, 밧줄처럼 길게 늘어뜨린 왕솔나무 장식, 느슨히 엮은 빽빽하고 뾰족한 전나무 이파리 묶음, 열매와 솔방울이 촘촘히 달린 거대한 델라 로비아 스타일 화환. 외투를 벗어 거는 아이들 옆에서 나는 킁킁 냄새를 맡으며 이유도 모르고 웃고 있었다. 조지. 그날 처음으로, 아니 며칠 만에 처음으로 조지를 생각했고, 그 순간 내가 왜 웃고 있는지 깨달았다. 아, 조지.

조녀선이 계단형 사다리와 망치와 못을 몇 개 가지고 와서 아이들을 거느리며 일하기 시작했다. 조녀선과 아이들이 집을 꾸미는 동안 나는 점심을 만들기로 했다. 냉장고에 차가운 닭고기가 있었기 때문에 모두가 좋아하는 클럽 샌드위치를 만들 생각이었다. 베이컨을 튀기고 있는데 망치를 든 조녀선이 식료품 보관실 문을 벌컥 열고 들어왔다. "아, 정말, 티나! 온 집에 베이컨 냄새가 진동하잖아!"

"냄새 좋은데, 왜." 나는 집게로 계속해서 베이컨을 뒤집으며 말했다. 오늘은 그가 무슨 말을 하건 무슨 행동을 하건 나는 평정을 잃지 않으리라 맹세했다. 거사를 위해 힘을 아껴두어야 하니까.

"베이컨 냄새는 몇 시간이 지나도 안 빠져. 손님들이 도착할 즈음에 집이 꼭 브롱크스 같을 거야. 생각 좀 하고 행동할 수 없어?"

"당신이 말하는 브롱크스에서는 베이컨 안 먹어. 그리고 적어도 당신 고모의 버섯 보리 수프는 아니잖아." 하지만 이 말은 앞뒤로 흔들거리는 식료품 보관실 문에 대고 한 것이나 다름없었다. 조녀선은 이미 나가고 없었다.

12시 20분에 나는 식료품 보관실부터 빽빽이 뻗어나가는 솔잎 장식을 따라 거실로 갔다. 조녀선과 아이들은 바란스 커튼과 커튼 끈에 스와그를 달며 부지런히 장식하고 있었다. 밧줄처럼 길게 늘어뜨린 솔잎 묶음이 문틀을 장식했고, 벽난로 선반에는 발삼 가지가 수북이 쌓여 있었다.

"예쁘죠?" 실비가 물었다.

"아름다워." 인정할 것은 인정해야 한다. "크리스마스 분위기가 물씬 나네."

"왜 뜻밖이라는 말투야." 옅은 빛깔의 거실 양탄자에 널려 있는 솔잎 백만 개로 내가 시선을 옮긴 순간 조너선이 사다리에서 내려와 말했다.

"로티가 진공청소기로 10분 만에 치울 수 있을 거야." 조너선은 바닥에 쌓아놓은 가문비나무 가랜드로 걸어가며 명랑하게 말했다. "…그나저나 로티는 어딨어?"

"오늘은 1시에 나오기로 했어."

"아하, 그렇군." 조너선은 말하고 사다리로 다시 올라갔다.

아하, 그렇군. 조너선은 오늘 싸우려고 벼르고 있는 듯하니 여기에 휘말리지 않으려면 마음을 강철처럼 굳혀야겠구나. "장식은 여기까지 하는 게 좋겠어. 점심 준비됐어." 이렇게 말하고 뒤돌아섰는데 탱글탱글 반짝거리는 하얀 열매가 알알이 박힌 화려한 미슬토 묶음이 빨간 새틴 리본으로 현관 상들리에에 걸려 있는 것이 눈에 들어왔다. 키스, 키스. 나는 미슬토를 올려다보며 생각했다. 여기서 누가 누구에게 키스할까? 조지, 나는 이날 두 번째로 생각했다. 아, 조지.

12시 30분에 다 같이 부엌에서 점심을 먹는데 뒷문에서 초인종이 울렸다. 문을 열자 덩치가 산만 한 장정 두 명이 각자 붉은 벨벳 쿠션이 달린 금색 대나무 의자를 첩첩이 쌓아 들고 있었다. "볼저 씨

댁입니까?" 한 명이 물었다. 내가 고개를 끄덕이자 그들은 성큼성큼 들어와 폴리가 발치에서 컹컹 짖고 있는 식사실에 의자들을 내려놓았다. 일곱 차례 오락가락하며 그들은 붉은 벨벳 쿠션이 달린 금색 대나무 의자 서른 개, 테두리에 금박을 두르고 금색 알파벳 B문양을(볼저 말고 보몽의 B) 찍어 넣은 흰 도자기 그릇과 유리잔이 담긴 상자 열다섯 개, 마호가니 바 두 개, 옷걸이가 포함된 코트 걸이 두 개, '채핑 접시와 조리기'라고 적혀 있는, 은색 뷔페 용기가 가득한 거대한 상자, 그리고 알파벳 B 문양이 역시 새겨진 은색 쟁반과 접시들을 비닐 포장재에 쌓인 채로 식사실로 날랐다.

조너선이 계산서에 서명하고 팁을 낸 뒤에 우리는 다시 먹기 시작했다.

"너무 흥분돼서 못 먹겠어요." 실비가 샌드위치를 밀어내며 말했다.

"눈 온다!" 창가를 보고 앉은 리즈가 외쳤다.

조너선은 시야를 가리는 체크무늬 커튼을 벌컥 걷었다. "이런."

"왜 그래요, 아빠?" 리즈가 물었다.

"눈이 오면 손님들이 많이 취소할 거야. 큰일이네."

아무도 점심을 먹고 있지 않았으므로 나는 상을 치우려고 일어섰다. 창가 앞을 지나가며 보자 가느다란 눈송이가 듬성듬성 내리고 있었다. "많이 안 내리는 거 같아, 조너선."

"아파트 마당을 보고 있으니까 그렇지. 마당에는 상승기류가 흐르잖아. 여기서 이 정도면 밖에서는 펑펑 쏟아지고 있다는 뜻이야."

조너선이 마당 전문가라는 걸 잊었다. 테시 고모의 날이구나.

나는 싱크대에 접시를 내려놓고 다시 시도했다. "눈이 많이 오더라도 여긴 뉴욕이잖아. 제설차도 있고 택시도 다녀. 뉴욕에서 눈이 좀 온다고 사람들이 파티에 가지 않는다는 말은 못 들어봤어."

"주말에 시골집에 내려가 있다가 파티에 참석하러 뉴욕으로 돌아오는 사람들을 당신이 잊은 모양이야. 예를 들면 그레이엄 틸슨은 벅스 카운티에 살고, 아이리스 푸더리스는 뉴시티에 살아."

"아이리스 푸더리스? 뉴시티에 사는 아이리스 푸더리스가 누구야?"

"우리 나라에서 제일 잘 나가는 조각가 중 한 명이야. 어쨌든 내 요지는, 사람들이 눈보라 속에서 운전하는 위험을 감수할 거 같아?"

아까 말했듯이, 강철 같은 마음. 나는 조녀선의 시답잖은 소리에 대꾸하지 않아도 되었는데, 마침 로티가 뒷문으로 들어왔고 우리 둘 다 그것을 휴전의 신호로 받아들인 덕분이었다. 다행히, 아무도 디저트를 원하지 않았다.

오후 3시에 아파트는 죽음처럼 고요했다. 로티는 진공청소기로 솔잎을 치우고 부엌을 청소한 다음에 자기 방에서 바느질하고 있었다. 아이들은 아래층 조슬린네 집에 가 있었는데, 조녀선의 반대로 조슬린 부부를 초대하지 못한 마당에 아이들을 그 집에 맡겨놓은 상황이 조금 민망했다. 조녀선은 낮잠을 자고 있었다. 갑자기 가슴이 서늘해졌다. 조녀선은 보몽이 정확히 몇 시에 오기로 했는지 말해주지 않았는데, 파티가 6시에 시작하기로 되어 있으니 이쯤에는 그가 와 있어야 한다는 깨달음이 엄습한 것이다. 나는 딴 데로 주의를 돌리고자 집 안을 돌아다니며 꽃을 매만지고 담배를 상자와 항아리에 넣었다. 집 안을 채운 정적의 칼날 같은 예고를 견딜 수 없어서 폴리를 산책시키기로 했다. 다시 눈이 내리고 있었다. 정오부터 눈이 내리다 그치기를 반복했다. 난 옷을 여러 겹 껴입고 폴리에게 스웨터를 입혔다.

산책을 마치고 한결 나아진 기분으로 돌아왔다. 부츠를 현관문 밖에 두고, 여전히 낡은 스웨터 두 개를 껴입고 그 아래로 헐렁한 플란넬 바지에 두꺼운 털실 양말을 따뜻하게 신은 채로 나는 차를 마시러 부엌으로 터벅터벅 걸어갔다. 물 주전자가 삑삑거리기 시작했을 때 뒷문의 초인종이 울렸다.

지저분한 후면 계단참의 쓰레기통과 빈 우유병 사이에서 다섯 사람이 지위를 박탈당한 귀족의 얼빠진 표정으로 주위를 두리번거리고 있었다. 하나같이 검은 옷으로 차려입었고, 최신 유행인 거대한 등나무 바구니를 하나씩 팔에 꿰고 있었다. 그중 키가 가장 크고 검은 외투에 홈버그 중절모를 쓴 남자가 결투의 흉터 같은 주름이 가 있는 창백한 얼굴에 침울한 표정을 띠고 한 발짝 나와 모자를 벗었다. 에나멜가죽처럼 반질거리는 머리칼은 염색한 티가 완연했으며 T. S. 엘리엇이 중년에 즐겨 한 스타일이었다. "마담 볼저이십니까?"

"네."

"보몽 서비스입니다, 사모님." 그는 허리 숙여 인사하며 나의 낡은 하얀 털실 양말에 시선을 고정했다.

"아, 네. 어서 오세요."

돌처럼 딱딱한 표정으로 그들은 부엌으로 몰려 들어와 바구니를 내려놓고 눈을 껌벅대며 서 있었다. 우울한 남자 말고도 건장한 금발 젊은이 두 명과 나이 지긋한 여자 두 명이 있었는데, 비쩍 마른 여자들은 바위 같은 얼굴 위로 잿빛 곱슬머리를 드리우고 있었다. 그들이 장례식에 온 표정으로 부엌 한복판에 서 있는데 조녀선이 들어왔다. 초인종 소리에 깨어났지만 잠이 덜 깬 멍한 표정이었고, 머리는 산발이었다. "아, 무슈 보몽!" 조녀선이 혼란스러운 미소를 띠고 키 큰 남자에게 다가가 손을 내밀었다. "드디어 만나뵈어서 반갑습니다!"

남자는 조녀선의 손이 허공을 쥐도록 내버려두었다. "저는 무슈 보몽이 아닙니다, 무슈 볼저. 저는 무슈 앙리입니다."

잠이 싹 달아난 조녀선은 손을 주머니에 찔러 넣었다. 지루해 죽겠다는 표정으로 이 광경을 보고 있던 나머지 사람들이 비웃음을 교환했다. "만나서 반갑습니다, 앙리." 조녀선이 말했다. "무슈 보몽은 언제 오시나요?"

"무슈 보몽은 오시지 않습니다, 무슈 볼저. 저희 직원들이 옷을 갈아입을 수 있는 방이 있을까요?"

"오시지 않다뇨? 아예 안 오신다고요? 무슨 말인지 이해하지 못하겠군요."

눈을 반쯤 내리깔며 무슈 앙리는 한숨을 내쉬었다. "무슈 볼저, 무슈 보몽은 어… 따로 명시가 되어 있고 필요한 준비가 갖추어진 파티에만 나오십니다. 저는 무슈 보몽의 수석 직원입니다. 무슈 보몽과 11년이나 같이 일했어요. 약속드리건대 모든 것이 무슈 보몽이 여기 있는 것처럼 처리될 것입니다."

이 대화가 오가는 동안 무슈 앙리의 직원들은 인내심이 바닥났다. 멍한 눈으로 서로 힐끔거리다가 외투의 단추를 푸르고 항의하듯이 발을 구르고 헛기침을 해댔다. 나는 털실 양말 속의 발이 땀에 젖어드는 것을 느끼며 뒷문 옆에 서 있었다.

조너선은 울음을 터뜨릴 것처럼 얼굴이 일그러졌다. "무슨 뜻인지 알겠습니다. 하지만 그런 사항은 미리 알려주셨어야죠. 그러니까… 무슈 보퐁을 모시는 데 추가적인 준비가 필요한지 몰랐습니다." 얼굴이 새빨개진 채로 조너선은 나를 돌아보았다. "티나, 이분들을 옷 갈아입을 수 있는 곳으로 안내해주겠어? 나는 할 일이 있어서." 그리고 조너선은 내뺐다.

나는 미처 대비하지 못한 문제를 떠안았다. 이 직원들이 어디서 옷을 갈아입지? 가능한 곳은 로티의 방밖에 없었기에 나는 성난 얼굴들에 무어라 변명을 중얼대고 로티의 방문을 두드리고 들어가 문을 닫았다. 로티는 안락의자에 앉아 텔레비전을 보면서 실비의 타탄체크 치마의 기장을 줄이고 있었다. 로티는 괜찮다고 나를 안심시키고 텔레비전을 껐고, 바느질감과 핸드백을 챙겨서 나를 따라 부엌으로 나왔다. 부엌에서는 다섯 명이 외투를 입은 채로 바구니에서 짐을 꺼내고 있었다. 젊은이 두 명이 옷을 갈아입으러 로티의 방에 급히 들어가며 문을 쾅 닫았다. 나는 남아 있는 세 명에게 로티를 소개하고 무슈 앙리에게 말했다. "매스터스 부인이 물건들이 어디 있는지 알려주실 거고, 또 필요하신 게 있으면 기꺼이 도와주실 거예요."

"저희는 도움이 필요하지 않습니다, 마담. 저희는 늘 필요한 도구를 모두 챙겨오고 저희 직원들에게 일을 맡기는 편을 선호합니다."

"아, 네." 나는 숨찬 목소리로 로티에게 따라와달라고 청하고 정면 현관에서 사과한 뒤에 서재에서 편히 쉬라고 말했다.

잠시 로티는 치맛자락과 바느질 상자와 핸드백을 쥔 채로 우두커니 서 있었다. 그리고 몹시도 어색해하며 말했다. "제가 그냥 집에 가는 편이 나을까요, 볼저 부인? 집에 가야 할 일이 있는 건 아니에요. 남편은 제 동생 집에서 하룻밤 자기로 했거든요. 하지만 제가 방해가 될까봐요."

바닥이 입을 쩍 벌려 나를 조엘 모스바크 씨의 아파트로 떨어뜨려주기를 바랐다. 나는 홧홧한 얼굴로 심호흡을 크게 하고 로티가 파티 준비를 거들지 않더라도 내게 꼭 필요하다고 성심껏 설명했다. "볼저 씨는 파티가 열리는 동안 애들이 방에 있기를 바라요. 그래서 애들을 봐주고 저녁을 차려주면 좋겠어요."

"아, 그럼 이야기가 다르죠. 물론 아이들을 봐드릴 수 있어요. 하지만 제가 아이들 저녁을 차려준다고 부엌에 들어가면 저 사람들이 짜증을 내지 않을까요?"

짜증이라. 나는 웃음을 터뜨리고 말았고 그러자 우리 사이의 어색함이 사라졌다. 나는 그녀가 옳다고 인정하고 로티와 아이들이 먹을 샌드위치를 가게에서 주문하기로 했다.

안방에서는 조녀선이 창가에 서서 천천히 내리는 눈송이를 보고 있었다. 조녀선은 풍경을 감상하는 사람이 아니다. 내가 문을 닫는 소리를 듣고 돌아선 조녀선은 얼굴이 하얗게 질리고 딱딱하게 굳어 있었다. "너무 불쾌하군." 얼굴에 이미 보이는 걸 조녀선이 말했다.

"아, 조녀선. 보몽이 오고 안 오고가 중요해?"

"그래, 중요해. 중요하고말고! 그 빌어먹을 얼굴을 비칠 정도 돈은 확실히 냈어. 적어도 내게 말해줄 수는 있었잖아. 추가 비용이 필요했다면, 물론 바로 그거겠지만, 더 줬을 거야. 기꺼이."

"글쎄, 이제 알았으니까 됐지." 나는 딜먼스 델리카센에 샌드위치를 시키려고 수화기를 집었다.

5시 20분에 조녀선은 새로 태어난 것 같았다. 샤워하고 면도해 분홍빛으로 반짝이는 조녀선이 크니즈 브랜드의 실크 가운을 걸치고 안락의자에 앉아 필앤코 구두에 열심히 광을 내고 있는데 딸아이들이 방으로 쳐들어왔다. 리즈는 울고 있었다. 사정은 이러했다. 배가 고팠던 실비와 리즈가 맛있는 냄새를 맡고 식료품 보관실에 들어갔더니 조리대에 완성된 카나페를 담아놓은 쟁반이 몇 개 있었다. 아이들이 쟁반의 비닐을 조심스레 벗기고 하나 집으려는 순간 무슈 앙리가 나타났다.

무슈 앙리가 한 말을 아이들이 반쯤 전했을 때 나는 노기등등하여 실내 가운에 슬리퍼 차림으로 문을 박차고 나가려 했다.

"티나!" 조녀선이 외쳤다. "그 꼴로 나갈 생각 하지 마! 이래서 내가 아이들이 친구네 집에서 자고 오기를 바란 거야. 그런 제안을 했다는 이유 하나로 다들 나를 괴물 취급했지. 엘리자베스, 뚝 그쳐라. 무슈 앙리 말이 맞아. 저기 있는 분들은 평소에 우리가 손님들 초대할 때 부르는 아주머니들과 달라. 전문가들이라고. 완벽주의자들이야. 굉장히 철저하게 준비하기 때문에 우리는 저 사람들의 방식을 존중해야 해. 자기들이 애써 만든 작품을 너랑 네 언니가 망가뜨리거나, 일하는데 기웃거리면서 방해하는 게 싫다고 하면, 그러지 말아야지. 방으로 돌아가. 둘 다. 거기서 나오지 말고. 너무 창피해서 차마 너희들 먹을 걸 만들어달라고 부탁하지 못하겠다."

아이들은 말없이 방에서 나갔고, 조녀선은 차분히 다시 구두에 광을 내기 시작했다. 내가 자신을 보고 있는 걸 알면서도 끝까지 모른 척했다. 끝내 나는 화장실로 가서 문을 닫았다. 세면대 앞에서 몸을 부들부들 떨며 잡다한 물건을 집었다 놓기를 반복했다. 메이크 업 베이스, 페이스 파우더, 비누, 데오드란트. 거울 앞에 서 있었지 만 차마 나 자신을 볼 수 없었다. 조지, 몇 시간 만에 처음으로. 그 리고 그날 들어 세 번째로 그를 생각했다. 아, 끔찍하고 못돼 먹고 근사한 조지.

5시 35분에 초인종이 울렸다. 조녀선은 팬티 바람으로 앉아서 이 니셜을 수놓은 셔츠에 금제 커프스 단추를 끼우고 있었고, 나는 슬 립만 입은 채로 거울 앞에서 머리를 빗고 있었다. 우리는 마주 보았 다. 우리가 초대한 사람들은 죽었다 깨어나도 어떤 자리에 30분 일 찍 도착하는 모습을 보일 리 없었다. 대체 누구지? 복도에서 시끌 시끌한 소리가 들려왔고, 누군가 방문을 조심스레 두드렸다. 내가 가운을 걸치고 문을 살짝 열자 보몽네 직원인 금발 젊은이 하나가 풀을 잔뜩 먹인 흰 재킷을 입고 서 있었다. 복도에 누가 있다고, 우 리 이웃이라는데 조녀선이나 나랑 이야기하기를 요구한다고 했다.
   그나마 좀더 옷을 갖추어 입고 있던 내가 나갔다. 옆집 마이어 씨 가 미슬토 아래에서 눈을 부릅뜨고 있었다. 키스 키스. 거기 있었다. 내가 받을 상. "이 말을 하려고 왔습니다. 어쩜 사람이 그리 뻔뻔합 니까!" 내가 적어도 여덟 발짝은 떨어져 있을 때 마이어 씨가 고래 고래 소리치기 시작했다. "저딴 식으로 코트 걸이를 밖에 두면 나랑 내 아내는 우리 집에 어떻게 들어가고 나옵니까? 저녁에 우리 집에 오기로 한 친구들은 어쩌고요?"
   아, 끝내줬다. 정말 끝내줬다. 마이어 씨의 대머리 위로 대롱대롱 매달려 있는 미슬토. 미슬토를 묶은 리본처럼 새빨간 마이어 씨의 대머리. 식료품 보관실 문틈으로 훔쳐보고 있는 무슈 앙리의 코, 식사실에서 입을 헤벌리고 있는 주름진 여자, 거실에서 입을 헤벌리고 있는 금발 젊은이. 조너선이 피우는 것의 다섯 배는 됨직한 마이어 씨의 시가에서 복도의 양탄자로 재가 떨어지며 밧줄 타는 냄새가 온갖 허브와 밀가루 반죽과 가문비나무와 솔잎의 향을 덮었다. 그 상황이 너무도 근사하고 마이어 씨가 와준 것이 너무도 감사해서 그의 항의를 반박하기가 꺼려질 정도였다. 부드럽고 상냥하게 나는 마이어 씨에게 작년 이맘때의 사건을 상기시켜주었다. 딸의 약혼 파티를 집에서 열었을 때 마이어 씨 내외는 복도에 코트 걸이 두 개를 놓은 정도가 아니라 밤새도록 아코디언과 바이올린을 울려댔었다. 딱한 마이어 씨는 묘하게 혼란스러운 표정으로 입을 열었다가 닫았다가, 다시 열고 말했다. "우리가 그때 잘못했다고 똑같이 해도 괜찮다는 법은 없잖소. 그리고 이것 하나 말해줘야겠소. 나도 당신 남편이 아니었으면 이렇게 찾아와서 따지지 않아요. 지난주에 당신 남편이 밤에 와서 뭐라고 했는지 아쇼? 우리한테 부탁하길, 아니 명령하기를, 발깔개를 새로 사서 깔고 우산꽂이를 집 안으로 들여놓으라는 거 아니겠소. 우산꽂이가 눈에 거슬린다면서. 그래, 그렇게 말했소. 눈에 거슬린다고. 그런 뻔뻔함은 대체 어디서 나오며, 당신 남편이라는 사람은 자기가 뭐라고 생각하는 거요?"

좋은 질문이었다. 그러나 내가 답할 수 없는 질문이었으므로 마이어 씨는 몸을 한 번 부르르 떨고는 문을 쾅 닫고 떠났다.

5시 52분에 나는 옷을 갈아입고 전투에 필요한 준비를 끝마치고 방에서 나왔다. 나보다 훨씬 전에 준비를 마친 조너선은 스피프라는 재단사에게 250불을 주고 맞추었다고 덤덤히 고백한 새 양복을 입고, 먹이를 찾는 야수처럼 집 안을 벌써 어슬렁거리고 있었다. 현관 앞 복도로 가자 조너선이 무슈 앙리와 화해했음을 알 수 있었다. 두 사람은 붉은 벨벳 쿠션이 달린 금박 대나무 의자와 잔 받침과 재떨이가 가득한 거실(우리가 칵테일 파티를 여는 건가 아니면 사교계 데뷔 파티를 여는 건가?)에서 무언가에 대해 열정적으로 논의하고 있었다. 식사실에서는 금발 젊은이 하나가 마호가니 바에 올려놓은 뷔페 용기를 분주히 확인하고 있었다. 그래서 나는 술을 한 잔 만들어달라고 부탁했다. 모든 상황을 고려했을 때 그토록 오래 술을 참은 것에 대해 스스로를 칭찬하며 상쾌하게 한 모금 꿀꺽 마시고 술을 들고 아이들 방으로 갔다. 닫혀 있는 방문에 빨간 매직펜으로 커다랗게 적은 쪽지가 붙어 있었다. "사유지! 출입 금지! 사고 시 책임지지 않음!"

나는 위험을 감수하고 들어갔다. 로티가 휴대용 텔레비전을 가지고 와서, 아이들과 같이 일회용 종이 접시에 샌드위치를 놓고 먹으며 영화를 보고 있었다. 폴리는 기대에 찬 눈빛으로 로티의 발치에 앉아 있었다. 방에 피클과 겨자와 호밀빵에 올린 뜨거운 파스트라미 냄새가 진동했다. 다들 눈은 텔레비전 화면에 못 박아놓고 음식이 가득한 입만 오물거리고 있었다. 텔레비전에서 눈을 떼지 않은 채로 아이들이 말했다. "완전 예뻐요, 어머니." 한편 로티는 텔레비전에서 눈을 떼고 아이들이랑 자기는 좋은 시간을 보내고 있다고 나를 안심시켰다. 좋고말고. 밀리언 달러 무비에서 〈필라델피아 스토리〉를 방영하고 있었다. 거기서 아이들과 파스트라미 샌드위치를 먹으며 두 아름다운 배우, 초기의 캐서린 헵번과 초기의 캐리 그

294

랜트를 볼 수 있다면 더는 바랄 것이 없을 듯했다.

6시 10분에 초인종이 울렸고, 돌 가면을 쓴 듯한 보몽의 여자 직원이 첫 손님을 안내했다. 조너선의 주식 중개인인(어쨌든 그중 한 명인) 행크 매커스틴과 그의 아내 밀드레드였다. 나는 그들 부부가 자기네 집에서 연 시끄럽고 큰 파티에 갔었는데, 아내에게 호감을 느꼈다. 행크는 능글맞고 세련된 금발 덩치인 반면에 부인은 비쩍 마른 몸에 옷을 과하게 차려입었고, 불안증이 있는 듯하지만 참 익살맞았다.(어쨌든 취했을 때는) 나는 그들을 따뜻하게 반겼지만 조너선은 데면데면했다. 조너선은 의무감에 초대했을 뿐, 그들이 손님들 무리에 묻혀 눈에 띄지 않기를 바란 것이다. 복도에 다 같이 서 있는 동안 나는 그들이 파티 시작 시간에 딱 맞추어 오고 지나친 열의를 보임으로써 조너선의 행동 규칙상 용서받지 못할 실수를 저질렀음을 알 수 있었다. 또한 조너선은 밀드레드의 옷차림도 용서하지 않을 것이다. 아, 불쌍한 밀드레드, 반짝이줄 같은 구슬 드레스로 몸을 휘감은 그녀는 우리가 아직 장만하지 않은 크리스마스트리를 대신할 수 있음직할 정도로 화려했다.

7시 20분경에는 복도와 거실, 서재와 식사실에 100명은 될 법한 사람들이 들어차 있었다. 아니, 좀더 정확히 표현하자면, 100명은 될 법한 사람들이 복도와 거실, 서재와 식사실에서 바글거리고 있었다. 그런데도 집은 꽉 찬 것처럼 느껴지지 않았다. 이제껏 나는 널찍하고 천장이 높은 집에 사는 것을 고맙게만 생각했지, 공간이 사람들을 집어삼킬 수 있다는 건 몰랐다. 100명이 있는데도 50명밖에 없어 보였고, 따라서 분위기는 전혀 흥겹지 않았다. 아, 물론 연기와 열기와 움직임과 소음이 가득했으며 조너선이 사방팔방 뛰어다니며 분위기를 돋우고 있었지만, 혹은 자신은 그러고 있다고 생각했지만, 그 모든 노력에도 불구하고 분위기가 좀처럼 뜨지 않아 파티는 매가리가 없었다.

또한 나는 차라리 보지 않은 편이 나았을 것을 많이도 목격했다. '꽤나 잘 알려진' 연예인을 보았는데, 그 젊은 배우가 거실 탁자에서 금제 물고기 모양 조각상을 집어 자기 주머니에 쑤셔 넣은 것 같았다―참고로 그 배우는 조너선이 스피프에게 250달러를 주고 맞추었다는 양복과 판박이인 양복을 입고 있었다. 카터 리빙스턴은 젊은 금발 바텐더에게 홀딱 반한 것처럼 주변을 서성이다가 아무도 안 보고 있다고 생각할 때 그 남자 바텐더의 주머니에 쪽지를 슬쩍 넣고 슬그머니 물러났고, 바텐더는 새빨개진 얼굴로 고개를 크게 끄덕이는 것으로 화답했다. 또한 나는 그레이엄 틸슨이 식사실 양탄자에 일부러 담배를 떨어뜨린 다음에 구두 뒷굽으로 비비는 것도 보았다. 달려가서 따귀를 후려칠 용기를 끌어모으고 있는데, 그는 함께 온 여자(머나먼 벅스 카운티에서 눈보라 치는 간선도로를 달려 데려온?) 여자의 팔을 잡더니 인사 한마디 없이 가버렸다. 조너선과 내가 소장한 그림 대부분을 구매한 갤러리의 사장이 샬럿 레이디에게 작업을 거는 광경도 보았는데, 샬럿 레이디가 몸을 기울이고 무어라 속삭이고 나자 그 불쌍한 양반은 얼굴이 녹색으로 질렸고, 잠시 후 그 또한 인사 한마디 없이 가버렸다. '잘 알려진' 감독 하나가 구석에 혼자 서서, 조너선이 고작 네 발짝 떨어진 곳에서 '잘 알려진' 여배우에게 한껏 매력을 과시하는 모습을 지켜보고 있었는데, 그토록 섬뜩한 증오의 표정은 난생처음 보았다. 한 시간 동안 무려 스무 번이나 사람들에게 무시당한 매커스틴 부부가 자기들끼리 있다가 절박하게 용기를 내어 바르 부부와 프랭클린 부부에게 접근하는 것도 보았다. 5분 후에 그들은 스물한 번째로 무시당한 뒤에 인사 없이 슬그머니 나가고 있었다. 프랭크 게이로드가 조녀선이 아첨을 떨던 여배우의 전화번호를 받아 적고 있었고, 세 발 떨어진 곳에서 마고가 용감하게 그녀의 주의를 딴 곳으로 돌리려는 조녀선을 무시하고 쌍심지에 불을 켜고 프랭크를 노려보고 있었다. 최고로 멋진 장면은, 벽난로 앞에 옹기종기 모인 마크스 내외와 늙은 호디슨이(그의 아내는 백혈병을 앓고 있었다) 파티의 손님이라기보다는 관찰자 같은 태도로 이 모든 것을, 조녀선의 다채로운 취향이 돋보이는 집과 그의 다채로운 친구들을 보고 있었던 것이다. 회사의 젊은 파트너 두 명이 부인을 동반해 와 있었으며 조녀선이 특별히 선별한 유명인사만 소개했지만, 이들 세 사람은 아무와도 어울리지 않고 자기들끼리 있었다. 호디슨&마크스 로펌은 조녀선이 소개한 예술계의 온갖 유명인사는 물론 그들보다 더 높은 위치의 사람들을 고객으로 삼기 때문에, 회사 사장들이 젠체하거나 수줍어하는 건 아님이 분명했다. 계속해서 그들을 관찰하던 나는 마침내 깨달았다. 그들은 충격을 받은 것이었다. 저 사람이 조녀선이야? 우리의 조녀선? 우리의 똑똑한 조녀선 볼저가 저러고 있다고? 나는 그들에게 달려가 이렇게 말하고 싶은 것을 간신히 참았다. 몰랐어요? 조녀선은 바로 저런 사람이에요.

덧붙이자면 돌 가면 여자들과 금발 젊은이들이 음식을 산더미처럼 쌓은 은쟁반을 들고 수시로 왔다 갔다 했지만 앙리는 코빼기

297

도 비치지 않았다. 나중에 폼 나게 등장하려고 기다리고 있었겠지.

또한 아이리스 푸더리스도 못 봤다. 그녀는 끝내 오지 않았다.

아무도 미슬토 아래 서지 않았다.

8시 3분에 나는 서재의 책장 앞에서, 등 뒤의 모던 라이브러리 에디션『카라마조프가의 형제들』과 몸 앞의 프랭크 게이로드 사이에 끼어 있었다. 프랭크 게이로드는 책장을 양팔로 짚어 몸을 지탱한 채로 양손으로 내 얼굴을 거머쥐고 있었다. 나는 마치 런던 브리지의 죄수 같은 상태였다. 프랭크 게이로드가 내게 잠재된 '가능성'에 대해 말해주었다. "수줍어하고 조용한 척하는 연기로 사람들 꽤나 속였을지 몰라도, 이 프랭코한텐 안 통해. 침대에서 죽여줄 것 같은데." 그 목소리의 무언가가 나의 바깥귀길에 익숙한 진동을 울렸다. 나는 말했다. "전화하는 거 좋아해, 프랭코?" 프랭코가 말했다. "뭐?" 나는 그의 눈을 들여다보며 말했다. "전화하는 거 좋아하냐고?" 그의 낯빛이 눈에 띄게 창백해졌다. "왜 그런 멍청한 질문을 하지?" 나는 웃음을 터뜨렸다. 이쯤에 그는 과연 백지장처럼 하얗게 질려서, 내가 전화 변태를 드디어 잡았다는 걸 알 수 있었다. 나는 런던 브리지의 죄수처럼 그의 오른팔 아래로 몸을 숙이고 빠져나갔다. 아무렇지도 않았다.

나는 복도를 지나 아이들 방에 갔다. 아이들은 침대에 앉아 있고, 로티는 텔레비전 화면을 조정하고 있었다. 〈필라델피아 스토리〉는 끝났고 이제 그들은 흡혈귀가 나오는 멕시코 공포 영화를 보고 있었다. 나는 아이들에게 잘 자라고 입맞춤하고, 로티에게는 그녀가 여기서 계속 시간을 낭비할 이유가 없다고, 택시비를 줄 테니 집에 가도 된다고 말했다. 로티는 조금 창피한 기색으로 한밤중에 업타운으로 가줄 택시는 없는데 이 늦은 시각에 전철을 타기는 무섭다며, 괜찮다면 자고 가고 싶다고 말했다. 물론 괜찮지만 보몽의 직원들이 방을 비워줄 때까지 로티가 어디에 있을 수 있을까? "그냥 이 방에 있을게요." 로티가 말했다. "아이들이 불을 끄면 저는 저기 의자에 앉아서 눈 좀 붙이지요. 애들은 제가 코만 안 골면 괜찮다고 하네요. 파티가 끝나면 사모님이 와서 좀 깨워주세요. 그럼 제 방으로 갈게요."

나는 아이들 방에서 나오다가 샬럿 레이디와 부딪힐 뻔했다. 샬럿은 안방에서 화장을 고치고 나오는 길이었다. "근사한 파티네요." 샬럿이 반지를 주렁주렁 낀 손으로 나를 잡으며 말했다. "하지만 저녁 내내 자기가 걱정되던걸⋯ 이처럼 아름다운 드레스를 입었는데도 영 안 좋아 보여. 무슨 일 있어요?" 상냥한 샬럿. 샬럿의 갑작스러운 관심에 조금 당황한 나는 파티 주최자의 부담에 대해 더듬더듬 중얼거리고 도망치려 했으나 그녀는 나를 놓아주지 않았다. 고개를 기울이고 나를 더욱 자세히 들여다보면서 내 손을 꼭 잡기까지 하는 게 아닌가. 샬럿이 여자를 좋아하지 않는다고 생각한 건 내 착각이었나 순간 궁금했다. "보몽을 고용했는데 뭘 걱정해?" 샬럿이 말했다. "피곤한 사람인 건 확실해. 게다가 어쩜 그리 지루한지. 조너선이 내게 전화했으면 좋았을 텐데. 그럼 멋진 새 사람을 소개해주었을 거야. 보몽의 오믈렛이랑 크레페를 안 먹어본 사람이 세상에 어딨어. 이제는 아무도 그를 다시 쓰지 않을 거야. 좀 있으면 내쳐질 텐데, 그래도 싸지." 참으로 친절한 샬럿. 샬럿이 나를 보며 눈을 껌벅였다. "자기, 뭐가 그렇게 웃겨?" 나는 말했다. "좀 있으면 오믈

렛이 나올 거라서요." 샬럿은 웃더니, 천만다행으로 내 손을 놓아주
었다. "자기 정말 미쳤구나. 하지만 그래도 자기가 좋아지기 시작했
어." 동공이 점처럼 조그맣게 수축된 샬럿의 눈(진정제인가? 헤로
인?)에 교활한 빛이 스쳤고, 그녀가 말했다. "사실 너무 좋아져서 내
가 조언 하나 해줄게. 이사고가 무어인에게 이렇게 말했지. '아내를
유심히 지켜보라.' 물론 자기의 경우에는 아내를 남편으로 바꿔야
겠지만." 몇 초간 나는 묵묵히 서 있었다. 우리는 여전히 아이들 방
앞에 있었다. "사유지! 출입 금지! 사고 시 책임지지 않음!" 나는 시
체처럼 창백한 샬럿의 얼굴과 자기가 엄청난 정보를 귀띔해주었다
고 득의만만해하는 표정을 보고 웃기 시작했다. "어머, 샬럿. 셰익스
피어 작품을 하셨는지 몰랐어요! 아니, 지금까지 제가 오해했어요.
저는 샬럿이 몸매만 좋고 머리는 빈 여배우인 줄만 알았지 뭐예요.
제가 사과해야겠어요."

　가능하리라 생각하지 않았지만 샬럿의 얼굴이 더 하얘졌다. "취
소하겠어. 당신은 미친 게 아니야. 전혀 그렇지 않아. 단지 끔찍하
게 천박하고 병적인 거야!" 샬럿은 씩씩거리며 서둘러 가버렸다. 나
는 화장실로 들어가 차분히 얼굴에 파우더를 두드리고 조너선을 찾
으러 나왔다. 프랭크 게이로드와 마고가 현관문 앞에 있었다. "지금
멋진 음식이 나올 참인데." 조너선이 말하고 있었다. "데이트는 다
음에 하고 조금만 더 계시다 가면 안 될까요?" 프랭크 게이로드가
말했다. "미안하게 됐네. 몇 달이나 계획한 거라서." 그리고 프랭크
는 마고의 희멀건 콩 껍질 같은 팔을 붙잡고 문밖으로 끌고 갔다.

　8시 33분에 앙리가 오믈렛을 내기 시작했다. 앙리는 식사실에 모

300

든 준비를 갖추어놓았다. 길쭉한 테이블이 어느새 마호가니 바를 대신하고 있었고, 테이블에는 접시와 은식기와 냅킨, 트러플, 버섯, 차이브, 캐비어, 사워크림, 웨스트팔리안 햄이 가득한 그릇이 쌓여 있었다. 앙리는 정교한 디자인의 알코올램프를 조절하며 오믈렛을 즉석에서 만들었다… 문제는, 주문이 거의 없었다. 끔찍해라. 파티가 파투날 위험을 감지한 나는 조녀선을 찾으러 나갔고, 거실에서 마크스 부부와 이야기하고 있는 것을 발견했다. 호디슨은 오래전에 떠났다. 나는 양해를 구하고 조녀선을 한쪽으로 데려가 앙리가 무슨 일을 저질렀는지 알렸다. "손님들에게 카나페랑 칵테일 말고도 먹을 것을 대접해야 한다고 당신이 말한 건 기억해. 하지만 어떤 사람들은 이제야 막 파티를 즐기기 시작했어. 이건 술을 즐기는 파티야, 조녀선. 대부분 사람들은 아직 음식 생각도 안 하고 있다고." 조녀선은 참담한 표정으로 끄덕거렸다. "알아. 나도 오믈렛 준비하는 거 보고 앙리에게 똑같이 말했어. 하지만 자기 팀이 이제 다른 파티에 가봐야 한다고, 음식을 원하면 지금밖에 시간이 없다는 거야. 음식을 안 차려도 돈은 똑같이 내야 한대."

9시 15분에는 파티에 열세 명이 남았다. 그중 일곱 명은 맨정신으로 우울하게 거실에 앉아 커피를 홀짝이며 프티푸르를 먹고 있었고, 나머지 여섯 명은 조녀선이 끝내 앙리에게 다시 열라고 요청한 바 주변에서 웅성거리고 있었다. 오믈렛을 시작할 때 앙리가 바 두 곳을 다 닫아버렸다. 바에 몰려 있는 이들은 조녀선이 한때 연극인이라고 부르던 사람들로, 저녁을 어디서 먹을 것인가를 두고 시끄럽게 말씨름하고 있었다. "지노로 가자. 배고파 죽겠어." 누군가 말했다. "아니, 춤출 수 있는 곳으로 가자." 다른 누군가 말했다. "배

불리 먹을 수 있는 데로 갔다가 그다음에 춤추러 가자." 또 다른 누군가 말했다. 두 번째로 말했던 사람이 제안했다. "여기서 오믈렛으로 배 채우고 춤추러 가면 어때?" "오믈렛 따위 먹기 싫다니까!" 첫 사람이 말했다. "난 지노네 음식이 당긴다고!"

9시 50분에 조너선은 현관문에서 찬사와 팁을 쏟아내며 보몽 서비스를 배웅했다. 나는 어둑한 아이들 방으로 가서 로티를 살살 흔들어 깨웠다. 로티가 뻣뻣한 몸을 이끌고 자기 방으로 간 뒤에 나는 식료품 보관실로 가서 조너선의 최고급 나폴레옹 브랜디를 스니프터에 넘치도록 따랐다. 파티에서는 오래전에 술을 그만 마셨다. 술잔을 들고, 조금 전에 파티가 열렸었다는 게 믿기 힘들 정도로 말끔한 거실로 갔다. 그것이 바로 요점이었다. 파티가 열렸었나?

보몽 서비스를 보낸 조너선이 돌아와 소파의 반대쪽 끝에 털썩 앉았다. 자신의 그 조그만 시가를 피우고 있는 조너선은 무척이나 흡족한 표정이었다. "그래, 어땠던 것 같아?" 조너선이 생각에 잠겨 연기를 몇 모금 뻐끔뻐끔 불어내고 말했다. "난 아주 성공적이었던 거 같아."

나는 양 손바닥으로 브랜디를 데웠다. "괜찮았어. 앙리가 오믈렛을 너무 빨리 내서 망친 것 같긴 하지만."

불과 한 시간 전에 자기도 동감했다는 걸 까맣게 잊었는지, 조너선은 발끈 성을 냈다. "알고 보니 많은 사람들이 출출해하고 있었어. 물론 당신은 음식은 쳐다보지도 않고 술만 처마시다가 바를 닫는 순간 떠나는 사람들만 초대했겠지. 하지만 내 생각엔 대부분 사람들이 오믈렛이 나왔을 때 좋아했어."

나는 고개를 숙이고 브랜디의 풍부한 향을 들이켰다. "조너선, 파티에 얼마 들었어?"

"그게 무슨 상관이야?" 조너선이 폭발했다. "왜 당신이 그걸 신경써? 당신은 손가락 하나 까딱하지 않아도 됐잖아. 그럼 만족해야 하는 거 아냐?"

내 심장아, 가만있어라. "천 달러는 들었을 거 같은데."

"아, 세상에." 조너선이 한탄하고 벌떡 일어났다. "내가 바보지. 당신은 늘 뭐든지 망쳐야 직성이 풀리잖아. 그렇지? 당신은 무엇이든지 간에 찬물을 끼얹어야 해. 뭔가 트집을 잡지 않고서는 못 배긴다고… 이 말 하니까 생각나는데, 샬럿 레이디한테 뭐라고 했어? 애들방 앞에서 둘이 무슨 이야기에 몰두하고 있는 걸 봤는데, 다음에 보니까 샬럿이 전속력으로 현관으로 나오더니 내 팔을 토닥이고 이러잖아. '우리 자기 불쌍해서 어쩌나!'"

나는 웃음을 터뜨렸다. "왜 내가 무슨 말을 했다고 생각해? 그 사람 행동이 왜 나랑 상관있다고 생각하는데? 어쩌면 그 여자가 지루했나보지. 어쩌면 파티에 연예인들이 부족하다고 생각했거나. 아니면 자기 품위가 떨어진다고 생각했거나. 최근에 뭐 좀 아는 사람들은 보몽을 고용하지 않는다고 내게 굳이 말해주던걸. 그것도 아니면 그냥 약 기운이 떨어졌거나."

조너선은 입을 열었다가 생각을 바꾸고 다시 다물었다. 뒤꿈치로 휙 몸을 돌리고 안방으로 가서 방문을 쾅 닫았다. 나는 자정까지 거실에서 머무르며 마취한 듯한 기분이 들 때까지 브랜디를 들이켰다. 방으로 가자 조너선은 침대에 뻗어 입을 헤벌리고 귀청이 떨어지도록 코를 골며 자고 있었다. 적어도 내가 프랭크 게이로드에게 무슨 말을 해서 일찍 떠나게 만들었냐고 따지지는 않았네.

께름직하고 무안해하는 표정으로 조지는 포장지를 찢었다. 짐작
건대 내가 자기 선물을 샀다는 사실이 께름직했고, 자기는 내 선물
을 사지 않아서 무안했을 터이다. 상자에는 내가 2주 전에 브룩스
브라더스에서 본 파란색 비옐라 플란넬 가운이 들어 있었다. 월요
일에 바틀럿 스쿨의 크리스마스 퍼레이드가 끝난 뒤에 느지막한 오
후에 가서 샀다. 아이들이 월요일부터 크리스마스 방학이라 집에
있었던지라 어제 나는 아이들에게 들키지 않고 상자를 집에서 가지
고 나갈 방법을 찾아야 했다. 결국에 나는 커다란 쇼핑백에 상자를
숨겨 나왔는데, 쇼핑백은 두 시간 외출에 대한 핑계이기도 했다. 막
바지 크리스마스 쇼핑을 끝내야 한다고 했다. 끝없이 꾀를 부리고
거짓말해야 하는구나.

조지는 가운을 상자에서 빼고 높이 들었다. "당신이 믿을지 몰라
도 나는 평생 실내 가운을 입은 적이 없어."

"믿어. 기억나."

조지가 눈을 가늘게 떴다. "뭐가 기억나?"

아차, 또 실수했다. 내가 늘 이렇지 뭐. 나는 나 자신을 혐오하며
얼굴만 붉히고 앉아 있었다.

"어렸을 때 실내 가운으로 비옷을 입었다고 한 이야기?"

내가 무관심한 척 어깨를 들썩이자 조지는 웃음을 터뜨리고 가운을 다시 상자에 떨어뜨렸다. "내가 셔츠로 교환하면 삐질 거야? 셔츠가 부족한데."

이번만큼은 나도 도발에 반응하지 않았다. 차분히 나는 말했다. "내 선물 안 사서 민망한 거 감추려고 괜히 센 척할 필요 없어." 나는 웃었다. "당신한테 선물을 받으면 너무 놀라서 죽을지도 몰라."

"그래?"

"그래."

"그럼 죽을 준비 해." 조지는 방에 들어갔다가 잠시 후 꾸러미를 하나 들고 돌아와서 거칠게 내 무릎에 던졌다.

이제 내가 민망해할 차례였다. 조지가 웃음을 터뜨렸다. "용케 살아 있네. 열어 봐."

서투른 손으로 꾸러미를 풀었다. 속에는 연녹색 나비 무늬가 들어간 하늘색 실크 슈미즈가 들어 있었다. 매우 비싼 프랑스제였다. 어떻게 아느냐면 이런 것을 늘 원했었지만 살 용기가 없어서 안 샀기 때문이다. 나는 슈미즈에서 조지에게로 시선을 옮겼다. 어리둥절하고, 조금 수상쩍은 기분으로.

"어제 이걸 사서 집에 오자마자 당신이 내게 얼마나 나쁜 영향을 끼치고 있는지 깨달았어. 환불받으려고 했는데, 방금 당신이 한 말 때문에 생각을 바꿨지… 아무튼 그렇게 앉아만 있지 말고 입어 봐."

"지금? 여기서?"

"지금. 여기서." 조지가 웃었다. "갑자기 정숙한 체하는 거야?"

그가 팔짱을 끼고 창가에 서서 지켜보는 동안 나는 옷을 한 오라기도 남기지 않고 다 벗었다. 거실은 몹시 추웠고, 평가하는 듯한 그의 서늘한 시선 앞에서 나는 갑자기 자의식을 느끼며 부끄러워했다. 몸을 떨며 슈미즈를 입어보았다. 내 몸에 꼭 맞았다.

"내 생각대로야." 조지가 창가에서 웃었다.

"뭐가 당신 생각대로인데?"

"전혀 섹시하지 않아. 하지만 당신이 늘 입는 밋밋한 백화점 속옷보다는 낫다. 이리 와."

"한 번이라도 그 입 좀 다물면 안 돼?"

"당신이나 입 다물고 이리 와."

"당신은 창가에 있잖아. 지금도 추워 죽겠어."

조지는 욕설을 중얼대며 내게 왔다. 전에 없이 나는 순진하고 실없는 여자아이를 흉내 내며, 킥킥 웃음을 터뜨리고 따뜻한 방으로 도망쳤다.

나중에 조지는 거실로 나갔다가 금세 파란 모직 가운을 걸치고 돌아왔다. 만나고 처음으로 그가 정말로, 견딜 수 없을 정도로 잘생겨 보였는데, 자기도 그 사실을 알았다. 어깨에 잔뜩 힘이 들어간 채로 거들먹대며 조지는 옷장 문을 열고 안쪽의 전신거울로 자기 모습을 관찰했다. 머리는 헝클어졌고 평온한 얼굴은 소년처럼 발갛게 상기되어 있었다. "나쁘지 않네." 조지가 거울을 보고 싱글거리며 말했다. "전혀 나쁘지 않아. 그냥 가지고 있을까봐. 팬티 바람으로 돌아다니는 것보다는 확실히 우아하지."

수컷 공작새처럼 자기 모습에 취해 있는 그를 보고 나는 미소를 지었지만 못난 생각 두 개가 머릿속에 파고들었다. 그가 가운을 걸친 모습을 나 말고 또 누가 볼까? 저 슈미즈를 정말 나를 위해 샀을까? 슈미즈가 내게 꼭 맞은 건 사실이지만 키 크고 마른 금발 여자에게도 맞았을 터이다.

자, 내가 제대로 미쳐가기 시작한 건 지난여름이지만, 심지어 그 전에도 나는 어떤 생각을 하자마자 그 생각의 정수가 극적인 상황으로 구현되는 걸 경험한 적이 있다. 상황에 따라 단순히 우연이거나, 혹은 텔레파시와 제6감이 합쳐진 거라고 볼 수 있는데, 이날은 확실히 두 번째였다.

그 불쾌한 생각 두 개가 머릿속에 떠오르자마자(사실 따져보면 하나의 생각이다) 조지의 침대 옆에서 전화벨이 울리기 시작했다. 그때껏 내가 올 때마다 침실 전화기의 선은 늘 미리 뽑혀 있었고, 한두 번 부엌에서 전화가 울렸을 때 조지는 안 들리는 척 무시했었다. 오늘은 웬일로 조지가 이처럼 치밀한 준비를 잊어버려서(이것이 의미하는 바를 나는 늘 무시하려고 노력해왔다) 침대 옆의 전화기 선이 그대로 꽂혀 있었다. 전화가 울리고 울리고 또 울렸다.

조지는 자기만족에 빠져 계속해서 거울만 들여다봤다.

나는 심장이 쿵쿵 뛰기 시작했다. "전화 받아." 내가 끝내 말했다.

조지는 거울에서 돌아서 눈썹을 치올리고 나를 차갑게 응시했다.

전화벨이 계속해서 울렸다. 누군지는 몰라도 조지의 습관을 잘 알아서 그가 받을 때까지 기다릴 작정인 듯했다.

"빌어먹을 전화 받으라고!"

조지는 미소를 짓고 천천히 걸어와 수화기를 집었다.

눈을 지그시 감으며 그는 침대에 뻣뻣이 누워 있는 나를 등졌다. "아니." 조지가 말했다. "아니, 다 마쳤어." 조지는 소리가 새지 않게 수화기를 귀에 바짝 붙이고 잠시 가만히 듣고만 있었다. "또 누가 올 건지 말하지 않았잖아." 다시 그가 귀를 기울였다. 나는 이불을 두 장이나 덮고 있었는데도 몸이 떨렸다. "…알았어. 알았다고. 알았으니까 그만 좀 해!"

나는 부스럭 소리를 내며 이불을 젖히고 침대에서 내려갔다.

조지는 몸을 돌리고 방에서 나가는 나를 쏘아보았다. 거실은 싸늘했고 나는 이미 화가 나고 추워서 떨고 있었지만, 옷이 거기에 있었을뿐더러 그의 통화를 듣고 싶지 않았다. 나지막한 목소리가 거실까지 새어 나왔다. 돌연 조지는 언성을 높이고 외쳤다. "그만하랬잖아! 8시에 간다고!" 그리고 그는 전화를 사납게 끊었다.

내가 서둘러 옷을 입고 있는데 조지가 거실로 나왔다. "우리가 동의한 줄 알았는데."

나는 터틀넥 스웨터를 머리 위로 뒤집어쓰고 잡아당겼다.

"질투하지 않기로. 당신이 질투할 권리가 없다고 인정했고."

"질투하는 거 아냐. 속이 울렁거려서 그래."

"왜? 이게 바로 당신이 원한 거잖아. 당신이 간절히 원하던 거. 내가 말했듯이 당신은 늘 이런 상황을 자초해. 뭘 증명하려는 거야? 내가 저질, 쓰레기라고? 그건 당신도 잘 알잖아. 사실, 바로 그 이유로 여기 오는 거잖아."

"그럴 때도 있지." 뜻밖의 솔직한 대답에 심지어 나도 놀랐다. "하지만 다른 때는 토할 거 같아."

"세상에 공짜는 없어."

"알아. 다만 가끔은 값을 치를 수 없을 뿐이야."

"마지막으로 말하는데, 당신 태도를 확실히 하는 게 좋을 거야. 이

거 할 수 있어, 없어? 못하겠으면 그만둬. 지금 당신은 상황을 복잡하게 만들려고 하고 있어. 당신이 그럴 줄 알았지. 선물 같은 헛수작을 부리질 않나. 말했듯이 당신은 나한테까지 악영향을 끼치고 있어. 내가 정신이 나갔지."

옷을 다 입은 나는 손가락으로 대충 머리를 정돈했다. 빗질 따위 생략하고 한시바삐 이곳을 벗어나고 싶었다. "누가 인간다운 모습을 보이기만 하면 당신은 그게 정신 나간 짓이라고 하지." 나는 외투를 입으며 말했다.

"인간다운 게 아니라 감상적인 거야. 겉만 번지르르하게 포장하는 것. 우리는 운 좋게도 굉장한 섹스를 즐기고 있어. 이유는 몰라도 그쪽으로는 엄청 잘 맞아. 그것뿐이야. 섹스. 섹스는 그냥 섹스야. 다른 그 무엇도 아닌 육체관계라고. 섹스하고 싶으면 여기 와서 해. 끝내주는 섹스를 하자고. 섹스에 더해서 온갖 감상적인 사랑 타령 따위를 원하면 당신이 들락거리는 그 품위 있는 사교계에서 '죄책감 느끼며 바람 피우는 남편' 부류를 찾아. 그 작자들은 그런 것에 박사니까."

나는 문손잡이에 손을 올리고 있었다. 내가 말했다. "당신이 원하는 건 여자가 아니라 섹스 로봇이야."

조지가 웃음을 터뜨렸다. "그런 게 있으면 골칫거리는 줄겠어." 그리고 그는 나가는 내 등에 대고 말했다. "메리 크리스마스! 하나님은 우리 모두를 축복하신다네!"

　오늘 아이들 학교가 개학했다. 지난 2주는 순전히 아이들 덕분에 견뎠지만 한편으로는 조용히 혼자 있는 시간을 고대하고 있다. 지금은 조용하지도, 혼자 있지도 않다. 닫아놓은 방문 너머에서 로티가 복도의 양탄자에 잔뜩 쌓인 크리스마스트리 이파리를 진공청소기로 치우고 있다. 2.5미터 남짓한 가문비나무를 끌고 오는 길에 이파리 수백만 개가 떨어졌고, 20분 전에 화환과 가랜드 등 크리스마스 식물과 장식을 쓰레기통으로 가져가는 길에 또 잔뜩 떨어졌다. 아이들에게 개학할 때까지 크리스마스 장식을 그대로 두기로 약속했다. 어쨌든 이제 아이들은 학교로 돌아갔고 새해가 밝았다. 새해의 셋째 날인 오늘 나는 희망찬 기분으로 새해 결심을 다지는 대신 깊은 우울에 빠져 있다. 지금 기분은 평소의 익숙한 불안감이 아니고, 명절 이후에 찾아오곤 하는 실망감도 아니다. 지난 2주에 대한 지독한 허무감이다.

　지난 2주간 아이들을 파티에 데려가고 친구들까지 모아서 여러 가지를 구경시켜주며 매우 즐겁게 지낸 건 사실이다. 단기 속성으로 마침내 모든 시술을 끝마친 세 번의 치과 방문을 제외하면 매일 오후를 아이들과 보냈다. 밤에는 끔찍한 파티가 매일같이 열렸다. 새해 전야 파티만 여기에 언급하겠다. 다행스럽게도 크리스마스는 그냥저냥 보냈다. 조너선은 내게 금 브로치와 악어가죽 핸드백을 선물했다. 나는 실크 파자마와 캐시미어 스웨터와 넥타이를 선물했다. 손발이 딱딱 맞는 짝꿍이다. 자기들이 원하던 것을 거의 다 받은 아이들은 최고의 크리스마스라며 기뻐했다. 진심이었던 것 같다. 이해는 안 되지만, 내가 이해하고 못 하고는 중요하지 않다.

새해 전날. 이날에 대해 적고 싶다. 도저히 머릿속에서 떨쳐낼 수 없기 때문이다.

올해 우리는 고작 두 개의 새해 전야 파티에 초대받았다. 조너선의 회사 파트너 중 한 명인 브록먼네 파티와, 조너선이 프랭크 게이로드의 연극 투자자 모집 극본 읽기 자리에서 만난 어떤 사람의 파티였다. 작년과 재작년엔 파티 네댓 개에 초대받아서, 조너선이 참석할 가치가 있다고 생각한 파티에만 얼굴을 비췄다. 골라서 갈 처지가 안 되자 무시당한 기분이 든 조너선은 두 파티에 다 가기로 했고, 그래서 물론 우리는 갔다. 브록먼네 파티는 삭막하고 갑갑했다. 손님들은 하나같이 지나치게 차려입고 조각상처럼 뻣뻣이 앉아서 샴페인을 홀짝였다. 마크스 부부가 있었으므로 우리는 파티에 한 시간 머물렀다. 그들이 떠나자마자 우리도 다른 파티로 출발했다. 다른 파티의 주최자 부부는 성이 페인인가 파인인가 했는데, 이스트 70가의 브라운스톤 아파트에 살았다. 5층짜리 집에서 아래세 층이 파티에 쓰이고 있었다. 층마다 보이지 않는 스피커에서 레코드플레이어의 음악이 시끄럽게 울렸고, 사람들은 몸을 요상하게 비틀고 흔드는 온갖 종류의 최신 유행 춤을 추고 있었다. 파티에 온

311

사람들은 또 어떤가. 미쳐버린 오필리아처럼 머리칼을 치렁치렁 늘어뜨리고 파티가 있는 곳이라면 어디든지 가는 어린 아가씨들부터 UN 대사까지 별별 사람들이 다 있었으며, 연예인들이 드문드문 끼어 있어서 사람들은 "당신은 누구지?"라고 물어보는 듯한 기대에 찬 눈빛으로 서로 힐끔거렸다.

귀청이 떨어질 것처럼 시끄러웠으며 겁이 날 정도로 사람들이 북적거렸다. 천하의 조너선도 조금은 기가 죽었는지, 집주인 부부를 찾아 나를 소개한 뒤에 2층의 비교적 조용한 구석으로 나를 데리고 갔다. 얼마나 오래 서서 미친 춤을 추는 미친 사람들을 지켜보았을까. 몇 시인지, 자정까지 얼마나 남았는지도 가늠할 수 없었다. 심지어 나는 그날이 새해 전날이란 걸 잊고 있었다. 일단 겉으로는 침착한 척하고 있었지만 속으로는 나의 친숙한 두 공포증, 광장공포증과 화재공포증과 싸우고 있었다. 또한 이런 파티야말로 조지가 올 법하다는 생각이 자꾸만 들었는데, 그와 마주치면 곤란할 걸 알면서도 내심 그가 나타나길 바라고 있었다. 2주간 끊임없이 갈등하는 동안 나는 터무니없는 장소와 터무니없는 시간에 그를 생각하곤 했다. 예컨대 아이들과 관람한 로열 발레단 공연에서 신데렐라가 연속으로 앙트르샤를 하고 있을 때라든지, 치과 의자에 앉아 있을 때라든지, 혹은 울먼 아이스링크에서 리즈를 데리고 나올 때라든지. 나는 그를 계속 만나기로 했다. 그의 조건에 따르기로 했다. 섹스는 섹스다. 조지가 타락한 것처럼 보여도 어쨌든 겉보기만큼 속까지 썩지는 않았다는 걸 알았으며, 내가 지금 같은 시기를 견딜 수 있게 도와주고 있으니까. 이를테면 나의 구원자인 셈이다. 내 인생의 스펙트럼 반대쪽 끝에서는 딸아이들이 나를 구하고 있는데, 이런 모순을 이해하려고 시도할 엄두도 나지 않는다. 물에 빠진 사람은 손에 잡히는 거라면 무엇이든 붙드는 법이다.

어쨌든 조녀선과 함께 구석에서 파티를 구경하며, 누군가 "불이야!"라고 외치면 내가 과연 어떻게 해야 할지,(곳곳에 널려 있는 비더마이어 양식 의자로 왼쪽 창문을 깨고 이층에서 뛰어내리는 위험을 감수할까?) 또 만약 조지가 나타나면 어떻게 대처할지(여긴 제 남편 조녀선이에요. 아… 죄송한데 성함이 어떻게 되셨더라?) 상상하고 있는데 조녀선이 갑자기 말했다. "화장실에 가야겠어. 속이 안 좋아."

과연 그는 몸이 안 좋아 보였다. 창백하고 굳은 얼굴에 땀이 맺혀 있었다. "같이 갈까?" 내가 물었다.

"아니야, 당신은 여기 있어. 다녀올게." 조녀선은 사람들 사이를 헤치고 나가 화장실이 어디 있는지 묻고 계단으로 뛰어갔다.

거의 15분이 지났는데도 그가 돌아오지 않자 나는 걱정이 되기 시작했다. 화장실 바닥에 쓰러져 있는 건 아닐까? 조녀선은 평소와 다르게 미친 듯이 술을 푸고 있었다. 위층 침대 어딘가에 쓰러져 앓고 있는 건 아닐까? 마침내 나는 그를 찾아 나서기로 했다. 내가 방의 반대쪽 끝에 다다랐을 때 불이 전부 꺼졌다. "해피뉴이어!" 누군가 외쳤고, 스피커에서 지지직 커다랗게 전기 음이 나며 음악이 뚝 멈췄다. 그리고 〈석별의 정〉이 울리기 시작했다.

주변에서 들리는 소리에 겁을 먹고 나는 벽에 납작하게 붙었다. 어둠 속에서 끙끙대는 소리와 낄낄대는 소리와 깍깍거리는 소리와 웃음과 욕설과 잔 깨지는 소리가 들렸다. 세상에, 서커스가 따로 없구나. 나는 생각했다. 벽에 딱 붙은 채로 나는 어둠에 묻힌 문과 계단까지의 거리를 가늠해보았다. 그러고서 한 발씩 게처럼 옆걸음으로 나아가고 있는데 난데없이 누군가의 손이 내 몸을 더듬었다. 무슨 일이 벌어지고 있는지 미처 깨닫기도 전에 그 손이 내 어깨를 붙잡고 벽에서 떼어내더니, 한 손으로는 나를 바이스처럼 조이고 다른 손으로는 내 몸을 돌리고는 주먹처럼 단단한 혓바닥을 내 입속에 밀어 넣었다. 곧바로 이어진 난폭한 몸싸움 중에 내 잔이 바닥에 떨어져 깨졌다. 무엇 때문에 주변에서 잔 깨지는 소리가 그렇게 났었는지 마침내 이해했다. 미치광이에게서 벗어나고자 손톱으로 할퀴고 버둥거렸지만 입에 입이 막혀 소리도 지를 수 없었다. 힘껏 밀쳐낸 끝에 손아귀에서 빠져나와 도망치는데 등 뒤에서 나지막한 웃음소리가 들렸다. 정말 미치광이였던 것이다. 빽빽이 모여 있는 사람들 무리 두 개를 헤치고 마침내 계단에 다다른 뒤에 난간을 붙잡고 내려가다 계단 중간쯤에서 한 커플을 밟을 뻔했다. 어두운 복도를 더듬으며 차가운 밤공기와 제정신이 기다리는 현관문으로 가고 있는데 불이 번쩍 들어왔다.

내가 난간 기둥을 붙들고 있는 우아한 작은 현관에 거의 여섯 커플이 들어차 있었다. 그중 한 커플은 깜장과 하양 쪽모이 세공 바닥에 누워 있었다. 불이 켜지자 다들 황급히 몸을 뗴었다. 창피해하고 흠칫하고 대담하게 재밌어하고 등등 반응도 가지각색이었다. 바닥에 누워 있는 커플로 말하자면, 그들은 불이 들어온 것에 추호도 신경 쓰지 않았다. 나와 가까운 곳에서 아주 어린 아가씨가 얼굴은 하얗게 질리고 드레스는 찢어진 채로 벽에 붙어 움츠리고 있었다. "괜찮아요? 도움이 필요해요?" 내가 물었지만 그녀는 고개를 저었다. 갑작스레 몸에 힘이 빠져 내가 도움이 필요할 지경이었다. 나는 꿈꾸는 표정으로 넋을 잃고 서로의 눈을 들여다보고 있는 젊은이 두 명을 지나 일층의 커다란 방에 가서 벽에 줄줄이 세워놓은 의자 중 가장 가까운 것에 앉았다. 스피커에서 다시 음악이 울리기 시작했다. 나는 그대로 앉아서 얼굴에서 립스틱을 지우는 남자들과 구겨진 드레스와 헝클어진 머리를 정돈하는 여자들을 바라보았다. 마침내 조녀선이 제법 멀쩡한 얼굴로 돌아왔다. 나는 자리에서 솟아오르듯이 일어났다. "여보! 왜 이렇게 오래 걸렸어? 걱정했잖아. 괜찮아? 어디 갔었어?"

조녀선은 차갑게 나를 응시했다. "어디 있었냐고? 화장실에 있었어. 속이 안 좋다고 했잖아, 아니야? 너무 어지러워서 약 수납장에서 드라마민을 꺼내 먹었어. 내가 얼마나 속이 안 좋았는지 알겠지?"

"불 꺼졌을 때 화장실에 있었어?"

"화장실에 있었다고 방금 말했잖아, 내 말 못 들었어?" 조녀선이 어찌나 화를 내며 거칠게 대꾸하던지 나는 소름이 돋았다. 세상에, 설마… 설마 아까 그 미치광이가 조녀선이었나?

이 무시무시한 가능성을 고려하고 있는데 조녀선이 고개를 기울여 내 뺨에 정숙하게 입술을 가져다 댔다. "해피뉴이어. 자, 술 받으러 가자."

그렇게 속이 안 좋다면서 술을 또 마셔? "조녀선, 난 집에 가고 싶어. 여기 있는 사람들 제정신이 아니야."

"세상에." 조녀선은 눈을 감았는데, 다시 떴을 때의 눈빛은 살벌하기 그지없었다. "새해 전야인데, 이런 날에도 그러는군. 이번엔 또 뭐가 문제야?"

왠지는 몰라도 이렇게 말하면 안 될 것 같았다. "강간당할 뻔했어.

315

이번엔 그게 문제야." 그 대신에 난 이렇게 말했다. "말했잖아. 여기 사람들이 싫다고."

"당신은 좋아하는 사람들이 있기는 해?" 조너선이 조용히 말했다. 그러더니 잠시 쿡쿡거리고 고개를 가로저었다. "아, 정말 대단하군. 당신이 사람들과 어울릴 수 없다고 나더러 새해 전야에 자정을 고작 12분 넘기고 집에 가자고. 뭐 하나 말해줄게. 난 안 가. 그렇게 겁이 나면 혼자 가. 나는 여기 있을 거야. 위층으로 다시 올라가서 술을 받고, 이름이 뭐였더라, 작년에 시 부문 퓰리처상을 받았다는 그 사람이랑 이야기할 거야."

나는 그대로 서서 몸을 떨며 새해 전야에 택시를 잡으려 애쓰며 뉴욕의 거리를 혼자 헤매는 것을 상상해보았다. 잠시 후 나는 이름이 뭐였더라와 이야기하러 위층으로 올라갔다.

무슨 소용인지는 몰라도 그날에 대해 다 적었고, 다 적었으니 이제 잊어버리련다. 그 손과 입을 생각만 해도 속이 뒤집힌다.

여기 앉아서 이걸 쓰기 전에 조지에게 전화해서 오늘 오후에 만날 약속을 잡았다. 새해 전날 직전에 내가 그의 조건을 받아들일 것이며 계속해서 만나기로 마침내 결정했다고 말하려고 두 번 전화했는데, 두 번 모두 그가 통화 중이었거나 전화선을 뽑아놓았다. 전화선을 뽑아놓은 것이었다면 왜 그랬는지는 생각하지 않기로 했다. 조금 전에 전화했을 때 조지는 내 연락을 받고 자기만의 독특한 방식으로 기뻐하는 듯했지만, 우리가 2주 전이 아니라 바로 전날 통화한 것처럼 덤덤한 말투였다. 그 전에 두 번 전화했었다는 말은 생략했다.

이제 약속까지 두 시간 남았는데 그 전에 처리해야 할 일들이 있다. 먼저 크리스마스트리 장식을 모조리 지하실의 창고로 치워야 하는데, 당연히 로티를 보디가드 삼아 같이 갈 거다. 그 일이 끝나면 올해 우리가 받은 크리스마스카드를 모으고, 그것들을 버리기 전에 보낸 이들의 이름을 적어놓아야 한다. 오늘 아침에 조너선이 출근하기 전에 당부했다. 조너선이 말하길, "올해 우리는 카드를 300장 보냈어. 그런데 228장밖에 받지 못했단 말이지. 우리한테 보내지 않은 사람들한테 내년에 또 보낼 이유가 없잖아? 그러니까 내년에 누구를 제외해야 하는지 목록을 만들어야 해."

아니, 아냐. 새해 전야 파티에서의 미치광이가 조너선일 리 없어.

뉴욕시는 소위 폭설 비상사태다. 눈보라가 몰아쳐서 학교와 대부분 기관이 문을 닫았다. 호디슨&마크스는 사무실을 열었지만 바틀 럿 스쿨은 휴교해서 아이들은 지금 크리스마스 선물로 받은 수채화 물감으로 그림을 그리고 있다. 리즈가 감기에 걸려서 어차피 학교에 보내지 않을 생각이었다. 리즈가 왜 감기에 걸렸는지는 또 다른 이야기인데, 나중에 오늘 날짜 기록에 포함할 것이다.

눈은 금요일 아침에 내리기 시작하여 오후엔 펄펄 쏟아지고 있었다. 그 탓에 나는 조지네 집에 한 시간밖에 머무를 수 없었다.(그렇다. 고작 이틀 만에 또 갔다) 그런데 조지는 내가 빨리 간다고 툴툴거리지 않았다. 최근에는 그 무엇을 가지고도 툴툴대지 않는다. 크리스마스 직전의 만남 이후로 조지는 무척 상냥하고 순해졌다. 내가 자기 규칙을 따르기로 한 것 때문은 아니다. 섹스는 섹스다 등등. 아니, 조지는 그건 당연하게 받아들였다. 내 생각에는 지금 열심히 작업 중인 작품이 잘 되어가서 기분이 좋은 듯한데, 조지에 대해서는 무엇 하나 확언하기 힘들다. 자기 작품에 대해 말하느니 차라리 혀 깨물고 죽을 사람이다. 이유가 무엇이든지 간에, 나는 이 변화가 마음에 드는지 모르겠다. 조지가 지나치게 상냥하다.

눈은 토요일에도 계속 내리다 일요일 아침이 밝기 전에 그쳤다. 바르네 부부가 토요일 밤에 큰 파티를 열었다. 물론 우리는 눈보라를 뚫고 갔다. 택시를 잡을 수 없었으므로 조너선은 리무진을 불렀다. 새벽 3시에 집에 오는 길에도 눈이 내리고 있었는데, 아침 7시에 나는 눈꺼풀을 파고드는 빛에 잠에서 깨어났다. 눈은 그쳤고, 온 누리를 덮은 흰색에 굴절된 강렬한 햇빛이 닫혀 있는 블라인드를 뚫고 집 안으로 스며들었다. 잠이 번쩍 깬 나는 누운 채로 천장에 층층이 그려진 길쭉한 막대 모양 빛을 보며 당장 뛰쳐나가 눈을 보고 싶은 어린아이 같은 충동을 억눌렀다. 전날 과음한 데다가 네 시간밖에 자지 못했고, 일요일에는 할 일이 많다고 스스로를 타일렀지만 통하지 않았다. 일어나야만 했다. 거실로 슬그머니 나가니 너무나 밝아서 몇 초 동안 앞을 볼 수도 없었다. 창가로 가서 밖을 내다보았다. 지난 이틀간 제설차가 꼬박꼬박 지나가며 거대한 눈더미를 도로변으로 밀어 주차되어 있던 차들을 가두어놓았는데, 마지막 제설차가 지나간 이래 그 위로 눈이 또 내려 센트럴파크 웨스트 도로 양옆으로 거대한 흰 언덕을 이루고 있었다. 또다시 눈에 덮인 도로에는 발자국이나 바퀴 자국 하나 없었다. 사람은 코빼기도 보이지 않았다. 모든 것이 완벽히 정지된 풍경에 제가끔 모여 앉은 비둘기들이 흔든 나뭇가지에서 떨어진 눈가루만 때로 흩날렸다.

밖으로 나가 탄산처럼 상쾌한 공기를 들이쉬고 무결한 백색 눈에 첫 발자국을 남겨야만 했다. 나는 방으로 돌아와 화장실에서 옷을 갈아입었다. 까치발로 살금살금 그의 침대 옆을 지나가는데 조너선이 시뻘겋게 충혈된 눈 하나를 떴다. "몇 시야?"

"7시 반." 나는 속삭였다. "다시 자."

몸을 뒤척이고 웅얼거리며 조너선은 베개로 얼굴을 가렸다.

정면 현관에서 부츠를 신다가 비둘기들이 생각났다. 부엌으로 가서 새 식빵을 뜯고 빵조각을 커다란 비닐봉지에 담은 다음에 집을 나섰다.

아파트 앞의 보도는 깨끗하게 눈이 치워져 있었다. 우리 아파트 관리인이 아침 댓바람에 그 일을 감행했다는 사실이 믿기지 않았다. 연석에는 지나갈 수 없을 정도로 눈더미가 높이 쌓여 있었다. 나는 잠시 가만히 서서 설상화 없이 과연 길을 건널 수 있을지 고민하다 무작정 걷기 시작했다. 다리가 무릎까지 눈에 푹푹 빠졌다.

도로 건너편에 도달한 나는 숨을 몰아쉬며 승리감을 만끽했다. 공원 입구에서 걸음을 멈추었다. 언제나처럼 두려워서가 아니라, 내 앞에 펼쳐진 광경에 잠시 넋을 잃은 것이다. 내가 원하던 바로 그것이었다. 모든 것이 완벽히, 완벽히 가만했다. 가끔씩 비둘기의 움직임이나 점점 따뜻해지는 햇볕이 한 줌의 눈을 파르르 흩날렸다. 나는 미소를 띠고 가만히 서 있다가 나뭇가지에 앉아 기대에 찬 눈으로 나를 내려다보고 있는 열 마리 정도의 비둘기를 보고 봉지를 꺼냈다.

그런데 문제는, 부드러운 눈이 수북이 쌓여 있어서 빵조각이나 호두를 던지면 눈에 파묻힐 것이 분명했다. 그래서 나는 반경 1.5미터 정도를 방방 뛰며 빙빙 돌아 270cm 부츠 뒷굽으로 눈을 판판하게 눌렀다. 다 하고 나자 숨이 가빴다. 빵을 찢어 납작해진 눈 위로 뿌렸다. 첫 두 조각이 땅에 떨어지자마자 마흔 마리 남짓한 비둘기가 날개를 퍼덕거리고 공기를 가르며 날아왔다. 비둘기들만의 초음속 소통으로 소식이 동네방네 퍼졌는지, 비둘기 수십 마리가 공원

깊숙한 곳에서 날아왔고, 삽시간에 내 앞에서 비둘기 떼가 구구거리며 빵 부스러기를 찾아 돌아다니고 있었다. 계속해서 빵을 찢어 던지는데 유독 겁이 없고 배고픈 두세 마리 비둘기가 내 머리 위를 빙빙 돌기 시작했다. 처음엔 거슬리다가 나중엔 겁이 났다. 나는 살아 움직이는 미친 허수아비처럼 펄쩍펄쩍 뛰고 팔을 휘저으며 소리쳤다. "저리 가! 저리 가! 꺼지라고, 이 녀석들아!" 머리 위 비둘기들이 마침내 날아갔다.

그때 난데없이 다람쥐 세 마리가 나타나 빵 조각을 쪼고 있는 비둘기 떼를 덤덤히 가로질러 내 발치로 오더니 먹이를 달라는 눈빛으로 두 발로 섰다. 나는 비닐봉지를 뜯고 호두를 뿌리기 시작했다. 또다시 삽시간에 동물들의 통신망이 작동하여 내가 무슨 일인지 깨달을 틈도 없이 다람쥐 열 마리가 모여들었다. 다람쥐들은 내 발치에 앉아 앞발로 호두를 집고 이빨로 껍질을 깨뜨렸다. 몇몇 다람쥐들은 호두를 집은 채로 발아래 푹푹 꺼지는 눈에서 캥거루처럼 껑충껑충 멀리 뛰었고, 마침내 나무에 올라가고 나서야 요란하게 갉아 먹기 시작했다.

그렇게 15분 정도 있었다. 정신이 붕 뜨고 너무도 행복했다. 그런 행복은 몇 년 만이었다. 내가 동물 친구들을 위한 간식을 쇼핑백에 바리바리 싸 들고 공원에 가는 정신 나간 노파들과 다를 바 없다는 생각이 몇 차례 들긴 했다. 센트럴파크 웨스트의 성녀 베티나. 하지만 나는 자기 자신을 폄하하는 생각을 머릿속에서 물리쳤다. 스스로에게 말했다. 지금만큼은 내가 진심으로 하고 싶은 걸 하고 있다고. 이렇게 생각하자 기분이 날아갈 듯이 좋아져서 온갖 어리석고 우울한 고민들이 가뭇없이 사라졌다… 오래전 어느 가을날에 땅굴로 사라진 그 쥐처럼…

집으로 돌아가려고 발걸음을 옮기는데 어마어마한 허기가 엄습했다. 공원에서 나가며 나는 거창한 아침 식사를 계획했다. 다람쥐 세 마리와 비둘기 몇 마리가 연석까지 나를 쫓아왔다.

눈이 뚝뚝 떨어지는 부츠를 벗어서 발깔개에 가지런히 놓고 있는데 엘리베이터 소리를 들은 실비가 문을 열어주었다.

"좋은 아침!" 조금 놀랐지만 나는 아이에게 인사하고 뺨에 입을 맞추었다. "왜 이렇게 일찍 일어났어? 일어난 지 오래됐어?"

"아뇨, 지금 막 일어났어요."

덤덤한 척하려 애쓰는 티가 연연한 말투에 나는 낡은 스키 점퍼의 지퍼를 내리다 말고 아이를 보았다. 실비는 크리스마스에 선물로 받은 샐리 원단 가운을 입고 있었다. 가운과 같은 색인 리본으로 머리를 묶고 있는 모습이 눈부시게 말끔하고 단정했다. 부엌에서 베이컨 튀기는 냄새가 났다.

"지금 막 일어났으면, 베이컨은 누가 튀기고 있어?"

"아빠가요."

"왜?"

"몰라요. 아빠가 우리를 깨웠어요."

"왜? 일요일에 왜 그렇게 일찍 깨웠어? 무슨 일이야?"

실비는 얼굴을 붉혔다. "아빠가 일부러 우리를 깨운 거 아니에요. 아빠 웃음소리가 들려서 무슨 일인지 궁금해서 나가봤어요."

"뭐가 웃겼는데?"

웃음을 참느라 얼굴이 새빨개진 실비가 불쑥 물었다. "어머니… 대체 뭐 하고 있었어요?"

"뭐를 했냐고?"

"네. 공원에서요. 우리가 창가에서 봤어요. 팔짝팔짝 뛰고 팔을 휘두르고, 그러니까 그게 정말…" 아이가 참고 있는 웃음이 코골이 소리로 터져 나왔다.

"운동하고 있었어. 아침 먹기 전에 입맛을 돋우려고." 나는 부엌으로 갔다.

리즈는 조리대에 앉아서 다 먹은 커다란 마요네즈 통에 초콜릿 우유를 넣고 흔들고 있었다. 조녀선은 잉글리시 머핀 봉지를 손에 든 채로 빈 빵 통을 들여다보고 있었다.

"좋은 아침." 나는 시빌 손다이크도 자랑스러워했을 만큼 태연하게 말했다.

조녀선이 빵 통에서 시선을 들었다. "좋은 아침. 티나, 빵 어딨어? 어제 오후만 해도 새 식빵이 여기 있었어. 내 눈으로 똑똑히 봤어."

"비둘기들 줬어. 당신 눈으로 똑똑히 봤잖아. 실비한테 들었어."

순간 모두의 시선이 내게 날아와 꽂혔다. 실비는 내 뒤로 슬금슬금 들어와 있었다.

위험하게 달콤한 목소리로 나는 말을 이었다. "식빵은 왜? 지난 2년간 일요일마다 당신은 머핀이나 스콘 토스트에 4분 익힌 달걀 두 개를 곁들여 먹었잖아. 아이들은 와플이나 팬케이크를 먹고. 이 집에서 로티 말고는 아무도 식빵에 손대지 않아. 로티 먹으라고 사놓은 거였어."

셋이 눈을 껌벅거렸다. 마침내 조녀선이 한숨을 짓고 말했다. "당신 말이 맞아. 그건 인정할게. 하지만 오늘 아침에는 일찍 일어난 김에 아이들에게 특별히 선렛을 해주려고 했어. 선렛을 하려면 식빵이 필요하잖아."

선렛. 이 메뉴를 조너선은 열두 살에 메인주의 남자아이들 캠프에서 배웠다. 선렛의 조리법은 식빵 가운데를 동그랗게 파내고 베이컨 기름이 가득한 프라이팬에 올린 다음에 빵의 구멍에 달걀을 깨뜨려 넣어서 다 같이 튀기는 것이었다.

"당신이 마지막으로 선렛을 먹은 지 3~4년은 됐어. 내 기억이 맞다면, 당신은 선렛은 콜레스테롤이 높아서 건강에 안 좋다고 두 번 다시 안 먹겠다고 했잖아."

"두 번 다시 안 먹는다고 하진 않았어." 조너선이 말했다. "어쩌다 한 번쯤 베이컨 먹는다고 죽지 않아." 그리고 조너선은 시선을 옮겨 꼼짝도 하지 않은 채로 사랑이 넘치는 부모의 대화를 듣고 있는 아이들을 보았다. 자신이 엄청난 의지를 발휘하고 있다는 것을 명명히 보여주며, 조너선은 마음을 추스르고 다정한 아빠로 변신했다. "오늘은 선렛을 못 먹겠구나, 얘들아. 그 대신 아빠가 볼저 가문의 다른 특별 요리를 해줄게. 슈퍼-디-두퍼 스크램블드에그야." 조너선은 말을 멈추고 나를 보았다. "티나, 당신은 어때? 당신도 우리랑 슈퍼-디-두퍼 스크램블드에그 먹을래?"

"고마워." 나는 희미하게 말했다. "하지만 이젠 배가 고프지 않은 거 같아. 괜찮으면 난 방에 가서 이 두꺼운 바지 좀 벗을게."

안방 문을 닫자마자 온몸이 덜덜 떨리기 시작했다. 열도 나는 것 같았다. 나는 가슴을 진정시키고자 안락의자를 가져와 공원이 내다보이는 창가에 놓았다. 블라인드가 걷혀 있었다. 틀림없이 다 같이 여기에 서서 나를 내려다보았을 것이다. 나는 창문을 위로 밀어 열고 차갑고 건조한 공기를 들였다. 의자에 다시 앉아 담배에 불을 붙이고 밖을 내다보았다. 한 시간 전의 아름다운 설경은 사라졌다. 눈은 녹고 있었고, 트럭이 지나가며 소금과 재가 섞인 지저분한 빛깔의 제설제를 뿌리고 있었다. 보도와 언덕에서 어린이 떼거리가 완벽히 깨끗한 백색 눈 위로 썰매를 끌고 달리며 비둘기와 다람쥐에 눈덩이를 던졌다.

이렇게 30분쯤 앉아 있는데 조너선이 들어와 뒤로 문을 닫고 기대어 섰다. 지긋지긋한 저 자세. "당신은 애들 앞에서 말이나 행동을 가릴 생각이 없지?"

나는 고개를 돌리고 네 번째로 연달아 피우는 담배 연기 속에서 그를 보며 눈을 껌벅거렸다. "치졸한 자식." 내가 쉰 목소리로 말했다. "내 딸들이 나를 비웃게 만들어?"

"아, 그거였군. 당신이라면 모든 걸 비틀어 해석할 줄 알았지."

"나쁜 놈, 넌 가학적인 개자식이야. 그딴 소리는 집어치워. 감히 나한테 가스라이팅 하려고 하지 마. 너는 네가 나를 우습게 여긴다는 걸 애들에게 보여주고, 같이 비웃자고 부추긴 거야. 내가 뭘 비틀어서 해석했는지 말해봐."

"아, 내 마음에 꼭 드는군. 정말 숙녀다운 말투야."

"내가 뭘 비틀어서 해석했는지 말해보라고!" 나는 고함쳤다. "실비가 말했어. 당신이 크게 웃어서 애들을 깨웠다고. 그다음에 셋이 여기 서서 나를 보고 웃었다고. 다시 물어볼게. 내가 이 상황을 어떻게 비틀어서 해석했다는 거지?"

"세상에, 목소리 좀 낮춰. 오버하지 말고. 히스테리를 부리는 거야, 뭐야. 전혀 그런 게 아니었어. 당신이 나가면서 나를 깨웠는데, 다시 잠이 오지 않았어. 게다가 망할 놈의 개가 자기 안 데리고 나갔다고 낑낑거리잖아. 오줌 누려고 일어났다가 돌아오는 길에 눈이 얼마나 쌓였는지 확인하려고 밖을 보았는데 당신이 그러고 있었어. 내 눈이 믿기질 않았어. 방방 뛰고 빙빙 돌고, 엄청 웃겼다고. 그래서 웃고 있는데 애들이 들어온 거야. 빌어먹을 개 때문에 어차피 일어나 있었던 거 같아. 그게 다야. 다시 말하지만 당신 정말 웃겼어. 웃긴 걸 보고 웃는 게 죄야? 당신이야말로 뭘 하고 있었던 거야? 언제부터 그렇게 동물 애호가가 됐어? 이런 건 안 물어보는 게 나을지도 모르겠군. 많은 동물 애호가들이 인간을 싫어하는 대인기피자라는 건 잘 알려진 사실이니까. 당신이 바로 그렇게 되고 있고."

속삭임에 가깝게 목소리를 낮추고 나는 내가 아는지도 몰랐던 욕설을 몇 마디 내뱉었다.

"당신은 정상이 아냐." 조녀선 역시 목소리를 한껏 낮추고 말했다.

"아니, 그 반대로 난 너무나 멀쩡해. 사실 내가 정곡을 찔렀다는 생각이 들기 시작했어. 이 집에서 가스라이팅이 빈번히 벌어지고 있다고."

"가스라이팅." 그러고서 조녀선은 우리의 싸움이 특정한 단계에 이르렀을 때 종종 그랬듯이 포기했다. 한 번 몸서리를 치고 눈을 비비고는 이렇게 말했다. "티나, 내가 뭐 하나 말해줄게. 지금 나는 이렇게 싸울 여력이 없어. 회사에서 골치 아픈 일이 많이 일어나고 있어. 고민할 문제가 태산에 엄청난 부담을 느끼고 있어. 집에서까지 치이며 살 수는 없다고. 당분간은 안 싸우면 안 될까? 원하면 휴전이라고 생각해도 좋아. 부탁이니까 이런 적대감은 잠시 접어두자고."

나는 비웃으며 이렇게 빈정대고 싶었다. 진실을 못 견디겠나보지? 하지만 이쯤에선 나도 자포자기 상태에 이르렀다. 그래서 이렇게만 말했다. "회사에서 어떤 골치 아픈 일이 있는데?"

조녀선은 어깨를 으쓱했다. "이야기하고 싶지 않아… 애들한테 밖에서 점심 사주고 공원에서 썰매 태워준다고 약속했어. 당신도 같이 갈래? 좀전에 부엌에서 벌어진 일을 잊는 데 도움이 될 거야. 가족 다 같이 시간을 보내면."

"미안해. 하지만 난 못 갈 거 같아." 이 말은 진심이었다. 전날 밤에 바르네 파티에서 불편함을 견디려고 술을 진탕 마셔대고 네 시간밖에 자지 못한 피로가 갑자기 몰려왔다. 200살은 된 듯한 기분이었고, 이불 속으로 기어들어 자고 싶을 따름이었다.

"애들한테 뭐라고 해?"

"몸이 안 좋다고 해. 사실이니까. 사실대로 말하는 게 중요하지."

그래서 나는 침대로 돌아갔고, 실비와 리즈는 참말로 오랜만에 아버지와 하루를 같이 보내게 되었다. 조녀선과 아이들은 딜먼스 델리카센에서 점심을 먹고 온 뒤에 지하실 창고에서 썰매를 꺼내 다시 나갔다가 땅거미가 질 때까지 돌아오지 않았다. 마침내 돌아왔을 때 리즈는 콧물을 흘리고 있었고, 부츠 속에서는 녹은 눈이 찰랑대고 있었다. 다정한 아빠 역할에 몰두한 조녀선이 여러 이유로 자제를 잃고 흥분해버린 모양이었다. 어떤 이유에서였건 간에, 조녀선은 아이들을 너무 늦게까지 밖에서 놀게 하면서, 아이들 장화가 젖지는 않았는지, 기온이 떨어지지는 않았는지 확인하지 않았다. 오후 5시쯤에는 기온이 거의 영하 8도까지 떨어졌다. 그 덕분에 리즈는 감기에 걸렸다. 하지만 기다리며 두고 보는 수밖에. 거버 주머니칼로 조녀선을 찌른다고 해결될 문제가 아니지 않은가.

거버 주머니칼로 조녀선을 찌를 걸 그랬다. 리즈의 감기가 무섭게 악화되어 아이의 귀까지 침범했다. 어제부터 간신히 학교에 다시 나가긴 했지만 리즈는 여전히 항생제를 먹고 있고 이제는 실비까지 앓아누웠다. 실비가 처음 증상을 보이기 시작했을 때는 가볍게 앓고 지나갈 것 같았다. 어제 아이는 갑자기 머리가 붕 뜬 기분이라고 했지만 체온은 정상이었다. 하지만 지루함을 못 견뎌 심하게 짜증을 부렸다. 리즈가 침대에 계속 누워 있었다는 이유로 실비도 침대에만 있으려고 했다. 제 아빠와 똑같이 실비는 티슈 뭉텅이로 뒤덮인 이불 속에 앉아 크래커, 진저에일, 차, 잡지, 로티의 휴대용 텔레비전을 가지고 오라며 나와 로티를 부려댔다.

정오쯤에 나는 도저히 견딜 수 없어 잠시 외출하기로 했다. 한두 번 저녁 파티에 참석한 걸 빼면 일주일 내내 집에 틀어박혀 있었다. 리즈의 상태가 최악에 이르렀을 때 나는 조지와의 약속을 깰 수밖에 없었는데, 마침 또 그가 전화를 받지 않아 전보를 보내야 했다. 조지가 불같이 화를 내리라 예상했지만 아이가 열이 40도 이상으로 오른 마당이었으므로 신경도 쓰지 않았다. 어제부터는 다시 신경이 쓰이기 시작했다. 아직도 화가 나 있을까? 사실 어제 오후에는 그가 너무나 그리워서 누군가에게 들킬 위험이 없는 공중전화까지 나간답시고 시간을 낭비하고 싶지도 않았다. 정오엔 점심을 먹으며 쉬고 있을 터이니 전화를 받을 것이다. 나는 실비의 방에서 텔레비전 소리를 높이고, 내 방으로 돌아와 문을 잠근 다음에 전화기를 조너선의 옷장으로 가지고 들어갔다. 옷장에 들어찬 양복 때문에 숨이 막히도록 갑갑했지만 방음 역할을 해줄 것이었다. 내 예상이 맞았다. 조지가 전화를 받았다. 그러나 그는 전혀 화가 나 있지 않았다. 크리스마스 이후로 늘 그래왔듯이 속이 터지게 다정하고 마치 우리가 어제 만난 것처럼 무덤덤했다. 조지는 내 이야기를 듣고 잠시 무시무시한 침묵으로 일관하더니 2시에 오라고 말했다. 그리고 덧붙였다. "냉정하게 말하려는 건 아닌데, 자기, 오늘은 오래 못 있어." 그 자리에서 전화를 끊고 가지 말았어야 했지만, 나는 나인지라 이렇게 쏘아붙이고 전화를 끊었다. "오래 있을 생각도 없었어." 그리고 2시에 그에게 갔다.

믿을 수 없을 정도로 좋았다. 이보다 좋을 수는 없을 거라고 벌써 몇 차례 생각했었는데. 하지만 그것이 끝나고 나자 황홀경에 넋이 나가 있으면서도 한없이 우울했다. '모든 동물은 성교 후에 우울하다' 따위의 허탈감이 아니었다. 그냥 끔찍하게 우울했다. 내가 울음을 간신히 참으며 누워 있는데 조지가 말했다. "당신이 침대 바깥쪽에 있으니까 일어나서 술 좀 가져와." 내가 침대 바깥쪽에 있었으므로 그렇게 했다.

"엉덩이에 여드름 났네." 내가 방으로 들어오는데 조지가 말했다.

"알아." 나는 술잔을 건네주고 안도감을 느끼며 가장자리에 걸터앉았다. 이것은 적어도 내게 익숙한 조지였다.

"게다가 너무 살이 빠지고 있어." 조지가 손가락으로 나를 쿡 찌르고 말했다. "갈비뼈가 다 보이잖아."

나는 술을 크게 한 모금 들이켰다. "지적질 좀 그만해, 조지. 아이들이 아파서 간호했다고 말했잖아. 사실 실비는 아직도 아파서 집에 누워 있어. 애를 두고 나오는 게 아니었는데…" 아뿔싸, 나는 울기 시작했다. 커다랗고 뜨거운 눈물방울이 뺨을 타고 흘렀다.

잠시 조지는 앉아서 나를 빤히 보기만 했다. 무표정한 얼굴로 술만 홀짝였다. 그리고 조용히 말했다. "뭐 때문에 우는 거야? 아니면 당신도 모르나."

"나도 몰라." 나는 흐느꼈다. "기분이 끔찍하게 안 좋다는 것만 알아. 실비를 두고 나온 것에 대한 죄책감이겠지. 아니면 실비의 이름을 말했을 때 당신은 내 아이들의 이름을 모르고 관심도 없다는 걸 깨달아서인지도. 아니면 당신은 내 인생에 철저히 무관심하고 내게 무슨 일이 생기든 눈 하나 깜박하지 않을 것이기 때문인지도…"

조지는 잔 속의 얼음을 흔들며 차갑고 완벽하게 무심한 눈으로 나를 보고 말했다. "수도꼭지 잠그고 내 말 들어. 당신이 들으면 기분이 나아질 이야기를 해줄게. 일단 저기 담배 좀 건네줘."

나는 울음을 그치고 담배를 건네주고 티슈에 코를 풀었다.

무슨 대단한 일이라도 하는 양 조지는 뜸을 들이며 담배에 불을 붙이고 여유롭게 연기를 뿜었다. "오늘 와도 된다고 허락한(허락!) 이유 중 하나는 내가 지금 하려는 말을 직접 하고 싶었기 때문이야. 전화로 말하면 단단히 오해할 게 뻔하니까. 우리가 한동안 거리를 두어야 할 것 같다고 말하고 싶었어."

나한테 질렸구나, 희망 비슷한 것이 불쑥 치솟는 걸 느끼며 나는 생각했다.

"당신한테 질려서가 아니야." 조지가 차분히 말을 이었다. "조금 전처럼 당신이 의무감 때문에 연출하는 고뇌의 장면에는 질렸지만. 내가 피곤해서 그래. 밤낮으로 쉼 없이 일하고 있거든. 난 일할 때는 미친놈처럼 일해. 당신도 알다시피 나는 무엇 하나 건성으로 하지 않으니까. 문제는, 이렇게 일하면서 다른 것들을 하기가 힘들다는 거지." 조지가 웃음을 터뜨렸다. "적어도 내 성에 찰 만큼 제대로 하지는 못해. 어떻게든 해보려고 했는데 힘들어. 안타깝게도 나는 슈퍼맨이 아니더라고."

나는 조지를 쳐다보았다. 이날 그의 집에 오고 처음으로 제대로 보았다.(그러면서 나는 그가 내게 관심을 보이지 않는다고 불평했었다) 과연 조지는 지쳐 보였다. 충혈된 눈은 푹 꺼져 있었고, 낯빛은 병자 같았다. "새 극본 쓰느라?"

조지는 비소를 띠었다.

"당신은 자기 작품에… 신념이 있구나. 아니면 이렇게까지 매진하지 않겠지. 크리스마스에 다시 쓰기 시작했어? 궁금해서 그래. 만약 그렇다면 몇 가지 일들이 이해될 거 같아."

미소가 더욱 비뚤어졌다.

나는 한숨을 쉬었다. "알았어. 그러니까 어떻게 하자는 거야? '거리를 두자'는 게 무슨 뜻인데? 당신이 극본을 완성할 때까지 몇 달 안 보다가 나중에 다시 시작하는 거야?"

"누가 몇 달이래? 나는 고작 몇 주, 심지어 그보다 짧은 기간을 생각했어. 내가 여유가 생기면 그때 연락할게."

"글이 안 써질 때는 어쩌려고? 슬럼프가 지나갈 때까지 내가 와서 시간 때우는 걸 도와주길 바라지 않아? 아니면 당신은 슬럼프 같은 게 없나?"

돌같이 굳은 표정으로 조지는 일어나서 옷을 입기 시작하는 나를 노려보았다. 소름이 돋을 정도로 섬뜩한 침묵이었다. 끝내 조지가 나직이 말했다. "발끈해서 퇴장하는 장면을 당신이 지금껏 몇 번이나 연출했는지 알아?"

"나는 극작가가 아니야." 나는 스커트의 지퍼를 올리며 말했다. "감당하지 못할 일에 휘말려버린 멍청하고 미친 주부일 뿐이야."

조지가 웃었다. "당신이 주부인 건 사실이지. 하지만 멍청하지 않고 미치지도 않았어. 그냥 좀 혼란스러운 것뿐이야. 당신도 한두 가지 사실을 깨달으면 더는 혼란스럽지 않을 거야. 그중 하나는 당신이 무엇이든지 간에 한 길을 택하고 끝까지 밀고 나가야 한다는 거야. 당신이 무슨 길을 택해야 하는지는 말하지 않을게. 그건 당신 문제니까. 하지만 결정을 내리고 밀어붙여. 그렇게 하자마자 삶이 단순해질 거야. 당신이 배워야 하는 다른 하나는 내가 전에도 말한 적 있어. 삶에서 벌어지는 사건들을 있는 그대로 받아들여. 차분하게. 아직까지는 하지 못하더군. 예를 들어 지금 당신 행동을 생각해봐. 내가 애써 상황을 설명하고 이해를 구했잖아. 다음 순간 평, 갑자기 모든 게 극적으로 치달리고 당신은 잔뜩 화가 나 있어."

나는 거울에 비친 모습을 점검했다. "화나지 않았어. 집에 가야 해. 아픈 애를 두고 나왔다고 했잖아."

조지는 한숨을 쉬었다. "그래, 화 안 났다고 하자. 나중에 내가 전화하면, 올 거야?"

"물론." 나는 거짓말하고 미소를 띤 채로 거울에서 돌아섰다.

조지는 웃음을 터뜨렸다. "진심인지는 모르겠지만 어쨌든 가기 전에 이리 와서 키스 한 번 진하게 해줘."

집에 가니 실비는 열이 40도까지 올랐고 로티는 혼비백산하고 있었다. 로티가 전화번호부에서 닥터 밀러의 번호를 찾아 전화했지만 그가 클리닉에 외근을 나가는 날이라는 안내만 나왔다. 닥터 북면에게 전화하라는 안내는 없었다. 다급한 마음에 조너선의 회사에 전화한 로티가 조너선과 통화하고 있는데 내가 돌아온 것이었다.

"대체 어디 갔었어?" 내가 전화를 받자마자 조너선이 고함쳤다. 로티는 얼른 자리를 피했다.

"밖에서 볼일 보고 있었어."

"볼일? 애가 아픈데 어떤 엄마가 밖에 나가 볼일을 봐?"

"그만 소리쳐. 내가 나갈 때만 해도 실비는 멀쩡했고, 다시 멀쩡해질 거야. 내가 의사를 부를 수 있게 당신이 전화를 끊어주면."

"로티는 의사를 구할 수 없다던데!"

"끊을게." 나는 말하고 전화를 끊었다. 닥터 북면에게 전화하니 기적적으로 그는 병원에 있었을 뿐 아니라 지금 퇴근하려던 참이라며 20분 안에 들르겠다고 했다.

실비는 '2차 감염'에 걸린 것으로 판명났다. 실비는 리즈가 복용했던 마법의 항생제를 처방받았고, 9시경에는 열이 37.3도까지 떨어져 그럭저럭 평온히 잠들었다. 그러는 동안에 조너선이 집에 왔고 우리는 저녁을 같이 먹었다. 그런데 저녁 6시에 귀가한 조너선은 평소와 달랐다. 창백하고 기가 죽은 채로 그는 전화로 소리친 것을 사과하고(나는 놀라서 기절할 뻔했다) 술을 한 잔 가득 따라 마시더니 새로 또 한 잔을 따라 식탁으로 가져왔다. 그리고 저녁 식사 내내 나와 리즈와는 거의 말도 하지 않고 우울히 앉아서 음식은 먹는 둥 마는 둥 술만 홀짝였다. 식사가 끝나자 서재로 곧장 가서 틀어박혔는데, 실비가 필요한 것을 가져다주느라 그 앞을 지나갈 때마다 통화 소리가 들렸다.

10시 30분에 내가 침대에서 조제핀 테이 소설을 즐겁게 읽고 있는데 조너선이 들어왔다. 조너선은 문을 닫고 안락의자에 털썩 앉았다. 나는 마음을 다잡고 책 위로 시선을 들었다. 아, 이런. 또 시작하려나보다. 그 익숙한 비난. 다만 이번에는 내가 도저히 참을 수 없을 것 같았다.

언제나처럼 조너선은 불길한 헛기침으로 운을 뗐다. "틴." 그리고 말했다. "틴, 아까 통화할 때 소리친 거 다시 사과하고 싶어. 솔직히 말하면 요즘 내가 신경이 너무 곤두서 있어. 불안해 죽겠고. 실비가 아파서 겁이 났었는데, 전화를 끊고 나니까 지난 열흘간 당신이 아픈 아이 두 명을 돌보느라 얼마나 고생했는지 생각났어. 외출도 거의 못 했다는 것도… 당연히 밖에 나가서 숨 돌릴 시간이 필요하지."

나는 책을 거꾸로 이불 위에 내려놓았다. 지금 이 사람이 뉘우치는 거야? 나를 신경 쓰는 거야? 무슨 일이 벌어지고 있는 거야?

심지어 더 놀랄 일은, 조너선이 가슴 주머니를 뒤적여 담배 한 갑을 꺼내더니 한 개비를 빼물고 불붙이는 것이었다. 내가 알기로 조너선은 금연한 지 거의 1년 반이 되었다. 흥미가 동했지만 방심하지 않기로 마음먹고 나는 조너선을 관찰하며 귀를 기울였다. 조너선은 연기를 뿜고 말을 이었다.

"사실, 서재에서 많은 생각을 해봤어. 애들이 아파서 얼마나 고생했는지, 또 당신이 애들 돌보느라 얼마나 지쳤는지. 그러다 좋은 생각이 났어. 실비가 여행할 수 있을 정도로 회복하자마자 당신이 애들 데리고 일주일 정도 처가에 다녀오면 어떨까. 장인어른이 편지에서 말했듯이 두 분이 애들을 봐줄 테니까 당신은 햇볕을 쬐고 쉬면서 혼자만의 시간을 가질 수 있을 거야."

조너선이 우리 집을 처가라고 부른 순간 나는 무슨 꿍꿍이가 있음을 직감했다. "왜 우리가 지금 가야 한다고 생각해? 당분간 방학도 없어."

"내가 말했듯이 애들이 앓느라 면역력이 부쩍 약해졌으니까 지금 가라는 거야. 이렇게 약해진 상태로 학교에 가봤자 또 뭐에 걸리기나 하겠지. 일주일 정도 햇볕을 쬐고 오면 애들이 건강을 회복해서 남은 겨울을 잘 날 수 있을 거야. 당신에게는 더할 나위 없이 좋을 거고. 당신, 진이 빠져 보여."

"그건 당신도 마찬가지야." 내가 말했다. "휴가가 필요한 사람은 당신일지도 몰라."

빠르게 눈을 깜박거리며 조너선이 지은 엷은 미소는 예전의 '인내와 관용' 미소의 유령 같았다. "호디슨이 좋아할 것 같지 않은데… 지금도 회사 분위기가 안 좋아. 하지만 내가 못 간다고 당신도 가면 안 된다는 법은 없지. 처가 어른들은 날아갈 듯이 기뻐할 테고."

'처가 어른들', '더할 나위 없이 좋을 거다', '진이 빠져 보여', '날아갈 듯이 기뻐할 테고.' 이것들은 전부 조너선이 어지간해서는 쓰지 않는 진부한 표현이었다. 게다가 나를 염려하고 있다니. 마침내 나는 불안해지기 시작했다. 나는 조너선의 수척한 얼굴을 보고 부드럽지만 단호하게 말했다. "불가능해, 조너선. 애들은 벌써 학교를 너무 많이 빠졌어. 한참 뒤처진 마당에 수업을 더 빠질 수는 없어. 어쩌면 나중에, 봄방학에 데려가는 걸 생각해볼게. 하지만 지금은 안 돼."

"애들 봄방학은 언제인데?"

"정확히는 몰라. 3월 말이나 4월 초."

자포자기의 한숨을 쉬며 조녀선은 담배를 껐다.

"아까 한 말은 무슨 뜻이야? 신경이 곤두서 있다니? 회사 분위기가 어떻게 안 좋은데?"

"아, 늘 똑같은 사내 경쟁이랑 다툼이지." 조녀선은 모호하게 말하고 일어섰다. "그것뿐만이 아니야… 지난 1~2주간 주식 시장이 침체되어 있었어. 며칠 동안은 아예 폭락하는 줄 알았다니까." 조녀선은 옷을 벗기 시작했다.

"그렇구나." 나는 말하고 책을 다시 집었지만 글자가 눈에 들어오지 않았다. "안됐다."

책 속의 미스터리에 다시 빠져보려 했으나 허사였다. 조녀선은 옷을 벗으며 산만히 움직이고 있었다. 시선을 들지 않고도 나는 조녀선이 서랍장 앞에서 걸음을 멈추고 망설이고 있는 것을 알 수 있었다. 끝내, 매우 빠르고 매우 덤덤한 말투로 조녀선이 말했다. "틴, 당신 수면제 한 알만 줄 수 있어?"

"수면제?"

조녀선은 쓴웃음의 정수라고 할 수 있는 것을 보여주었다. "그래, 수면제. 당신이 늦여름부터 복용해온 것 말이야."

나는 뜨끔했다. 그의 말은 절반만 진실이었지만, 내가 수면제를 먹는 것을 눈치챘다면 또 무엇을 눈치챘을까? 나는 오래된 수법인

반격으로 대처했다. "수면제가 왜 필요해? 당신은 무슨 일이 있어도 잠은 잘 자잖아."

"무엇이든 처음은 있는 법이야. 뭐라도 복용하지 않으면 밤을 홀딱 샐 것 같은데 반드시 자야 하거든. 내일 중요한 날이야."

나는 말없이 침대에서 일어나 서랍장의 맨 위 서랍을 열고 장갑 상자를 꺼냈다. 장갑 여섯 켤레를 들추고 그 아래 숨겨놓은 조그만 플라스틱 약병을 꺼낸 다음에 조녀선에게 내 마지막 수면제를 주었다. '위기 상황'을 대비해 아껴놓은 것이었다. 이것은 위기라고 할수 없었지만 조녀선을 보기만 해도 수면제가 그에게 더 필요하다는 걸 알 수 있었다. 게다가 불면증을 오래 앓아온 나는 잠을 부르는 다른 비법을 몇 개 알지 않은가. 조녀선은 조용히 고맙다고 인사하고 화장실로 갔다. 잠시 후 샤워기에서 물 떨어지는 소리가 들렸다. 수치료. 어쩌면 사람은 누구나 마음이 힘들 때 본능적으로 물을 찾는지도 모른다. 조녀선은 물을 세게 틀어놓고 15분간 샤워했다. 화장실 문을 열고 나오는 조녀선 뒤로 거대한 수증기가 뭉게뭉게 피어올랐다. 그래도 조녀선의 빨갛게 익은 얼굴은 평온해 보였다. 조녀선은 내 옆에 잠시 서서 허리를 숙이고 잘 자라고 입맞춘 뒤에 자기 침대로 올라갔고, 5분만에 잠들었다.

말할 필요도 없지만 나는 그의 본보기를 따르지 못했다. 3시경에 버번 한 잔을 마시고, 완벽 주부 타비타 트윗칫 댄버스를 청소 도구 벽장에 두고 나온 뒤에야 마침내 잠이 들었다.

오늘 오후에 폴리를 산책시키고 아래층에서 학교 버스를 기다렸다. 지난 1년간 한 번도 하지 않은 일이다. 아이들은 이번 주부터 다시 학교에 나가기 시작했지만 방과 후에 친구들과 노는 것은 허락하지 않았다. 플로리다로 휴가를 가지는 못할지언정 어떻게든 아이들의 건강을 챙기고 회복시켜야 했다. 아이들이 늦은 오후에 지루해하는 것을 보고 나는 브로드웨이에 있는 인디언 워크 상점에 데려가 안쪽에 플리스가 들어간 새 방수 부츠를 사주기로 했다. 아이들의 지루함도 달래고 감기도 예방한다는 목적이었다. 자기들을 기다리고 있는 나를 본 아이들의 얼굴에 놀라고 떨떠름한 표정이 떠올랐다. 그래서 나는 아이들이 위층에서 과자와 우유를 다 먹을 때까지 쇼핑에 대해 말하지 않기로 했다.

"내려가 계신 동안에 프레이거 씨가 전화했어요." 부엌에서 조너선의 반바지와 손수건을 다림질하던 로티가 나와 아이들이 들어오는 것을 보고 완벽히 예사로운 말투로 말했다.

"오레오 쿠키는 안 샀어요, 어머니?" 실비가 어느새 식료품 보관실로 들어가 물었다. "오레오 없어요. 주문하는 거 또 잊었어요?"

"곧바로 회신 달라고 하셨어요." 로티가 이니셜이 수놓인 손수건을 깔끔하게 정사각형으로 개키며 말했다. "안방 전화기 옆 메모지에 번호를 적어두었어요. 전화가 왔을 때 안방 수납장에 볼저 씨 반바지를 넣고 있었거든요."

"오레오는 두 번째 선반에 있어. 즉석밥 뒤에." 나는 실비에게 말했다. "고마워요, 로티. 조금 있다 전화할게요." 떨리는 손으로 나는 냉장고에서 우유를 꺼냈다. 대체 무슨 생각으로 여기 전화해서 자기 이름을 남겼을까? 왜 전화했지? 마지막으로 본 지 고작 일주일 됐다. 글 쓰다 막힌 모양이지. 나는 심술궂게 생각했다. 손이 너무나 심하게 떨려서 우유를 붓다가 조금 쏟고 말았다.

"어머니." 리즈가 말했다. "쿠키랑 우유 쟁반에 담아서 서재에서 먹으면서 텔레비전 봐도 돼요?"

간식은 이미 식탁에 차려놓았다. 손이 떨려서 두 번 다 우유를 흘리긴 했지만. 나는 행주를 가져왔다. "오늘은 안 돼." 나는 흘린 우유를 닦으며 말했다. "여기 앉아. 이거 다 먹으면 브로드웨이로 가서 너희 둘 다 새 부츠 살 거야."

아이들은 불만스러운 소리를 내며 식탁으로 왔다. "부츠는 왜요?" 리즈가 물었다.

"지금 신는 부츠는 물이 새잖아. 그래서 감기 걸렸잖니."

"왜 가게까지 걸어가야 해요?" 실비가 물었다. "이제 막 감기 나았는데 다시 걸릴 거예요."

"다섯 블록 가려고 택시 타는 사람이 어딨니. 다시 감기 걸리지 않을 거야. 바깥 공기 쐬면 기운이 날 거야."

"뉴욕 공기가 뭐가 좋아요? 뉴욕 공기 쐬고 기운 나는 사람이 어딨어요?"

틀린 말은 아니었지만 나는 따귀를 세게 때리고 싶은 걸 간신히 참았다. "실비, 어디서 버릇없이 말대꾸야. 한마디만 더 하면 후회하게 될 거야. 정말이야. 입 다물고 쿠키랑 우유 먹어."

"알았어요, 알았다고요." 실비가 말했다. "알았으니까 흥분하지 좀 마요, 진짜."

나는 두 걸음으로 부엌을 가로질러 실비의 빰을 때렸다. 얼마나 세게 때렸는지 실비의 입에서 쿠키 부스러기가 튀어나왔다. 벌떡 일어나면서 의자를 뒤로 넘어뜨린 실비는 경련을 일으키듯이 입에 남아 있던 쿠키를 삼켰다. "아, 엄마 진짜 싫어. 너무 싫어!" 실비는 방으로 뛰어가 문을 쾅 닫았다.

뒤따른 정적 속에서 다른 두 사람이 나를 쳐다봤다. 충격을 받은 로티는 척 봐도 못마땅해하고 있었고, 입술을 핥고 있는 리즈는 척 봐도 겁에 질려 있었다.

"보자 보자 하니까 버릇이 너무 없어졌어." 나는 허공에 대고 말했다. "누군가는 애한테 넘어서는 안 될 선이 있다는 걸 알려줘야지… 우유 마시렴, 리즈. 그리고 인디언 워크에 가자. 우리가 나가기 전에 사과하면 실비도 같이 갈 수 있어."

이번에는 리즈가 의자를 뒤로 밀고 일어났다. "인디언 워크 가기 싫어요. 나가고 싶지 않아요. 부츠도 사기 싫어요. 엄마랑 아무것도 하고 싶지 않아요." 말을 마치자마자 리즈는 후다닥 로티에게 뛰어갔고, 다리미판을 넘어뜨릴 뻔하면서 로티의 허리를 두 팔로 감싸 안고 그녀의 널찍한 파란색 가슴에 얼굴을 묻었다. 리즈의 머리 위에서 나와 로티는 똑같이 민망하고 당황한 눈빛으로 시선을 교환했다. 잠시 후 로티가 리즈의 머리를 쓰다듬었다. "엘리자베스, 어머니

게 사과해. 어머니한테 그렇게 말하는 거 아니다."

"시러."리즈는 파란 케임브리지 천에 입이 막힌 채로 웅얼댔다.

"괜찮아요, 로티."나는 무슨 뜻으로 하는 말인지도 모르는 채 중얼대고 부엌에서 나갔다.

실비는 베개에 얼굴을 묻고 침대에 엎드려 있었지만 울기는커녕 아무 소리도 내지 않고 있었다. 머리 양옆의 두 손은 주먹을 꼭 쥐고 있었다. 내가 침대에 앉자 매트리스가 기울어 아이의 몸이 내 쪽으로 조금 미끄러졌다. 자기 다리가 내 골반에 닿자마자 실비는 소스라치며 몸을 떨어뜨렸다.

"부탁이니까 잠깐 앉아봐, 실비. 너랑 이야기하고 싶어."

"…할 얘기 없어요."실비가 베개에 대고 말했다.

"앉아, 실비."

실비가 몸을 일으켰다. 무섭도록 창백한 얼굴의 오른쪽 뺨에 분홍빛 손자국이 선명히 도드라졌다. 아이는 노르스름한 갈색 눈에 노란빛을 띠고, 나의 헝클어진 머리와 낡은 바지와 스웨터, 대충 화장한 얼굴을 무자비한 시선으로 뚫어지게 보았다.

그 눈빛이 껄끄러워진 나는 상담 교사 말투를 끄집어냈다."당연히 너도 알겠지만."나는 어렴풋이 기억나는 권위적 존재의 목소리를 흉내 냈다."순전히 네 잘못이었어. 물론 너도 최근에 네 불량한 태도 때문에 우리가 자꾸 싸우고 몹쓸 상황이 벌어지고 있다는 걸 알겠지."

전혀 동의하지 않는 표정으로 실비는 계속해서 나를 보기만 했다.

"엄마한테 할 말 없어? 사과 안 할 거야?"

실비는 크게 침을 꿀꺽 삼키더니 갑자기 고개를 떨구고 흰색 자수 이불에서 볼록한 무늬를 만지작거리기 시작했다. "엄마는 나를 혼내려고 맨날 벼르고 있어요."

"그렇지 않아!" 내가 격렬히 외쳤다. "가끔 엄마가 지나치게… 화내는 것 같으면 그건 네가 참아줄 수 없을 정도로 건방지고 거만하게 굴어서야. 네가 왜 이렇게 됐는지 모르겠구나. 이해하려고 노력해봤어. 짐작되는 바는 있지만 완전히 이해하진 못했어. 이제 엄마는 그런 행동을 참아줄 수 없다는 걸 네가 알아야만 해. 너 때문에 동생도 덩달아 그러잖니! 너도 알다시피 리즈는 네가 하는 말이나 행동을 전부 따라 해. 이젠 정말 그만둘 때가 됐어. 엄마 말 알아듣겠니?"

"엄마는 우리를 사랑하지 않아요." 아이가 단음으로 말했다.

"실비, 어떻게 그런 말을!"

"사실이잖아요. 엄마는 우리를 사랑하지 않아요. 우리에게 무슨 일이 일어나도 신경 쓰지 않는 거 같아요… 그 무엇에도 신경 쓰지 않는 거 같아요. 예전에는 안 그랬는데. 한때는 엄마가 명랑하고 활발하고 예쁘고 옷도 잘 입고 상냥해서 우리 엄마인 게 자랑스러웠어요. 하지만 이제는… 아… 모르겠어요."

마침내 아이가 울기 시작하며 베개에 다시 얼굴을 묻었다. 나는 마음이 놓였다. 내가 팔에 손을 올리자 실비는 뿌리쳤다. 나는 울음 폭풍이 지나갈 때까지 기다리기로 하고 담배에 불을 붙였다. 이제 손의 떨림은 완전히 사라졌다. 침착은 되찾았으나 아픈 가슴으로, 나는 담배를 피우며 기다렸다. 울음이 최고조에 이르렀다가 조용히 꺽꺽대는 흐느낌으로 가라앉기를.

나는 침대 옆의 탁자에 있는 티슈를 건네주었다. "실비, 방금 네 말은 사실이 아닐뿐더러 엄마 마음에 상처를 줬어. 엄마는 말로 표현할 수 없을 정도로 너와 리즈를 사랑해. 매일같이 사랑을 표현하지 않는 건 너를 숨 막히게 하고 싶지 않아서야. 엄마가 변했다고 했지. 여자의 삶에서… 힘든 순간들이 있다는 걸 네가 알아야 해."

실비는 코를 훌쩍였다. "엄마는 폐경할 나이가 아니잖아요."

나는 웃음을 터뜨렸고, 늘 그렇듯이 웃음은 어색한 분위기를 즉시 해소해주었다. "그거 말한 게 아니야. 좀더 복잡하고… 표현하기 어려운 거란다."

"엄마랑 아빠가 맨날 싸우는 거 말이에요? 아빠가 늘 엄마를 괴롭히는 거요?"

아이의 말에 경악한 나는 하루에 감당할 수 있는 충격의 한계에 이르렀음을 깨달았다. 그래도 애써 가볍게 말했다. "왜 그런 생각을 했니? 엄마 말은 전혀 그 뜻이 아니야. 엄마는 일반적인 경우를 말한 거였어. 어른이 되면 스트레스 받을 일이 태산이고, 사는 게 복잡하고 힘겨울 때가 있어."

"나도 알아요." 실비가 깔보듯이 말했다.

나는 침대에서 일어났다. "그걸 알면 좀더 마음을 너그럽게 가져야 하지 않겠니. 네 판단력을 사용해야 해. 너는 아주 똑똑한 아이란다. 그리고 남들을 쉽게 재단하지 마. 이해심을 키우고 예의를 지키렴. 자, 이제 가서 찬물로 세수해. 그다음에 서재로 가서 텔레비전 봐도 돼. 부츠 사러 가기엔 어차피 너무 늦었으니까 내일 가야겠다. 게다가 눈도 오기 시작했어."

나는 울며 겨자 먹기로 부엌으로 돌아갔다. 부엌에도 해결해야 할 과제가 남아 있었다. 리즈는 식탁에 앉아서 남은 우유와 쿠키를 먹

343

고 있었고 로티는 다시 다림질을 시작했다. 내가 들어가자 리즈는 로티를 곁눈질했다가 눈을 내리깔고 말했다. "아까 죄송해요. 제가 한 말 다 죄송해요. 엄마가 가고 싶을 때 부츠 사러 갈게요."

온몸의 뼈가 욱신거렸다. "괜찮아. 전부 없던 일로 하자. 오늘은 부츠 사러 안 갈 거야. 눈이 내리네. 서재에 가서 실비랑 텔레비전 봐도 돼."

이루 말할 수 없이 안심한 표정으로 리즈는 서재로 도망쳤다. 문이 닫히자 나는 조너선의 이니셜 자수 사이를 다리미 끝으로 꼼꼼히 다리고 있는 로티를 쳐다보았다. 하고 싶은 말이 차고 넘쳤다. 지나치게 혹독했다고 로티가 생각하는 것이 분명한 내 행동과 나 자신을 정당화하고 싶은 충동이 목구멍까지 차올랐다. 하지만 로티가 듣고 싶어 하지 않는다는 것을, 우리 가족 문제에 다시 얽히길 원하지 않는다는 것을 깨달았다. 그래서 나는 이렇게만 말했다. "고마워요, 로티." 그리고 문을 향해 걸어가기 시작했다.

"볼저 부인?" 로티가 뒤에서 불렀다. "로스트비프에 곁들일 감자 말인데요. 으깰까요, 아니면 팬에 구울까요?"

"팬에 구워주세요. 부탁해요." 나는 말하고 안방으로 건너갔다. 문을 닫고 조너선 침대의 가장자리에 걸터앉아, 로티가 연필로 진하게 적어놓은 조지의 이름과 번호를 바라보았다. 아까 말했듯이 고작 일주일이 지났다. 두번 다시 연락이 없거나, 적어도 수 주는 걸릴 거라고 예상했었다. 내가 회신하지 않으면 관계는 끝날 것이다. 영영. 조지는 여자를 쫓아다니는 부류가 아니다. 나는 메모지를 뜯었다. 그러다 오래전에 읽은 소설에서 지금 나와 비슷한 상황으로 인해 위기가 발생하는 부분이 기억났고, 나는 방금 뜯은 종이의 다음

장을 살펴보았다. 과연 조지의 이름과 전화번호가 선명히 눌린 자
국으로 남아 있었다. 감사합니다, 엘리자베스 보웬 작가님. 불현듯
그 소설 제목이 기억났다. 나는 메모지에서 위쪽 다섯 장을 뜯고 야
만스러운 쾌감을 느끼며 잘게 찢어 변기에 버리고 물을 내렸다. 모
든 것이 제자리에 있다.

나는 식료품 보관실로 가서 술을 따르고 안방으로 가져왔다. 천
천히 홀짝이며 창밖으로 내리는 눈을 내다보았다. 단단하고 반들거
리는 눈송이가 탁, 탁, 탁, 소리를 내며 유리창을 집요하게 두드렸
다. 마치 내 머릿속을 쪼아대는 생각들처럼. 지난 사흘간 억누르려
고 노력했던 생각들이 탁, 탁, 탁 머리를 쪼았다. 생리가 닷새 늦었
네. 임신했을 때 말고는 하루도 늦은 적 없잖아. 조너선이랑 관계를
안 한 지 한 달이 넘었고.

오늘까지 합하면 생리가 열이틀 늦었다. 애가 타서 여기에 적을 수도 없었다. 지금은 그저 12시로 예약한 진료에 가기 전까지 시간을 때우고 글을 쓰는 행위로 나 자신을 진정시키려고 발악하고 있다. 5~6일 전에 나는 조너선으로 하여금 나와 잠자리를 하도록 만들었다. 그래, 말 그대로 '만들었다'. 내 평생 최악의 섹스였다. 조너선이 내키지 않아 했으므로 내가 유혹해야 했다. 처음에는 그가 발기하지 못할 것 같았다. 절박해진 나는 위험하다는 걸 알면서도(그런 걸 어디서 배웠어?) 전문가의 기술을 활용했는데, 천만다행으로 조너선은 단지 내가 오랫동안 섹스에 굶주려서 그런 거로만 생각하고 그 색다른 상황에 마침내 반응하기 시작했다. 그러나 끝나자마자 나는 그 모든 노력이 쓸데없는 짓거리였다는 걸 깨달았다. 조너선은 속지 않을 것이다. 조너선이 변했을지는 몰라도 바보가 되지는 않았고 날짜 세는 법도 잊지 않았다. 리즈를 임신하는 데 어려움을 겪은 뒤부터 조너선은 나의 '배란일'이 28일 주기의 정확히 중간인 열나흘째라는 것을 알았다⋯ 그리고 조너선이 셈할 날 이전의 28일간 우리는 단 한 번도 잠자리를 하지 않았다.

그래서 지금 나는 겁이 나 죽을 지경이다. 임신중지 시술을 받지 않는 이상 조녀선은 내가 다른 남자의 아이를 뱄다는 걸 알아채고 이혼을 요구할 터인데, 우리가 이혼한다고 생각만 해도 너무 두려워서(이런 감정이 놀랍긴 하지만) 절망의 낭떠러지 끝에 몰린 기분이 든다. 왜? 나 자신에게 수천 번 물어봤다. 조녀선과의 결혼생활이 이처럼 괴로운데 왜 나는 조녀선을 잃는다고 생각하면, 우리의 결혼이 끝장난다고 생각하면 두려워서 견딜 수 없을까? 지금 나는 이성적으로 판단할 정신이 없지만 그래도 몇 가지 가능성을 헤아려보았다.

아직도 조녀선을 '아끼는' 걸까? 그래서 그를 잃는다고 생각하면 견딜 수 없나? 시작으로 이 가능성을 고려해보았다. 지난 며칠간 이걸 생각하면서 나도 모르게 조녀선을 빤히 보고 있었다. 우편물을 훑어보는 모습이라든지 로스트비프를 써는 모습이라든지, 주머니 속 내용물을 서랍장 위로 쏟아붓는 모습이라든지. 그러다보면 때로 다음과 같은 어처구니없는 일이 벌어졌다. 얼떨떨한 심정으로 보고 있는 내 눈의 초점이 흐려지며 나는 조녀선이 아니라 조녀선을 이루는 것들을 보고 있었고,(이 남자가 내가 여전히 아끼는 사람인가?) 대체 우리가 어쩌다 이 지경까지 왔는지 알 수 없어 당혹스러웠다. 그의 신경질적인 입매나 7달러짜리 헤어컷이나 200달러짜리 양복 같은 세부사항은 흐리멍덩해지고, 그의 두상이나 머리칼의 빛깔이나 어깨의 움직임 따위만 보였다. 그걸 보고 있노라면 돌연 명치께가 걷어차인 것처럼 욱신거리면서 충격적인 깨달음이 엄습했다. 정말이지 조녀선은 여전히 조녀선이었다. 저 속 어딘가에 그가 여전히 있었다. 내가 아끼는 조녀선이.

그렇지만 바이올린으로 크레셴도를 울릴 일은 아니다. 내가 아끼는 조너선이 여전히 존재한다 해도, 그를 밖으로 끌어내는 것은 또 전혀 다른 이야기니까. 가능하긴 하다면 말이다. 하지만 나는 한때 진정 그를 사랑했으므로, 내가 아끼는 조너선을 끌어낼 수 있다면 그때의 감정을 얼마큼 되살릴 수 있을 것 같다. 그리하여 지금의 끔찍한 상황을 종결지을 수 있다면 우리 모두 크나큰 고통을 피해 이전의 삶을 계속 살아갈 수 있을 것이다. 이러한 결론에 도달하자 비로소 나를 너무도 혼란스럽게 하는 요인 하나를 알아볼 수 있었다. 두뇌가 있어야 할 자리에 돌만 찬 내가 드디어 깨달았다. 지금까지의 삶이 내게 적절하다는, 다시 말해 내가 적재적소에 있었다는 사실을. 또한 둘 중 누가 요구하건 간에 우리가 이혼하면 내가 다시는 내게 어울리는 자리를 찾지 못하리라는 사실도. 덧붙여 조너선이 이토록 변하지만 않았으면 내가 지금의 삶을 계속해서 살아갈 수 있으리라는 사실도. 조지 말마따나 내가 한 가지에 마음을 붙이고 추진해야 한다면, 그건 바로 조너선과의 이 삶이었을 것이다. 모든 게 이처럼 엉망이 되지만 않았다면. 이랬다면, 저랬다면. 최근에 거울을 볼 때마다 느끼듯이 정말 꼴사납다.

어쨌든 머지않아 내가 무엇을 해야 하는지 결정 날 터이고, 어떻게든 그걸 행동으로 옮기기 시작하면 한숨 놓을 수 있겠지. 기다림만큼 괴로운 일은 없다. 몇 차례 심지어 자살까지 생각했다. 어제 아침에는 침실 창가에 서서 창문을 열고 뛰어내릴 용기를 내려고 했는데, 코미디언 티나가 결국 이겼다. 트위드 스커트와 속치마가 종모양으로 부푼 채로 메리 포핀스처럼 센트럴파크 웨스트 위로 날아다니는 내 모습이 떠오르는 게 아닌가. 하지만 어제 아침에 자살 시도를 포기하고 또 깨달은 것이 있다. 누군가와 이야기라도 해야지,

안 그러면 입에 거품을 무는 광기로 치달릴 듯했다. 이야기할 만한 상대라고는 조지나 닥터 폽킨뿐이었는데, 폽킨을 찾아가긴 늦었으니 조지와 이야기하기로 했다.

통화 중이라는 신호음이 계속해서 울렸다. 전화선을 뽑아놓았다는 뜻이었다. 나는 점심시간이 끝나기 전까지는 포기하지 않기로 작정하고 전화기 옆에 두 시간이나 앉아서 줄담배를 피워대며 때때로 전화를 걸었다. 12시 10분에 연결음이 울리기 시작했다. 열 번째로 울렸을 때 조지가 전화를 벌컥 받고 "네?"라고 소리쳤다. 입속에 음식을 가득 물고. 나라고 밝히자 조지는 꿀꺽 음식을 삼키고 말했다. "무슨 일이야?"

"당신한테 할 이야기가 있어."

"오늘은 안 돼." 조지는 무언가를 베어 물고 쩝쩝대며 씹었다.

"꼭 만나야 해, 조지. 오늘 해야 해."

"오늘은 바빠. 내일도 바쁘고. 내가 안 바쁠 때 전화했는데, 당신은 일주일 늦었어."

늦었고말고. 일주일 하고도 나흘 늦었다. 나는 마지막 자존심까지 버리고 사정했다. "조지, 제발. 오래 안 있을게."

"4시에 와." 조지는 말하고 전화를 끊었다.

어두운 낯빛의 조지가 영화에 나오는 집사 같은 자세로 문을 잡고 있었다. 나는 코트를 벗지 않고 그대로 들어가 소파 옆의 의자에 앉아 천천히 거실을 둘러보았다.

뭐를 예상했지? 구깃구깃한 종이 뭉치? 꽉 찬 재떨이? 사흘간 면도하지 않은 수염? 언제나처럼 조지의 집은 먼지 한 톨 없이 깨끗했다. 집필의 흔적이라고는 카드 테이블에 가득 쌓여 있는 종이뿐이었고, 그 위로 깨끗한 재떨이와 아직 뜯지 않은 담뱃갑이 올려져 있었다. 마찬가지로 조지도 얼굴은 창백하고 피곤해 보였지만 머리를 말끔히 빗어 넘기고 깨끗이 면도하고 평범한 셔츠와 바지를 입고 있었다. 다만 발에는 5&10 잡화점의 일본식 조리를 신고 있었다.

조지는 양손을 주머니에 찔러 넣은 채 거실 한복판으로 느긋이 걸어가 뜻을 알 수 없는 미소를 지었다. "임신한 거 같다, 이거지?"

나는 그저 가만히 앉아 있었다.

조지는 웃음을 터뜨렸다. "뭘 그렇게 놀라? 그 얘기일 거라고 짐작했지. 만약 임신했으면, 그게 뭐 어때서?"

천천히 나는 대답했다. "나를 임신시킨 사람이 당신 같아."

조지는 다시 웃었다. "정신이 제대로 나갔군. 당신은 그걸 꼬박꼬박 사용했잖아."

"그게 100퍼센트 효과가 있는 건 아냐. 실패하는 때도 있어."

"설령 정말로 임신했더라도, 당신의 그분이랑도 하잖아."

"우리는 안 한 지 한 달 넘었어. 아, 며칠 전에 하긴 했지. 하지만 조녀선은 속지 않을 거야. 날짜 정도는 셀 줄 안다고."

잠시 조지는 가만히 서서 나를 빤히 보았는데, 그처럼 차가운 시선은 난생처음이었다. 조녀선의 얼음장 같은 눈빛까지 포함해서. 잠시 후 조지는 카드 테이블로 가서 담뱃갑을 뜯었다. "아무튼 얼마나 늦었어?" 조지가 담배에 불을 붙이며 물었다.

"열하루."

조지는 쿨럭거리며 담배 연기를 뿜었다. "나 참, 세상에." 조지가 계속해서 쿨럭거리며 말했다. "그걸 두고 이 난리야? 3주나 늦은 여자들도 있었는데, 다 결국에는 아무 일 없었어."

"당신이 아는 여자들이 어땠는지는 관심 없어. 나는 원래 하루도 안 늦어."

"배관공한텐 가봤어?"

"아니, 검사하기엔 너무 일러."

조지는 미소를 지었다. 너무도 조지다운 미소였다. "그건 당신 생각이지. 마침 이건 내가 잘 아는 분야라서 말이야. 산부인과에 가면 보통 그 자리에서 알 수 있어. 괜히 지레짐작하고 흥분하지 말고 병원에 가봐… 그나저나 왜 이렇게 흥분했어?"

"말했잖아. 조녀선은 자기 아이가 아니라는 걸 알 거야."

"머리는 장식으로 달고 다녀? 정말 임신했으면, 아닐 것 같지만, 임신중지 수술이라는 거 못 들어봤어?"

이쯤에 나는 너무 화가 나서 말하기는커녕 숨쉬기도 어려웠다.

"아, 어쩌면," 조지가 부드럽게 말했다. "그래서 여기 왔나? 나한테 수술비 받아내려고? 그래서 온 거야?"

나는 마비가 된 것처럼 꼼짝도 하지 않고 그를 보았다. 그랬다. 그래서 왔다. 나 자신에게도 인정할 수 없어서 이야기할 사람이 필요하다는 핑계를 지어냈지만, 바로 그게 필요해서 갔다. 수중에 땡전한 푼 없고 내 명의로 된 은행 계좌 하나 없는 마당에, 내 손에 들어오는 현금이라고는 일주일치 살림용 용돈이 전부인 마당에 임신중지 수술에 필요한 돈을 구할 방법이라고는 비밀리에 아버지한테 받아내는 것뿐이었는데, 심지어 나 같은 사람도 그토록 구차한 방법은 쓰고 싶지 않았다. 그래서 여기에 왔다. "당신을 증오해." 나는 쉰목소리로 말했다. "당신을 증오해. 늘 그래왔어. 내가 흥분한 진짜

351

이유는, 당신의 일부가 내 몸속에서 자라고 있다는 생각을 견딜 수 없어서야… 내 자궁에서!"

조지는 웃음을 터뜨리고 손으로 이마를 쳤다. "아, 정말 피곤하다. 자기, 정말 가지가지 한다?"

나는 의자에서 벌떡 일어나 온 힘을 다해 따귀를 날리며 손톱으로 그의 뺨을 긁었다. 깜짝 놀라 숨을 들이쉬는 소리가 들렸고, 빨갛게 충혈된 눈이 보였다. 다음 순간 조지는 손바닥을 펼친 채로 팔을 휘둘러 나를 후려쳤다. 어찌나 세게 때렸는지 눈앞에서 별이 보였다. 그때 나는 알게 되었다. 정말로 별이 보인다는 걸. 충격을 받은 나는 그 자리에, 그에게서 위험하게 가까운 자리에 그대로 서 있었고, 조지는 내 얼굴에 대고 조그맣게 웃으며 말했다. "마담 오버리, 그게 너야."

조지가 언제나처럼 자신의 농담에 만족해 쿡쿡거리는 동안 나는 뒷걸음질로 문으로 다가갔다. 조금만 자극해도 그가 나를 또 때릴 걸 알았지만 문손잡이를 잡고서 말하지 않을 수 없었다. "넌 병적이야. 병적이라고. 그리고 모든 바람둥이가 그렇듯이 잠재적인 동성애자고."

조지가 웃음을 뚝 멈췄다. "1초 안에 꺼지지 않으면 묵사발을 만들어주겠어."

3초 만에 나는 밖으로 뛰쳐나가 계단을 절반쯤 내려가고 있었다. 너무 겁이 나서 엘리베이터를 기다릴 수도 없었다.

집에 도착했을 때는 오른쪽 얼굴이 빨갛게 부어 있었다. 천만다행으로 아이들은 친구네 집에 가고 없었고, 로티가 데리고 오기로 되어 있었다. 찬물을 끼얹었지만 얼굴이 더 붓기만 해서 끝내 포기하고 침대에 앉아 내 얼굴이 이 꼴이 난 그럴싸한 이유를 지어내기에 매달렸다. 그러고 나서 다음 문제를 떠올렸다. 이번에도 괴물 조지가 옳았다. 다른 계획을 세우기 전에 일단 산부인과에 가야 했다. 하지만 어디? 물론 나의 주치의에게 갈 수는 없었다. 산부인과 의사를 어디서 찾지? 병원에 무슨 용건을 대고 산부인과 의사 이름을 물어볼지 고민하다가 문득 아토피 증상 때문에 찾아갔던 피부과 의사가 떠올랐다. 그의 진료실은 파크 애비뉴의 고건물에 있었는데, 바로 옆에 피터 쿱퍼먼이라는 산부인과 의사의 진료실이 있었다.

특별히 기억에 남은 이유가 있다. 쿱퍼먼의 대기실은 문을 늘 활짝 열어놓아서 그 앞을 지나갈 때마다 크게 틀어놓은 음악 소리가 들리고 배가 산만큼 부푼 여자들이 졸음에 눈을 껌벅거리며 잡지를 읽고 있는 모습이 보였다. 피부과 의사는 쿱퍼먼을 질색했다.

나는 전화번호부를 꺼냈다. 피터 쿱퍼먼은 여전히 개업 중이었으나 지난 14년간 불황을 겪었는지 파크 애비뉴에서 우리 집 바로 근처인 콜럼버스로 자리를 옮겼다. 이 정도면 좋은 기회라 할 수 있었으므로—이 문제에 엄청난 행운을 바라지 않았으며 필요로 하지도 않았다—나는 곧바로 전화했고, 마빈 스탠리 부인이라는 이름으로 바로 다음 날(오늘)로 예약을 잡을 수 있었다. 불황은 불황인 모양이었다.

그 일을 마치고 나자 너무도 기진하여 램프의 불도 끄지 않고 침대에 뻗었다. 현관문이 쾅 소리를 내며 닫혔을 때 나는 로티와 아이들이 돌아온 줄 알고 일어나지도 않았다. 이내 안방 문이 열리고 조너선이 들어왔다.

악운이 겹치는 날이었다. 고작 5시였다. 조너선이 이 시간에 돌아오는 건 유례 없는 일이었다. 집에 오자마자 식료품 보관실로 갔었는지 조너선은 한 손에는 술을, 다른 손에는 복도 탁자에 놓아두는 우편물을 들고 있었다.

"왜 이렇게 어둡게 해놓고 누워 있어? 왜 누워 있어?" 조너선은 서랍장의 램프 하나에 불을 켜고 나를 보았다. 오른쪽 뺨을 베개에 대고 누워 있었으므로 그는 내게 무슨 문제가 있는지 볼 수 없었지만 나는 조너선을 똑똑히 볼 수 있었다. 폐인에 가까운 몰골이었다.

"그냥 피곤해서." 나는 대답했다. "당신이야말로 집에 일찍 왔네. 당신은 괜찮아?"

"나도 그냥 피곤해서. 녹초가 됐어." 조너선이 답했다. 조너선은 서랍장의 반대쪽 램프에 불을 켜고 우편물을 열어보기 시작했다. 조너선이 봉투를 뜯고 있을 때 나는 힘을 내어 일어났다. 밤새 얼굴을 가리고 누워 있을 수는 없는 노릇이었다. 확인을 마친 조너선은 질린다는 뜻의 탄식을 내뱉으며 우편물을 한쪽으로 치우고—대부분 청구서였다—뒤돌아섰다. "세상에, 티나. 얼굴이 왜 그래?"

"누가 쇼핑백으로 얼굴을 후려쳤어."

"다시 말해봐."

나는 다시 말했다. 그러고는 내가 지어낸 이야기를 들려주었다. 오후 늦게 시내에 나갔는데 택시를 잡을 수 없었다. 그래서 하릴없이 승객이 미어터지는 버스에 탔는데, 어떤 여자가 버스에서 내리려고 서두르다 쇼핑백으로 내 얼굴을 치고 갔다.

이 이야기를 믿는 걸 보니 조너선이 진정 녹초가 되어 있던 모양이었다. 셰익스피어의 표현을 빌리자면, 이날 그는 이상한 것 이상으로 이상했다.

조너선은 힘없이 눈을 비볐다. "세상에, 쇼핑백에 돌이 들어 있었나. 자칫하면 실명했겠어. 그 사람 이름은 받았어?"

"눈앞에서 별이 없어졌을 땐 버스가 이미 출발했어." 왠지 몰라도 나는 이 말을 덧붙였다. "정말로 보이는 거 알아? 별 말이야."

"알아. 고등학교에서 풋볼 할 때 경험했어." 조너선은 한 모금으로 남은 술을 다 마시고 가만히 서서 나를 빤히 봤는데, 그 묘한 눈빛에 나는 불안해졌다. 마침내 조너선이 부드러움에 가까운 말투로 말했다. "왜 자꾸 이런 일들이 당신한테 생길까."

정답을 아는 나는 그 질문을 몇 달이나 기다려왔다. "왜냐고? 나는 완벽한 피해자잖아. 몰랐어?"

다음 순간 놀라운 일이 벌어졌다. 천만뜻밖이었다. 조너선은 고개를 젓고 지난 몇 년간 못 들어본 다정한 목소리로 말했다. "나는 그렇게 생각하지 않아, 틴. 절대 그렇지 않아. 당신이라는 사람은 단지, 그러면 안 되는데, 자기 자신에게 너무 엄격한 것뿐이야."

그 놀라운 말을 남기고 조너선은 술을 한 잔 더 가지러 식료품 보관실로 갔다.

언제나처럼 나는 별다른 기대 없이 이런 일들을 기록했다. 언제나처럼 글로 쓰는 것은 도움이 되었다. 지난 열이틀 중 그 언제보다 마음이 차분하다. 이제 배관공, 피터 쿠퍼먼 씨를 만나러 가봐야겠다.

아이들이 즐겨 보는 가학적인 만화들, 벅스 버니, 헤클과 제클, 마이티 마우스 따위에는 어김없이 소란스러운 추격과 도주 장면이 나오기 마련이다. 이 난동이 벌어지는 중에 쫓는 이나 쫓기는 이 중 한 명은 반드시 무거운 물체에, 증기롤러나 하늘에서 떨어지는 금고, 화물 트럭이나 피아노 따위에 깔려 팬케이크처럼 납작하게 뭉개지는데, 곧바로 몸을 일으키고 먼지를 턴 다음에 아무런 고통도 느끼지 않고 다시 쫓거나 쫓기기를 이어간다. 글쎄, 지금 내 꼴이 그렇다. 납작하게 뭉개졌다. 팬케이크가 되어버렸다. 그런데도 이상하게 아무런 아픔을 느끼지 않고 계속해서 살아가고 있다.

무슨 일이 있었냐고? 천천히, 찬찬히 설명해보겠다.

어제 나는 닥터 피터 쿠퍼먼을 찾아갔다. 불황이라는 말은 터무니없이 부족했다. 음란하다고밖에 묘사할 수 없는 왜소한 남자. 살진 돼지 같은 분홍빛 얼굴에 코 수술은 실패했고, 어쩐지 포르노를 떠올리게 하는 손을 지닌 그는 자신의 일을 즐기는 산부인과 의사였다. 그는 첫눈에 내가 찾아온 이유를 꿰뚫어 보고, 나를 스탠리 부인이라고 부를 때마다 야릇한 강세를 주었다. 간호사 없는 자리에서(닥터 피터 쿠퍼먼은 직업윤리와는 담을 쌓았다) 진료를 끔찍하

356

게 오래 끈 뒤에 마침내 그가 말했다. "진료만으로는 판단하기 어렵 군요. 자궁과 경부의 상태가 생리가 임박했음을 뜻할 수도 있지만 임신을 뜻할 수도 있거든요. 기존에 사용하던 검사로는 판단을 내리기가 이릅니다만 새롭게 개발된 검사가 있는데 아직 시험 단계에 있지만 어쩌면 부인의 질문에 답을 찾을 수 있을지도요." 그는 내게 의미심장한 시선을 던지고 6가에 있는 전문 검사소의 이름을 적어 주었다. 그리고 오늘 아침에 가서 검체를 전달하라고 했다. 나는 현금으로 계산하고 병원에서 나왔다. 피터 쿱퍼먼이 임신중지 수술을 직접 하지 않으면 적어도 주선자 역할일 거라고 확신하며.

오늘 아침 6시 45분에 침대에서 조용히 빠져나와 화장실 문을 잠그고 검체를 확보했다. 그것을 넣은 병을 비닐 랩으로 칭칭 감고 본윗 텔러 백화점의 꽃무늬 쇼핑백에 넣은 뒤에 통째로 빨래 바구니의 맨 아래, 조녀선의 셔츠와 팬티와 양말과 손수건 아래 넣었다. 그러고는 맥베스의 죄책감을 느끼며 피부가 벗겨질 정도로 몸을 씻고 부엌에 가서 아침 식사 준비를 시작했다. 기록적인 속도로 조녀선과 아이들을 집에서 내보냈고, 9시에 외출 준비를 마친 채로 검사소에 가려고 화장실에서 서둘러 립스틱을 바르고 있는데 화재 경보가 울리기 시작했다. 지난 3년간 이 건물에 살면서 한 번도 들어보지 못한 소리였다. 그러나 경보가 울리기 시작하자마자 나는 그것이 무엇인지 알았다. 나는 거울 속의 괴물 앨리스를 보고 킥킥거렸다. 화재로 인한 사망. 너의 달콤한 꿈 하나가 실현되려나보다.

이렇게 느끼는 자체가 내가 완전히 맛이 갔다는 뜻이라고 인정하면서도 심지어 즐거운 기분마저 들었다. 차분히 나는 침대에서 폴리를 안아 올리고 집 앞쪽의 벽장에 가서 목줄을 찾았다. 그때 거기서 연기 냄새를 맡았다. 정면 현관문을 열자 엘리베이터 문틈 사이로 검은 연기가 흘러나오고 있었다. 검고 짙은 연기 탓에 발깔개에 조간신문이 그대로 놓여 있는 옆집 마이어 부부네 집 현관문도 잘 보이지 않았다. 나는 콜록대며 문 앞에서 망설였다. 마이어 부부는 아직도 자고 있나? 딱한 릴리와 해리 마이어 씨가 잿더미가 되도록 내버려두는 게 과연 옳은 일일까? 나는 우리 집 문을 고정해놓고 복도를 달려가 다급히 그들의 초인종을 눌렀다. 앞이 보이지 않고 숨도 잘 쉬어지지 않는 상태에서 갑작스레 깨달음을 얻었다. 나는 살고 싶었다. 너무나도 살고 싶었다. 그래서 그들 초인종을 마지막으로 한 번 더 누르고 쿨럭거리고 헐떡거리며 집으로 돌아왔다. 연기 냄새를 맡은 폴리가 미친 듯이 짖기 시작했는데, 아마 내가 그렇게 반응했어야 정상이지 않았을까 싶었다. 다시 숨을 쉴 수 있자마자 폴리를 침착히 안고, 방화 장치가 설치되어 있다고 알고 있는 아파트 후면 계단으로 내려가기 시작했다.

과연 방화 장치가 설치되어 있는지 뒤쪽에서는 연기가 나지 않았지만 위층과 아래층에서 문이 꽝꽝 닫히는 소리, 두두두 달리는 발소리, 흥분해서 속사포로 말하는 여자들의 목소리가 들려왔다. 이 모든 소음 위로 화재 경보가 계속해서 삑삑거렸다. 여전히 광적으로 차분한 나는 폴리의 머리를 쓰다듬으며 우아하게 계단을 내려갔다. "걸어, 뛰지 말고. 가장 가까운 출구로." 스스로에게 이르며 또각, 또각, 또각 내려가던 중에 문득 기억났다. 가장 가까운 출구는 지상층 계단참에서 로비로 나가는 문이었는데, 무단 침입자들을 막는다는 명목으로 철창을 늘 잠가놓았다. 관리인이 문을 열어놓았을까, 아니면 마흔 명가량의 주부가 신원 확인이 불가할 정도로 숯불

구이가 된 채로 문 앞에서 발견되었다고 타블로이드에서 즐겁게 보도하게 될까?

충계 두 개를 내려갔을 때 계단참의 뒷문이 벌컥 열리더니 덩치 큰 붉은 머리 여자가 나타났다. "세상에!" 재빠르게 내려가는 내 등에 대고 여자가 외쳤다. "어디 가요? 다들 어디를 그렇게 뛰어가요? 아까부터 단체로 우당탕 내려가던데, 아파트 사람들 전부 심약한 정신머리가 가출이라도 했어요?"

"딱히 그렇지는 않아요." 나는 어깨 너머로 냉정히 말했다. "건물에 불이 난 거 같아요. 그쪽도 빨리 내려오시는 게 좋을걸요."

"달랑 정면 엘리베이터 케이블 하나예요. 참 나. 정면 엘리베이터 케이블 하나에 불이 붙었는데, 벌써 진압했답니다."

나는 여자가 서 있는 자리로부터 네 단 아래에서 걸음을 멈추고 돌아보았다. 내 눈높이에 금빛 뮬 슬리퍼의 앞 트임으로 꼼꼼히 페디큐어를 칠한 발가락 열 개가 보였다. 입이 떡 벌어지게 각선미가 훌륭한 다리를 따라 시선을 올려 얼굴을 본 순간, 조녀선이 언급한 적 있는 우리 아파트의 소위 연예인 중 한 명이라는 걸 깨달았다. 캐리 오해리건이나 샐리 멀리건 따위 이름을 지닌 왕년의 브로드웨이 코러스걸이었는데, 한때는 굉장한 미인이었을 테지만 지금은 소피 터커에게 아일랜드인의 피부와 머리칼을 입힌 것 같았다. "진압되었는지 아닌지 어떻게 알아요?" 나는 허리를 숙여 쓰레기통 옆에 배달부가 놓고 간 우유 두 병을 집는 여자를 보며 물었다. 여자는 패딩이 들어간 나일론 원단의 짧은 실내용 가운을 입고 있었고, 당장이라도 무대에 올라갈 수 있을 정도로 빈틈없이 화장했다.

"어떻게 아냐고요? 아무짝에도 쓸데없는 주정뱅이 관리인한테

전화했으니까요. 그래서 알아요. 아파트에서 패닉 현상이 일어날
지도 모르는데, 책임자들은 대비 조치를 일절 안 하고 있으니, 원."

나는 깔깔 웃으며—이 여자가 마음에 꼭 들었다—말했다. "패닉
현상은 이미 시작됐어요." 그때 겁에 질린 여자 네 명이 각기 다른
정도로 옷을 허술하게 입은 채로 아이 세 명을 이끌고 우르르 계단
을 내려왔다. 우리에게 눈길도 주지 않고 황망히 내려가는 그들에
게 멀리건 부인이 우유병을 붙들고 외쳤다. "아, 정말 그만두라니까
요! 그만두라고! 위험하지 않아요! 멈춰!"

그들이 멈추었다. 그녀는 화재 경보 위로 소리가 들리도록 언성
을 높여 상황을 설명했다. 그러는 중에 실내 가운만 걸친 여자 두 명
이 계단을 돌아 내려왔고, 돌연 화재 경보가 멈추었다. "…주택 공사
에 신고했어요!" 멀리건 부인의 외침도 경보 소리와 더불어 잦아들
었다. 갑작스런 정적에 압도된 우리 열한 명은 고등학교 미인 선발
대회 참가자처럼 계단참과 계단 곳곳에 뿔뿔이 흩어진 채 얼어붙은
듯이 서 있었다. 그때 아래에서 남자 목소리가 들리더니, 묵직한 부
츠를 신은 발소리가 쿵쿵 울렸다. 다음 순간 키가 훤칠하고 건장한
소방수가 아래층 계단의 모퉁이를 돌아 올라왔다. 깜짝 놀랄 정도
로 앳된 소방수는 아일랜드 혈통으로 짐작되는 얼굴에 미소를 띠고
있었다. 고무 재질 같은 소방수복이 펄럭거렸고, 손도끼를 들고 있
었다. 우리를 구해줄 영웅, 그가 왔다.

"좋은 아침입니다, 숙녀분들!" 소방수가 말했다. 뒤쪽이 꼬리처럼
길게 늘어진 모자를 살짝 추어올려 인사하며 내 옆을 지나가는 그
에게서 수영모자 냄새가 났다. 소방수는 계단참에서 걸음을 멈추고
멀리건 부인 옆에 서서 활짝 웃었다. "이제 괜찮습니다. 엘리베이터

케이블에 불이 붙었는데, 완전히 진압됐어요. 부엌으로 돌아가서서 커피 한 잔씩 더 드시죠."

"완전히 진압됐으면 손도끼는 무엇에 쓰려는 거죠?" 검정과 초록이 섞인 블랙워치 체크무늬 가운을 입은 의심 많은 여자가 양손에 한 명씩 아이를 붙들고 물었다.

"주 승강기 수직 통로 천창을 열어서 연기를 내보내려고요. 연기는 몹쓸 것입니다. 부인들 양탄자나 커튼에 검댕을 남길지도 몰라요." 소방수는 모자를 다시 쓰고 여자들 사이를 지나 다음 층으로 올라갔다.

"같이 한잔하지, 자기." 그동안 젊은 소방수의 체취를 한껏 들이켜고 있던 멀리건 부인이 말했다.

"오늘은 안 돼요, 멋쟁이." '자기'는 한쪽 눈을 찡긋하고 다시 한번 모자를 살짝 추어올린 다음에 계단 위로 모습을 감추었다.

멀리건 부인은 거대한 가슴에 우유병을 꼭 안은 채로 한숨을 한번 쉬고, 우리 나머지 열 명에게도 커피를 권했다. 커피를 6분 만에 내리는 마법 커피메이커가 있는데 지금껏 마셔본 중 최고로 맛있을 거라고 자랑스레 장담하며.

아이들과 있던 여자 두 명은 거절했지만 나머지 사람들은 초대를 수락했다. 캐리 오설리번의(이것이 그녀의 진짜 이름이었다) 널찍하고 샛노란 부엌은 놋쇠와 구리 냄비로 반짝거리고 시장에 출시된 온갖 최신 전자제품이 들어차 있었다. 10분도 지나기 전에 우리는 그녀의 커다란 흰 대리석 식탁에 앉아 내 평생 가장 맛있는 커피를 마시며 미세스 허브스트의 유명한 스트루들을 먹고 담배를 뻐끔대고 있었다. 개를 질색한다던 설리번 부인은 처음에는 폴리를 불편

361

해했지만, 나중에는 익히지 않은 코셔 핫도그를 통째로 주었고, 폴리는 애정이 담뿍 담긴 눈으로 그녀 발치에 앉아 있었다. 엉망진창인 아파트 관리에 대한 이야기가 바닥나자 집주인은 대화를 주도하기 시작했다. 그녀는 플로렌즈 지그펠트에 대한 온갖 일화를 들려준 다음에 자기가 브로드웨이에서 성공적으로 운영하는 여성 전용 피트니스 센터에 대해 이야기했다.(그것 덕분에 지금 그녀는 풍요롭게 살고 있었다) 이야기를 듣고 있다가 마침내 나는 어떠한 신체적 감각을 인지하고 그것의 의미를 깨달았다. 아침에 벌어진 사건들에 정신이 팔려 지금껏 그 감각의 부재가 의미하는 모든 것을 잊고 있었다. 심지어 이날 아침의 중요한 볼일도 잊고 있었다. 나는 흥분을 억제하고(잘못 느낀 것일 수도 있으니) 커피와 스트루델을 마저 먹은 다음에 아쉬운 기분으로 일어났다. 즐거운 시간이었다. 나는 캐리에게서 떨어지지 않으려는 폴리를 잡아끌며 머리에 롤러를 만 채로 실내 가운과 바지를 입고 있는 여자들에게 인사했다. 캐리에게 고맙다고 인사하고, 그녀의 피트니스에 들러서 엑서사이클이라는 자전거 운동기구를 타겠다고 약속한 뒤에 이층 위인 집에 돌아와서 반가운 소식이 사실임을 확인했다.

그것에 필요한 것들을 처리하고 빨래 바구니 맨 아래에서 쇼핑백을 꺼내 검체를 변기에 버리고 물을 연거푸 내렸다. 빈 병은 집 뒤쪽 쓰레기통에 버리고 돌아와서 씻고 또 씻었다. 티나 맥베스는 여기까지. 그때 폴리가 낑낑거리기 시작했다. 나는 불쌍한 폴리가 오늘 한 번도 밖에 나가지 못했다는 것을 기억하고 다시 목줄을 채워 아파트 후면 엘리베이터로 내려갔다. 엘리베이터에서는 썩은 사과, 오렌지 껍질, 커피 가루, 마늘 샐러드드레싱과 먹고 버린 양고

362

기 뼈 냄새가 났다.

거리로 일단 나오자 아침 내내 나를 쥐고 있던 좀비처럼 멍한 기분이 가뭇없이 사라졌다. 이상한 날이었다. 2월 첫날인데 꼭 5월처럼 따뜻하고 바람 한 줄기 없이 포근한 공기가 몸을 감싸고 햇볕이 따갑게 내리쬐었다. 어제 내린 눈은 녹아내려 자취 없이 사라졌다. 나는 강도나 강간범이나 변태나 폭력배들에 대한 두려움 없이 공원에 들어갔고, 폴리 때문에 두 번 멈춘 것을 빼면 쉬지 않고 걸었다. 공원 깊숙이 들어와 있는데 갑자기 어마어마한 피로가 덮쳐서 가장 가까운 벤치에 앉았다. 담배에 불을 붙이고, 1미터도 안 떨어진 거리에서 비둘기들 먹으라고 뿌려놓은 빵 부스러기를 먹는 쥐를 지켜보았다.

다 끝났어, 나 자신에게 말했다. 정말 다 끝났어. 재정비하고 새로 시작할 수 있어. 하지만 아무런 느낌도 없었다. 아무것도 느낄 수 없었다. 들뜨지 않았고, 그 어떤 감정도 일지 않았다. 느껴지는 것이라고는 아랫배의 통증과 목과 등을 내리쬐는 햇볕의 열기뿐이었다. 마음을 추스르고 다시 무엇을 시작한단 말인가? 알 수 없었다. 조지는 내가 한 가지에 마음을 붙이고 나면 괜찮아질 거라고 했지만 과연 그게 무엇일까? 알 수 없었다. 도무지 알 수 없었다. 그래서 나는 결국 벤치에서 일어나 집에 돌아왔고 여기에 쓰기 시작했다. 이 정도 쓰고 나니 이제 내가 무엇을 결정할 것이며 어떤 사람이 될 것인지 알겠다. 누구? 그게 누구냐고? 완벽 주부 타비타 트윗칫 댄버스 아니면 누구겠는가. 앞치마를 두른 여자. 쇼핑 목록을 쓰는 여자. 열쇠 다발. 그게 나다. 내게 딱 맞다. 왜 여태 그걸 몰랐을까. 아마도 내가 그런 주부로 사는 걸 조녀선이 허락하지 않아서겠지. 르네상스맨에게 어울리는 부인의 모습이 아닐 터이니까. 글쎄, 나는 조너선이 원하는 이미지에 부합하려고 노력해봤다. 온갖 이미지를 다 시도해보았지만, 이제 알겠다. 나는 전통적인 주부가 될 것이며, 조너선은 그게 싫어도 받아들여야 할 것이다. 완벽 주부 타비타 트윗칫 댄버스로 거듭나자.

그렇게 적지는 않았지만 사실 나는 어제자 기록이 마지막이 될 줄 알았다. 하지만 아직은 끝나지 않았다. 기록해야 할 것이 하나 더 남았다.

당연하지만 간밤에 나는 기진맥진했다. 밤 10시에 자리에 누워 지독한 생리통에도 불구하고 15분 만에 잠들었다. 새벽 3시에 화들짝 놀라며 깨어났는데, 늘 그래왔듯이 잠이 싹 달아나는 그런 충격은 아니었다.(기록하지는 않았지만 지난 두 달간 불면증이 서서히 잦아들어 어쩌다 한 번씩 고생할 뿐이었다) 이번에는 달랐다. 이번에는 마치 누가 내 이름을 부르거나 외친 소리를 듣고 깨어난 것 같았다. 깜짝 놀라 조녀선의 침대를 돌아보자 침대는 텅 비어 있고 이불은 발치까지 끌어 내려져 있었다. 빈 침대와 귓속에서 윙윙거리는 정적이 알 수 없는 공포심을 불러일으켰다. 조녀선은 어디 있지? 화장실에 있지는 않았다. 빼꼼한 문틈으로 불이 꺼져 있는 게 보였다. 심장이 방망이질하기 시작했다. 나는 가운을 걸쳤다. 거실과 서재는 어둠에 잠겨 있었지만 식료품 보관실의 문이 열려 있었고, 안쪽으로 문 밑의 바닥을 물들인 부엌의 불빛이 보였다.

조너선은 부엌 식탁에 구부정히 앉아 있었는데, 플란넬 가운으로 몸을 싸매고 주먹 관절이 하얘지도록 머그잔을 세게 움켜쥐고 있었다. 스윙도어가 슝 소리를 내며 열리자 조너선은 까무러치게 놀라 머그잔을 엎을 뻔했다. 조너선이 퉁퉁 붓고 충혈된 눈으로 나를 보았다. "아, 깜짝 놀랐잖아, 틴. 왜 안 자고 있어?"

"나도 당신한테 그걸 물어보려고 왔어. 자다 깼는데 당신 침대가 비어 있어서 걱정했어. 괜찮아?"

"응, 괜찮아. 다시 가서 자."

나는 조너선의 퉁퉁 부은 눈을 쳐다보지 않으려고 애썼다. "왜 일어났어?"

"잠이 통 안 와서 결국 일어났어. 따뜻한 우유에 꿀을 타 먹으려고. 어렸을 때 내가 악몽을 꾸고 일어나면 어머니가 만들어주시던 거야. 그걸 마시면 기적처럼 잠이 오곤 했거든."

어머니, 악몽, 꿀 탄 따뜻한 우유. 도저히 견딜 수 없었다. 상냥하게, 내 평생 가장 상냥한 말투로 나는 물었다. "당신 울고 있었지? 그렇지?"

"그랬으면 뭐?" 조너선은 쏘아붙였다.

나는 깊이 숨을 들이쉬었다. "그랬으면… 조금 별난 일이지. 당신이 평소에 즐기는 일이 아니잖아."

조너선의 입에서 웃음과 신음 중간쯤의 끔찍한 소리가 새어 나왔다.

"조너선, 부탁이야. 무슨 일인지 내게 말해주지 않을래?"

이제 조너선은 좀전의 소리와 맞먹게 끔찍한 미소를 지었다. "사람이 생각할 수 있는 모든 것. 그래, 모든 게 잘못됐어."

갑자기 다리에 힘이 풀려 앉아야 했다. 식탁으로 가서 의자를 빼는데 담배가 눈에 들어왔다. 재떨이에 꽁초 여섯 개가 꽂혀 있고 그 옆에는 급히 뜯은 담뱃갑이 놓여 있었다. 이것들을 훑어보는 나를 조너선이 보고 있었다. 나는 놀란 가슴을 숨기고자 짐짓 태연한 척 담뱃갑을 들고 한 대 꺼내 불을 붙였다. 그러는 동안에도 그가 대체 언제부터 담배를 다시 피우기 시작했나 궁금해하고 있었다. 2주 전에 수면제를 부탁한 날일까, 아니면 그보다 전이었을까? 마침내 나는 담뱃갑을 향해 뻗어 있는 조너선의 손을 보고 식탁 위로 밀어주었다. 일곱 개비째. 담배에 불붙이는 그의 손이 어찌나 떨리던지 차마 보고 있을 수 없었다.

나는 몇 초간 흰 호마이카 식탁을 내려다보다가 입을 열었다. "사람이 생각할 수 있는 거의 모든 것이라고 했을 때, 무슨 뜻으로 한 말이야? 우리 사이를 말하는 거야?"

또 그 끔찍한 웃음. "나도 내가 그걸 뜻한 거였으면 좋겠어."

나는 시선을 들었다. "그게 아니면 뭔데? 나한테 하나도 말해줄 수 없어?"

"정말 듣고 싶어?"

"그럼 좋을 거 같아."

떨리는 숨을 길게 들이쉬며 조너선은 몇 모금 피우지도 않은 담배를 재떨이에 비벼 껐다. 그러고는 의자를 뒤로 밀치고, 다리를 꼬며 자세를 바꾸어 나 대신에 수납장과 조리대 벽을 마주 보았다. 언뜻 보이는 옆모습은 무시무시했다. 얼굴이 마치 내 눈앞에서 녹아내려 무너질 것 같았다. 그래서 나도 모르게 돌린 시선이 그의 발에 떨어졌는데, 그걸 보고 더 심란해졌다. 길쭉한 발이 마치 자기만의 의지가 있는 것처럼 격렬하게 움찔거리고 흔들거렸고, 마침내 애버크롬비&피치의 사슴 모피 슬리퍼가 발에서 벗겨져 날아갔다. 나는 다시 시선을 들었다.

"글쎄, 첫 번째로는," 조너선이 나지막하게 숨찬 목소리로 운을 뗐다. "첫 번째로는, 지난 며칠간 나는 당신에게 말할 수 없고 말할 생각도 없을 정도로 많은 돈을 잃었어. 주식 가치가 떨어진 정도가 아니라 손해까지 발생했어."

이 소식이 '첫 번째'라고 했음에도 나는 크게 안심했다. "아, 조너선." 내가 눈치 없이 말했다. "어쩌다 그렇게 됐어?"

"어쩌다라니. 그걸 설명하려면 한 시간은 걸릴 거야. 당신이 '무모한 투기'라고 부르는 것에서 시작되었다고 할 수 있겠지. 그러다 몇 주 전에 주가가 하락하면서 상황이 크게 나빠졌어. 마진콜을 요청받아서 어쩔 수 없이 저가에 온갖 주식을 매도해야 했는데 그래도 증거금이 부족했어… 무슨 말인지 대충 알아들어?"

나는 고개를 끄덕였다. "그러니까 우리 소득세율이 달라졌다고. 그래서 울었어? 그것 때문에 이런 모습이야?"

조너선은 고개를 돌려 나를 정면으로 바라보며 그 끔찍한 미소를 지었다. "내가 '첫 번째로는'이라고 말했던 걸 기억해."

나는 다시 고개를 끄덕였다. 그 말이 기억났다.

조너선은 다시 한번 숨을 깊이 들이쉬었다. "두 번째는, 회사에서 상황이 썩 좋지 않아. 호디슨이 나를 못마땅하게 여기고 있어. 지난 한 달, 두 달, 석 달, 혹은 넉 달간 그래왔던 거 같아. 물론 '못마땅하다'는 완곡한 표현이야. 꽤 오랫동안 내 태도가 거슬렸나봐. 내가 최선을 다하지 않는다고 생각했고. 한 달 전에 어떤 소송에서 내가 요청한 모션이 거부당해서 결국 패소했는데, 그때 더는 못 참겠다고 결정한 것 같아. 두 번 나를 불러서 길게 면담을 했는데, 그때 한 이야기를 들어보면 자기가 시드니 그린스트릿이라도 된다고 착각하는 게 아닌가 싶어. 면담이라니, 내가 그 회사에 장장 9년을 바쳤는데. 무슨 심부름꾼 부르듯이 대하더라니까! 나더러 똑바로 하라고 말하더군, 아니 경고하더군."

"당신은 잘할 수 있어. 잘할 거고." 나는 내가 들어도 거슬리는 걸스카우트 목소리로 말했다. "주식 손해를 훌훌 털어버리고 대출을 받아서 빚을 갚고 나면 다시 업무에 집중할 수 있을 거야. 어느새 예전 모습으로 돌아가 있을 거라고."

"아니." 조녀선이 말했다. "아니, 내가 예전으로 돌아가는 일은 절대 없을 거야."

"아, 조녀선. 그건 또 무슨 뜻이야?"

다시 한번 조녀선은 담뱃갑에 손을 뻗고 덜덜 떨리는 손으로 불을 붙였다. 이번에는 나도 시선을 떼지 않았다. 두터운 연기에 앞이 보이지 않을 정도였지만.

"무슨 뜻이냐면." 조녀선이 마침내 말했다. "나는 완전한 인성 변화를 시도해야 해. 내 정신분석가는 재활이라고 부르더군. 그래야 내가 초래한 결과를 직면하고 빠져나올 수 있대."

"정신분석가?"

"그래, 맞아. 정신분석가. 심리치료사 말이야."

"…정신분석가한테 간 지 얼마나 됐어?"

"글쎄, 어디 한번 보자. 3주쯤. 폽킨한테 세 번 상담받은 것까지 합치면. 아니, 네 번이었나."

그리고 이어진 침묵 속에서 냉장고가 요란하게 덜덜거리기 시작했고, 폴리가 문을 긁었다. 불쌍한 폴리도 내가 그랬듯이 빈 침대를 보고 불안해져서 무슨 일이 있나 확인하러 온 것이었다. 방금 들은 소식을 소화할 시간이 필요했던 나는 자리에서 일어나 문을 열어주었다. 신이 난 폴리는 미친 듯이 꼬리를 흔들며 조너선에게 달려갔다. 그러나 시체에 대고 재롱을 부리는 것이나 다름없었다. 폴리는 끝내 포기하고 시무룩하게 내게 왔고, 내가 몇 차례 달래듯이 쓰다듬어주자 식탁 아래로 들어갔다.

"그러니까 당신이 폽킨을 만나러 갔구나." 시간을 더 끌어봤자 이 대화를 나눌 준비가 될 거 같지 않았다.

"그래, 내가 폽킨을 찾아갔어."

"언제? 무엇 때문에 결국 만나러 갔는데?"

"우리가 싸운 다음 날 갔어. 당신이 비둘기들한테 빵을 주고 있는데 내가 애들을 부추겨서 다 같이 당신을 비웃었다고 한 날 있잖아. 더는 견딜 수 없을 것 같아서 갔어. 당신이 정말 정신이 나갔다고 믿었거든. 당신이 제 발로 가길 거부하니까 나라도 가서 당신의 상태를 설명한 다음에 당신이 자발적으로 오게 만들 방법이 없는지 물어보려고 했지. 하, 그런데 어떻게 됐는지 알아?"

"아니, 모르겠어. 무슨 일이 있었어?"

"폽킨이 내게 훈장을 달아주더군."

그 오랜 시간 동안 내가 이해하고 있었던 모든 것을 새삼 이해하며 나는 말했다. "무슨 말인지 이해하지 못하겠어."

"내가 문제래, 여보. 당신이 아니라 나. 당신도 그렇게 몇 번 말했지. 나야, 나. 당신이 아니라. 아, 물론 당신도 나름대로 문제가 있지.

하지만 닥터 폽킨은 당신의 문제들은 중산층 출신 여자들에게 흔히 발견된다고 했어. 삶에서 많은 것을 이루고 얻으리라 기대하며 자랐지만 현실이 요구하는 것들의 부담과 실패와 실망을 견디기 어려워하는 여자들. 당신의 치료는 성공적으로 끝났고 대부분 요인을 분석해서 치료했지만 잔재들이 때때로 경미한 문제를 일으키는 건 예상했던 일이라고 하더군. 보통 그런 문제들은 당신이 스스로 대처하고 잠재의식 속에서 해결할 수 있었을 거래. 하지만 재발한… 것이 분명한 이 문제들이 내 태도와 요구 때문에 악화되었고… 결국 폭발해서 이런 위기를 불러왔는데, 내가 당신을 내버려두고 내 문제에 집중하면 다 괜찮아질 거래."

기술적인 용어들을 들먹이며 나의 안쓰러운 증상들을 설명하는 조녀선의 장황한 열변을 듣고 나는 충격을 받아 묵묵히 앉아 있기만 했다. 확실히 조녀선은 심리학 용어들을 빨리도 익혔다. 새로 치료를 시작한 환자들은 적어도 몇 달은 지나야 그것에 익숙해지는 법인데. 물론 한 번 익히고 나면 당최 입을 다물지를 않지만.

벌써 한결 차분해진 조녀선은 미소를 지었다. 마침내 진심에서 우러나온 미소였다. "심지어 당신이 자기를 보러 오기를 거부한 게 좋은 징조래. 당신 내면의 힘과 자원을 증명한다고. 가슴속 깊은 곳에서 당신은 문제가 자신의 것이 아니라는 걸 알고 있어. 하지만 당신은 자존심 때문에—어쨌든 당신이 나를 사랑하고 결혼했으니까—또 당신의 성품 때문에—나한테 상처를 주기 싫었던 거지—누구의 잘못인지 직시하지 않은 거야. 폽킨을 인용하자면, '베티나는 훌륭한 사람이에요. 성품이 고결하다고요.'"

이건 도저히 감당할 수 없었다. 지금까지의 이야기만 들어도 죄책감에 마음이 안 좋았는데 이제는 얼굴이 화끈거려 견딜 수 없었다. 대체 누가 성품이 고결하다고? 자격지심에 괴롭긴 했지만 조녀선의 말에 반박하거나 이실직고할 생각은 없었다. 나는 깊이 숨을 들이쉬고 천천히 내쉬었다. "왜 폽킨이 당신을 환자로 맡지 않았어? 지난 3주간 만난 의사는 누구야?"

"폽킨은 부부가 같은 의사한테 상담을 받지 않았으면 한대. 그렇게 하는 의사들도 있고, 우리 경우에는 시차가 꽤 있지만. 그래서 다른 의사를 소개해줬어."

"그 사람은—그 정신분석가는—실력이 좋아?"

조녀선은 어깨를 으쓱했다. "그걸 어떻게 알 수 있겠어? 폽킨이 말해준 바에 의하면 경력이 화려하고 적절한 곳에서 수습을 받았고 적절한 협회에 속해. 심지어 맥스 사이먼한테 부탁해서 경력을 확인까지 했어. 하지만 누가 알아? 내가 아는 거라곤 이 사람이 말이 많다는 거야. 세상에, 나는 정신과 의사들은 입을 다물고 듣기만 하는 줄 알았어. 하지만 알고 보니 두 종류가 있는 모양이야. 말하는 사람들이랑 듣는 사람들. 그리고 이 사람은 말하는 부류야. 내 말을 들은 다음에 자기 말을 하지. 그냥 말만 하는 것 같아? 천만에. 이 사람이 열거하는 내 문제를 듣고 있자면 소파에서 벌떡 일어나 창문을 깨고 5번 애비뉴로 뛰어내리고 싶어져."

"당신 문제가 그렇게 심각할 리 없어. 그렇게 느껴지는 것뿐이야. 어쩌면 여기서 내가 의견을 내세우면 안 될지도 모르지만, 일이 잘못되기 시작한 건 불과 몇 년 전부터야. 우리가 처음 만나고 결혼했을 때 당신은 전혀 달랐어. 당신이 달라지기 시작한 건 몇 년 전인데, 당신을 변하게 한 바로 그것이 문제야."

"나는 달라지지 않았어. 늘 지금과 같은 사람이었어. 탐욕스럽고 공격적이고 적대적이고 거짓되고 야심이 믿기지 않을 정도로 지나치지. 옛날엔 잘 숨겼을 뿐이야."

잠시 나는 바닥에 시선을 고정한 채 몸을 떨며 앉아 있기만 했다. 부엌은 따뜻했지만 나는 너무도 추웠고, 아랫배가 다시 아파오기 시작했다. "당신의 천성은 그렇지 않아." 나는 마침내 말했다. "어떤 분석가들은, 말 많은 부류는, 초반에 상당히 공격적이야. 온갖 듣기 싫은 말들을 한 번에 쏟아내. 환자가 한없이 자괴감을 느끼게 만들어. 그들이 쓰는 기법의 일부야. 하지만 계속 파고들다보면 점점 나아져. 모든 게 괜찮아질 거고, 당신 자신도 그토록 나쁜 사람처럼 느껴지지 않을 거야―두고 봐. 내 말은 그러니까, 지금은 상황이 최악인 것처럼 보일지 몰라도, 사실은 그렇게 나쁘지 않아."

조너선은 침을 삼키고 시선을 내리깔았다. "할 이야기가 남았어."

"네 번째가 있다고?"

조너선은 어두운 낯빛으로 고개를 끄덕였다.

무슨 이야기인지 직감하며 나는 기다렸다.

조너선은 입술을 적시고 불쑥 말했다. 큰 목소리로, 거의 도전하듯이. "나 바람피웠어."

그래, 나는 생각했다. "그래." 나는 말했다.

"그래?"

"그래. 마고… 성이 뭐였더라. 게이로드의… 여자."

조너선의 창백한 얼굴이 새빨개졌다. "그 여자가 전화했어? 그래서 알게 됐어? 한 달 전쯤에 당신한테 전화하겠다고 협박했어. 그 여자가 전화했어? 정말 그랬으면 죽여버릴 거야!"

"아니, 나한테 전화하지 않았어. 확증은 없었지만 심증으로 줄곧 알고 있었어. 설명하긴 어렵지만 말야. 샬럿 레이디가 은근히 암시하기 전에도 눈치채고 있었어."

"샬럿 레이디가 그랬어? 세상에, 그렇다면 뉴욕 사람들 절반은 알고 있다는 뜻인데."

사람들이 알면 뭐? 나는 생각했다. 그리고 물었다. "당신이 한 말의 시제가 헷갈려, '바람피웠어'라니, 그럼 관계가 끝났다는 거야, 아니면 아직도 만나고 있어?"

"끝났어. 내가 몇 주 전에 끝냈어. 더 빨리 끝내고 싶었는데 용기가 없었어. 세상에, 그 여자는 미쳤어. 제정신이 아니라고! 내가 무슨 일을 벌였는지 깨달았을 즈음엔 이미 늦었던 거야. 아, 도저히 설명할 수 없지만 그 여자한테 신체적으로 너무도 강하게 끌렸어. 그 방면에서 우리 관계가 미지근했잖아. 나는 그걸 당신 탓으로 돌림으로써 내가 바람피우는 걸 합리화했어. 요즘엔 누구나 하는 건데, 다들 당연시하는 건데 나는 왜 하면 안 돼, 이렇게 생각했지. 하지만 성격상 안 맞더라고. 난 할 수 없어. 그 모든 거짓말과 계획과, 죄책감. 너무 괴로웠어."

가슴속에서 격렬한 갈등이 일어나고 있었다. 결국에 나는 나의 이야기를 털어놓고 싶은 충동을 억누르고자 말했다. "몇 주 전에 애들 데리고 플로리다로 가라고 권했을 때… 이 여자랑 끝내려고 했는데 나한테 전화하겠다고 협박해서 그랬어?"

"부분적으로는. 그쯤에 내 삶이 면면으로 무너지고 있는데 당신이 나를 너무 가까이에서 관찰하는 걸 원하지 않았어. 그런데, 내가 이렇게 말해도 되는지 모르겠지만, 당신 지금 정말 침착하네."

"내가 어떻게 반응했으면 좋겠어?"

조녀선은 눈을 껌벅거렸다. "하, 모르겠어. 당신이 울고불고 따질 거라고 예상한 거 같아. 하지만 다시 생각해보면, 나는 아무것도 모르는지도. 내가 아는 거라곤 지금 죄책감에 너무 괴롭다는 거야. 당신이 나랑 사랑을 나누려고 애썼던 그 밤에 내가 밑바닥을 친 거 같아. 그 방면에서 내가 얼마나 당신을 소홀히 했는지 깨달았지. 나 자신이 너무도 가증스러웠어!"

나 또한 나 자신이 가증스러웠다. 그 끔찍한 밤에 내가 왜 사랑을 나누려고 기를 썼는지 기억하며 그를 보고 있노라니 눈물이 차오르고 가슴이 미친 듯이 뛰었다. 나는 조녀선의 지치고 좌절한, 자기혐오와 자기연민이 가득한 얼굴을 뚫어지게 보고 또 보다가 머릿속에서 울리는 외침을 듣고 시선을 내렸다. 안 돼! 절대 말하면 안 돼! 그때 나는 내가 끝내 고백하지 않을 것임을 깨달았고, 단숨에 가슴이 진정되었다. 나로서는 큰 발전이었다. 내가 고백하면 조녀선에게 도움이 될지도 몰랐다. 그의 죄책감을 덜어줄 수 있을지도 몰랐다. 그러나 나는 절대로 조지에 대해서 말하지 않기로 했다. 말할 이유가 없었다. 무익하며 위험천만한 도박이었다. 당장은 조녀선의 기분이 나아지겠지만, 그것이 지나가면? 조녀선을 벌주려고 이렇게 결심한 건 아니었다. 내가 조지에게 간 것을 포함해 많은 문제를 그의 탓으로 돌리고 그가 죄책감 속에서 홀로 허덕이게 하려는 게 아니었다. 아니, 난생처음 나는 쓸데없이 자학하지 않고 완벽히 합리적으로 사고한 것이었다. 혼란스럽고 복잡한 상황은 충분히 겪었다. 내가 어떤 사람이며 어떤 삶을 원하는지 알게 되었으니, 이제 나는 그걸 추구할 것이다.

"틴, 이혼하고 싶어?" 조너선이 침묵을 깨고 물었다. 그도 비슷한 생각을 하고 있던 모양이었다. "당신이 이혼하고 싶다면 이해해."

"아니, 조너선. 난 이혼하고 싶지 않아."

조너선이 안도의 한숨을 내쉬었다. "내 정신분석가가 당신이 이혼을 원하지 않을 거라고 했어. 당신이 그럴 거라고 지레짐작하는 것은 내가 언제나처럼 감정적으로 반응하는 것에 지나지 않는다고. 당신은 이혼처럼 '과격한' 결정을 내릴 사람처럼 들리지 않고, 당신이 자기가 생각하는 것처럼 인내심과 이해심이 풍부한 여자라면 우리가 한결 발전된 관계를 일구어나갈 수 있을 거래. 내가 알고 싶은 건… 당신은 인내하고 이해해줄 수 있어? 우리가 잘 해낼 수 있을 거 같아?"

나는 이를 악물고 있었다. 왜 나를 그렇게 훌륭한 사람으로 생각하지? 견디기 어려웠다. 결국 내가 실토해서 나의 실체를 밝혀야 하나? "그래, 할 수 있어." 나는 조용히 말했다.

"우습게 들리겠지만 나도 그렇게 생각해. 그러니까 우리가 근본적으로 잘 맞는다고 믿어, 틴. 그리고 이 모든 것들을 떠나서… 우리가 서로를 진심으로 사랑한다고 생각해… 당신도 그렇게 생각하지 않아?"

그런 말을 들을 준비는 되지 않았기에 나는 그가 좀 입을 다물고 잠이나 자러 가기를 바라며 고개를 끄덕였다.

그러나 속 시원하게 고백하고 잔뜩 흥분한 조너선은 계속해서 지껄였다. "이 빌어먹을 도시를 떠날까? 어디 시골로 가면 어때?"

"뭐? 왜?"

"일단 새출발이 될 테니까. 더 단순한 것들에 집중하며 소박하게 살 수 있잖아. 물고 물어뜯기는 경쟁에서 탈출하는 거지."

나는 조녀선이 너무 지쳐서 이성적으로 사고할 수 없는 상태라는 걸 깨달았다. "시골이라고 경쟁이 없는 건 아냐. 그리고 난 시골에 살고 싶지 않아. 뉴욕에 살고 싶어."

"하지만 우리 생활이 달라질 거야. 모르겠어? 내 빚이며 정신 상담 비용이며 아이들 학비며, 아, 그걸 어떻게 다 감당하지."

"조녀선." 나는 부드럽게 말했다. "시골에서 사는 것도 결코 저렴하지 않아. 그리고 소로는 죽었어. 빚이 생기긴 했지만 당신은 수입이 굉장하잖아… 하지만 이런 세부사항은 나중에 의논하자. 일단 당신은 잠을 자는 게 좋겠어. 정말이지 너무 피곤해 보이고 말도 앞뒤가 안 맞아."

"당신이 옳아." 조녀선은 말하고 의자에서 일어났다. "갑자기 너무 피곤해서 침실까지 갈 엄두도 나지 않아. 당신은 안 자?"

"금방 갈게." 나는 말했다. "먼저 가서 누워. 나는 별로 졸리지 않아서 당신의 기법대로 꿀 탄 따뜻한 우유를 마셔보려고."

"굳이 수고 들이지 마." 조녀선은 유령 같은 미소를 지으며 말했다. "효과 없어." 그리고 그는 비틀비틀 부엌에서 나갔다.

난 식탁에 30분 더 앉아 있다가 싱크대 위 시계를 보았다. 5시 되기 20분 전이었는데, 시계 안에 바퀴벌레 한 마리가 갇혀 있었다. 시계 뒤쪽의 전선 구멍으로 기어들어 분침과 시침이 설치되어 있는 앞쪽 구멍으로 나온 모양이었다. 바퀴벌레는 숫자 2와 3 사이에 멈춰 있었다. 나는 초침의 움직임을 지켜보았다. 내 부엌에서, 웨스팅하우스 시계 안에서 〈함정과 진자〉의 축소판이 벌어지고 있다니! 초침이 숫자 2에 가까워지자 바퀴벌레는 몸을 살짝 떨듯이 움직이고 납작하게 웅크렸는데, 그래도 충분히 납작하지 않았는지 기다란 황동 바늘이 바퀴벌레 위로 지나가며 등을 찔렀다. 나는 의자를 뒤로 밀치고 단숨에 싱크대로 걸어가 시계를 벽에서 떼어냈다. 죽었나? 시계를 흔들자 바퀴벌레가 기기 시작했다. 초침에 찔리긴 했지만 심하게 다치지 않은 듯했다. 바퀴벌레는 숫자들 사이로 황망히 기어 다녔지만 자신이 들어온 구멍을 찾지 못했다. 나는 시계를 조리대에 내려놓고 청소 도구 벽장에서 망치를 가져와 시계 앞판을 시원하게 내려쳤다. 앞판에 파이 모양으로 깔끔하게 금이 갔다. 나는 금이 간 가장자리에서 들린 부분에 검지를 대고 살며시 눌렀다. 내가 누른 쪽이 들어가며 반대쪽이 들렸고, 조심스레 나는 동그란 조각을 빼냈다. 바퀴벌레는 숫자 사이를 마지막으로 한 번 더 미친 듯이 기다가, 다음 순간 팔짝 뛰어 날카로운 모서리에 긁히지 않고 유리판 위로 올라왔다. 그러고는 시계 옆면을 타고 조리대로 내려간 뒤에 벽으로 기어가 타일 사이의 회반죽 구멍으로 모습을 감추었다. 상처는 입었을지언정 기죽지 않고, 처자식이 기다리는 집으로 돌아간 것이다.

옮긴이: 구원

프리랜서 번역가 및 출판 기획자로 활동하고 있다. 『셔기 베인』, 『우리가 얼마나 아름다웠는지』, 『어느 날 거울에 광인이 나타났다』 등을 우리말로 옮겼다. 캐서린 맨스필드 단편선 『차 한 잔』과 『프렐류드』를 엮고 옮겼다. 『셔기 베인』으로 제16회 유영번역상을 수상했다.

미친 주부의 일기

1판 1쇄 발행 2024년 5월 15일

지은이   수 코프먼
옮긴이   구원
디자인   구원

펴낸곳   코호북스(coho books)
주소   강원도 홍천군 두촌면 한계길 84
등록   2019년 10월 17일 제2019-000005호
전자우편   cohobookspublishing@gmail.com
팩스   0303-3441-1115
ISBN   979-11-91922-15-8 03840
책값은 뒤표지에 있습니다.